Martin Beyer

Tante Helene und das Buch der Kreise

Martin Beyer

TANTE HELENE *UND* DAS BUCH DER KREISE

Roman

Ullstein

Dieser Roman wurde mit einem Arbeitsstipendium
des Bayerischen Staatsministeriums für Wissenschaft
und Kunst gefördert.

Wir verpflichten uns zu Nachhaltigkeit
- Klimaneutrales Produkt
- Papiere aus nachhaltiger
  Waldwirtschaft und anderen
  kontrollierten Quellen
- ullstein.de/nachhaltigkeit

MIX
Papier
FSC FSC® C014496

ISBN: 978-3-550-20135-6

Umschlaggestaltung: Büro Jorge Schmidt, München
Gesetzt aus Century Schoolbook
Satz: LVD GmbH, Berlin
Druck und Bindearbeiten: GGP Media GmbH, Pößneck

Für Irene Wedell:
Ich danke Dir, und ich höre Dir noch immer zu.

1

Alexander
New York
2018

Jemand, an den ich mich erinnern werde

Die Räder standen still. Es ging nicht weiter. Minutenlang schon ging es nicht weiter. Mit dem üblichen Verkehrsaufkommen zur Rushhour war das nicht zu erklären. Alexander blickte auf die Armbanduhr, ohne die Zeit abzulesen. Kurz darauf noch einmal. Und noch einmal. Als er es bemerkte, musste er lächeln. Der Automatismus des Zu-spät-Kommens. Als würde es irgendetwas nutzen, auf die Uhr zu schauen, als würde Gott deswegen die Straßen schneller frei machen (wobei es äußerst unwahrscheinlich war, dass sich Gott für das Verkehrswesen in New York interessierte).

Dumm gelaufen.

Alexander fühlte sich an dieses unselige Kinderlied erinnert, »die Räder vom Bus gehen rundherum«, nur dass er in einem Taxi war und sich die Räder schon seit geraumer Zeit nicht mehr drehten. Der Fahrer nahm einen Funkspruch entgegen und informierte Alexander, dass irgendwelche Leute die Brooklyn Bridge blockiert hätten. Eine Demo an der City Hall. Wenn er wolle, könne er versuchen, zu Fuß bis zur nächsten U-Bahn-Station zu laufen, und wenn nicht, dann könne er gerne im Taxi warten, bis die Polizei diese Idioten festgenommen hätte. »Was ist nur aus dem Westen geworden«, maulte der Mann am Steuer, er war ganz in Khaki gekleidet und heute Morgen beim Versuch gescheitert, das Resthaar so über den Schädel zu verteilen, dass es nicht nach einer Groteske aussah. Alexander stellte eine Berechnung an:

1. Standort: direkt an der Brücke, Downtown türmte sich auf, Gott sei Dank hatten sie noch die Ausfahrt vom Roosevelt Drive geschafft, sonst hätte er nicht einmal aussteigen können (vielleicht unterschätzte er Gott, und der himmlische Vater war, weil er alles war, auch eine Art Verkehrspolizist). Wie lange würde er von hier zu Fuß zur nächsten U-Bahn-Station benötigen? – fünf Minuten bei flotter Gangart, je nachdem, was auf den Straßen wegen der Demo los war.
2. Würde er ins Schwitzen kommen? – Vermutlich in einem verantwortbaren Maße, es war kühl heute.
3. Würde er zu spät zum Termin mit der Taylor-Familie kommen? – Sehr wahrscheinlich, es stünde diesen neureichen Welteroberern allerdings gut zu Gesicht, wenn sie einmal auf jemanden warten mussten, und dann gab es ja noch Dad; Dad war schon längst in der Firma. Er war immer in der Firma.
4. Interessierte es ihn, welche »Idioten« den Platz vor der City Hall und damit die Zufahrt zur Brücke blockierten? Und bedeutete das, dass er den Termin mit den Taylors einfach sausen lassen und sich das einmal genauer anschauen sollte? Bei ehrlicher Betrachtung: ja. Allerdings hatte er wegen des Taylor-Termins diese Kostümierung an, ver-

mutlich würde er sofort in Gespräche über die Systemfehler des Kapitalismus verwickelt werden. Höchstwahrscheinlich aber würden sie ihn gar nicht beachten.

Das Ergebnis war eindeutig: Er ging los. Der Himmel versprach zu viel mit diesem euphorischen Blau, die Blätter der Bäume waren herbstgelb, Honigbäume hatte Grandma sie auf Deutsch genannt, viele Leute trugen bereits Mützen oder hatten sich Kapuzen über den Kopf gezogen. Er kam an einer Polizeistation vorbei, vermutlich waren alle Uniformierten ausgeflogen, alle bei der Demo, er passierte die üblichen Ladengeschäfte und Bistros, auf einer Fensterfront der Vers »Ra-men, könnt' ich heut gut vertra-gen«, Shakira sang von irgendwoher »Underneath your clothes ...«. Wäre ich doch im Museum geblieben, dachte er, eine Arbeit von Betye Saar hätte er am liebsten gestohlen: ein rustikaler Fensterrahmen aus braunem Holz, und statt hindurchzuschauen, blickt man auf verschiedene Bilder, machtvolle und rätselhafte Symbole, ein Skelett, zwei tanzende Menschen, ein Löwe schluckt die Sonne. In der großen Aussparung unten blickt ein nachtschwarzes Gesicht zurück und zwei Hände, mit astrologischen Zeichen verziert, pressen sich an die Scheibe. Rein oder raus? Das hatte ihn an Helenes Arbeiten erinnert, und er dachte an die Tante aus Deutschland und ob sie vielleicht eine Seelenverwandte von Betye Saar war, und wie es wäre, wenn sie einmal eine Ausstellung im MoMA haben und ihn einige Tage in New York besuchen würde. Helene Klasing: *Metamorphosen*. Wäre das zu abgedroschen? Vielleicht: *Naturgut*. Nein, das war auch nichts. Anrufen, er sollte sie dringend einmal wieder anrufen, viel zu lange hatte er nichts mehr von ihr gehört. Seit sie ihm das Bild geschickt hatte. Das Bild. Viel zu schade, es in seinem Büro zu verstecken. Aber wo ist es besser aufgehoben, in deiner Wohnung? Als er darüber nachdachte, hatte er die City Hall erreicht.

»Ich hab hier eine dringende Medikamentenlieferung«, rief ein Mann, er war aus dem Wagen gestiegen und schleuderte seine Fäuste in Richtung Demonstration, »und wenn mir einer verreckt, dann sind diese Gammler daran schuld!« Die Säulen der Stadthalle, niemand hatte einen Blick dafür, niemand schlenderte, hielt inne, sah sich etwas an. Die meisten wirkten noch gehetzter, aus der Routine geworfen, verschlossene Mienen, und wahrscheinlich könnte man, wenn es ganz still wäre, die knirschenden Kiefer hören.

Die Gesichter änderten sich jedoch, je näher er der Blockade kam, denn jetzt waren auch Sympathisanten des Geschehens darunter, und die waren aus einem ganz anderen Grund wütend, oder sie waren überhaupt nicht wütend, sondern in gewisser Weise überwältigt, bei diesem Ereignis dabei zu sein; manche strahlten und lächelten dieses Kirchenlächeln, und tatsächlich stand da an einer Ecke ein selbsternannter Priester mit einem Megaphon und verkündete: »GLAUBE! Gott will, dass ihr sanft zueinander seid. Das ist SEIN Wille.«

Halleluja, dachte Alexander und ging weiter, es war wie ein Sog, der ihn in das Innere dieser Zusammenkunft zog. Ein Verkündigungswettstreit der Megaphone, neben dem Priester brüllten mindestens zwei weitere Leute über den Platz, die eine Stimme schien zu den Aktivisten zu gehören, sie sagte, dass die Stadt in wenigen Jahren nur noch von Superreichen bewohnt werde, wenn es so weitergehe. Und im Schatten der neuen Häuser wachse nichts. Die Gegenstimme der Polizei forderte dazu auf, die Fahrbahn freizugeben. Ein junger Mann saß auf einer Laterne und rollte ein Plakat aus, Alexander sah ihm eine Weile dabei zu. Eine Botschaft in die Welt setzen. Überhaupt eine Botschaft haben. Auf eine Laterne klettern im Glauben, etwas bewirken und verändern zu können. Irgendwie beneidenswert.

Viele Aktivisten waren verkleidet, Kinder steckten in Bienenkostümen, einige hatten sich in Kunstblut getaucht und einen rätselhaften Bewegungsablauf einstudiert. Ein Weltuntergangstanz? Es wurde gesungen: *New York, New York,* und Alexander hätte es nicht für möglich gehalten, dass man dieses Lied auf eine sarkastische Weise singen konnte.

Ein paar Obdachlose verfolgten das alles stoisch aus ihren Schlafsäcken, heute kamen eben noch die Schlafsäcke der Aktivisten hinzu und die Zelte und Matratzen und Kinderwagen und Rucksäcke. Überall waren Polizisten, Polizeimotorräder standen herum, der Wind frischte auf und Alexander fragte sich, ob dieser Ort gut gewählt war, warum sie nicht etwa am Times Square demonstrierten und sich mit den Phänomenen umgaben, gegen die sie sich so schilderreich wendeten. Und nur ein paar Meilen Luftlinie von hier saß in diesem Augenblick sein Vater am Tisch mit den Taylors; sie halfen kräftig mit, dass dieses *Dollarama* (wie auf einem Schild stand) funktionierte. Dad würde die Welteroberer-Familie Taylor in diesem Moment überzeugt haben, ihr neues Hotel in Manhattan mit einer Küche aus dem Hause LeMay auszustatten. Dad sagte vermutlich in dieser Sekunde einen Satz wie: »Wir sind ein Unternehmen mit Tradition, aber unser gesamtes Setup ist rein quantitativ!« Oder würdest du selbst einen solchen Satz sagen, wenn du mit am Tisch sitzen würdest? Die Taylors jedenfalls würde es freuen, das zu hören, denn es bedeutete, sie würden bald noch mehr besitzen, nicht unbedingt mehr Geld, es ging ihnen längst nicht mehr nur um Geld, sie waren eben nicht irgendwelche Investoren, sie wollten etwas bewirken und verändern (*darin* waren sie dem Mann auf der Laterne ähnlich), sie suchten sich ihre Objekte und Partner genau aus. Was war das für ein Gefühl, wenn man aus irgendeinem Kaff in Wisconsin stammte und nun dafür verantwortlich zeichnete, ganze Stadtteile umzubauen? Er hätte neben seinem Vater sitzen sollen, weil die Taylors in den Außenbezirken ihres Geschäftssinns altmodisch und sentimental sind und Wert darauf legen, Kunde bei einem Familienunternehmen zu sein, dessen Potenz sich auch dadurch zeigt, dass es einen Nachfolger gibt, einen Junior. Auch wenn dieser Junior nicht richtig mitmacht, aber das mussten die Taylors nicht wissen.

Alexander ließ sich weiter durch die Menge treiben, er stand nun mitten auf einer Kreuzung; hier hatten sie die Straßensperre errichtet, ein *Die-in*, die Frauen und Männer hatten sich auf den Boden gelegt, summten und klatschten in die Hände, ziemlich lebendige Leichen. Vor dieser Gruppe lagen fünf von ihnen auf diesen glitzernden Rettungsdecken aus dem Verbandskasten, die Beine steckten in schwarzen Metallröhren, die irgendwie auf dem Asphalt befestigt waren, geschweißt, einbetoniert, sodass es nahezu unmöglich war, die Röhren aufzuflexen, ohne die Menschen dabei zu verletzen. Rechts eine Frau, ganz in Pink gekleidet, Alexander wurde durch die Menge näher an sie herangeschoben, er hatte keine Wahl – oder lässt du es einfach geschehen?

»Schicker Mantel«, sagte sie, als sie auf ihn aufmerksam wurde, »ist das Kaschmir?«

»Ich, äh, weiß es nicht, Schurwolle?«

»Nicht, dass er etwas abbekommt. Wäre schade drum.«

Sie versuchte, sich zu bewegen, verzog das Gesicht dabei.

»Sieht unbequem aus«, sagte er.

»Ich atme die Schmerzen weg.«

»Hm«, sagte er und wusste nicht, warum ihre Schnoddrigkeit ihn nicht längst vertrieben hatte. »Wie heißt du?«, fragte er.

»Warum willst du das wissen? Bist niemand, an den ich mich erinnern werde.«

Er wurde weggedrängt, die Polizei machte ernst, »we shall not be moved« sangen die Protestierenden.

Gerätschaften wurden von Feuerwehrleuten angeschleppt, die Trillerpfeifen machten ihn wahnsinnig. Der Erste aus der Gruppe der lebenden Leichen wurde abtransportiert, Alexander löste sich von der Szene und hörte noch einmal das GLAUBE! und RETTE! der Megaphone und sah zu, dass er in die Firma kam. Ein Blick auf die Armbanduhr verriet ihm, dass er über eine Stunde zu spät zu seinem Termin kommen würde, diesmal hatte er die Zeit abgelesen.

Die Taylors – Gertrud, William und William jr. – wurden gerade von Dad verabschiedet, sie standen im Foyer zusammen. Alexander entschuldigte sich und führte kurz aus, was er auf dem Weg erlebt hatte.

»Diese Krawallmacher«, sagte William Taylor.

»Chaoten«, ergänzte der Junior.

»Das hat man also davon, wenn man an seine Klimabilanz denkt und nicht mit dem eigenen Auto fährt«, scherzte Dad und tat so, als wollte er seinem Sohn zur Seite springen. Sag ihnen doch noch, dass ich keinen Führerschein habe. So etwas kam in der Taylor-Welt sicher nicht allzu häufig vor. Alexander ging in die Kaffeeküche, der Vater folgte ihm.

»Ein Mann mit einem Einser-Abschluss an der Ryerson sollte doch in der Lage sein, pünktlich zu einem wichtigen Termin zu kommen. Was zum Teufel hast du dir dabei gedacht? Hast du überhaupt etwas gedacht?«

Alexander beobachtete, wie das Kaffeerinnsal aus dem Automaten in die Tasse floss, dann kam der Milchschaum. »Ich habe es wirklich versucht, bin in ein Taxi gestiegen, du weißt wie …«

»Wann hörst du endlich mit diesem ...«

»Mit diesem neurotischen Scheiß auf?«

»Alex, das alles ist ...«

»So viele Jahre her?«

»Könntest du mich bitte ausreden lassen?«

»Ich weiß aber immer schon, was du sagen wirst, Dad.«

»Im 19. Jahrhundert wurde in Deutschland, im Land deiner Vorfahren, etwas erfunden, man nennt es Telefon. Du hättest wenigstens anrufen können!«

»Die Taylors waren doch sicher froh über die Chef-behandlung«, sagte er und griff sich die Tasse mit dem Logo der Firma.

»Alex, pass auf! Du genießt hier keinen Sonderstatus.«

»Nein, natürlich nicht«, sagte Alexander und dachte: Wir beide wissen doch sehr genau, dass das nicht stimmt.

»Ich habe einen Termin mit Boris, und danach sprechen wir uns noch mal. So kann es jedenfalls nicht weitergehen.«

Alexander blieb in der Küche und nippte am Kaffee, den Mantel legte er auf die Fläche neben der Spüle. Hoffentlich bekommt er endlich mal was ab, dachte er, ging zum Fenster und starrte hinaus.

Eine Frau kam in die Küche, schwarzer Rollkragenpullover, schwarze Hose, gelbe Sneaker. Sie hatte das Haar zu einem Pferdeschwanz gebunden. Um den Hals lag ein Kopfhörer. Sie lugte noch einmal in den Gang, dann schloss sie die Tür.

»Wie lief das Gipfeltreffen?«, fragte sie.

»Ich habe es verpasst.«

»Du hast was?«

Er versuchte, es Alina zu erklären. Er erzählte von der Ausstellung, der Demo. »Bin ich jemand, an den du dich erinnern wirst?«, fragte er.

»Was soll das heißen?«

»Wie ich es gesagt habe. Da war eine Frau, auf der Demo, sie war sozusagen einbetoniert und ich stand direkt vor ihr, und sie sagte, ich sei niemand, an den sie sich erinnern werde.«

»Das ist natürlich schlimm für dich, der du immer schon die Nachwelt im Blick hast. Und sich Sorgen macht, was sie von dir halten wird.«

Warum sind heute eigentlich alle so *schnippisch*, wenn sie mit mir reden. Es klopfte an der Tür und jemand fragte, ob er an der Party teilnehmen dürfe oder ob es sich um eine geschlossene Gesellschaft handele. Alexander ging mit Alina in den Flur.

»Vergiss nicht, was du Maria versprochen hast«, sagte sie.

»Was habe ich ihr denn versprochen?«

Sie tippte mit dem Finger an ihre Stirn und schloss die Augen. Das bedeutete, er solle selber darauf kommen, er mochte diese Geste nicht. Dann sagte sie, sie müsse zu Boris, alle mussten zu Boris, er war der Einzige, der nicht zu Boris musste. Aber er musste Boris dankbar sein, er hatte Alina in die Firma geholt. So lange, bis Maria in die Schule gehen, bis Alina das Studium fortsetzen würde.

In seinem Büro knipste er die Schreibtischlampe an. Er setzte sich in den Drehsessel, der Laptop fuhr hoch, vielleicht würde er noch ein paar Mails lesen. Vielleicht aber auch nicht. Auf Helenes Gemälde lag ein Schatten, und er sollte sich bei ihr melden, ihr von der Ausstellung erzählen, von Betye Saar, aber er hatte keine Kraft für ein Telefonat. Er fing an zu schreiben:

Alexander LeMay | LeMay Kitchens Inc.
Wie es geht
An: helene@klasing-kunst.de

Liebe Helene,

ich schreibe Dir und habe dabei Dein Gemälde vor Augen. Erst dachte ich, das Büro sei der ganz falsche Ort dafür, aber es hilft mir jeden Tag, über die Mühen der Ebene hinwegzukommen. Es leuchtet, es ist voller Energie. Ich würde gerne etwas Wahrhaftiges, Poetisches, Tiefes dazu schreiben, aber mir fehlen die Worte, entschuldige. Ich denke allerdings, *raised* ist genau das richtige Wort für Deine Erfahrung, genau der richtige Titel für das Gemälde. Ich komme darauf zurück, versprochen, und nichts würde ich lieber tun, als das Bild anzuschauen, zusammen mit Dir, in einem echten Raum.

Wie es mir geht, hast Du in Deiner letzten Mail gefragt. Ich werde versuchen, darauf zu antworten. Außerdem ist es die einzig richtige Frage, ich stelle sie mir andauernd. Bin ein lebendes Monothema geworden und kreise ausschließlich um: mich.

Muss mich unendlich anstrengen, etwas anderes zu sehen, etwas hineinzulassen in meinen Kopf. Es wird Winter? Aha. Wir werden von dem Lügenbaron in Washington zugrunde gerichtet? Nun denn. Die Nets verlieren andauernd? Soso. Es stapeln sich die ungelesenen Bücher, die unbeantworteten E-Mails, die ungesehenen Filme und Serien? So what. Woran das liegt? Hier kommen zumindest die Fakten:

Ich bin verliebt. Ja, wie das klingt. Vielleicht der wichtigste Grund, warum ich so ein Egomaniac geworden bin. Frisch Verliebte kennen nichts anderes außer sich selbst? Alina heißt sie. Seit zwei, drei Monaten tanzen wir wie Seepferdchen umeinander herum. Ich spüre, dass wir sehr verschieden sind, aber ich spüre auch, dass wir einen gemeinsamen Fluchtpunkt haben, an dem wir zur Ruhe kommen, an dem wir zu uns selbst finden. Das ist doch was, denke ich mir, vielleicht sogar sehr viel. (Außerdem ist sie der einzige Mensch, mit dem ich Musik hören kann, ohne dabei etwas anderes zu machen.) Aber können wir uns an diesem Fluchtpunkt dauerhaft einrichten, aus ihm eine feste Wohnstätte machen?

Außerdem hat sie eine Tochter, Maria. Sie scheint mich zu mögen. Sie ist fast fünf. Ich kann mit ihr lachen, Tränen lachen, wenn wir ein Dinoschwein malen oder ein Dreihorn aus Knetmasse formen. Ihrer neuen Lieblingspuppe habe ich den Namen Sweeney gegeben, und sie hat ihn übernommen. Ein Ritterschlag! Und im nächsten Augenblick sitze ich da und denke mir, was mache ich hier? Bin ich das? Soll ich so sein? Fühle mich manchmal euphorisiert, manchmal so zerbrechlich wie eine Weihnachtsbaumkugel.

Alina hingegen ist stark, aber vielleicht verwechsle ich das auch mit mutig. Jedenfalls trägt sie wirklich eine Verantwortung, sie muss für einen anderen Menschen da sein. Sie ist viel weiter darin zu verstehen, wer sie ist, was sie will.

Er wurde unterbrochen. Dad stand in der Tür und sagte, er solle bitte zu Boris kommen. Jetzt durfte also auch er zu Boris kommen. Vielleicht durfte er mitspielen, vielleicht wollten sie ihm das Spielzeug wegnehmen, beides war möglich.

Das Telefon klingelte, die deutsche Vorwahl auf dem Display, er hob ab. Es war nicht Tante Helene.

»Alexander? Hier spricht Heidi aus Frankfurt, erinnerst du dich?«

»Ich erinnere mich sehr gut«, antwortete er auf Deutsch. Es fiel ihm schwer, in die andere Sprache zu wechseln, ohne darauf vorbereitet zu sein.

»Ich muss dir sagen ... Alexander, hörst du mich?«

»Ich höre dich.«

»Helene ist gestern gestorben. Ganz friedlich, sie ist eingeschlafen in ihrem Haus ... sie ist einfach nicht mehr aufgewacht.«

Er sah aus dem Fenster, Heidis Stimme im Ohr, ihre Worte erreichten ihn nicht mehr, waren nur Klang. Es war längst dunkel geworden. Er sah sein durchsichtiges Spiegelbild in der Scheibe: Junger Mann, einen Hörer haltend.

Er setzte sich wieder vor den Computer. Versuchte, sich zu konzentrieren. Die Finger zitterten. Dad rief an, ließ es minutenlang läuten, er nahm nicht ab. Er schrieb die Nachricht an Helene weiter. Sie würde sie nicht mehr lesen, das war ihm bewusst, es war ihm egal. Er tippte, unendlich langsam, musste die Wörter mehrmals korrigieren.

Erinnerst Du Dich an unser erstes Treffen? Ich erinnere mich gerade daran. Es wäre ohnehin gut, sich mehr zu erinnern. Mehr nachzudenken. Mehr aufzuschreiben. Du hast mir damals so viel erzählt. Und ich Esel hatte nicht einmal ein Aufnahmegerät dabei. Nur das Notizbuch, extra für die Reise gekauft, aber es war leer, weil mir einfach nicht einfiel, was ich aufschreiben sollte. Bei Dir hat es sich dann gefüllt. Nicht mit meinen Geschichten. Mit Deiner Geschichte. Aber Du hast ja immer gesagt, dass das auch meine Geschichte wäre …

Dad rief erneut an. Er betrachtete das Gemälde. Die einzelne Feder im Bildmittelpunkt. *Eichelhäher*, das war das deutsche Wort. Die Feder eines Eichelhähers. Ansonsten war da nur Licht, Farblicht, eine leuchtende Fläche und gleichzeitig eine bodenlose Tiefe. Er stand auf, griff sich den Mantel, der Mantel hatte noch immer nichts abbekommen. Er fuhr mit dem Finger über das Trackpad des Laptops und drückte auf *Senden*.

2

Alexander & Helene
Heusenstamm
2009

Das blaue Haus

Alexander stieg aus der S-Bahn, Tante Helene flog heran. Sie berührte kaum merklich seinen Arm, sagte »follow me« und flatterte davon. Er hatte Mühe, ihr zu folgen, die Bahn fuhr weiter, keine Zeit, sich umzuschauen, er durfte sie nicht aus den Augen verlieren. Am Parkplatz hatte er sie eingeholt, sie kramte in der Handtasche nach dem Autoschlüssel. Der Rucksack passte kaum in den Kofferraum, sie fuhr einen limettengrünen Würfel, Fiat Cinquecento, solche Miniaturen sah er in New York selten. Er hatte gehofft, dass sie zu ihrem Haus laufen würden, jetzt aber durfte er nicht an die lächerlich kleine Knautschzone denken. Nicht daran denken. Das Fenster hatte sie halb geöffnet, der Fahrtwind konnte ihren hochgesteckten Haaren wenig anhaben. Eine Verwandlung hatte sich ereignet: Sie war keine zerknitterte Fotografie mehr. Sie wirkte echt. Lilafarbener Lippenstift, eine Brille, die sie sich zum Fahren aufgesetzt hatte, beringte Finger am Lenkrad. Alles echt. Vier Jahre ist es her, dachte er, seit sie sich zuletzt verwandelt hatte.

Es war nicht leicht, sich auf etwas zu konzentrieren, auf das, was sie sagte, auf die Straßen und Häuser. Das hier sah jedenfalls nicht nach dem Frankfurt aus, das er tags zuvor noch durchwandert hatte. Keine

Hochhäuser, keine Geschäftigkeit, kein Baustellen-lärm, stattdessen hörte er Blätterrauschen, als sie an einer roten Ampel warteten, sie waren umgeben von moderaten Häusern in einer moderaten Nachbar-schaft. Die Bäume sehen überall ziemlich gleich aus, dachte er, und die Häuser auch. Irgendwie enttäu-schend.

»It's a beautiful day«, sagte sie.

Er meinte, sie könnten es auf Deutsch versuchen. »Mal sehen, ob sich der Sprachunterricht ausgezahlt hat.«

»Ich finde es toll, dass du damit weitergemacht hast.«

»Ich hatte das Gefühl, das bin ich Mom schuldig.«

»Na gut«, sagte sie, lachte, und dieses Lachen war unverwechselbar. »Na gut.«

Ihr Haus war dann alles andere als moderat, eher eine Sensation. Ein blau gestrichenes Holzhaus, durch einen Wintergarten ging es hinein in die He-lene-Klasing-Welt. Drinnen alles in Weiß, und so viele Spuren, so viele Kerben in diesem Weiß und so viele Lücken, in die sie etwas hineingestellt hatte von sich: ihre Kunstwerke, Bücher, Blumen und Schach-teln und Schwarzweißfotografien und Kannen und Lampen; zwei Ohrensessel standen sich gegenüber, und unter ihren Füßen lagen Teppiche, die so abge-laufen waren, dass man beinahe hindurchsehen konnte. Das Teewasser kochte sie in einem Emaille-topf, so ein Wasserkocher sei ihr zu gefährlich. »Pass mal drauf auf, ich geh mir die Nase pudern.« Er wusste nicht, war sie nervös oder war das ihr normaler energetischer Zustand, jedenfalls war *er* nervös und stierte in das Kochwasser, das langsam Bläschen warf.

Er dachte an Mom, an Grandma. Eigentlich hatten sie zu dritt diese Reise machen wollen. Und als sie kurz davor waren, war es zu spät gewesen. Und hier war seine Tante, von der er vielleicht niemals erfahren hätte, der er niemals begegnet wäre, wenn nicht eines Tages Grandma Briefe und Postkarten auf den Tisch gelegt hätte. »Hier, bitte«, hatte sie gesagt, »damit wir nicht immer wieder denselben Fehler machen.«

Das Wasser kochte, er stellte das Gas ab. Helene kam zurück mit einem Stapel Fotografien, sie setzten sich an den Küchentisch, es gab bröseligen Kuchen und Schwarztee, zwischendurch huschte immer mal eine Katze durchs Bild.

»Wo soll ich anfangen«, sagte sie und fing dann doch nicht an, sprang wieder auf, sie hatte ihm ja noch gar nicht den Garten gezeigt. Der Garten war, dieses Wort gab es vielleicht nur in der deutschen Sprache, verwunschen. Irgendwo in seinem Zimmer war noch Grandmas Liste mit den Lieblingswörtern, und *verwunschen* hatte auf dem zweiten oder dritten Platz gelegen. An erster Stelle: papperlapapp.

Hier im Garten gab es unzählbar viele Rosen in allen möglichen Farben sowie Blumen, deren Namen er nicht kannte, die er vermutlich noch nie gesehen hatte. Ein Pfad aus Rindenmulch führte an Hochbeeten und an einem zersplitterten Gewächshaus vorbei; das Gras war von der Sommerhitze gelb geworden, es stand eine Armada an Gießkannen bereit, die Helene gegen die Trockenheit aufbot.

Ihre Stimme war rau, irgendwie tiefer als am Telefon, und immer wenn sie merkte, dass sie zu schnell sprach, unterbrach sie sich und wiederholte es langsamer. »Dort, das ist ein Baumläufer, die können sogar kopfüber laufen. So viele Vögel hier, und Mäuse. Es ist zum Verrücktwerden.« An ihren Garten grenzte ein Schulgelände an, ein großes Gebäude und mehrere Flachbauten, ein Sportplatz, zerfetzte Tornetze, zwei Jungs schossen sich lustlos den Ball hin und her. Helene zog ihn wieder ins Haus.

»Was sagt dein Vater dazu, dass du hier bist?«, fragte sie.

»Er ist nicht gerade begeistert. Er erwartet etwas anderes. Das College, die Firma ... und ich mache Urlaub.«

»Nun, es ist ja nicht unbedingt eine Urlaubsreise, oder?«

»Nein. Und er kann nicht viel dagegen sagen. Alles, was mit Mom zu tun hat ... er ...«

»Er kann dich nicht daran hindern, ihr nahe sein zu wollen.« Helene zupfte an einer Haarsträhne. Auch sie war nervös, und das beruhigte ihn etwas. »Wenn du wüsstest, wie mir das alles an die Nieren geht«, sagte sie. »Margarethe habe ich ja nur dreimal getroffen. Stell dir vor: Sie ist meine Mutter, und ich habe meine gesamte Kindheit und Jugend zu einer anderen Frau Mutter gesagt. Und *deine* Mutter, das tut mir so leid. Als ich das erfahren habe ... Jetzt habe ich nur noch dich, und du bist so weit weg.«

»Heute bin ich hier.«

Sie setzten sich wieder an den Küchentisch. Tante Helene fuhr mit den Fingern über die Tischplatte, dann nahm sie seine Hand und sagte: »Wo soll ich denn nur anfangen?«

Neunzehn nicht für immer

Helene fing an zu summen, während sie in der offenen Küche mit einer gewaltigen Pfeffermühle die Reispfanne nachwürzte. Teller in den Ofen schob. Den Wein entkorkte. Eben noch hatte sie erschöpft gewirkt. So ruckartig wie sie angefangen hatte zu erzählen, hatte sie wieder aufgehört. Hatte ihn mit den Fotos und den herumgeisternden Erinnerungen allein am Tisch zurückgelassen. Ernst dreinblickende Schwarz-Weiß-Gesichter. Durfte denn früher nicht gelächelt werden, dachte er, sagte der Fotograf nicht *Cheese*, bevor er den Auslöser drückte.

»Soll ich dir wirklich nicht helfen?«, sagte er. Sie winkte ab und summte weiter. Müdigkeit kroch in ihm hoch, der Jetlag, er rieb sich die Augen. Die grauen Gesichter auf den Fotografien verflüchtigten sich; kaum vorstellbar, dass die Welt damals bunt gewesen sein soll. Tante Helene fragte, was er gestern in Frankfurt unternommen habe, und er berichtete, er habe in der Nähe des Hauptbahnhofs einen Wagen entdeckt, der Grüne Soße verkaufte. Das sei die erste Amtshandlung gewesen, weil sie doch an Ostern immer bei Grandma Grüne Soße gegessen hätten. Er müsse ehrlich zugeben, es habe ihm gestern besser geschmeckt als damals bei ihr. Helene lachte und sagte: »Ich konnte das Zeug noch nie leiden.« Daraufhin sei er einfach gelaufen, ohne rechtes Ziel. Das war also die Stadt, in der Grandma früher gelebt hatte. In der er vielleicht noch weitere Verwandte hatte, von denen er nichts wusste.»Das war seltsam. Einerseits war mir alles fremd, andererseits hatte ich das Gefühl, etwas müsste mir bekannt vorkommen, wenn meine Familie doch von hier stammt.«

Sie kam an den Tisch, reichte ihm ein Glas Wein. Sie stießen an. »Wirkt in Frankfurt nicht sowieso einiges vertraut für dich? Von Manhattan nach Mainhattan. Aber vielleicht ist das auch Unsinn, es ist ja höchstens ein Klein-Manhattan hier.«

»Hm, ich weiß nicht. Wahrscheinlich finde ich mich sowieso in einer Stadt viel schneller zurecht als auf dem Land. Ich habe auch keine Angst vor der Größe; mir macht es nichts aus, dass es immer sehr lange dauert, bis man dorthin gelangt ist, wohin man möchte.«

Helene war zurück am Herd, füllte den Reis aus der Pfanne in eine Schüssel. »Ich habe das Leben in der Stadt irgendwann nicht mehr ertragen«, sagte sie. »Noch eine Baustelle, und noch eine Baustelle. Ich wollte die Stadt, so wie ich sie nach dem Krieg lieben gelernt hatte, konservieren. So, wie ich meine Objekte konserviert habe, die Tiere und Pflanzen. Aber das ging natürlich nicht. Deshalb bin ich weggegangen.«

Sie stellte die angewärmten Teller auf den Tisch, holte die Schüssel mit dem Biryani. Dazu Tofu für sie und Huhn für ihn. Der Wein weckte seine Lebensgeister, er hatte den toten Punkt überwunden. Sie setzte sich, aber nur kurz. Das Wichtigste habe sie beinahe vergessen, sagte sie, die Musik. Sie habe sich gestern stundenlang überlegt, was sie hören könnten. In ihrer Generation eine wichtige Frage. »Die falsche Musik kann alles verderben, überhaupt keine Musik ist allerdings auch keine Lösung. Manchmal entstehen die richtigen Gedanken oder Gespräche nur im Zusammenspiel mit den richtigen Klängen.«

Sie legte eine Platte auf. Congas setzten ein, dann Bläser. Alexander war überrascht, dass es nicht eines dieser Lieder war, zusammengesetzt nur aus einem zurückhaltenden Klavier und einer Stimme, die dich augenblicklich in deine atomaren Teilchen zerlegt. Das nächste Lied, das war die zweite Überraschung, kannte er, Dad hatte es ihm einmal vorgespielt. An die Band konnte er sich nicht mehr erinnern, eine schnoddrige Stimme sang: »Well I'm gonna stay: nineteen forever.«

Helene ließ die Gabel sinken und schüttelte leicht den Kopf. »Vielleicht als Gesprächsanlass etwas plump«, sagte sie. »Aber jetzt, da du neunzehn bist, würdest du es denn für immer bleiben wollen?«

»Wäre ein Alptraum«, sagte Alexander. »Aber frag mich doch noch einmal in zehn oder zwanzig Jahren.«

Sie lachte und sah ihn lange an, es wurde ihm unangenehm. »Was stört dich daran, neunzehn zu sein?«, fragte sie.

Er zögerte. »Das Problem ist, dass ich mich entscheiden muss«, sagte er. »Und es geht nicht mehr nur darum, welches T-Shirt ich morgens anziehe.«

Sie lachte wieder. Schloss ihn auf mit diesem Lachen, konnte sie das bei jedem so machen? »Worum geht es denn dann?«, fragte sie.

»Das College, ich meine, eigentlich ist es schon entschieden. Ich werde Wirtschaft studieren.«

»Wer hat das entschieden?«

»Dad ... nein, ich – ich meine ...«

»Und was möchtest du machen, wenn es nur nach dir ginge?«

Er nahm einen Schluck Wein, zeigte mit der Gabel auf das Notizbuch. »Schreiben jedenfalls nicht. Ich dachte, vielleicht hätte ich Talent dafür, ich habe mir für meine Reise extra dieses Buch gekauft. Aber es ist noch immer leer. Mir fällt einfach nichts ein.«

»Das heißt gar nichts. Ich muss manchmal sehr lange auf ein Bild warten.«

»Und du«, sagte er, »wärst du denn gerne für immer neunzehn geblieben?«

»Alles, nur das nicht. Mit neunzehn hatte ich doch noch nichts erreicht.«

»Was erreicht?«

Sie ließ sich Zeit mit der Antwort, rieb sich die Augen. »Ich werde dir davon erzählen, Alex, morgen geht es weiter. Heute nicht mehr. Es kostet viel Kraft, sich zu entscheiden, ich kann das sehr gut verstehen. Es sind wichtige Entscheidungen. Und es kostet seltsamerweise auch viel Kraft, sich daran zu erinnern. Sich an die Zeit zu erinnern, als ich so alt war wie du.«

Sie schwiegen, aßen, tranken. Die schnoddrige Stimme sang längst von etwas anderem, er hörte nicht zu. Es tat ihm leid, Helene hatte sich so viel Mühe gegeben, es ihm leicht zu machen. Gleichzeitig war er froh, dass sie nicht weiter nachfragte. Fragen, auf die er wahrscheinlich keine Antwort hatte. Plötzlich musste er lächeln und dachte: Einen Song auszusuchen, um mit jemandem ins Gespräch zu kommen, das hast du auch schon ausprobiert. Ashley oder Debby oder Sandy. Hat nie geklappt.

»Gefällt es dir?«, fragte sie.

»Was?«

»Die Musik von Joe Jackson.«

»Um ehrlich zu sein: Es ist eher was für Dad.«

»Und für deine Großmutter.«

»Wie bitte?«

»Sie hat mich auf Joe Jackson aufmerksam gemacht. Er war wohl öfter einmal in ihrem Laden und hat etwas gekauft. Über manches wusste ich ja Bescheid. Wir haben uns regelmäßig geschrieben, was wir lesen und hören, wem wir begegnet sind.« Lächelnd, beinahe triumphierend schenkte sie sich noch einen Schluck Wein ein. Wer war diese Frau? Sie kannte Grandma, aber vielleicht eine andere Grandma als er selbst. Immer kannte man nur einen Teil von jemandem, warum konnte man nie die ganze Wahrheit erfahren, das vollständige Bild?

Nach dem Essen erlaubte sie ihm, beim Abwasch zu helfen. Dann gingen sie nach oben, Helene zeigte ihm das Atelier. Große Fenster, rötliches Abendlicht fiel hinein, Ausblick auf eine Tannenspitze. Der Raum sah eher wie eine Studierstube aus, an jeder Wand Regale, in jeder Reihe stapelten sich Bücher, Schallplatten, CDs, Papiere, Vasen, Schaukästen mit Kristallen und Steinen. An einer der wenigen freien Stellen hing ein rahmenloses Bild, Alexander trat näher. Es sah aus wie ein bemooster Waldboden, nein, es war ein bemooster Waldboden. Wie hatte sie ihn auf der Leinwand fixiert? Warum wurde das Moos nicht braun? Es schienen unterschiedliche Moossorten zu sein, verschiedene Grüntöne. Als er genauer hinsah, entdeckte er noch andere Gräser, und da war ein Schmetterling, anscheinend ein echter Schmetterling, in eine ewige Starre versetzt, und dennoch wirkte es so, als würde er gleich davonflattern. Er hatte bläuliche Tupfen auf den Flügeln, Augenflecken. Ein welliger Zettel steckte auf einem Moosstück, als wäre er jemandem bei einem Waldspaziergang aus der Tasche gefallen, auf ihm stand in winzigen, aber gut lesbaren Buchstaben: *Jeder etwas breitere Riss im Alltäglichen dient als Einfallstor* ... Es war tatsächlich so, als würde der Wald durch einen Riss in der Wand in das Haus, in das Zimmer hineinwuchern. Gut vorstellbar, dass dieses Bild also immer größer wurde, sich ausbreitete. Helene sagte dazu nichts, erklärte ihm nichts, sie schien nur zu beobachten, wie er alles wahrnahm. Was sollte er jetzt auch dazu sagen? Dass er es toll finde? Das ist bestimmt nicht das, was die Künstlerin hören möchte, dachte er. Oder vielleicht ist es genau das. Jedenfalls wirkte sie nicht so, als würde sie auf kunstsinniges Geschwafel aus sein. Alexander wandte sich von dem Moosbild ab und der Staffelei in der Mitte des Raums zu. »Ich male gar nicht mehr so oft«, sagte Helene. »Aber wenn es sich ergibt, sollte alles bereitstehen.«

Das Gästezimmer gefiel ihm auf Anhieb. Das Bett

stand unter der Dachschräge, dazu ein Schreibtisch und ein alter Schrank. Zwei Kunstwerke von ihr an den Wänden, eine Lampe, die aussah wie ein Pilzhut. Auf dem Schreibtisch lag ein schwarzer Ordner.

»Was ist das?« Auf dem Rücken des Ordners war *Von Weißhaupt* zu lesen.

»Ich werde dir davon erzählen. Es tut mir leid, Alex, ich will zu viel auf einmal. Aber ich habe das Gefühl, ich müsste jede Minute nutzen, die du hier bist.«

Alexander wusste nicht, was er jetzt tun sollte, den Ordner ansehen, ihn nicht ansehen, er hielt sich an der Tischplatte fest. Helene berührte ihn mit beiden Händen an den Oberarmen, als wollte sie ihn auf etwas einschwören. »Good night, sleep tight«, sagte sie, sanfter Spott lag in ihren Augen, in ihrem Lächeln. Er kannte dieses Lächeln von seiner Mutter, von Grandma. Er hatte es vermisst. Er packte den Rucksack aus, spürte, wie die Müdigkeit zurückkehrte. Er legte sich hin, konnte nicht einschlafen, stand wieder auf und setzte sich an den Schreibtisch, knipste die kleine Lampe an. Klappte den Ordner auf und bereute es sofort. Die Blätter waren mit einer schwer lesbaren winzigen Handschrift vollgeschrieben. Hinter manchen Wörtern große Ausrufezeichen, manche Wörter oder Zahlen waren auch unterstrichen. Er blätterte weiter, noch mehr Fotos, noch mehr Zahlen. Später änderte sich die Handschrift, sie war besser lesbar. Die Handschrift von Helene? So viele Bilder, so viele Wörter, die er nicht kannte. So viele Lücken. So viele Risse. Er machte das Licht aus und legte sich wieder hin. Hatte das Moosbild vor Augen. »There is a crack in everything«, dachte er. Leonard Cohen. Ob sie den wohl auch gerne hörte? So gerne wie Dad? Oder so gerne wie Grandma? Was wusste er schon von ihnen, er wusste nichts. Überall Risse, Sprünge, Spalten, Lücken. Er hatte Cohens knurrige Stimme im Ohr: »That's how the light gets in.«

3

Helene
Offenbach & Frankfurt am Main
1962–1965

Die Madonna mit dem ungezogenen Kind

Frau Baas hatte sich mit einem vorwurfsvollen Lächeln in Stellung gebracht. Du musst vorsichtiger werden, dachte Helene, darfst deine Fundstücke nicht mehr so offen herumliegen lassen. Aber wie sollte das gehen, bei zwölf Quadratmetern, vollmöbliert. In der Werkkunstschule konnte sie auch nicht alles lassen. Und wie wurde sie Frau Baas jetzt wieder los? Sie schien sich lieber auf den Türschwellen als in den Zimmern aufzuhalten, diagonal in den Rahmen gelehnt, eine geübte Türhüterin. Und um Himmels willen, was hatte Helene aus dem staubkeimfreien Zimmer ihrer Tochter gemacht: ein Naturkundekabinett. Kristalline Gesteine, Stöcke, Moos und Gras.

»Schleppen Sie da nicht«, sagte Frau Baas und verlor für einen Augenblick das Lächeln, »schleppen Sie da nicht jede Menge Viecher mit ein? Spinnen! Also bei Spinnen, da hört bei mir der Spaß auf.«

Helene erwiderte, sie könne unbesorgt sein, sie habe nicht vor, ein Terrarium anzulegen, und wenn sie ein Tier entdecke, würde sie es selbstverständlich wieder nach draußen befördern. Und sie wolle die Sachen ja auch nicht lange hier lagern, sondern möglichst schnell weiterverarbeiten.

»Aber Sie haben doch gesagt, Sie machen Mode. Oder habe ich mich da verhört?«

»Das ist ja nicht das einzige Fach an der Schule. Ich belege auch Zeichnen und Buchgestaltung.«

»Was es nicht alles gibt. Sind das die neuen Zeiten? Meine Monika, die wusste schon immer …«

Langsam wurde es brenzlig. Wenn Helene jetzt nicht bald losfuhr, würde sie zu spät zum Panasch kommen. Solche Argumente perlten allerdings an Frau Baas ab. Und überhaupt, was hatte es mit dieser zweifelhaften Einrichtung drüben in Offenbach auf sich? Es war schließlich keine Universität, nur eine Schule, wenn es eine Universität gewesen wäre, das wäre etwas anderes, schließlich war Monikas Mann Rainer ein studierter Ingenieur, und über diesen Rainer und über Monika wusste Helene mittlerweile mehr, als ihr lieb war, dabei hatte sie beide nur einmal flüchtig gesehen, als sie zum Sonntagsessen gekommen waren und händchenhaltend im Wohnzimmer auf dem Plüschsofa gesessen hatten; er war kahl und sie hatte eine Bienenkorbfrisur; er hatte einen Dienstwagen und sie einen Wäschetrockner; er hatte bereits eine Grabstelle auf dem Hauptfriedhof gepachtet und sie ging einmal die Woche zum Rommé.

»Moossorten zum Beispiel«, sagte Helene in die aufsteigende Monika-Arie hinein, »die haben so wunderbare Namen. Mondbechermoos, klingt das nicht schön? Und auch sehr lustige Namen, wenn ich da an das Deutsche Kratzmoos denke.« Das war der letzte Ausweg, Frau Baas an Schrulligkeit noch überbieten, sich den Anstrich einer Halb-Verrückten geben. Und siehe, es klappte, denn Frau Baas hielt inne, fror ihr Lächeln ein, aber natürlich, Jesus-Maria-und-Josef, sie halte Helene ja auf, wo habe sie nur ihren Kopf. Dann öffnete sich die Schranke, der Weg war frei.

Helene stieg aufs Rad, und da war es wieder, dieses Gefühl, kaum genug Kraft zu haben, um in die Pedale zu treten; es nieselte leicht, der Tornister hing ihr wie ein Felsbrocken auf dem Rücken und zog sie nach hinten. Aber zurück: In diese Richtung wollte sie auch nicht. Wo sollte die Kraft herkommen, wenn es keinen Rückenwind gab, wenn alle nur alles für zweifelhaft hielten, wenn die Mutter zweifelte, wenn die Vermieterin zweifelte – und es gab ja sogar Lehrer an der WKS, Panasch allen voran, denen der Zweifel ins Gesicht geschrieben stand.

Sie war jetzt am Dreieich-Park vorbei, das Nieseln hatte aufgehört, Sonnenlicht brach durch, immerhin. Kaum, dass sie etwas wahrnahm. Tunneltag, das würde sie abends in ihren Kalender schreiben müssen, heute wieder ein Tunneltag, und diese Tage häuften sich.

Aber sie war nicht Monika, das war das Problem. Wer war sie? Und vor allem: War sie denn überhaupt *gut*? Hatte es also tatsächlich eine Berechtigung, sechs Semester auf die Werkkunstschule zu gehen? Oder war sie hochmütig, ein Gernegroß, litt sie unter der neuen Großfrausucht, von der zu hören war, oder war das alles nur ein Spleen, Mutters neues Lieblingswort, das wächst sich aus. Warst ja schon immer – das hast du vom Vater, der wollte auch etwas anderes – und so weiter.

Französisches Gäßchen, Schloßstraße, Baustellenlärm, takatatakatatak, verschwitzt war sie, fünf

Minuten noch, dann würde Panasch durch den Kursraum gockeln, sein Gesicht nahm im Licht des Diaprojektors stets etwas Dämonisches an. Endstation Isenburger Schloss. Sie stellte das Fahrrad ab, wollte sich beeilen, aber es war wie in diesen Albträumen, in denen man nicht von der Stelle kam, fast war ihr, als würde sie die letzten Meter kriechen. Ein Kinderwagen stand vor dem Kursraum, das bedeutete, das Zeichenmodell war da, und das war ein Lichtblick, denn es beruhigte sie, Heidi anzusehen, einen *schönen* Menschen vor Augen zu haben, dieses streng geschnittene Gesicht, die braunen kurzen Locken. Gleichzeitig spornte es sie an, ihre Skizze gut zu machen, dem Modell gerecht zu werden, und sie ging in den Unterrichtsraum, ließ sich auf einen Stuhl fallen, Tisch in der ersten Reihe, die waren bei Panasch immer frei. Der Meister hatte den Diaprojektor angeworfen und zeigte noch einmal Raffaels *Sixtinische Madonna*, die Farben des Gemäldes allerdings schon verblasst, aber es geht ja um den Ausdruck, die Dynamik, die Perspektive, und dann Projektor aus, Licht an, »alles wird besser, wenn man ein menschliches Modell vor Augen hat«, sagte Panasch. »Zumindest, wenn man über ein Mindestmaß an Talent und *Verständnis* verfügt.«

Das Modell drapierte das Tuch, »weil ja erst der weitgeschwungene Schleier die Kreiskonstruktion im Bildmittelpunkt vollendet«, das Kind allerdings gab Klagelaute von sich und wehrte sich nach Leibeskräften, es wollte nicht mit der Mutter in dieser stillen Haltung verbleiben. Und warum auch, heute war an-

41

scheinend alles in diesem Raum zu interessant, das Kind nicht müde genug wie bei den vergangenen Sitzungen, und schließlich kapitulierte Heidi und setzte es auf den Boden, wo es sogleich loskrabbelte, geradewegs auf Helene zu.

Panasch hatte seine Leichenbittermiene aufgesetzt, doch was sollte er machen, und Heidi war bisher ein Glücksfall gewesen, denn sie war heute schon das vierte Mal im Kurs und hatte es damit bedeutend länger ausgehalten als die anderen Modelle. Panasch wies sie an, in ihrer Madonnenstellung zu verbleiben, damit nicht »alles für die Katz« sei, doch es war unübersehbar, wie schwer es ihr fiel, ruhig stehen zu bleiben und das Kind frei herumkrabbeln zu lassen. Ruhiger wurde sie erst, als es bei Helene auf dem Schoß landete, einen Stift greifen und hemmungslos über die weit fortgeschrittene Skizze krakeln durfte. Die Arbeit von drei Sitzungen war perdu, aber Helene wunderte sich, wie kalt sie das ließ, und auch das mochte an Panasch liegen, an seiner herrischen Art; wie er jemanden runterputzen konnte vor der ganzen Gruppe; wie er alle grundsätzlich erst einmal für Faulenzer und Zeitdiebe hielt (seiner Zeit natürlich), und es nur den allerwenigsten gelang, ihn vom Gegenteil zu überzeugen, und nur diesen wenigen offenbarte der Meister das ganze Geheimnis seiner Kunst. Was soll's, dachte Helene, und selbst wenn Panasch sie auserwählt hätte, wäre sie ihm nicht gefolgt. Oder doch?

Das Kind hatte sein Übermalungswerk vollendet und quittierte das mit einem fröhlichen Laut, Helene musste lachen (war in einem Panasch-Kurs zuvor jemals gelacht worden?), was den Meister auf den Plan rief. Als er Helenes Blatt sah, raufte er sich das schüttere Haar und wies Helene an, das Kind schleunigst zurück in Mutters Schoß zu verfrachten. Helene aber hielt es ihm hin und fragte: »Wollen Sie nicht einmal das Jesuskind auf dem Arm halten?« Diesmal lachte der gesamte Kurs, Panasch ruderte mit den Armen, um das Kind abzuwehren, als Heidi, die nun doch ihre Pose aufgegeben hatte, ihn erlöste, indem sie das Kind wieder an sich nahm. »Ruhe!«, brüllte Panasch, und als sich das Gelächter wieder etwas gelegt hatte, erklärte er die Sitzung für beendet.

Helene ließ sich Zeit, ihre Sachen zu packen, sie war die letzte Schülerin im Raum. Panasch war zu Heidi gegangen und hatte ihr etwas zugeraunt, woraufhin diese zurückblaffte, »es ist doch ein Kind, soll ich es denn festschnallen, oder wie stellen Sie sich das vor«, was der Zeichenlehrer mit einem Schulterzucken quittierte. Als er sich abwendete und Helene gewahr wurde, sagte er zu ihr: »Wenn Sie so wenig von Ihren Fertigkeiten halten, dass Sie ein Kind Ihre Zeichnung überkritzeln lassen, dann sollten Sie sich doch bitte einmal fragen, ob Sie hier richtig sind.«

Helene betastete ihre glühenden Wangen. So abgebrüht bist du also noch nicht, dachte sie. Und als Heidi zu ihr sagte: »Kompliment, das war immens schlagfertig«, machte es das nicht besser.

Vor dem Kursraum legte Heidi das Kind behutsam in den Kinderwagen, es protestierte nun nicht mehr.

»Ich weiß auch nicht, es ist sonst eigentlich nicht

meine Art …«, fing Helene an, bis sie merkte, dass sie das eigentlich Panasch sagen müsste, um ihn zu beschwichtigen. Heidi machte eine Handbewegung, als würde sie einen abgenagten Apfel über die Schulter werfen.

Sie gingen nach draußen, es schien doch noch ein ganz passabler Frühlingstag zu werden. Das Kind war sofort eingeschlafen.

»Was hältst du davon«, sagte Heidi, »wenn ich dich einmal zum Essen einlade? Mir fällt auf, dass ich schon lange keinen Besuch mehr hatte. Und irgendwie beschleicht mich das Gefühl, dass wir beide uns gut verstehen werden.«

Bad Camembert

Heidi öffnete ihr, sie hatte Claudia mit C auf dem Arm und einen Kochlöffel in der Hand. Aus der Madonna war eine Köchin geworden. Das Mädchen quiekte, erkannte sie anscheinend wieder. Helene gab ihr den Strampler in die Händchen, Claudia betastete den Stoff und steckte sich dann ein Stück davon in den Mund, kaute genüsslich darauf herum.

»Hölle auf Erden, sie zahnt gerade. Hast du das selbst genäht?«, fragte Heidi.

Helene nickte. »Ich weiß aber nicht, ob es ihr passt.«

»Du bist ja ein Geschöpf voller Talente, muss schon sagen.«

Helene nahm Claudia auf den Arm und sah sich um, Heidi machte sich an zwei Kochtöpfen zu schaffen. Eine kleine Dachwohnung, alles eng auf eng, aber wenigstens schienen es Heidis eigene Möbel zu sein; Schallplatten und Bücher lagen auf dem Boden verstreut, dazwischen Rasseln, Ringe, eine Steiff-Katze. Helene setzte das Baby ab, es krabbelte umher, durfte alles betasten und in den Mund nehmen.

Heidi trug ein dunkelgrünes, weites Kleid, brauner Gürtel, in den Ausschnitt hatte sie ein Tuch gehängt, damit Claudia das Kleid nicht gleich anknabberte oder vollsabberte. Helene überlegte, ob sie das solcherart schneidern könnte, dass es nicht nur praktisch wäre, sondern auch etwas eleganter aussah. Heidi entzündete das zweite Kochfeld und setzte das Nudelwasser auf, im anderen Topf köchelte eine rote Soße vor sich hin.

»Nudeln gab es bei uns nie«, sagte sie zu Heidi. »Meine Mutter hat immer behauptet, es sei einmal eine Tante daran gestorben.«

Ihre Gastgeberin lachte erneut, und war das nicht ein gutes Zeichen, wenn jemand auf diese Weise lachen konnte? Ein Lachen, hinter dem nichts anderes zu vermuten war.

Claudia mümmelte ein paar pürierte Nudeln mit, nuckelte eine Flasche leer, danach ließ ihr Bedürfnis, Helene anzulächeln und mit ihr Gluckslaute auszutauschen, schlagartig nach. Heidi legte eine Platte auf, etwas Klassisches, und brachte Claudia ins Bett, nach kurzer Zeit war sie eingeschlafen. Es gab kein Kinderzimmer und kein Kinderbett, Mutter und Tochter hatten ein gemeinsames Matratzenlager, ein befremdender Anblick, wenn sie an die strikte Trennung der Zimmer dachte, auf die ihre Mutter so viel Wert gelegt hatte. Helene fiel auf, dass ihre Gastgeberin eigentlich nicht viel hatte, das Nötigste, einen Tisch, eine Matratze, eine Kochzeile, ein Waschbecken. Heidi gähnte und entschuldigte sich, und bestimmt war es unhöflich zu bleiben, aber Helene genoss jede Minute in dieser Dachwohnung, und außer Frau Baas wartete niemand auf sie.

Heidi schenkte ihr Wein nach und kam auf Bad Camberg zu sprechen. Wie sie den im Grunde genommen lächerlichen Fehler begangen habe, jemanden zu heiraten, der sich nur mit ihr schmücken wollte, mit der studierten Musikerin, damit er da draußen, im feindlichen Leben, mit ihr prahlen konnte.»Drinnen, im Fachwerkhaus, sah die Sache anders aus. Dabei drehte sich alles nur um die zwei Stunden, wenn er abends nach Hause kam. Was sind schon zwei von vierundzwanzig Stunden, das ist doch ein fairer Handel, aber diese zwei gemeinsamen Stunden reichen schon aus, keine Frage, um alles andere zu überdecken. ›Was willst du denn‹, hat er gesagt, ›du kannst üben, lesen, du kannst dir Kleidung kaufen und Schmuck, du musst nicht mal kochen! Und wenn das erste Kind kommt, der Junior, wird es eine Kinderfrau geben, da lasse ich mich nicht lumpen.‹

Aber wehe, du zeigst dich unzufrieden, wehe, du bist ihm in diesen zwei Stunden nicht hold, dann rutscht ihm unversehens schon mal die Hand aus. Nach der Geburt von Claudia hat er mich einmal von oben bis unten grün und blau geschlagen, nur das Gesicht hat er verschont. Und gebrüllt hat er: ›Ich werde dir die Finger brechen, dass du nie mehr einen Ton spielen kannst. Und du weißt schon, dass du ohne mich ein Nichts bist, keinen Arbeitsvertrag wirst du bekommen, kein Konto eröffnen, es gibt keine müde Mark mehr.‹«

Sicherlich, sagte Heidi, sei das alles leicht vorhersehbar, leicht zu durchschauen gewesen, gewissermaßen ein Anfängerfehler, und haben ihre Musikerkolleginnen nicht immer davor gewarnt? »Aber dass ich wirklich eine Figur in einem so klischeehaften Roman werden würde, konnte ich mir nicht vorstellen. Und weißt du, Helene: Wenn es immer schon so mühsam war, sich selbst und die anderen vom eigenen Weg zu überzeugen, vor allem sich selbst, und du trägst diese Sätze in dir, das Gerede, wie dumm das mit der Musik ist, wie eigennützig, und das hat eine Wirkung gehabt, na logisch, über all die Jahre, es höhlt dich aus, du wirst porös, immer löchriger, und dann ist so eine Abkürzung plötzlich sehr verlockend, so eine Möglichkeit, dieses Gerede verstummen zu lassen.

Außerdem war er charmant und spendabel am Anfang, parlieren kann er, und von Mahler hat er auch schon mal was gehört, und du möchtest so gerne dieser einen Variante der Geschichte glauben, dass du mit ihm eine Musikerin sein kannst *und* eine Mutter, und dann fängst du an, als du merkst, dass er ein Schwein ist, eben an die zweite Geschichte zu glauben, dass diese wenigen Stunden Hölle am Tag wirklich immer noch ein faires Geschäft sind. Und er, er fühlt sich so sicher, dass er auf der richtigen Seite ist, dass er die längeren Hebel hat, dass du immer wirst angewinselt kommen, um Daddy um ein neues Collier zu bitten, denn das, was er zu bieten hat, ist immer noch mehr als das, was du sonst gehabt hättest. Nachdem er mich ein weiteres Mal geschlagen hat, ging es aber nicht mehr, ich bin aufgewacht und habe diesen Roman verlassen. Er hat geflennt und gesagt, wie leid ihm das alles tue.«

Helene wusste nicht, was sie darauf sagen konnte. Es formierten sich Wörter, erste Sätze in ihrem Kopf, Sätze der Bestätigung, des Nachempfindens, aber wer bist du, dachte sie, dich mit solchen Erfahrungen in

Beziehung zu setzen. Und daher schüttelte sie nur den Kopf, setzte an, brach ab, sie trank den Wein in zwei großen Schlucken. Sie hatte ihn nicht angerührt, während Heidi erzählt hatte. Es wurde prompt nachgefüllt.

»Das Gute ist, dass ich ein Mädchen bekommen habe. Bei einem Jungen wäre es noch viel hässlicher geworden. Aber so: Betriebsunfall, vertuschen, ein paar Mark abdrücken, noch einmal von vorne. In Bad Camberg fand letztes Jahr die deutsche Meisterschaft im Verdrängen, Vertuschen, Vergessen statt. Das ist vielleicht sogar mein Glück.«

Helene trank den Wein wieder in großen Schlucken aus. Was sollte sie Heidi sagen, einer Frau, die so etwas durchgemacht hatte, und du selbst, dachte sie, hast doch noch gar nichts erlebt. »Bad Camberg«, murmelte sie und fing an zu kichern. »Ich muss immer an Camembert denken.«

Heidi sah sie unverwandt an, Helene konnte diesen Blick nicht deuten und wollte sich schon entschuldigen, dass sie so salopp reagierte, aber dann fing ihre Gastgeberin an zu lächeln. »Das mag ich an dir ...«, sagte Heidi und nahm einen weiteren Schluck, ohne dass sie den Satz zu Ende führte. »Und du hast ja völlig recht, diese ganze Stadt ist Käse!«

»Camberg ist Camembert!«, skandierte Helene, »Camberg ist Camembert!«

Heidi stimmte ihr zu, alles ist besser als das, da bevorzuge sie diese zugige Dachkammer inklusive Erziehungs- und Bildungsschnitzer, dann sei sie lieber Rabenmama, als ihr Kind in einem Internat zu parken. Nur dass sie kein Klavier mehr habe, das sei sehr schmerzlich.

Claudia schlief friedlich, Heidi gähnte, Helene stand auf und sagte, sie müsse nun aber wirklich los.

»Jetzt habe ich so viel von mir geredet«, sagte Heidi, »das nächste Mal bist du mit deinem Roman dran.« Sie umarmten sich, und Helene fiel es schwer, das Gespräch, die Musik und den Geruch nach Bolognese-Soße hinter sich zu lassen.

Als sie zurück nach Oberrad fuhr, merkte sie, dass sie betrunken war. Auf eine neue Weise betrunken. Sie trat fest in die Pedale, es fiel ihr leicht; sie spürte, wie die Nacht an ihr vorbeirauschte, die Luft kam ihr eigenartig klar und frisch vor. Sie lächelte. Das erste Mal, dachte sie, aber nicht das letzte Mal, dass wir uns getroffen haben.

Das Geheimnis des Jazz

Ihre Augen tränten in der verrauchten Luft. Sie werde sich schnell daran gewöhnen, meinte Heidi und nahm ihre Hand, führte sie wie ein Kind zu den Getränken. Große Bar, kleine Bühne, Instrumente standen bereit. Stimmengewirr, Gelächter, »Willi, noch ein Schöppchen«; Heidi grüßte, umarmte, küsste Wangen. Helene war zunächst überwältigt von den Gesichtern, Bärten, Frisuren, Sonnenbrillen, Schnaps- und Apfelweingläsern. Sie versuchte zu vergessen, dass sie in einem Keller war, fühlte sich heillos überfordert, aber sie wollte das schaffen, einen solchen Abend durfte sie sich nicht entgehen lassen. Eine Hand hielt ihr ein Glas Wein hin und sie nippte, und der Geschmack erinnerte sie an Holz, an feuchte Erde, mit zwei Zügen hatte sie das Glas geleert.

»Himmel«, sagte Heidi und machte ein besorgtes Gesicht, »das mit dem Wein muss ich dir noch einmal erklären. Man trinkt ihn langsam, weißt du. Aber warte mal, jetzt hab ich's: Du bist nicht zufällig eine Schnapsdrossel und eigentlich ganz anderes gewöhnt?«

»Das ist der Keller. Ich muss mich ... beruhigen.«

»Warte erst einmal ab, bis die anfangen zu spielen. Dann bist du abgelenkt, es wird sich lohnen, glaub mir.«

Helene wollte das gerne glauben. Aber was war eigentlich mit der Musik? Noch immer machte niemand Anstalten, auf die Bühne zu gehen, der Raum wurde nur immer voller und die Rauchschwaden dichter. Hier durfte Heidi also manchmal tagsüber üben, weil sie einen dieser Jazzmusiker kennengelernt hatte, und Claudia blieb dann bei ihr. Helene hatte den Gesichtsausdruck von Frau Baas vor Augen, als sie das erste Mal mit dem Kind aufgetaucht war. Das Kindchen wird sie doch wohl nicht im Stadtwald aufgelesen haben? Nein, das sei ihr plötzlich aus dem Schoß gefallen. Und dann: Kinnlade runter, das Baas'sche Lächeln kaputt. Heute war Claudia bei einer anderen Freundin geblieben, und das war also eine Premiere, dass sie eine Heidi erleben würde, die nur Freundin war und nicht zugleich die Mutterrolle spielen musste.

Die Musiker kamen endlich auf die Bühne, sie trugen T-Shirts und aufgeknöpfte Hemden, zwei hatten noch Bierflaschen in der Hand. Natürlich, dachte sie, wie sollten sie auch sonst gekleidet sein, und trotzdem fühlte sie sich ertappt bei der Vorstellung, Musiker müssten Anzüge tragen und glänzende schwarze Schuhe. Das Saxofon gab etwas vor, die Posaune antwortete, und was machte der Kontrabass? Wollte woanders hin, aber das machte nichts, die anderen fingen ihn wieder ein. Es kam, mitten im Stück, ein weiterer Musiker auf die Bühne, augenscheinlich ein amerikanischer Soldat, setzte sich ans Klavier und spielte auf eine Weise, wie sie es noch nie gehört hatte. *Ungehorsam*, dieses Wort drängte sich ihr auf, wie oft hatte sie es aus Mutters Mund vernommen, aber vielleicht war das ganz falsch, denn es würde ja bedeuten, dass man gegen Regeln verstieß, aber vielleicht gab es im Jazz diese Regeln gar nicht, oder sie wurden einfach beim Spielen ausgehandelt. Applaus für den Pianisten, jetzt spielten alle Instrumente zusammen, bis das Saxofon ein neues Thema ausgab, und so ging es weiter. Die Musiker schwitzten, verständigten sich durch Blicke, lächelten, sie spielten zusammen, und trotzdem durfte jeder irgendwie allein bleiben, für sich.

»Das ist das Geheimnis des Jazz«, sagte Heidi, als die Musiker wieder pausierten. »Es ist faszinierend und frustrierend zugleich.«

»Warum frustrierend?«, fragte Helene. Sie versuchte diesmal, den Wein langsamer zu trinken.

Weil sie so viele Jahre gekämpft habe, sagte Heidi, Disziplin, stillhalten, sich rechtfertigen, und jetzt kommt so etwas Freies daher, und sie fühle sich, als käme sie zu spät, als habe sie in Niederrad auf der Galopprennbahn jahrelang auf das falsche Pferd gesetzt.

»Aber kannst du nicht umsatteln, wenn wir schon bei Pferden sind?«

»Siehst du hier irgendwo eine Frau an den Instrumenten, Helene? Die Freiheit des Jazz, genießen darf sie ja jeder. Aber wenn du mitspielen willst … *das* jedenfalls hat sich nicht geändert. Also darf ich hier nachmittags in die Tasten hauen, wenn kein anderer da ist. Aber ich will nicht undankbar sein. Es ist viel besser, als gar nicht üben zu können.«

Die Musiker spielten wieder, aber diesmal waren
es andere, nur den Posaunisten erkannte sie. Heidi
entschuldigte sich, Helene verlor sie aus den Augen,
und auch wenn es nur Männer waren, sie konnte sich
dem Herzschlag dieser Musik nicht entziehen.

»Das ist die Musik der Zukunft!«, lallte ihr jemand
ins Ohr. »Jeder ist ein Schöpfer!« Bieratem, sie ver-
mutete ein Bubi-Gesicht hinter der riesigen Sonnenbrille, insgesamt ein schmales Handtuch, kaum
größer als sie, ein Kugelschreiber steckte in der
Hemdtasche. Wie er das denn meine, rief sie ihm zu,
sie wollte den Mund nicht zu nahe an sein Ohr lenken. Doch der Typ verstand kein Wort, lächelte sie
besoffen an, ging nicht weg, und sie hatte keine Lust,
ihn anbrüllen zu müssen, um sich zu verständigen.
Also hörten sie noch eine Weile der Musik zu, dann
merkte sie aber, wie eine feuchte Hand nach ihrer
Hand griff. Helene sah sich nach Heidi um, aber ihre
Freundin war nicht zu sehen, da ließ sie zu, sich von
dieser Hand führen zu lassen, die Stufen empor, nach
draußen, an die Luft.

»Ich unterhalte mich nicht gerne mit einer Sonnenbrille«, sagte sie zu ihm. Er lächelte weiterhin schief.
Auf der Kleinen Bockenheimer war nicht mehr viel
los, sternenklare Nacht, das Grundrauschen der
Stadt. Jetzt endlich nahm er die Sonnenbrille ab. Er
habe gedacht, dass man bei einem Jazzkonzert eine
Sonnenbrille tragen müsse, als Symbol, wie die Fliege
in der Oper, jeder Stil habe doch eine eigene Klei-
dungsordnung, aber ganz so rigoros sei das wohl nicht
im Jazz.

»Dann ist das also auch dein erstes Jazzkonzert?«, sagte sie.

Er wusste nicht, wohin mit der Brille, also behielt er sie in der Hand und fuchtelte damit herum, und als er ihr erklärte, wie er das gemeint habe, das mit der Musik der Zukunft, steckte er sich sogar einmal den Bügel in den Mund, wie das Herr Holz immer getan hatte, im Mathematikunterricht, wenn er über die Mysterien des Bruchrechnens referiert hatte.

»Im Jazz hast du das Recht, du zu sein, und ich bin ich!«

»Aha«, sagte Helene und hörte den Ausführungen nicht weiter zu, sie beobachtete lieber den Körper, den Träger dieser wirren Ideen, Berufskrankheit, und das mit dem Handtuch hatte gestimmt, er war schmalschultrig, ein langer Hals, feine Gesichtszüge, schwarzes gestutztes Haar, das Beste waren die Augen, und er war ja ein Narr, sie hinter einer dunklen Brille zu verbergen.

»Schön, schön«, sagte Helene und wollte zurück in den Keller, nach Heidi suchen. Da ging er vor ihr auf die Knie und skandierte:

»Wir wissen doch nicht, wie die Sterne stehen. / So schnell dürfen wir noch nicht auseinandergehen.«

»Von Goethe ist das nicht gerade«, sagte sie.

»Harald Kaufmann.«

»Nie gehört.«

»Gestatten, er kniet vor Ihnen. Wobei er viel lieber Harry genannt werden möchte.«

»Ob ich das möchte, bleibt abzuwarten.«

Er half ihr, Heidi zu suchen, aber im Keller war sie

nicht, und ohne Heidi wollte sie hier nicht bleiben. Harald Kaufmann wich nicht mehr von ihrer Seite, begleitete sie zu ihrem Fahrrad, ließ sie aber nicht losfahren ohne die Gewissheit, sie wiedersehen zu dürfen. Ob er auch ohne Alkohol ein so großer Redner war? Vermutlich das genaue Gegenteil, ein einsamer Schweiger.

»Ich glaube an Kairos, schöne Frau, an den Gott des richtigen Augenblicks. Sonst glaub ich so ziemlich an gar nix. Und dieser Gott wird sehr zornig, wenn man die Gelegenheiten, die er den unwürdigen Menschen schenkt, verstreichen lässt. Und jetzt wir, Helene, wir und der Jazz, wir und der Keller, wir und die Sterne, wir und diese Nacht ...«

»Wenn es diesen Kairos wirklich gibt, dann wird er uns erneut zusammenführen, denke ich mir. So schnell darf eine Gottheit doch nicht die Flinte ins Korn werfen, oder?«

Er machte ein unglückliches Gesicht, ließ den Kopf sinken und kickte mit den außergewöhnlich hässlichen Slippern gegen einen Stein. »Ach, da wäre ich mir nicht so sicher, er ist wirklich ein sehr zorniger und ungeduldiger Gott, habe ich mir sagen lassen. So einer von der alten Sorte, kommt einem gleich mit der Sintflut, wenn die Menschen nicht das machen, was sie sollen.«

»Hm«, sagte Helene. Sie wollte ihn noch ein bisschen zappeln lassen. Aber was war mit Heidi? Wäre es nicht besser, bei ihr vorbeizufahren und sich zu versichern, dass es ihr gut ging? Oder war sie mit ihrem Jazzfreund weggegangen und sie würde in einem denkbar ungünstigen Zeitpunkt bei ihr auftauchen?

»Wie darf ich Ihre sybillinische Antwort deuten?«, fragte Harald Kaufmann, und es schien, als würde er auf einmal in sich zusammensacken, als hätte er keine Kraft mehr, dieses Spiel weiterzuspielen. Helene griff sich den Kugelschreiber aus seiner Hemdtasche, ließ sich eine Telefonnummer diktieren und schrieb sie auf ihren Unterarm, was nach einigen Anläufen auch funktionierte. Der Mann hatte sogleich wieder Feuer gefangen und wollte sie mit einem weiteren Redeschwall darauf verpflichten, ihn auch wirklich anzurufen, und zwar so lange, bis er auch selbst am Apparat sei und nicht sein in diesen Dingen sehr unzuverlässiger Bruder, doch sie gab ihm dankend den Kugelschreiber zurück, sagte, er solle doch bitte seinem merkwürdigen Gott etwas mehr Vertrauen entgegenbringen, setzte sich aufs Rad und fuhr los.

Auf der Alten Brücke machte sie Halt, stellte sich an die Balustrade und sog die kühle Nachtluft ein, kaum Verkehr, der Main so ruhig, als hätte ihn ein Gewerkschaftsführer dazu angehalten, nachts eine Pause zu machen. Sie sah in den Himmel. »Wir wissen doch nicht, wie die Sterne stehen«, hatte Harald Kaufmann gesagt, dieser Vogel. Es ist eine helle Nacht, dachte sie, jedenfalls keine stille, sie hatte das Saxofon im Ohr, die Posaune, die Zunge fühlte sich pelzig an. Heidi, ich muss noch lernen, wie man Rotwein trinkt. Sie fuhr weiter und blickte mehrmals auf die Zahlen auf ihrem Arm.

Theophil Seemann und das Kaleidoskop

Ein Lehrer müsse entweder besonders klug oder besonders schön sein, hatte Heidi neulich gesagt. Theophil Seemann erfüllt keines der beiden Kriterien, dachte Helene, als er gerade die Druckwerkstatt betrat. Wie immer bewaffnet mit seinem silbernen Rollwagen, vollgestapelt mit *Dingen*. Er würde mindestens fünf Minuten benötigen, um alles zu sortieren und für den Unterricht bereitzulegen; dramaturgische Pause, nannte er das, daher konnte sie ihn in Ruhe studieren. Seemann war der Typ Bastler oder gar Modellbauer, er konnte sich stundenlang über die richtige Klebetechnik auslassen, die Beschaffenheit von Papier, Vor- und Nachteile der verschiedenen Drucktechniken, wie man Naturmaterialien richtig konserviert, wie man dieses, wie man jenes. Während andere Lehrer, allen voran Panasch, über Sinn und Unsinn der Kunst an sich, über Schöpfungskraft, Talent, das männliche und das weibliche Prinzip spekulierten, ging es Seemann um das Machen. Er legte keinen Wert auf Äußerlichkeiten, die Locken sprudelten, der Bart spross, der befleckte Kittel bekam neue Flecken, die Arbeitshose rutschte trotz Bauchansatz und musste zwischendurch immer wieder hochgezogen werden.

Dennoch war ihr das Fach Buchgestaltung am

liebsten. Das auch, da sie von Theophil Seemann in seiner beiläufigen, leisen Art so etwas wie Bestätigung erfuhr. Das meiste lief an ihm vorbei, aber es war ihm anscheinend nicht entgangen, dass er in Helene eine ähnliche Sammelleidenschaft entfacht hatte. Und sie hatte sich ja einige Mühe gegeben, in seinen Stunden aufzufallen, sie hatte seinen Blick gesucht, während er zu der kleinen Gruppe gesprochen hatte, sie hatte ihm Fundstücke gezeigt, sogar über die beengten Verhältnisse bei Frau Baas geklagt.

Der erste Gegenstand, den er heute vorzeigte, war eine Überraschung. Er hielt sich etwas vor das Auge, und Helene dachte erst, es sei ein Fernrohr, es war aber ein Kaleidoskop, ein Kinderspielzeug. Seemann drehte es eine Weile, ohne ein Wort zu sagen, ohne zu beschreiben, was er da sah. Dann flüsterte er, das Wort Kaleidoskop komme aus dem Griechischen und bedeute *schöne Formen sehen*. Und das treffe ziemlich genau, worum es ihm gehe. Ein kaleidoskopischer Blick und ein ebensolches Denken, die es zuließen, in allen Dingen eine schöne Form zu erkennen. Egal, was es sei, das Banale oder das Exotische, das Geläufige oder das Seltene.

»Und wie soll man bitteschön so ein Kaleidoskop in ein Buch einbauen?«, fragte Peter, der diese Frage in hundert Variationen vorbringen konnte, »und wie soll man bitteschön …«, je nach Unterrichtsgegenstand, und damit doch immer nur ein und dieselbe, nämlich *seine* Begriffsstutzigkeit zum Ausdruck brachte. Doch Seemann schien fast erleichtert, dass dieser für seine Verhältnisse schon allzu theoretische und vor allem lange Exkurs durch eine Frage unterbrochen wurde. Er wies darauf hin, dass wir daran gewohnt seien, die Buchseite von links nach rechts, das gesamte Buch von vorne nach hinten zu lesen.

»Ja wie denn sonst«, entfuhr es Peter, der selbst zugab, nur an der Werkkunstschule zu sein, weil er nicht wisse, wo er sonst sein solle. Im Japanischen allerdings, fuhr Seemann fort, um nur ein Beispiel zu nennen, gehe die gewohnte Sehrichtung von oben nach unten und von hinten nach vorne. »Sie erkennen daran, dass es sich nicht um ein Naturgesetz, sondern um eine kulturelle Prägung handelt, die variabel ist.«

Warum also nicht einmal diese Prägung durchbrechen, das Buch in anderen Linien, Querlinien etwa, und in anderen Bewegungen denken? Das Buch nicht nur aufschlagen, sondern es drehen, wenden, Anfang und Ende auflösen, Kreisbewegungen anlegen.

»Sie dürfen in anderen Formen denken! Der Text kann rund gesetzt sein, oder dreieckig. Er kann seine festen Außengrenzen verlieren, über die Seiten fließen, mäandern, wenn Sie verstehen, was ich meine. Genauso ist es mit der Illustration, ist es mit dem Einband, denken Sie sich alles in Bewegung, denken Sie sich alles zusammengehörig, keines der Elemente hat Vorrang, alles kann, darf und soll eine Form haben, eine schöne Form, aber welche Form es ist, das ist offen. Und welche Materialien Sie einsetzen, das ist ebenso offen.«

»Das Buch ist also das Kaleidoskop?«, fragte Peter nach.

Seemann war ins Schwitzen gekommen, mit dem

Kittel wischte er sich mehrmals über das Gesicht, er zitterte. Das war ja ein Ausbruch, dachte Helene, war das nicht so etwas wie eine Grundsatzerklärung? Und wären Seemanns Worte ein Vertrag, auf den man sich verpflichten müsste, sie hätte ihn ohne zu zögern unterschrieben. Als es keine weiteren Fragen oder Kommentare gab, seufzte der Lehrer und wirkte gleichzeitig erleichtert, sich wieder dem konkreten Tun zuwenden zu können, den anderen Dingen auf dem Wagen, die Stunde ging schnell vorbei.

»Helene, kommen Sie doch bitte einmal kurz zu mir«, sagte Seemann, als alle zusammenpackten. Jetzt wird er mich bestimmt fragen, wie ich die Sache mit dem Kaleidoskop fand, und ob das verständlich gewesen sei, und sie ärgerte sich, dass sie nicht während der Stunde darauf reagiert, eine Rückfrage gestellt hatte, die etwas über Peters *Bitteschön* hinausging. Vielleicht fühlte Seemann sich von ihr im Stich gelassen, denn er hatte, in einem Kurs mit nur sechs Schülern, auf sie gezählt.

»Entschuldigen Sie bitte«, sagte sie, »dass ich vorhin so still war. Aber ich musste das alles erst einmal ...«

»Ich habe da eine gute Neuigkeit«, unterbrach er sie. »Man darf mir sicher vorwerfen, dass ich mich um das Institutionelle dieser Schule zu wenig kümmere, aber als Neuling muss ich mich auch erst orientieren, na ja, und das Bürokratische ist nicht so meins. Was ich aber erreichen konnte, ist, einen neuen, größeren Lagerraum für den Bereich Buchgestaltung zu bekommen. Eine bessere Besenkammer, aber es kommen schon einige Regalmeter zusammen. Und ich möchte Ihnen anbieten, diesen Raum für Ihre Sammlung mitzubenutzen. Hier ist der Schlüssel, also, ein Zweitschlüssel.«

Helene zögerte. »Aber ist das nicht, ich meine, die anderen Schüler ...«

»Meines Wissens sammeln die anderen Schüler nicht in einem nennenswerten Ausmaß. Also werden sie keinen Bedarf anmelden.«

»Das ist sehr freundlich«, sagte Helene. »Und eine große Erleichterung für mich.«

Der Lehrer schien noch etwas hinzufügen zu wollen, er holte Luft, seine Wangen glühten, doch es wurde nur ein deutlich vernehmbares Ausatmen, eine Art Seufzer.

Helene nahm den Schlüssel an sich und sagte: »Um noch einmal auf die Sache mit dem Kaleidoskop zurückzukommen ...«

»Danke«, unterbrach sie Theophil Seemann und machte sich daran, seinen Rollwagen wieder zu bestücken. Helene verstaute den Schlüssel in ihrem Tornister, verabschiedete sich und ging.

Das siebte Kind

Harald Kaufmann wartete bereits am Maunzenweiher auf sie. Er warf flache Steine ins Wasser, wollte sie springen lassen, aber mehr als zwei Aufsetzer gelangen ihm nicht. Als er sie bemerkte, machte er mit dem Arm eine seltsame Bewegung, bekam ihn wieder unter Kontrolle, unbeholfen umarmten sie sich. Auf die Frage, ob es ihm denn hier gefalle, säuselte er: »Wie im Paradiese / fühlte ich mich gleich, / und die grüne Wiese / war das Himmelreich.«

»Herrje, ist das wieder ein Kaufmann?«, fragte sie.

»Operette.«

»Das macht die Sache nicht unbedingt besser.«

Sein Gesicht, sein Körper im Tageslicht. Die Kleidung, der dunkle Pullover, er war ihm zu klein, die beige Hose, sie war ihm zu kurz. Sie versuchte, ihn nicht anzustarren. Sie wollte ihn aber anstarren. Ihn mit den Augen erkunden. Ihn am liebsten betasten, nur, um ihn kennenzulernen. Seine Haut, sein Haar. Um einen Eindruck von seiner Beschaffenheit zu gewinnen. Ihn wiegen und nicht für zu leicht befinden. Ist es das? Sie spürte, wie das, was sie sonst hier suchte, zur Kulisse wurde: der Weiher mit den zwei Miniaturinseln, darauf die Birken und Buchen, im Wasser dümpelten zwei Kanadagänse.

»Was denkst du?«, fragte er, und sie erschrak, hatte

sie sich doch von ihm abgewandt – und für wie lange, zwei, drei, fünf Minuten? Er ging zum Fahrrad zurück, würde er jetzt verschwinden? Dort lag ein Gitarrenkoffer im Gras, er nahm ihn an sich.

»Bist du ein Musiker?«, fragte sie.

»Nein, nein, ein angehender Diener des Staates. Ein Pauker in Ausbildung. Fächer: Geschichte und Deutsch. Nebenfach: Musik. Vor allem das Nebenfach bereitet mir Probleme, denn außer ein bisschen mit der Gitarre scheppern kann ich nicht viel.«

»Vielleicht reicht es ja, dabei einfach eine Sonnenbrille aufzusetzen, wie neulich.«

Sein Lächeln nahm ab. Im Sonnenlicht wirkte er noch schmaler, drahtiger, und er war wirklich kaum größer als sie; ein sanftes Gesicht, nur der Blick hatte zuweilen etwas Durchdringendes, Bohrendes. Und einkleiden, komplett neu einkleiden müsste man ihn.

Sie gingen ein Stück, nahmen auf einer Bank Platz, ihr Tornister stand zwischen ihnen, er öffnete den Koffer und nahm umständlich die Gitarre zur Hand, zupfte daran, sie erkannte *Are You Lonesome Tonight* von Elvis, aber er sang es auf Deutsch wie Peter Alexander: *Bist du einsam heut Nacht.* Ob er die Schüler damit auf seine Seite bringe, wisse sie nicht gerade, aber es klinge doch nicht so schlecht, also jedenfalls besser, als sie gedacht habe, und schon wieder hatte sie ihn verprellt. Warum bist du so grob, dachte sie. Dabei hatte es ihr gefallen, er hatte eine schöne Stimme. Er stand auf, machte eine tiefe Verbeugung und verstaute die Gitarre im Koffer. Jetzt wird er die

Sache endgültig abbrechen. Doch Harald Kaufmann blieb, zog eine Schachtel Overstolz aus der Hosentasche, bot ihr eine an, und als sie ablehnte, zögerte er kurz, dann zündete er sich die Zigarette an und setzte sich wieder. Er wirkte auf Zack, aber wie bei ihrer ersten Begegnung schien er kurze Momente zu haben, in denen er förmlich zusammensackte, sich sein Mut verspannte, so war es auch jetzt.

»Können wir vielleicht die Uhr zurückdrehen und noch einmal von vorne beginnen?«, sagte sie. »Also, ich heiße Helene, ich bin 23 Jahre alt und lebe in Frankfurt am Main.«

»Ich heiße Harry, ich bin 24 Jahre alt und lebe in Offenbach.«

»So eine Bank ist eigentlich recht ungemütlich«, sagte sie. Sie lotste ihn wieder direkt ans Ufer, hier kannte sie sich aus, sie setzte sich neben den Tornister auf den Boden und zog die Sandalen aus, tauchte die Füße ins Wasser. Es war kälter, als sie erwartet hatte. Harry setzte sich diesmal direkt neben sie, entledigte sich der Schuhe, krempelte die Hosenbeine hoch. Als er die Füße im Wasser hatte, fing er an, mit ihnen Kreise zu ziehen und wenig später, als er mutiger wurde, Wasser auf ihre Füße zu spritzen. Sie wehrte sich, na warte, schob den Rock etwas nach oben, damit er nicht so nass wurde. Eine von ihr losgetretene Welle landete auf seiner Hose, es machte ihm nichts aus. Als er zurückspritzen wollte, berührten sich ihre Füße, und sie zog sofort zurück.

Sie schauten stumm auf das Wasser. Habe ich es doch gewusst, dass er ohne Alkohol ein Schweiger ist.

Sie holte das Skizzenbuch aus dem Tornister und fragte, ob sie ihn zeichnen dürfe. Er erlaubte es ihr und zündete sich eine weitere Zigarette an. Eine Stockente näherte sich vom Wasser aus, und Harry behauptete leise, dass sei er, das hässliche Entlein, also rein familienhistorisch betrachtet. Dass er das siebte Kind eines siebten Kindes sei, und ob sie schon einmal von der Legende gehört habe, dass diese Kinder Heilkräfte haben oder in die Zukunft schauen könnten. Nun, beides habe sich bei ihm noch nicht gezeigt, zumindest nicht, dass er wüsste. Eine große Familie also, deswegen habe er zwei, drei Jahre in einem Heim gelebt, da seine Eltern zeitweise nicht für alle sorgen konnten. Das habe sich gebessert, als zwei der Geschwister früh verstarben und der Vater eine andere Anstellung ... aber was sei nur in ihn gefahren, sie kennen sich kaum und schon langweile er sie mit seiner Geschichte.

»Warum aber solltest du ein hässliches Entlein sein?«, fragte sie. Sie hörte auf, ihn zu porträtieren, klappte das Skizzenbuch zu, ohne dass er die Zeichnung gesehen hätte.

»Das siebte Kind! Alle denken sie in der Familie, ich wäre irgendwie verflucht oder dergleichen. Ich habe das Abitur nachgeholt und angefangen zu studieren, das ist in meiner Familie noch nicht vorgekommen, es ist auch nicht vorgesehen. Mit meinem ältesten Bruder Wolfgang fahre ich Getränkekästen aus, und weil ich nicht so viel schleppen kann wie er, muss ich mir anhören, dass ich ein Gernegroß sei, ein Aus-der-Art-Geschlagener, ein Schöngeist und damit gleichzeitig ein Waschlappen. Denn schön ist, wer Kraft hat, hässlich ist, wer schlappmacht.«

»Hm. Und warum willst du dann unbedingt Lehrer werden und nicht Preisboxer?«

Harald Kaufmann sah sie lange an, die Iris ein helles Blau, dahinter ließen sich keine Geheimnisse verstecken, dachte sie. Aber auf ihre Frage antworten, das wollte er nicht. Ob sie nicht vielleicht versuchen sollten, zusammen ein Lied zu singen, schlug sie vor, von Elvis gebe es doch fröhlichere Sachen, doch er schüttelte vehement den Kopf, das übersteige seine Fähigkeiten, außer ein paar Brocken von *Love Me Tender* könne er nichts. Da sie nicht lockerließ, wagte er sich an *It's Now or Never*, fuhr unkontrolliert über die Seiten und sang herrlich schief, nach der dritten Zeile wusste er schon nicht mehr weiter. Sie versuchten es zusammen, es wurde ein Fiasko. Weil sie den Text nicht kannten, sangen sie nach einer Weile nur noch »O sole mio«, lachten lauthals, und erst jetzt spürte Helene, wie angespannt sie vorher gewesen war.

»Sehr gut«, sagte sie, als sie wieder Luft bekam, »so könnte es etwas werden mit dir und den Schülern.«

Harry prustete noch immer, kugelte sich etwas zur Seite, dabei schob sich sein Pullover nach oben und offenbarte mehrere lang gezogene Narben, quer verliefen sie über den unteren Rücken, fast sah es nach einer gewollten Anordnung aus. Sie konnte nicht anders, sie streckte den Finger aus, um die Narben zu betasten, und als er dies bemerkte, zog er den Pullover schnell wieder nach unten.

»War das dein Vater?«

»Nein, mein Vater ist ein seltsamer Mann, aber er hat uns nie geschlagen. Das ist im Heim passiert. Es gab da einen Lehrer, der war nicht ohne, was den Rohrstock angeht. Ich war immer der, den man sich leicht herauspicken konnte, ich habe oft die Tracht Prügel abbekommen, wurde für irgendetwas verantwortlich gemacht, das ich gar nicht ausgefressen hatte. Na ja, manchmal habe ich es auch drauf angelegt.« Er machte eine Pause, richtete sich wieder auf. »Ich will nicht, dass Kinder auf diese Weise *erzogen* werden. Ich schätze, das treibt mich an, deshalb will ich Lehrer werden und nicht Preisboxer.« Er schnippte die Zigarette weg und klopfte sich mit der Handfläche auf die Stirn. »Entschuldige«, sagte er, »ich bin zu weit gegangen. Aber ich habe bei dir immer das Gefühl, schnell sein zu müssen, weil du in der nächsten Sekunde weglaufen könntest. Oder wegfliegen.«

»Du musst dich nicht immer entschuldigen«, sagte sie, »ich kann was vertragen. Und es freut mich ja, dass du mir das sagen kannst, ohne dass wir uns besonders gut kennen.«

»Das erste Treffen«, erwiderte er, »und ich komme gleich mit den ganzen Altlasten, schwadroniere die ganze Zeit, habe dich noch nicht eine Sache gefragt: welche Vorlieben du hast, dein Lieblingsessen, wohin du gerne einmal verreisen möchtest, solche Sachen. Wie man das doch so macht.«

»Und dann singst du auch noch Elvis auf Deutsch«, sagte sie und musste lachen. »Ich habe mich übrigens auch nicht viel besser angestellt.« Sie tauchte noch einmal die Füße in den Weiher, das Wasser kam ihr wärmer vor. Sie versuchte, sich zu erinnern, Bilder heraufzubeschwören. Sie war sich nicht sicher, ob es diese Bilder wirklich gegeben hatte. Ob es nur Wunschbilder waren, eine Gaukelei. »Das erste Mal war ich mit meinem Vater hier«, sagte sie. »Das ist lange her. Seitdem bin ich immer allein gekommen.«

»Das wundert mich gar nicht«, hob er an, »Väter sind …«

»Nein, nein, mein Vater starb kurz nach dem Krieg. Er konnte nicht, ich meine …«

»Das tut mir leid.« Harry neigte sich zu ihr hin, hielt inne, schien zu überlegen, ob es sich schickte, dann legte er den Arm um sie.

»Meine Mutter hat mich allein großgezogen. Ihr Name ist Charlotte. Sie möchte nicht, dass man sie Lotte nennt. Das traut sich nur ihr Bruder. Dabei ist es schade, Lotte klingt so leicht und schön …« Sie nahm die Füße aus dem Wasser und schüttelte sie, Harry zog den Arm zurück. Sie stand auf, setzte sich den Tornister auf den Rücken, nahm die Sandalen in die Hand. Man sollte nicht zu früh mit den Eltern anfangen, dachte sie. Harry nickte ihr zu: bestätigend, wissend, mitfühlend? Vielleicht konnte er ihre Gedanken hören. Vielleicht hatte er, als siebtes Kind eines siebten Kindes, ja doch besondere Fähigkeiten.

Als sie zu den Fahrrädern gingen, eilte er plötzlich voraus, drehte sich zu ihr um und legte einen Tanz mit dem Gitarrenkoffer hin. Ein schneller Walzer, er wurde immer schneller, zu schnell für ihn, er ließ den

Koffer fallen. Helene fand es faszinierend, wie schnell er sich verändern konnte und wie sein gesamter Körper dabei mitwirkte, leicht und schwer, fliegen und versinken, er war in der Tat ein seltsamer Vogel, dieser Harald Kaufmann. Sie umarmten sich, und als sie sich bereits verabschiedet hatten, rief sie Harry noch einmal zurück. Sie setzte ihren Tornister ab, durchsuchte ihn, bis sie das Maßband fand.

»Was machst du da?«, fragte er.

»Maß nehmen, was denn sonst.«

»Das heißt, wir sehen uns auf jeden Fall wieder?«

»Warum nicht?«, sagte sie. »Ich habe eine Vorliebe für hässliche Entlein, musst du wissen.«

Das sage ich jetzt nur zu Ihnen

Claudia konnte nicht genug davon bekommen. Sie saß ihr gegenüber, Helene rollte ihr den Ball zu und sie patschte mit den Händen danach, jauchzte und sagte jedes Mal: »Ball!« Als es ihr dann doch langweilig wurde, zog sie sich am Stuhl hoch und taumelte durch das Zimmer, mit den Händen machte sie Flatterbewegungen, als wollte sie gleich abheben. Helene war in Alarmbereitschaft, hoffentlich würde Claudia nicht stürzen und mit dem Kopf gegen eine Kante knallen. Das Zimmer war eng, und es war nicht viel leerer geworden, seit sie ihre Sachen in der Werkkunstschule aufbewahren konnte. Bitte nicht den Schallplattenspieler! »Pieler!«, sagte Claudia, so etwas kannte sie ja von ihrer Mutter, und Helene kam gerade noch rechtzeitig, ihre erste und bisher einzige Platte zu retten.

»Sieh an, eine Frau von Welt«, hatte Frau Baas kommentiert, als sie Helene mit dem Telefunken in den Händen abgefangen hatte. »Aber gell, Sie wissen schon, dass ich äußerst lärmempfindlich bin.«

So, jetzt hatte Claudia die neuesten Blätterfunde vom Tisch gefegt, das Mädchen musste sich wieder irgendwo festklammern, lange konnte sie sich nicht auf den Beinen halten. Helene blickte auf die Uhr, es war längst Zeit, das Abendessen in Frau Baas' Küche zuzubereiten. Die Wahrscheinlichkeit, dass die Vermieterin sie in Ruhe würde schalten und walten lassen, lag statistisch gesehen bei null. Wenigstens gibt es nur Grießbrei, dachte Helene. Grießbrei ohne alles, wie Heidi das nannte, und das sollte doch zu schaffen sein.

»Hat das Kind schon Hunger, ja fein, und Brei gibt's, ja lecker, ja lecker.« Warum Frau Baas mit dem Kind wie mit einem Hund sprach, das würde ihr Geheimnis bleiben, jedenfalls holte sie sogleich einen Topf aus *ihrem* Küchenschrank, wie sie betonte, und kippte etwas Milch hinein – sie nahm die Packung mit dem Grieß zur Hand und rüttelte daran, dabei verzog sie verächtlich das Gesicht. Fehlte noch, dass sie behauptete, dass einmal eine Tante daran gestorben sei. »Das wird was werden«, sagte sie zu Claudia; das Mädchen saß mit einem Holzpferd und ihrer Plüschkatze auf dem Boden und scherte sich wenig um diese große, alte Frau.

»Helene, Kinder sind ein Wunder, ein echtes Wunder.« Das war der Auftakt einer weiteren Litanei, bei Tochter Monika und ihrem Rainer nämlich – »das sage ich jetzt nur zu Ihnen, dass Sie mich nicht missverstehen« –, wolle es einfach nicht klappen. Sie versuchten es schon lange, »und an meiner Monika, da bin ich mir sicher, an ihr wird's nicht liegen«. Sie könne nur inständig hoffen, dass bei Rainer alles … also man lese ja so viel darüber, was die Kriegsjahre für Spuren hinterlassen haben, und auch die harten ersten Jahre danach, »wir hatten ja nicht mal ein Taschentuch«, und dann das eintönige, ungesunde Essen. Die Milch kochte hoch, Frau Baas schüttete den Grieß in den Topf und hantierte mit einem Schneebesen, Claudia sagte »Hü! Hü!«. Rainer arbeite außerdem zu viel, denke sie sich eben, er habe als Ingenieur so viel zu tun, Zwölfstundentage seien da keine Seltenheit, Monika erzähle ihr das ja alles. »Das können Sie sich nicht vorstellen, was der Mann da draußen alles leisten muss! Die U-Bahn, das wird noch Jahre dauern!« Rainer jedenfalls sei mittendrin im Geschehen, von früh bis spät, und dann der Lärm und die Aufregung, er wirke immer so müde, so schlapp, und die Haare sind ihm auch schon ausgegangen, es werde daher doch nichts Ernstes sein mit ihm ... mit seiner ...?

»Sie meinen mit seiner Manneskraft?«

Das Gesicht der alten Dame lief rot an, sie nestelte an der Schürze, die sie fast ganztägig trug, ein Zwölfstundentag in Schürze, dieser Schmutz, dieser Dreck. »Fräulein Klasing, das haben jetzt Sie gesagt! *Gesundheit*, das war natürlich das Wort, nach dem ich gesucht hatte.«

»Vielleicht sollte es bisher einfach nicht sein«, sagte Helene. »Haben Sie schon einmal von Kairos, dem Gott des günstigen Augenblicks, gehört?«

Frau Baas machte den Gasherd aus, schüttete den Brei in einen Suppenteller. Das Thema war damit beendet, mittlerweile hatte Helene es heraus, den Gesprächsabbruch herbeizuführen. Claudia setzte sich auf ihren Schoß und fing an, mit dem Löffel ein Schlachtfeld anzurichten; das, was in ihrem Mund landete, schien ihr aber zu schmecken. »Kein Zimt und Zucker?«, fragte Frau Baas, doch bevor Helene dieses Angebot abwehren konnte, klingelte es, und die alte Dame sagte, sie solle sitzen bleiben, sie werde öffnen. Heidi betrat die Küche, und es war ein seltsam fremder Anblick, sie hier zu sehen. Sie glühte in ihrem gepunkteten Kleid, vielleicht hatte sie sich einfach beeilt, um Helene zu erlösen, oder es war die Musik, die kostbaren Stunden am Klavier, die sie so aufgewühlt hatten – oder es lag an dem Musiker, der ihr den Keller aufschloss. Sie gab Claudia einen Kuss auf das Haar und setzte sich dazu, Frau Baas blieb angelehnt im Türrahmen stehen.

»Das ist also die Mutter dieses lieben Kindes. Meine Tochter wäre ja in diesem Alter nicht so lange bei *einer Fremden* geblieben.«

Claudia sei generell sehr einfach zu haben, erwiderte Heidi und überhörte den Unterton.

»Und was macht denn der Vater? Sicher muss er noch arbeiten, gell?«

»Den Vater gibt es nicht mehr«, sagte Heidi und fütterte Claudia mit dem Brei, das Mädchen blieb die ganze Zeit über auf Helenes Schoß sitzen.

Frau Baas setzte eine bekümmerte Miene auf. »Oh nein, das tut mir leid zu hören. Es war doch nicht etwa ein Autounfall? Man liest ja immer wieder ...«

»Keine Sorge, er dürfte gesund und munter sein ...«

»Aha, dann ist er also ...«

Heidi glühte nicht mehr, sie wirkte mit einem Mal müde. »Ich habe ihn verlassen, wenn Sie es genau wissen wollen. Er ist ein Schwein.«

Schweigen. »Swein«, sagte Claudia schließlich und

kicherte. »Swein.« Heidi nahm ihre Tochter auf den Arm, gab Helene einen Kuss auf die Wange und bedankte sich, dann sah sie zu, dass sie diese Küche, in die Kairos nie einen Schritt setzen würde, so schnell wie möglich verließ. Frau Baas aber war noch nicht bereit, einen Schritt zur Seite zu gehen, um die Tür freizugeben. Sie seufzte, schien nachzudenken, wie sie das jetzt formulieren sollte, was sie zu sagen hatte. Dann durchfuhr sie ein Zucken, und es war, als müsste sie einen Gedanken, ein Bild abschütteln, von dem sie gerade gepeinigt wurde. »Manches Mal«, sagte sie, »hätte ich mir gewünscht, ich hätte die Kraft … aber das war natürlich ganz unmöglich, ganz ausgeschlossen. Mein Mann, er konnte … aber es war eine ganz andere Zeit, andere Verhältnisse. Die Kriege, was haben sie mit uns gemacht. Und wer bin ich, dass ich da ausgeschert wäre.« Schweigen. Der Weg war noch immer nicht frei.

»Jetzt geben Sie uns aber ein Rätsel auf«, meinte Heidi und brachte Claudia in eine andere Position. Frau Baas sah durch sie hindurch, dann sammelte sie sich und sagte ungewöhnlich leise: »Entschuldigen Sie bitte, ich halte Sie auf.« Sie ging zur Seite, Heidi und Claudia durften gehen.

Ich kenne sie nicht, dachte Helene, als sie das Geschirr abwusch. Ich bin viel zu voreilig. Die Vermieterin nahm den Teller entgegen, um ihn abzutrocknen, sie klang nun schon wieder wie die alte Frau Baas: »Das sage ich jetzt nur zu Ihnen, Helene: Ich bewundere ihre Freundin. Und jetzt wünsche ich Ihnen einen schönen Abend – und eine geruhsame Nacht!«

Das grüne Lager

Die Farben des Sommers kehrten zurück. Der Klatschmohn blühte, der Holunder blühte noch immer, sie pflückte von beidem für ihre Sammlung, Harry ertrug es geduldig. Kuckucksrufe lockten sie in den Wald. Vorhin am Maunzenweiher hatte es gequakt, und er hatte sich einen Stock geschnappt, sich ans Wasser gestellt und so getan, als würde er ein Konzert dirigieren. Sie hatte Tränen gelacht.

Alles, was ihr teuer war an diesem Waldstück, war beisammen, und Harry wirkte hier nicht wie ein Fremdkörper, überhaupt nicht, und sie war erleichtert und dennoch unsicher, ob es richtig war, ihn auf die Lichtung zu führen. Es war nichts Unausgesprochenes zwischen ihnen, dazu war er viel zu direkt, aber etwas Ungetanes gab es noch, und wenn es denn sein sollte – und sie wollte es ja! – wollte sie es? –, dann doch am besten hier, wo sie sich sicher fühlte. Oder war das ein dummer Gedanke? Himmel, hatte sie die Stimme Heidis im Ohr, Himmel!

Als sie auf der Lichtung waren, inspizierte er den Hochstand, überprüfte, wie morsch die Sprossen waren, stieg dann hinauf und setzte sich, mit den Händen formte er ein Fernglas. Sie erzählte ihm, wie sie als Mädchen immer geglaubt habe, diese Hochsitze dienten dazu, Vögel zu beobachten, bis ihre Mutter sie darüber aufgeklärt habe, dass sie von Jägern genutzt wurden, um das Wild zu erspähen. Deshalb sei sie noch nie oben gewesen, weil sie von der Jagd nichts halte, nicht das Geringste.

»Eine seltsame Form des Protests«, sagte er, stieg aber sogleich wieder hinab, um sich mit ihr zu solidarisieren, zumindest behauptete er das, und dazu gehörte auch, sie fest in den Arm zu nehmen, als müsse er sie beschützen vor dieser großen grausamen Welt, in der es Jäger gab, auch wenn sie hier, auf der Lichtung, noch nie einen getroffen hatte.

Neckt er mich bloß, oder hält er mich für ein Schaf. Sie breiteten zusammen die Decke aus, entledigten sich der Sandalen und setzten sich. Unser Lager ist grün, dachte sie, und die Falter um sie herum waren zugleich fliegende Blumen und schimmernde Dämonen, war es nicht so? Er drehte sich eine Zigarette, und als sie ihn so im Profil sah, rauchend, holte sie ihr Skizzenbuch hervor und zeichnete ihn. Das Ergebnis interessierte ihn kaum, ein flüchtiger Blick, vielmehr zog er sich das Hemd aus, eine nahezu haarlose Brust kam zum Vorschein, der Rippenbogen deutlich zu sehen, die Haut blass, vernarbt.

»Das ist hier aber nicht der Aktzeichenkurs«, sagte sie.

»Es sind ja wohl nicht die Künstler, die in einem solchen Kurs nackt sind, oder?«, sagte er, rückte näher und berührte ihre Wange, weiter ging er nicht. Einfühlsam war er, oder wenigstens geduldig, und sie wollte sich und ihn erlösen, indem sie den Bibelvers sagte, *er küsse mich mit dem Kusse seines Mundes*, wie sie sich das zurechtgelegt hatte, doch es kam nicht über ihre Lippen, sie fand das jetzt albern, mehr als albern.

»Ich habe etwas für dich«, sagte sie stattdessen und nahm das Hemd aus dem Tornister.

»Das hast du für mich gemacht?« Er wirkte gerührt, zog das Hemd sofort an und rief in den Wald hinein: »Spiegel! Man reiche mir einen Spiegel!«

Nichts leichter als das, sagte sie und gab ihm den Handspiegel. »Das ist ja das reinste Füllhorn, dieser Tornister!« Harry betrachtete sich und sang: »It's now or never!«, etwas weniger schief als neulich, anscheinend hatte er geübt. Er berührte wieder ihre Wange, und da sie keine Anstalten machte, sich seiner Berührung zu entziehen, fand er endlich ihre Lippen. Der Rauchgeschmack des Kusses war ekelhaft. Zunächst. Und als diese Grenze überwunden war, wollten sie mit den weiteren Schritten nicht mehr länger warten. Ihre Hände tasteten einander ab, beinahe panisch, als müssten sie so schnell wie möglich die richtige Stelle finden, als würde der andere verschwinden in zehn, neun, acht Sekunden ... und als es Harry nicht gelang, sich die Jeans so auszuziehen, dass es nicht wie ein verzweifelter Ringkampf aussah, brach sie in schallendes Gelächter aus. Und auch er lachte, stand auf, wackelte mit den Hüften, als würde er zu einem Rock'n'Roll-Song tanzen, entledigte sich dabei der Jeans, was noch ulkiger aussah als das Ringen und Zerren zuvor, und sie lachte so laut, dass es im ganzen Wald zu hören sein musste. Wer zusammen lachen kann, der ist füreinander verloren, dachte sie, als sie wieder zu Atem kam.

Sie wurden durstig, Harry trank aus einer Feldflasche, er hatte sie von seinem Großvater geschenkt bekommen, wie er sagte, verbunden mit dem Ratschlag, dass ein Soldat ohne seine Flasche auf verlorenem Posten stünde. Er gab ihr zu trinken, das Wasser schmeckte abgestanden, und als er sich eine Zigarette drehte, streifte sie ein kühler Windhauch und sie zog sich das Kleid wieder an.

»Was tust du da? Du musst dich doch nicht genieren, du bist so schön«, sagte er.

Sie hielt inne, lächelte und sagte: »Ich geniere mich höchstens, weil ich mich so wenig geniere. Mir ist nur etwas kalt geworden.«

Dann müssten sie eben wieder enger zusammenrücken, sagte er, und nahm ihr das Kleid ab, sie ließ es mit gespielter Empörung geschehen. Sie klammerten sich wieder aneinander, und ihre Bewegungen hatten inzwischen jede Hektik verloren. Der Tag tat ihnen den Gefallen, endlos zu wirken, vielleicht hatte auch jemand die Zeit angehalten. Harry rauchte wieder, sie lehnte den Kopf an seine Schulter, und was war das mit ihnen, dachte sie, mit dem Flieder hatte es angefangen, jetzt waren sie beim Mohn. Was kommt danach?

Sie stand auf und wollte noch ein paar Blüten einsammeln, der Wind hatte merklich aufgefrischt und fuhr ihr durchs Haar, berührte ihren Körper und ließ ihn erschaudern, doch sie wollte so bleiben, losgelöst von allem, aus der Zeit gefallen, alles war alt und neu, und der Geschmack in ihrem Mund noch so fremd, herb, salzig und bitter. Sie konnte sich gut vorstellen, dass man danach süchtig werden konnte. Da knackte es im Unterholz hinter dem Hochstand, sie zuckte zusammen, bedeckte ihre Blöße und griff sofort nach ihrem Kleid.

»Was ist denn?«, fragte er.

Sie sagte, sie habe etwas gesehen, eine Silhouette, hinter dem Jägersitz, und das Geräusch, das hätte er ja wohl auch gehört. »Es wird doch nicht jemand ... ich meine, die ganze Zeit ...«

Harry schien kurz zu überlegen, wie er ihre Sorge wegwischen könnte, bestimmt nur ein Tier, vielleicht ist ein Ast abgebrochen, doch dann schlüpfte er in die Sandalen und rannte ohne ein weiteres Wort los, rannte ins Unterholz, splitternackt. Wie auf ein lautloses Kommando hin wurde es schattiger auf der Lichtung. Die Zeit ist um, dachte sie, und als sie Kleid und Sandalen wieder angezogen hatte und Harry noch nicht zurückgekehrt war, legte sie die Decke zusammen, fühlte sich allein. Allein auf ihrer Lichtung, wo sie so viele Stunden ohne Begleitung verbracht hatte, gerade das hatte den besonderen Reiz dieses Ortes ausgemacht. Vielleicht hatte sie sich alles nur eingebildet, und es gab gar keinen Harald Kaufmann, doch da lagen Jeans, altes und neues Hemd, die Feldflasche, und ihre Haut wusste noch von seinen Berührungen. Sie verstaute die Blüten in dem *Praktischen Kochbuch* der Mutter, diesem vergifteten Geschenk. Erneut fragte sie sich, was nach dem Mohn kommen würde, als Harry endlich zurückkehrte. Er ging langsam, selbstsicher, als würde es ihm nichts ausmachen, nackt zu sein. Als er wieder bei ihr war, lachte er, schüttelte seine Hand aus und sagte: »Na, dem hab ich's aber gegeben! Vielleicht sollte ich doch ein Boxer werden.«

»Da war wirklich jemand und hat uns ... zugesehen?«

»Das macht der Kerl jedenfalls nie wieder«, sagte er mit tiefer Stimme, tänzelte, hob die Fäuste und machte solche Pendelbewegungen, als wäre er dieser Max Schmeling, von dem die Mutter heimlich ein Foto im Nachtkasten versteckt hielt.

»Harry! Das ist nicht lustig. War da wirklich jemand?«

Er hörte auf mit diesen albernen Bewegungen, nahm ihr Gesicht in beide Hände, drückte ihr einen Kuss auf die Stirn und sagte: »Helene! Bitte, mach dir keine Sorgen, da war wirklich niemand.« In seinen Augen meinte sie ein Flackern zu erkennen, das sie noch nicht kannte, aber vielleicht lag das auch an der Dämmerung, der nun tiefer stehenden Sonne, und nachdem er sich angezogen hatte, das neue anstelle des alten Hemds, ihr die Tasche mit dem schweren Buch und der Decke abgenommen hatte, war er die Ruhe selbst.

Helene blickte sich noch einmal um. Es war meine Lichtung gewesen, dachte sie, jetzt ist sie wohl unser Gemeinschaftsbesitz. Es fühlte sich, für einen kurzen Moment, wie ein Verlust an. Würde sie noch einmal allein hierherkommen? War das Alleinsein jetzt vorbei?

Später, als sie beinahe den Waldrand erreicht hatten, schüttelte er noch einmal seine Hand, diesmal unwillkürlich, als würde sie schmerzen, sie sprach ihn nicht darauf an. Sie verabschiedeten sich, ohne sich zu küssen, waren jetzt wieder in Raum und Zeit zurückgekehrt, in die Welt der Abläufe und Stundenpläne, der Erwartungen und Bewertungen. Einmal noch musste sie ihn heute berühren, sie strich mit den Fingerspitzen über seine Wange, seine Lippen, fuhr ihm durchs dunkle Haar. Jetzt sind wir beim Mohn angekommen, dachte sie. Was kommt danach?

Heidis ERSTE EMPFEHLUNGSLISTE

(da Du danach gefragt hast, und wenn Du brav bist,
werden weitere folgen)

Im September 1962

A

Virginia Woolf: »Orlando« (dazu möchte ich nicht
viel sagen, außer, dass Du es lieben wirst; ich werde
es Dir ausleihen, ob Du willst oder nicht – übrigens
gerade in neuer Übersetzung erschienen)

B

Thomas Mann: »Der Zauberberg« (solange Du noch
keine Kinder hast, solltest Du ein paar dieser Brocken aus dem Weg räumen; »Die Buddenbrooks«
wäre als Einstieg leichter, aber warum nicht gleich
in die Vollen gehen? Außerdem weißt Du dann, woher Claudia ihren Namen hat)

C

Gedichte von Else Lasker-Schüler und ihr Roman
»Mein Herz« (siehe Orlando, werde ich Dir ausleihen – wenn Du mit mir befreundet sein willst,
musst Du wenigstens so tun, als würdest Du es
mögen)

D

Gedichte von Brecht, Brecht, Brecht und Benn,
Benn, Benn und Trakl, Trakl, Trakl

E, F, G

Ja, bin ich denn eine Germanistin? Nein, ich bin
Musikerin, daher: Kreisler, Winterreise von Schu-
bert, und dann diese Stimme: Nina Simone (der
heißeste Tipp, kennt hier noch niemand, werde ich
Dir vorspielen – und wehe, es gefällt Dir nicht!)

Die Maske

Die Kinder machten sich den Spaß, die zusammen-
gekehrten Laubhaufen wieder zu zerstreuen. Offenbach sei so grau, hier färbten sich im Herbst nicht
einmal die Blätter bunt, hatte Harry im Bus gesagt,
aber das stimmte natürlich nicht. Im Stechschritt
ging es durch die Straßen, bis sie vor einem Mehrfa-
milienhaus standen, Bröckelputz, Geruch nach Keller
und Kernseife, dazu ein modernes Klingelschild und
neue Briefkästen. »Willkommen im dritten Höllenkreis«, raunte Harry ihr zu und musste sich einen
Ruck geben weiterzulaufen. Seine Mutter öffnete,
»ich bin die Gerda«, ein verhuschtes Lächeln, dunkler Blick, sie sollen doch bitte eintreten, die Jacken
wurden ihnen abgenommen. »Otto wartet schon im
Wohnzimmer«, sagte Gerda, und das entsprach den
Tatsachen. Harrys Vater trug ein kariertes Hemd,
Cordhose, Filzpantoffeln. Ein unrasiertes, müdes Gesicht, die hellblaue Augenfarbe hatte Harry von ihm.
    Der Sohn hatte seinen Eltern nur kurz zugenickt,
dann war ihm wohl eingefallen, warum sie hier waren, und er stellte Helene vor.
    »Wie schön, Sie kennenzulernen«, sagte die Mutter,
und auch der Vater schien zumindest nichts dagegen
zu haben, er rückte ihr einen Stuhl hin und machte
eine einladende Bewegung, sich zu setzen. Die Mutter

ging den Eintopf holen, Harry machte keine Anstalten, an den Tisch zu kommen, er stellte sich vor das Regal und sagte: »Nur zwei Bücher, und dann das.«

Helene fiel es schwer, sich etwas einzuprägen, warum bist du so nervös, eine Holzfigur im Regal, ein röhrender Hirsch, Nippes, eine grotesk laute Pendeluhr, »ach, das hören wir schon gar nicht mehr«, sagte Gerda, als sie Helenes Blick bemerkte. Dann entdeckte sie doch noch etwas unerwartet Schillerndes, eine afrikanische Maske, an einem hölzernen Stab befestigt, sie stand etwas versteckt in der Zimmerecke neben dem Kanapee, beinahe sah sie aus wie das Schild eines Kriegers.

»Aus Tunesien«, murmelte Otto, der plötzlich neben ihr stand. »Eine der schöneren Erinnerungen.«

Bei Tisch fiel ihr auf, dass Harry nicht mit dem Vater sprach, sondern immer nur über ihn, als wäre er nicht anwesend; wohingegen die Mutter bis zur Erschöpfung versuchte, aus ihm herauszubekommen, wie es im Studium lief, wie er sich mit dem Bruder verstand, aber Harry blockte alles ab. Der Vater schwieg, aber es war, wenn es das gab, ein freundliches, zugewandtes Schweigen. Ob Helene denn auch schon einmal in der »Männerwirtschaft« gewesen sei, fragte Gerda, und Helene sagte, es sei weniger schlimm gewesen, als sie erwartet habe, es habe sogar jemand das Geschirr abgewaschen. »Das wirst ja dann wohl du gewesen sein«, sagte Harrys Mutter, »er war schon immer der Ordentlichste von allen.«

»Ja, sicher«, sagte Harry und starrte in die Luft.

»Und eure undichten Fenster, dass ihr euch nicht

schon längst eine Lungenentzündung eingefangen habt. Ihr habt ja den Wind im Zimmer!«, sagte Harrys Mutter. Der Kaffee nach dem Essen war kein Kaffee, Otto vertrage seit dem Krieg nur noch Muckefuck. Gerda bestritt die Konversation mit Helene, während die Männer schwiegen. Gerda meinte, es sei nicht mehr zu leugnen, der Herbst sei da, und die Werkkunstschule, ja sicher, da würde sie öfter einmal vorbeilaufen, das sei natürlich nicht ihre Welt, aber schon interessant, was es alles gebe, sogar in Offenbach. Und sie arbeite auf der Zeil? Nein, das sei ihr zu trubelig, und das muss man sich natürlich auch leisten können. Das alles.

»Viel haben wir nicht zu bieten«, sagte Otto plötzlich, als ginge es nun endlich daran, das Wesentliche zu besprechen, die Aussteuer, wer was zur Hochzeitsfeier beiträgt, und das war seine Aufgabe, diese Dinge zu regeln. Es war unerträglich warm in diesem Zimmer, denn hier waren die Fenster dicht, und Helene spürte, wie ein Rinnsal ihren Rücken hinablief.

»Sehen Sie sich einmal um. Das hier ist nicht die Zeil, das hier ist Offenbach. Die Fremdarbeiter sind fast schon in der Überzahl, so will es einem scheinen ...«

»Gastarbeiter«, sagte Harry.

»Gastarbeiter, meinetwegen. Was Besseres ist jedenfalls für uns nicht drin.«

Helene bemerkte, dass die rechte Hand des Vaters zitterte, und vermutlich war es höchste Zeit, ihm zu erzählen, dass sie nach dem Tod ihres Vaters auch nicht viel hatten und dass sie in dem Kaufhaus ja nur arbeite, dass sie nicht viel Geld habe, doch Harry kam ihr zuvor. Was das denn solle, an eine Hochzeit sei doch noch gar nicht gedacht, »darum geht es bei dieser Übung doch gar nicht«. Eine Übung war das hier also, aber das traf es nicht sehr gut, es fühlte sich so unnatürlich und anstrengend an wie eine Prüfung.

»Das wissen wir doch«, sagte Gerda und tätschelte Harrys Hand, anscheinend wollte sie damit einen schlimmeren Ausbruch verhindern.

Otto starrte an ihnen allen vorbei. »Trotzdem versuchen wir alles für unsere Kinder zu tun. Es waren ja einmal sieben, wie Sie wissen.«

Das reichte, Harry sprang auf.

»Er kann einfach nicht damit aufhören«, entfuhr es ihm. »Aufhören, uns ein schlechtes Gewissen zu machen! Ich kann auch nichts dafür, dass ich noch lebe … und ich kann auch nichts dafür, dass sie ihn nach Afrika geschickt haben, ich kann wirklich nichts dafür!«

»Harald, jetzt beruhige dich doch«, sagte die Mutter. Der Vater schwieg, der Mund ein Strich, dieses Gesicht kam ihr plötzlich uralt vor. Das Zittern der Hand hörte nicht auf, vielleicht eine chronische Krankheit, die Mutter war den Tränen nahe. »Wir sind doch stolz auf dich, das weißt du doch!«

Harry stutzte, schüttelte den Kopf, machte eine wegwerfende Handbewegung und sagte zu Helene: »Komm, wir gehen, tut mir leid, das war die reinste Schnapsidee.«

Sie gingen in einen nahe gelegenen Park. Harry schwieg beharrlich und versuchte, sich wieder unter

Kontrolle zu bringen, mit seiner eigentümlichen Körperarbeit, so gut kannte sie ihn schon. Er schüttelte die linke Hand aus, klopfte sich auf die Brust.

»Da hat sich einiges angestaut«, sagte Helene. Er antwortete nicht. »Aber ich kann das verstehen.« Sie wartete, er sagte nichts. »Das Verhältnis zu meiner Mutter, es ist ... sie lehnt einfach alles ab, was ich tue, einfach alles. Vor allem, was ich *gerne* tue. Und deine Eltern, sie scheinen doch wenigstens ...«

»Sie scheinen, sie scheinen, das ist es ja.« Er schwitzte, sie schwitzte, die Herbstluft brachte kaum eine Abkühlung. Sie hatte noch den bitteren Geschmack des Malzkaffees im Mund, an dem sie sich die Zunge verbrannt hatte.

»Aber versuchen sie denn nicht, dich zu unterstützen?« Harry antwortete nicht. »Und dein Vater, er ist ...«

»Mein Vater ist in Afrika zurückgeblieben, falls du es nicht gemerkt hast. Es ist so schwer, mit jemandem zu leben, der sich längst aufgegeben hat, der abwesend ist, obwohl er im Zimmer steht. Nie war er da; nie war er da, wenn es darauf ankam. Im Heim hat er uns versauern lassen, da war es ihm egal, dass sie uns geschlagen haben, die Kaufmann-Brut. Und immer sonntags, wenn er drei, vier, fünf, sechs Pils trinkt, musst du von ihm hören, wie leid ihm alles tut, und dass er am liebsten in Afrika gefallen wäre. Und dann legt er sich aufs Kanapee und pennt ein.«

»Aber könntest du ihm nicht eine Chance geben?« Harry sagte nichts. »Ich denke schon, dass er sieht, was du alles auf die Beine stellst.«

»Er sieht gar nichts, Helene! Er sieht einfach gar nichts.«

»War er denn ein überzeugter Nazi?«

»Das ist es doch, verdammt noch mal, ich weiß nicht, wer dieser Mann ist. Ich kenne ihn nicht. Ich war immer der Jüngste, der Letzte, mir hat keiner was gesagt. Eines Tages steht da plötzlich ein Mann vor der Tür, und alle behaupten, das ist dein Vater. Wird schon stimmen, wenn das alle sagen, aber dieser Mann macht dir Angst – mit seiner seltsamen Maske, die er sich ins Wohnzimmer stellt, und wenn er spricht, dann immer nur von Afrika, in Tunesien, da ist das so und so. Und eines anderen schönen Tages steht wieder ein Mann in der Tür und sagt zu dir, du musst jetzt mitkommen, weil dein Vater krank ist und deine Mutter das alles nicht schaffen kann, und du kommst in eine Art Internat, sagen sie dir, aber sie sagen dir nicht, dass *Internat* nur ein Synonym für Hölle ist, und zwischenzeitlich stehen immer wieder mal Leute vor der Tür und sagen dir etwas, dass dein Bruder gestorben ist, dass deine Schwester gestorben ist, und irgendwann stehen Mutter und Vater in der Tür und weinen und sagen, es geht nun wieder, er kann wieder nach Hause kommen, und sie weinen und weinen und sagen, es tut ihnen so leid, aber sie konnten nicht anders, und er sei noch zu jung, das zu verstehen. Kurzfassung meiner Kindheit und Jugend, Ende.«

Harry schwieg wieder nach diesem Ausbruch. Helene verstand ihn nicht und verstand ihn doch. Sie spazierten weiter, sie hob Blätter einer Blutbuche auf. Eine Mutation, stand auf einem Schild, die Blätter verfärbten sich bereits im Frühling rot.

Harry fragte: »Bist du selbst denn besser darin?«

Helene dachte an Charlotte. War sie besser *darin*? War sie einen Funken besser? Nein, war sie nicht. Tod und Teufel war zwischen ihnen, und wer der Tod war und wer der Teufel, das ließ sich nur schwer sagen. Sie hatten sich auf eine Art Waffenstillstand geeinigt, sie gingen sich seit einer Weile aus dem Weg. Sie spürte, dass ihr das guttat. Sie spürte, dass sie das nicht ewig durchhalten konnte. Warum nicht, dachte sie. Warum eigentlich nicht?

»Ich bin nicht besser«, sagte sie, sie schwiegen, gingen im Kreis, zum dritten Mal umrundeten sie den Park. Harry wurde ruhiger, rauchte, nahm ihre Hand, drückte sie fest, sagte, es tue ihm leid, und sie antwortete, sonntags sei wohl nicht nur Eintopf-, sondern auch immer Entschuldigungstag bei den Kaufmanns, da konnte er wieder lachen. Der Park hatte sich merklich geleert, und als sie sich unbeobachtet wähnten, umarmten sie sich lange. Es wurde ihr dann doch kalt, diese kriechende Herbstkälte hatte sie nicht vermisst. Harry jedoch wollte noch nicht gehen. Als sie die vierte Runde antraten, waren sie zusammen und doch allein mit ihren Bildern und mit ihren Fragen. Bin ich denn besser darin, dachte sie, bin ich denn besser darin. Sie erinnerte sich an einen Sommertag, als sie ohne Erlaubnis aus dem Haus gegangen war, einen Kescher in der Hand, den hatte sie von Onkel Stefan bekommen. Sie entdeckte ein Tagpfauenauge und lief hinter ihm her. Es war ein heißer Tag und sie verlor die Orientierung, setzte sich ins Gras und ließ alles geschehen. Die Zeit zerlief, die Bäume und Pflanzen zerliefen vor ihren Augen wie bei einem Gemälde von Dalí. Sie erinnerte sich daran, wie frei sie sich gefühlt hatte. Bis ihre Mutter sie fand.

»Was ist nur in dich gefahren!«

»Wie kommst du hierher?«, fragte Helene, aber ihre Mutter ging nicht auf die Frage ein und zog sie mit, riss ihr beinahe die Hand ab. Den Kescher ließ Helene zurück, sie wagte es nicht, die Mutter darauf hinzuweisen. Sie blickte sich, so gut es ging, nach dem Tagpfauenauge um, und tatsächlich, da war es noch, es schien ihnen zu folgen, allerdings mit einem gehörigen Abstand, und bald war es verschwunden. Die Mutter sagte nichts weiter. Ein hochroter Kopf, dicke Schweißperlen lagen auf der Stirn.

Als sie in die Wohnung zurückgekehrt waren, fing sich Helene eine Backpfeife ein. »Dafür, dass du weggelaufen bist.« Die Wange brannte, Tränen ließen ihren Blick unscharf werden, sodass sie die zweite Hand nicht kommen sah. »Dafür, dass du das Kleid ruiniert hast.« Der Schmerz war so roh und so gemein, dass sie für einen Augenblick nicht an sich halten konnte und sich in die Hose machte.

»Kein Wort! Wenn das der Vater gesehen hätte. Aber in seiner Affenliebe hätte er dich sogar damit durchkommen lassen.«

Helene musste sich das schmutzige Kleid ausziehen. Als die Mutter den nassen Fleck auf dem Höschen entdeckte, gab es eine weitere Backpfeife. Nackt musste sie sich vor das Waschbecken stellen und die Kleider mit Gallseife auswaschen. Als sie dachte, sie sei längst fertig damit, sie hätte es doch ordentlich gemacht, musste sie die Sachen noch einmal mit der Seife bearbeiten und noch einmal auswinden. Und dann noch einmal, bis sie fast nicht mehr konnte, bis ihr die Hand wehtat, bis sie einen unerträglichen Durst verspürte, aber die Mutter hatte ihr verboten zu trinken. Mit den Backpfeifen und dem Waschen war es aber nicht genug. Mutter sagte, sie solle sich jetzt das Nachthemd anziehen, außerdem die Sandalen und schnurstracks in den Keller gehen, das Gemüse für die Suppe holen. Helene bat inständig darum, nicht nach unten gehen zu müssen; alles, nur nicht in den Keller, aber die Mutter blieb unerbittlich. »Du bist ein Angsthase durch und durch!«, sagte sie. Helene sträubte sich, schüttelte den Kopf, sagte »Nein! Nein!«, ein weiterer Klaps und eine weitere Schimpfkanonade waren die Folge. Schluss mit der Bummelei! Schluss mit dem Gemaule! Sie werde jetzt in den Keller gehen, das daure nicht einmal zwei Minuten, und wehe, es komme auch nur ein Fleck auf das Nachthemd. Ihre Mutter schob sie durch die Tür, beinahe in die Arme von Frau Widderich, die eine Kasserolle in Händen hielt (oder wie dieser blöde Topf hieß).

»Wurde unsere Helene wieder eingefangen? So ein ungezogenes Mädchen. Ich hätte da früher eine ordentliche Tracht Prügel bekommen. Aber Strafe muss sein, das sage ich immer. Und du bist ja ein Glückspilz, dass du so eine nette Mutter hast.« Die nette

93

Mutter und Frau Widderich unterhielten sich über Helenes *Vergehen* und über dieses seltsame Früher, in dem alles entweder viel besser oder viel schlechter gewesen war, je nachdem.

Helene drehte den Lichtschalter um, ein Summen war zu hören, spärliches Licht, sie setzte den Fuß auf die erste Stufe, krallte sich am Korb fest. Sofort hatte sie die Bilder vor Augen. Die Nächte im Luftschutzkeller, das Husten, das Weinen, und es war ihr, als liefe sie, Stufe für Stufe, in eine dunkle, leere Unendlichkeit, aus der sie nie wieder hervorkommen würde. Kalter Schweiß, das Nachthemd klebte an ihrem Körper, Stufe für Stufe, bis sie bei ihrer Parzelle war, sie öffnete die Brettertür, die lose in den Angeln hing, holte ein paar Kartoffeln, die Karotten und den Rettich aus der Kiste, verstaute alles in dem Korb und wollte die Tür wieder schließen, aber diese hing nun ganz schief und gab ein entsetzliches Geräusch von sich. Helene musste den Korb absetzen und drückte mit aller Kraft gegen die Tür, sie ließ sich schließen, wenn es auch irgendwie nicht richtig aussah, ein Scharnier war vielleicht abgefallen, aber das war ihr egal, sie nahm den Korb und stieg so schnell es ging wieder nach oben. Frau Widderich war verschwunden, Mutter wartete mit verschränkten Armen auf sie.

»Hier«, sie deutete mit einem Finger auf das Nachthemd. »Und hier!«

Flecken, es waren ihr Flecken auf das Nachthemd gekommen, und die Prozedur ging von Neuem los. Backpfeife, Gallseife, das Kleidchen auswaschen und auf dem Balkon aufhängen. Danach durfte sie endlich trinken, sie war halb verdurstet. Das Essen war heute für sie gestrichen. Es ging früh ins Bett, die Wohnung wurde wieder, so gut es ging, abgedunkelt, damit die Hitze nicht hineinkam. (Damit die Welt nicht hineinkam, dachte sie.) Helene musste nackt schlafen, aber das war nicht weiter schlimm, es war viel zu warm im Zimmer. Schlimmer war der Hunger. Mutter setzte sich noch einmal zu ihr ans Bett, atmete tief ein und aus und sagte, sie habe sie bestrafen müssen, weil Helene Führung brauche, ohne Führung werde sie eine rechte Traumtänzerin und würde nur Unsinn anstellen.

»Von uns hast du das nicht«, sagte Mutter, und Helene wollte erwidern, dass Papa bestimmt schon längst mit ihr das Fangnetz ausprobiert haben würde, aber sie schwieg lieber, für heute war es genug. »Ich bin doch ein Glückspilz«, sagte Helene leise, und ihre Mutter schien nicht recht zu verstehen, was sie damit meinte, sie verzog den Mund, fragte jedoch nicht mehr nach. Sie stand auf und ging aus dem Zimmer, in dem es heiß war, die Luft schal und abgestanden.

»Es wird nun doch zu kalt«, sagte Harry, er holte sie zurück. In den Park, in den Herbst, in das Abendlicht. »Lass uns gehen.«

Sie nahm seine Hand, sie war warm. »Nein, ich bin nicht besser darin«, sagte sie, und plötzlich hatte sie das passende Wort zu diesem Tag gefunden: Es war ein Kreislauf, im wahrsten Sinne, und ihr fiel beim besten Willen nicht ein, wie man ihn durchbrechen konnte.

In der Dunkelkammer

Theophil Seemann hantierte an seinem neuen Spielzeug. Mit einem wohligen Seufzer öffnete er die hintere Klappe der Maschine, legte eine Schriftscheibe ein und erläuterte die Vorteile dieser neuen Technologie. »Eine Schriftart zu wechseln war noch nie so einfach! Die Schriftgröße lässt sich beim Fotosatz zwischen Vierpunkt und Sechsunddreißigpunkt einfach skalieren, das geht in fünf Sekunden!«

Für die Feinjustierung der Maschine gelte es, ein Nonsenswort zu setzen, Hillimillihirtzheftpflaster-Entferner, in Sechspunkt, und Seemann dachte wohl, dass seine Schülerinnen und Schüler dies amüsant finden würden, aber er musste in dieselben ausdruckslosen Gesichter blicken wie ehedem. Es war also wieder Helene, von der er eine Bestätigung für sein Tun einforderte, und er bekam sie, sie war ein zuverlässiger Lieferant: Sie lächelte, nickte.

Jeder durfte die Maschine einmal ausprobieren. Peter maulte, dass man gar nicht sehe, was man da tue, und sein Lehrer musste einräumen, dass es Übung brauche und dass man eine konkrete Idee haben sollte, wie die zu gestaltende Seite auszusehen habe. Überschriften und kurze Texte, dafür sei der Fotosatz ideal, außerdem ließen sich Lichtsatz und Bleisatz ja kombinieren, natürlich seien auch andere

Elemente denkbar. »Helene hat da schon einmal etwas ausprobiert …«

Peter: »Ha, das war zu erwarten, dass Helene schon etwas ausprobiert hat mit Ihrem neuen Maschinchen.« Gelächter der wenigen; Helene spürte, wie ihre Wangen brannten. Peter würde diesen Moment nach seinen Möglichkeiten auskosten, sie konnte es ihm nicht einmal verdenken. Peter: »Und wie zu hören ist, haben Sie und Ihre Musterschülerin bereits eine gemeinsame Studierstube eingerichtet.«

»Ein Lager«, entfuhr es Helene, »und es ist für alle da.«

»Oh«, sagte Peter, »das ist aber schön zu hören.«

Theophil Seemann stand da, als wäre er bei der Lektüre einer frivolen Schrift entdeckt worden. Er wusste nicht, was tun, dann hieß er die Schüler, sich wieder zu setzen, ging zur Tafel und machte mit heftigen Bewegungen eine Skizze, wie das Fotopapier in der Kassette belichtet wurde. Das Ende der Stunde erlöste ihn, einmal mehr.

Peter schlenderte zu ihr, er klatschte mit beiden Händen auf die Tischplatte und beugte sich zu ihr hinab. »Na«, sagte er, »wie gut ist sein Ding denn nun, Helene.«

»Es geht hier um Höchstleistungen, Peter«, antwortete sie. »Es geht um eine neue Dimension. Eine Dimension, in die du nie vorstoßen wirst.«

Peter beugte sich noch weiter hinab, bis sich ihre Gesichter beinahe berührten. Dann schob er seinen Mund an ihr Ohr und flüsterte: »Dabei liegt das Gute so nah. Aber damit bist du anscheinend nicht zufrieden, oder?«

Helene zitterte, als sie die Unterlagen im Tornister verstaute. Als sie Heidi einmal von Peter erzählt hatte, wie er sie immer ansehe, wie er immer irgendwelche Schamlosigkeiten von sich gab, da hatte sie gesagt: »Ist doch klar, der ist in dich verschossen. Sehr unglücklich in dich verschossen, auf eine unheilvolle, verklemmte Art.« Jedenfalls hat er eine merkwürdige Art, seine Zuneigung zum Ausdruck zu bringen, dachte sie.

Seemann wartete mit seinem Rollwagen vor der Druckwerkstatt auf sie. Es war eine dumme Idee, allein mit Seemann in die Dunkelkammer zu gehen, um ihren Entwurf zu entwickeln. Wenn Peter das mitbekam, würde sich bald die halbe Schule das Maul zerreißen, vielleicht war das auch schon längst der Fall. Aber sie war neugierig auf das Ergebnis, und außerdem hatte sie das erste Mal eine Idee davon, wie sie ihre Abschlussarbeit gestalten würde. Warum sollte sie auf Unterstützung verzichten, nur weil sie eine Frau war, und was konnte sie dafür, dass kaum jemand ihres Jahrgangs sich für das Fach Buchgestaltung interessierte oder für Seemanns Unterricht?

Also ging sie mit, im Rotlicht der Dunkelkammer entschuldigte sich Seemann zunächst dafür, dass er ihr im Unterricht eben nicht beigesprungen sei, aber er sei so perplex gewesen und stecke immer so tief in der Thematik, dass er Spannungen in der Gruppe erst zu spät oder oft überhaupt nicht wahrnehme.

»Sie sind eben mehr Künstler als Lehrer«, sagte

Helene und wusste nicht, ob er das als Kompliment oder als Beleidigung auffassen würde.

Während er das Fotopapier in der Emulsion badete, kam Seemann ins Schwitzen und ins Schwärmen. Dass sie mit ihren Ideen Tradition und Innovation verbinde, dass dies Schule machen könnte, die Verbindung von Drucktechnik, Zeichnung und Naturmaterial, dass dies seinem Ideal eines kaleidoskopartigen Buches sehr nahekomme.

»Früher war es selbstverständlich, dass Zoologen und Botaniker sehr gut zeichnen konnten. Das ist heute verloren gegangen, und Sie, Helene, könnten an diese Tradition wieder anknüpfen, Wissenschaft und Kunst miteinander verbinden, das Spezialistentum überwinden!« – »Ich habe allerdings nicht vor, auch noch Zoologie zu studieren«, sagte Helene und hatte diesen Anflug von Euphorie schlankweg im Keim erstickt. Was ihr gelegen kam.

Theophil Seemann klemmte das feuchte Papier an die Trockenleine, es war stickig in der Kammer und wurde immer stickiger, sie fühlte sich nicht wohl in dieser Dunkelheit und Enge. In keiner Dunkelheit und Enge. In keinem Tunnel, in keinem Keller. Sie betrachtete den Entwurf, die Überschrift *Blutbuche*, in Vierundzwanzigpunkt gesetzt aus der Helvetica, dann die kurzen erläuternden Sätze, mit weitem Abstand über das Blatt verteilt, aber ihr kam das alles zu statisch vor, es sah aus wie die Grundlage eines Lexikonartikels, die Schrift gab den Raum vor für die Zeichnungen und die Blätter. Doch womöglich sollte es genau umgekehrt sein, dachte sie, sollte sie die

Seite vom Material und von der Zeichnung her denken. Seemann war ihr nahe gekommen, sie spürte die Präsenz seines Körpers, seinen Atem. »Wir sind doch ein gutes Duo«, hauchte er ihr von hinten in den Nacken, dass ihr schauderte, dann strich er mit den Fingern über den Stoff ihres Pullovers. Streichelte er sie etwa? Sie war gelähmt, versteinert. Sie wollte atmen, aber es gelang ihr nicht mehr. Jetzt lag seine Hand auf ihrer Schulter, schwer lag sie da. Und dieser unförmige, kastige Leib rückte noch näher, gleich würde sie ihn überall auf der Haut spüren, er wollte sie sich einverleiben, war es nicht so? Atmen, Helene, du musst Luft holen. Dann gab sie endlich ein Keuchen von sich, riss das Papier von der Leine und rannte durch die Lichtschleuse. »Helene, warten Sie!«, war noch zu hören, dann fielen die Türen zu. Sie eilte blindlings durch die Gänge, bis sie an dem Lagerraum vorbeikam: Sie würde alles ausräumen müssen, aber das konnte sie jetzt nicht schaffen, dabei musste ihr Harry helfen, es war zu viel, viel zu viel, sie nahm nur den leeren Tornister, legte das Blatt hinein, griff nach dem Mantel, und jetzt weg, raus, in die kalte klare Winterluft, atmen, Helene, atmen. Aber du bist ja selbst dran schuld, hast immer gelächelt und genickt, gelächelt und genickt, wie eine Maschine, und Seemann hat diese Signale empfangen, wenn er auch sonst nichts aus dem Unterrichtsraum empfängt, und da hat er eben gedacht ... wie sollte sie ihm jetzt beibringen, dass er sie missverstanden habe, dass ihr Interesse rein fachlich ist, und dass bei allem ein bisschen Mitleid mitschwinge, denn wenn sie ihn da vorne leiden sehe, dann wolle sie ihm helfen, ihn nicht hängen lassen. Jetzt denkst du schon wieder an ihn und wie du es ihm recht machen kannst ... was denkt er, in diesem Augenblick, na was?

Sie war am Eingangstor, da fiel ihr ein großes Plakat ins Auge, AMTLICHE BEKANNTMACHUNG stand darauf, und sie erkannte ihren Namen, stutzte und musste lesen: »WIR, KEINE GERINGEREN ALS HELENE KLASING UND THEOPHIL SEEMANN, WERDEN UNSERE GEHEIME LIAISON NUN OFFIZIELL MACHEN UND LADEN DAHER HERZLICH EIN ZU EINER KLEINEN FEIERSTUNDE IN UNSEREM EBENSO GEHEIMEN UND NATÜRLICH AUCH GEHEIMNISVOLLEN LAGERRAUM, ZWEITER STOCK, ZIMMER 2.03. DIE SAUSE STEIGT AM NÄCHSTEN FREITAG, 17 UHR SINE TEMPORE. EIN SCHELM, WER BÖSES DABEI DENKT.

POSTSKRIPTUM: EINE SOLCHE BEKANNTMACHUNG LÄSST SICH HERVORRAGEND MIT EINER FOTOSATZMASCHINE MARKE BERTHOLD diatype SETZEN, ÜBERSCHRIFTEN BIS SCHRIFTGRÖSSE SECHSUNDDREISSIGPUNKT SIND DA ÜBERHAUPT KEIN PROBLEM, UND DAS ALLES SKALIERBAR IN NUR FÜNF SEKUNDEN! – ABER LEIDER, LEIDER HABEN WIR, DAS GEHEIMNISVOLLE PAAR, DIESE MASCHINE FÜR UNSERE BEDÜRFNISSE UND LEIDENSCHAFTEN OKKUPIERT, NUN JA, DA KANN MAN NIX MACHEN. GEZEICHNET, T & H.«

»Was ist denn das für eine Kinderei?«, hörte sie

jemanden neben sich sagen. Es war Panasch, der das Plakat herunternahm und sorgfältig zusammenfaltete. Helene konnte nichts antworten, sie konnte weder vor noch zurück. Es war Panasch, der ihr die Tür aufhielt und damit die Richtung vorgab. Als sie an ihm vorbeiging, sagte er: »Hören Sie, Sie lassen sich doch von solchen Albernheiten nicht unterkriegen. Ein guter Künstler hat immer Neider, immer Feinde, das mag wie ein Klischee klingen, aber nach meiner ... Helene, geht es Ihnen gut?« Sie konnte nichts antworten, auch wenn es sie vielleicht überraschen sollte, dass ausgerechnet Panasch so etwas zu ihr sagte. Sie wusste nicht mehr, wo sie das Fahrrad gelassen hatte, sie fand es schließlich und fuhr los, die kalte Luft brannte in den Lungen, und erst nach einer Weile dämmerte es ihr, dass irgendeine Instanz in ihr entschieden hatte, zu Heidi zu fahren, nicht zu Harry. Aber ein Männerhaushalt, sein kalt lächelnder Bruder Wolfgang, das war jetzt nicht die richtige Adresse. Sie würden vermutlich vorschlagen, sowohl Seemann als auch Peter das Gesicht zu demolieren und sie anschließend, mit einem Granitblock beschwert, in den Main zu schmeißen. Dieser Gedanke hatte etwas Anziehendes, aber sie brauchte jetzt eine andere Stimme, andere Gedanken, das Lächeln Claudias, die Musik von Nina Simone. Baumgerippe zogen vorbei, Straßenschilder, das Licht des Tages war fast weg, es war vier Uhr, fünf Uhr, sie hasste Dunkelheit, sie brauchte Licht. Beinahe hätte sie jemand mit seiner Autotür vom Fahrrad gerammt, hatte nicht in den Rückspiegel geschaut, hatte sie nicht gesehen. Das war ihr fast lieber, als angestarrt, berührt zu werden. Sie hielt an einem Wasserhäuschen und kaufte einen viel zu teuren Weinbrand. Der Verkäufer lächelte sie an, als wollte er sagen, na Mädchen, biste überhaupt schon achtzehn. Der Säufer aber, der trotz der Kälte vermutlich schon seit Stunden hier herumstand und am Binding nippte, nickte verständnisvoll. Sie klingelte bei Heidi, betete, dass sie aufmachen würde, aber da war sie schon an der Tür, stand vor ihr, Claudia auf dem Arm, »Tante Helene«, gurrte das Mädchen, »Tante Helene ist da«, und sie hätte das Kind dafür küssen mögen, ersticken mit ihrer Zuneigung, und Heidi sagte nur, auf den Chantré blickend: »Ich weiß zwar nicht, was dir widerfahren ist, meine Liebe. Ich jedenfalls bin zu allem bereit.«

Heidis ZWEITE EMPFEHLUNGSLISTE

(vielmehr: eine Ode an die Freundschaft)

Frankfurt, im Dezember 1963

Da Du wieder danach gefragt hast neulich an jenem denkwürdigen Abend (als Du noch klar denken konntest), hier wieder ein paar Empfehlungen für Dich, auch wenn Du sehr ungehorsam warst, Helene, sehr ungehorsam. Thomas Mann nach hundert Seiten wegzulegen, das ist schon ein starkes Stück, muss schon sagen. Wenigstens hat Dir »Orlando« gefallen, und dass Du die Musik von Nina Simone lieben wirst, war ohnehin gewiss. Sonst wären wir auch nicht befreundet; ich kann mit niemandem befreundet sein, der Nina Simone nicht mag. Habe ich das schon mal erwähnt?

Und da ich hier gerade so schön sitze (Claudia schläft, das Chaos ist beseitigt) und Dir schreibe, möchte ich Dir noch das eine oder andere sagen, was sich vis-à-vis nicht so leicht sagen lässt. Beginnnen wir mit einer kurzen Bestandsaufnahme:

A
Helene Klasing, ich liebe Dir!
    (Du, Deiner; Dich Dir, ich Dir, Du mir, - - - - wir?
    Das gehört beiläufig nicht hierher!)
Was ich damit sagen will: Ich bin froh, dass es Dich gibt, dass wir uns gefunden haben. Und wir werden uns nicht mehr loslassen, auch wenn Män-

ner von links und rechts an uns zerren, nicht wahr? Claudia liebt Dich nicht weniger, und Du bist eine wundervolle Patentante für sie – Patentante klingt so dermaßen spießig, aber in dieser Welt muss es für alles eine Institution und ein Amt geben, und alles muss man rechtfertigen, sonst gibt es böse Blicke und Kopfschütteln und Lästereien hinter vorgehaltener Hand. Ich bin das alles so leid. Also bist Du ganz offiziell die Patentante, und niemand schimpft mich eine Rabenmutter, wenn Claudia bei Dir ist, wenn ich ein wenig Freiraum bekomme, um mein Instrument zu spielen – only God knows wie sehr ich das brauche, wie sehr ich das genieße, und ich bin Dir dankbar, dass Du es mir immer wieder ermöglichst.

Was ich im Gegenzug für Dich tun kann, ist lächerlich gering. Ich bin eine Aussätzige, das weißt Du. Geschieden, alleinerziehend; es fehlte nur noch, dass sie mir die Staatsbürgerschaft entziehen. Aber ich will nicht jammern ... Stopp! Warum will ich eigentlich nicht jammern? Weil wir dazu erzogen wurden, nicht zu jammern, wir wurden dazu erzogen zu lächeln und zu nicken, wie Du neulich gesagt hast: lächeln und nicken, das ist unser Job. Druck und Stoß, nur nicht nachlassen, und Dampf ablassen darf nur die andere Hälfte unserer Spezies. Wenn eine Frau jammert, dann ist sie hysterisch. Wenn sie nicht das macht, was von ihr erwartet wird, was für sie vorgesehen ist, dann sind es die Hormone. Nun. Bei mir darfst Du jammern, Helene, wenn Dir danach ist. Und ich weiß, dass ich auch bei Dir jammern darf, und das bedeutet mir viel. Außerdem jammern wir gar nicht so oft, wir sind, das ist eine unumstößliche Tatsache, sogar verdammt stark, das müssen wir uns immer wieder sagen, denn das vergisst sich leicht, und dann wird es zäh.

Ist Dir das alles zu sentimental? Schieben wir es auf den Rotwein oder das Wetter oder DIE HORMONE ... und ich mache jetzt einfach weiter. Kann nicht aufhören, wenn ich einmal angefangen habe, Du kennst mich.

Also, meine Empfehlung: Gedichte lesen. Das geht immer und überall, morgens, mittags, nachts, während der Arbeit, davor und danach. Für eine Else Lasker-Schüler fehlt Dir noch der Mut? Ich werde Dir mit diesem Brief eine Anthologie zukommen lassen mit Gedichten unterschiedlicher Provenienz. Die Welt muss poetisiert werden, Helene, sonst sind wir dem Untergang geweiht. Und jetzt zu B:

B
Was die Leute von uns denken, kann uns herzlich egal sein!

Ich bin jetzt also eine Angestellte der US-Army. ♪ Im IG-Farben-Haus bin ich die graue Maus. ♪ Nun, zumindest für ein paar Stunden in der Woche. Und wenn man Dich im Kaufhaus sieht, wird man Dich vielleicht für ein Modepüppchen halten, eine Kleiderstange, die auf ihren Traumprinzen wartet und dann – Zeitsprung – auf ihre Verkäuferinnenstelle zurückkehren wird, wenn die Kinder aus dem Haus sind, also ungefähr mit fünfundvierzig, wenn der werte Ehegatte endlich nachgibt.

Was die Leute nicht sehen, und es dürfte ihnen auch piepegal sein, dass wir beide Künstlerinnen sind. Nicht angehende Künstlerinnen, sondern Künstlerinnen. Punkt. Du sagst immer, Du musst erst noch den Abschluss machen, aber das ist in meinen Augen völlig egal. Man wird nicht durch ein Zeugnis zu einer Künstlerin, eine Künstlerin ist man. Punkt. Und jetzt kommt dieses gefährliche Wort ins Spiel, es ist sogar nur ein Wörtchen: eigentlich. Weißt Du, ich könnte es jeden Tag hundertfach sagen. Wenn ich aufwache, und Claudia weint, könnte es der erste Satz sein, den ich denke: EIGENTLICH bin ich doch eine Musikerin! EIGENTLICH sollte ich doch auf einer Konzertbühne stehen! EIGENTLICH sollte ich ein Klavier besitzen! Und schon beginnt dieses Wort, mich aufzufressen, denn das, was ich wirklich habe, mein Leben mit Claudia in der Dachkammer, die Freundschaft mit Dir, das wird dann in so ein trübes Funzellicht getaucht, erscheint trübselig und freudlos, weil eigentlich, eigentlich … Ich kann nirgendwo ankommen, wenn ich mich immer nur wegwünsche. Wir müssen aufhören, immer in diesem Entweder-oder zu denken, und ich sage jetzt WIR, weil Du das Wort EIGENTLICH sehr häufig gebrauchst in letzter Zeit. Wenn dieses Wort gewinnt, dann höre ich entweder auf, Musik zu spielen und werde eine freudlose Mutter, oder ich stecke Claudia in ein Heim und werde eine Musikerin mit chronisch schlechtem Gewissen. Wenn ich das, was ich eigentlich bin, nicht sein kann oder darf, dann kann ich es doch auch gleich lassen, oder? Und egal, was ich tue, ich werde mich immer für einen schlechten Menschen halten oder für eine schlechte Künstlerin. Aber da ist es wieder, dieses Entweder-oder, und das macht uns porös, wenn wir nicht aufpassen. Herrje, kannst Du mir noch folgen?!

Ich hatte einen wirklich tollen Lehrer am Konservatorium, Herrn Meinhardt, und Herr Meinhardt hat mir das einmal wunderbar erklärt, weil alle (vermeintlich großen) Künstler immer so dolle Angst vor dem Alltag haben; davor, keine Zeit zu haben für ihre Kunst, vor den Verpflichtungen, dem Banalen. Er hat also gesagt, sinngemäß: Höhepunkte des Lebens sind nur möglich, weil es den Alltag gibt. Deshalb sind beide vom Gleichen. Er war so ein Spiritueller, der Herr Meinhardt, aber egal, es hat mich total beeindruckt. Es hat folglich keinen Sinn, das Außergewöhnliche und das Gewöhnliche gegeneinander auszuspielen. Es ist alles nur eine Frage der Balance. Und ich, na schön, ich habe vielleicht momentan erdrückend viel Alltag: vollgemachte Windeln, Wäsche und Geschirr und Putzlappen und Geldsorgen und Sorgen um das Kind, aber ich spiele auch Klavier, selbst wenn es nur fünf Minuten in der Woche sind. Irgendwann wird sich dieses Verhältnis wieder verändern, daran glaube ich. Und wenn Du denkst, Du wirst nach Deinem Abschluss nie eine Gelegenheit haben, als Künstlerin zu arbeiten, sondern wirst bei Ott & Heinemann oder Heinemann & Ott in der Abteilung für Bundfaltenröcke versauern, dann wird das nur so sein, wenn Du aufhörst, Deiner Glückseligkeit zu folgen – dann, wenn das Wörtchen EIGENTLICH gewinnt. Aber wir lassen es nicht gewinnen, und wir werden, wenn die Zeit reif ist, die Türen öffnen und unser barbarisches YAWP über den Dächern Frankfurts erschallen lassen (Gedicht von Walt Whitman, siehe A).

Kommen wir zum eigentlichen Sinn dieser Übung, meiner Empfehlung für Dich. Gibt es ein Buch, das dies alles zum Ausdruck bringt, nur viel klarer, deutlicher, besser als mein pathetisches Geschwafel? Das gibt es, es heißt: *Briefe an einen jungen Dichter* von Rilke. Und jetzt ersetzt Du bitte einfach Dichter durch Künstlerin und denkst Dir dieses ganze leidige Mann-Frau-Geschehen weg, und dann funktioniert es. Vielleicht. Und solltest Du Dich fragen, woher ich selbst diese ganzen Bücher kenne, wie ich darauf gestoßen wurde, dann ist die Antwort: Bad Camembert! Dort gab es eine Buchhändlerin, die man sich eher in Paris oder New York hätte vorstellen können. Sie hat mich anfangs gerettet, aber über den Fluss springen musste ich dann selbst. Wir dürfen also nicht so hochnäsig sein, die Provinz zu unterschätzen, Amen!

C

Das Mann-Frau-Geschehen ist leider doch wichtig!

Ich bin müde, Helene, daher nur noch so viel: Ich

mag Deinen Harry sehr. Bei ihm kann ich mir wirklich nicht vorstellen, mich zu täuschen. Also, dass er sich als jemand ganz anderes entpuppen wird, als er jetzt vorgibt zu sein. Aber auch er hat Bedürfnisse, und auch er hat Vorstellungen, in welcher Geschwindigkeit sich die Welt zu drehen hat. Da ich in dieser Sache nun wirklich erfahren bin: Lass Dich nicht drängen. Lass Dich nicht zu etwas hinreißen. Und schon gar nicht: Lass Dich zu nichts zwingen! Wenn er Dich zwingen will, dann ist er der falsche Mann.

Was lesen wir dazu? Ich habe keine Ahnung, mir fallen die Augen zu. *Effi Briest* vielleicht. Aber das ist wieder von einem Mann mit einem komischen Bart geschrieben. Warum erzählen eigentlich allermeistens Männer unsere Geschichten? Männer erzählen, von Frauen wird erzählt. Oder in Deinem Fall: Männer malen, Frauen werden gemalt. Und eigentlich müsste das doch ganz egal sein. Menschen erzählen von Menschen. Menschen malen Menschen. Ist es aber nicht. Solange die einen nicht recht dürfen und die anderen sie nicht lassen. Am besten ist es, Fontane zu lesen und dabei gleichzeitig Nina Simone zu hören, in ihrer Stimme und in ihrem Spiel ist das alles zu spüren, worum es mir hier geht, und wenn wir es nicht am eigenen Leib spüren, dann werden wir auch nichts verändern.

Ich liebe Dir,
Deine Heidi

Auf dem Goetheturm

Diese herrliche Weitsicht, dachte Helene. Wobei du gar nicht so weit schauen musst, um Frankfurt zu überblicken. Der Henninger-Turm, angeblich das neue Wahrzeichen, an das sie sich nicht gewöhnen wollte, und davor der Stadtwald, ihr Wald, ihr natürliches Habitat.

»Eine kompakte Großstadt«, sagte Helene, »ich mag das. Ich brauche kein Häusermeer, keine Türme und Wolkenkratzer.«

»Ich als Offenbacher sage jetzt besser mal nichts dazu.«

»Wolkentürme sind mir jedenfalls lieber«, sagte Helene.

Harry trug das blaue Hemd, das war verdächtig, denn es bedeutete, dass dieser Ausflug zum Goetheturm für ihn etwas Besonderes war, dass es einen Redeanlass gab. Für sie war der Turm nichts Besonderes und war es doch, wie oft war sie schon hier oben gewesen, und immer, wenn sie hinabstieg, sagte sie: »Ich komme wieder«, als würde es das hölzerne Monstrum freuen, das zu hören, als wäre sie ein gern gesehener, außergewöhnlicher Gast.

Harry schwitzte, was man dem Hemd leider ansah, er wirkte zunehmend nervös, hatte seine gewohnte Selbstsicherheit verloren, das Tänzelnde seines feder-

111

gewichtigen Körpers. Er druckste herum, verlor sich in Belanglosigkeiten. Wind in den Haaren, sie waren länger geworden, fast silbrig sahen sie in diesem Licht aus.

»Was liegt dir auf dem Herzen?«, fragte sie endlich.

Diese Frage schien ihn zu irritieren, aber er hatte doch nicht ernsthaft damit gerechnet, dass ihr seine Unruhe entgehen würde? Er war unfähig, etwas zu verbergen, und wie oft ärgerte er sich darüber, dass man seinem Gesicht, seinem Körper so viel ablesen konnte, dass alles an ihm mitarbeitete.

»Was mir auf dem Herzen liegt?«, wiederholte er die Frage, er zeigte ein Lächeln, das sie nicht kannte, ein unsicheres, flackerndes Lächeln. Er antwortete: »Viel!«, was auf eine Weise bitter klang, anders jedenfalls, als er es wohl hatte sagen wollen, denn er gab sich einen Ruck und ergriff sanft ihre Hand. Nicht doch, dachte Helene, nicht doch. Oder doch?

Er müsse ihr etwas sagen, sagte er, und er bitte sie inständig, ihn ausreden zu lassen, nicht sofort wegzulaufen. Denn er habe sich zwar alles sorgsam zurechtgelegt, aber er sehe sich gerade nicht in der Lage, das auf eine geordnete Weise vorzutragen. Er habe große Sorge, chaotisch und bedrohlich zu klingen, aber wie er das vermeiden könne, wisse er im Moment auch nicht, und zu kneifen käme nicht mehr infrage, dazu sei ihm das alles viel zu wichtig. »Dazu bist du mir viel zu wichtig.«

»Ich verspreche, nicht wegzulaufen«, sagte sie und drückte seine Hand, wie einen Mut-Knopf, dachte sie, vielleicht würde es ja helfen.

»Ich würde so gerne mit dir zusammenleben«, begann er, »das ist eigentlich alles, was ich sagen will.«

»Das ist dir schon mal gelungen«, sagte sie. »Ich habe es gleich beim ersten Mal verstanden ...«

Aus Harry kam ein Seufzen, das Helene an einen angeschossenen Bären denken ließ, wenngleich sie noch nie einen angeschossenen Bären gehört hatte. »Du weißt einfach, wie du mir die Sache leichter machst, gell?«

»Entschuldige, es tut mir leid. Was willst du mir noch sagen?«

Harry fuhr fort: Nur einmal angenommen, sie würde sich das auch vorstellen können oder gar wünschen, was er natürlich hoffe, dann sehe er überall nur Hindernisse, und er frage sich eben seit einiger Zeit schon, wie sich diese beseitigen ließen. Das größte Hindernis bestünde darin, dass er nach dem Examen für das Referendariat abkommandiert würde in den Spessart, oder in die Niederaula, oder sonstwohin. Er könne da Wünsche äußern, aber er sei doch der Willkür des Ministeriums ausgesetzt, als alleinstehender junger Mann. »Und die zweite große Hürde sehe ich darin, mit dir eine Wohnung zu finden, wenn wir nicht, also wenn wir nicht ...«

»Verheiratet sind?«, sagte sie.

Und er wisse ja, wie sie zum Heiraten stehe, er habe natürlich das Beispiel Heidis vor Augen, und ihm selbst sei das überhaupt nicht wichtig, ein lahmes, überkommenes Ritual, das so unendlich überschätzt sei. Eine elendige Zwickmühle sei das, denn die Gesellschaft erlaube einem nur eine bestimmte Freiheit, nur ein bestimmtes Glück, wenn man seine Liebe amtlich mache. »Erst dann bekommst du den Fahrschein für dein Leben. Das ist lächerlich, aber ich sehe nicht, wie man das umgehen kann, denn als verheirateter Mann würde ich eben nicht so leicht in die Provinz geschickt werden, und als verheiratetes Paar hätten wir es überall leichter, nicht nur auf dem Wohnungsmarkt ...«

»Steuerlich«, ergänzte Helene und brachte ihn damit beinahe zum Kollabieren.

»Helene, ja, ich weiß, wie das alles klingt. Aber könnten wir nicht versuchen, den Spieß umzudrehen und mit dieser Institution gewissermaßen zu spielen? Sie nach unseren Maßstäben zu definieren, und nicht umgekehrt? Uns die Freiheiten nehmen und die Zwänge und Rituale vergessen?«

»Wir machen uns die Welt, wie sie uns gefällt?«

»Ich bitte dich, mach es mir doch nicht so schwer! Wir könnten ganz allein heiraten, nur wir beide, oder nur mit Trauzeugen, was man eben so braucht. Wir müssen es auch niemandem sagen. Ich möchte doch einfach nur ... mit dir sein können, mit dir sein *dürfen*, ich möchte diese Chance nicht verpassen. Irgendwann ist es dafür zu spät und Kairos ist weitergezogen.«

»Aber Harry, wir sind noch nicht einmal Fünfundzwanzig!«

»Ich weiß, aber es ist so ein Gefühl, es sind doch ... die besten Jahre. Allein die Vorstellung, zwei Jahre in Oberunterursel zu versauern, und du vergisst mich unterdessen.«

»Oder du mich, weil du dir eine Provinzpomeranze anlachst.«

»Das werde ich nicht! Wie soll ich es dir nur erklären. Ich fühle mich gezwungen zu heiraten, um frei mit dir sein zu können. Und jetzt frage ich mich eben, wie man so heiraten kann, dass man, dass man ...«

»Eigentlich nicht heiratet.« Sie ließ seine Hand los, bereute es sogleich, der Wind war aufgefrischt, stimmte das? Der Blick nach Sachsenhausen, aus der Weite war eine Enge geworden, ein Tunnel. Und dieser Henninger-Turm war nichts weiter als ein Silo, damit alle genug Bier hatten. »Harry«, sagte sie, »ich verstehe das doch alles. Und denkst du denn, ich hätte mir nicht längst schon Gedanken darüber gemacht? Und ich könnte mir das alles ganz gut vorstellen, wir machen uns die Ehe, wie sie uns gefällt und das alles, aber was ist denn, wenn es nicht klappt? Du weißt doch, wie es Heidi geht. Wenn eine Scheidung kommt, dann wird aus dem Spiel bitterer Ernst, dann steht es dir dick und fett auf der Stirn geschrieben, ICH BIN NICHTS MEHR WERT, dir als Mann geht es nicht so, aber mir ... mir dann schon. Und was ist, wenn auch noch ein Kind ...«

»Die Vorstellung ist herrlich, ein Kind mit dir zu haben, aber ich werde dich nie zu etwas drängen. Ein Kind ist noch einmal etwas anderes, und du hast recht, wir sind noch jung, das hätte noch Zeit, aber ich wache manchmal auf und habe das Gefühl, die Zeit ist um, sie möchten dich mir wegnehmen, und ich könnte nicht einmal sagen, wer das ist, der Staat, die

Strukturen, das Gesetz. Das alles nur, weil wir nicht eine Urkunde unterschrieben haben, weil wir keinen Fahrschein haben.« Die Wolkendecke riss auf, die Silhouette der Stadt war in helles Licht getaucht. »Helene, ich weiß doch, wie wichtig dir deine Unabhängigkeit ist. Aber können wir nicht beides haben, zusammen sein und trotzdem wir selbst sein?«

»Es geht aber nicht ohne Verantwortung, Harry. Nicht ohne Konsequenzen.«

»Nein, natürlich nicht, Helene, natürlich nicht.« Das war's, er wurde leiser, man konnte förmlich dabei zusehen, wie er zusammensackte. Der Griff zur Zigarette, als würde ihn das wieder aufladen. Warum bist du so abweisend, warum lässt du ihn in diesem Augenblick allein. Aber sie konnte nicht anders; sie spürte, wie der Tunnel sich um sie geschlossen hatte, sie würde so schnell nicht wieder herauskommen.

»Bitte lass mich damit für eine Weile allein«, sagte sie; sie schaffte es kaum mehr, ihn anzusehen. Er nickte und sagte, er verstehe, keine Sorge, aber wie konnte er das verstehen, es war nicht zu verstehen. Er machte sich auf, den Turm nach unten zu steigen, und sie erkannte andere Leute auf der Plattform, sie waren ganz nah, dabei war es ihr die ganze Zeit so vorgekommen, als wären sie allein gewesen.

Sie rief noch einmal nach Harry, als er fast schon aus ihrem Blickfeld verschwunden war, rief aus ihrem Tunnel. Er machte kehrt, lief ein paar Schritte auf sie zu. »Es war nicht chaotisch, was du gesagt hast. Überhaupt nicht. Ich brauche nur etwas Zeit, bitte.« Sie umarmten sich, trennten sich, umarmten sich noch einmal, dann war er fort. Sie blieb noch eine Weile auf dem Turm, der ihr so lieb war. Auch er wird ein anderer sein, nachdem du hinabgestiegen bist. Sie sollte damit aufhören, ihre Lieblingsorte mit anderen Menschen zu teilen. Sie veränderten sich dadurch, sie verlor die Kontrolle über sie. Oder war das ein lächerlicher Gedanke? Denn über was hast du schon Kontrolle, Helene Klasing.

Und was will ich denn, dachte sie, als sie die Treppenstufen hinabstieg. Hundertsechsundneunzig. Alles, was er gesagt hat, war nachvollziehbar gewesen. Die Gedanken waren ihr nicht neu, sie hatte sie auch schon gedacht, hatte sie hin- und hergeschoben und auf den Kopf gestellt und wieder zurück. Hundertzwanzig. Aber es ist dann doch etwas anderes, wenn sie laut ausgesprochen werden, wenn sie nicht im verborgenen Gedankenzimmer bleiben, wenn sie amtlich werden. Amtlich, etwas amtlich machen, eine Urkunde unterschreiben, bürgen, mit seinem Namen bürgen. Achtundneunzig. Und so reizvoll die Vorstellung war, auf Konventionen zu pfeifen, das würde bleiben, der Name auf dem Papier, *der* würde Konsequenzen haben, solche oder solche. Einundsiebzig. Nebenbei bemerkt: Alles, was du machst, darf nicht gewöhnlich sein, du musst immer den Sonderweg gehen. Und was ist, wenn du ihn damit vergraulst? Wenn er jetzt nicht mehr wiederkommt? Helene, er hat dir gerade einen Antrag gemacht! Auch wenn es alles andere als romantisch war, so mit Kniefall und Verlobungsring und ein Chor singt. Hahaha! Die Gitarre hätte er wenigstens mitschleppen können. Ein bisschen Elvis, und sie hätte vielleicht anders reagiert. Wie habe ich denn reagiert? Barsch, zickig, schnippisch? Wie oft hat das Mutter zu mir gesagt: zickig. Fünfzig. Du willst einfach nicht erwachsen werden, Helene. Fünfundvierzig. Aber: So vernünftig und irgendwie modern das alles klang, was Harry da eben von sich gegeben hatte, ein Wort hatte eben doch gefehlt, und war das nicht verdächtig? Das wichtigste Wort hatte er nicht gesagt, oder die wichtigsten drei Wörter. Vielleicht, um sie nicht unter Druck zu setzen, um nicht die ganz großen Geschütze auf sie zu richten, oder hatte er es in der Aufregung vergessen, oder es war eben doch nur: Kalkül? Wie finde ich eine kommode Lösung für mein Referendariatsproblem. Dreiunddreißig. Oder tat sie ihm da unrecht? Was ist, Helene, liebst du ihn? Weißt du überhaupt, was das ist, Liebe. Spielt das überhaupt eine Rolle? Vielleicht sollte sie keine Romane mehr lesen! Keine Gedichte mehr. Naturwissenschaftliche Studien, das ist es, was du brauchst. Wie ist das mit den Elementen und den Molekülen. Eine Alchemie der Liebe, wenn es das gab. Fünfundzwanzig. Heidi. Was würde sie sagen, wie würde sie reagieren. Heiraten? Ja, bist du denn von allen guten Geistern verlassen – gute Geister, das war es, was ihr fehlte, umflattert werden von Wohlwollen, auf den richtigen Weg gestupst werden. Neunzehn. Ich glaube, ich liebe ihn, denn wenn ich mir vorstelle, er wäre morgen nicht mehr da, er wäre fort, für immer fort, dann zerreißt es mich. Nennen wir das: Liebe. Nennen wir das eine gute Grundlage. Nennen wir das eine Entscheidungshilfe. Drei, zwei, eins. Nennen wir das …

Fester Boden unter ihren Füßen, ein letzter Blick auf den Holzturm, auf die Stiegen, und jetzt? Wohin? Maunzenweiherschneise, ans Wasser setzen, weiter nachdenken? Oder ins Zimmer und zuschauen, wie Frau Baas stinkende Geranien gießt? Zu Heidi? Zu ihrer Mutter? Meldung machen? Ein Bruder, warum gab es keinen Bruder. Der ihr sagte, »dieser Harald, der ist schwer in Ordnung, meinen Segen hast du«. Oder der die Hände über dem Kopf zusammenschlug, wenn Brüder das so machten, und rief: »Um Himmelswillen! Der ist doch eine Mogelpackung!«

Da bemerkte sie eine Gestalt, sie saß auf einer Bank, eine fast zierliche Gestalt, und ihr Tunnel führte zu dieser Bank, ja, er schien dort zu enden, sich dort aufzulösen, und sie nahm Platz neben der Gestalt, blaues Hemd, schwarzsilbriges Haar, hervorstehende Wangenknochen und die Nase vielleicht eine Nuance zu groß. Die Augen waren zusammengekniffen, die Abendsonne blendete.

»Ich heiße Helene Klasing«, sagte sie, »bin vierundzwanzig Jahre alt und komme aus Frankfurt. Ich werde Sie heiraten.«

»Ich heiße Harald Kaufmann, bin fünfundzwanzig Jahre alt und komme aus Offenbach«, sagte er. »Jetzt bin ich der glücklichste Mensch auf diesem lächerlichen Planeten.«

Danach schwiegen sie und schauten in die einsetzende Dunkelheit.

Aufklärung einer Sachlage

»Vielen Dank, dass Sie so schnell kommen konnten«, sagte der Standesbeamte Lenz (oder hieß er Wenz oder Krenz?), und dieses Wort *schnell* aus seinem Munde war ihr ein Rätsel. Denn er ließ es wahrlich ruhig angehen. Es war ihr so vorgekommen, dass er erst fünf Minuten nach ihrem Klopfen »Herein!« geantwortet hatte, und jetzt suchte er in unendlich langsamen, mechanischen Bewegungen nach ihrer Akte, auf einem gut gefüllten Schreibtisch, es war in diesem Leben eigentlich nicht mehr zu schaffen. Sie hingegen hatte es eilig, wollte doch wissen, was es mit der *Ungereimtheit* auf sich hatte, von der Herr Lenz gesprochen hatte. Dieser unverhoffte Anruf, und jetzt war Frau Baas in höchster Alarmbereitschaft. Das Rathaus ist am Apparat, das Rathaus! Was soll das nur bedeuten?

Um die Zeit der Suche zu überbrücken, kurbelte der Beamte ein paar allgemeine Worte zum Stand der Ehe aus sich heraus; er gebrauchte dabei eine auffallend maritime Metaphorik, die nicht zu diesem Zimmer und zu dieser Person passen wollte. Herr Lenz-Wenz-Krenz hatte rein gar nichts von einem Kapitän, und die Vorstellung, dass er einen auf hoher See kraft seines Kapitänsamtes trauen würde – während Elvis Gitarre spielt und *Love Me Tender* singt –

hatte etwas Surreales. Aber sie hatte eben genug Zeit, sich solche Szenarien auszudenken.

»In den Hafen der Ehe einzulaufen«, sagte Herr Wenz (so hieß er, es stand ja dort auf einem Schild), »das bedeutet Sicherheit, Geborgenheit, ruhige See, Windstille.«

Das klingt nicht gerade verlockend, dachte sie, sie blickte auf die Wanduhr. Es fühlte sich an, als würde die Zeit in diesem Raum durch eine höhere Macht verlangsamt werden, Herr Wenz war unschuldig, oder er war ein Mann mit übernatürlichen Kräften. Es gab keine Pflanze in diesem Büro, kein Bild außer diesem metaphorischen Schiff, in den Hafen einlaufend, und sie wünschte sich, es würde vorher kentern, die Wände dieses Zimmers würden Risse bekommen und durch die makellose Oberfläche würde Wurzel- und Blätterwerk in den Raum wuchern und alles zudecken, diese ganzen Papiere und Karteileichen.

»Es muss doch«, der Arm bewegte sich tatsächlich, »gefunden«, sagte Herr Wenz nicht ohne Stolz. »Ja, diese Sache, das hat man nicht oft.«

»Welche Sache?«

»Wir müssen das jetzt in trockene Tücher bringen, die ganze Chose. Sie haben also angegeben, sie heißen Helene Klasing mit K. Wir müssen aber auch und vor allem Ihren Geburtsnamen angeben, der da lautet: Helene von Weißhaupt. Zumindest sagt das unsere Akte, und eine Akte lügt nicht. Meistens tut sie das nicht, aber ich wollte doch sichergehen und habe Sie daher einbestellt. Um diesen Sachverhalt zu klären.«

»Nein, das ist ein Irrtum. Mein Mädchenname ist Klasing, ich war noch nie verheiratet.«

»Ich spreche auch nicht von einer Heirat. Laut Ihrer Akte wurden Sie kurz nach Ihrer Geburt adoptiert. Adoptiert haben Sie Charlotte und Johannes Klasing. Ihre leibliche Mutter ist Margarethe von Weißhaupt. Ist das korrekt?«

»Das ist ...« Und jetzt war es ihr, als hätte Herr Wenz die Zeit tatsächlich angehalten.

»Hier, sehen Sie, ich habe es mir extra rausgelegt. Hat man ja nicht oft, so was.«

Sie hatte ein Dokument vor Augen, es schien sich aufzulösen, flüssig zu werden, reiß dich zusammen, und sie erkannte etwas in der Mitte des Blattes, da standen Namen und Daten und Adressen. Marbachweg, Frankfurt am Main, Charlotte und Johannes Klasing. Aber das angegebene Datum war nicht ihr Geburtstag, es war später, und weiter oben, neben ihrem Geburtstag standen andere Namen: Margarethe von Weißhaupt. Helene von Weißhaupt. Unter Vater stand: UNBEKANNT. Vermerk: zur Adoption freigegeben.

»Das muss alles ein Irrtum sein.«

»Ihre Adoptiveltern haben nie mit Ihnen darüber gesprochen?« Herr Wenz legte den Kopf zur Seite und musterte sie. Er hatte die Geschwindigkeit merklich gesteigert. »Hören Sie, Frau Klasing, ich möchte Sie bitten, mit Ihren Adoptiveltern zu sprechen und die Sachlage zu klären. Entschuldigen Sie, das klingt so förmlich. Aber es muss natürlich alles seine Richtigkeit haben. Die entsprechenden Dokumente werden

Ihre Adoptiveltern sicher haben, diese wären mir vorzulegen. Wären Sie so freundlich, sich wieder mit mir in Verbindung zu setzen?«

Noch immer hatte sie die Akte in der Hand, ihre Akte. Und auf dieser Akte stand, dass es sie zweimal gab, dass sie sich verdoppelt hatte.

»Jedenfalls habe ich das so auch noch nicht erlebt«, sagte Herr Wenz.

»Dann haben Sie jetzt was zu erzählen, in der Kaffeeküche.«

»Frau Klasing, ich …«

»Ich werde mich bei Ihnen melden, vielen Dank!«

Sie verließ das Rathaus und hatte einmal mehr die quälende Frage im Kopf: wohin? Harry würde in der Uni sein und Heidi bei der Arbeit. Das naheliegende Ziel war der Marbachweg, und als gute Mitbürgerin und vielversprechende zukünftige Ehefrau sollte sie schnell für eine Aufklärung der Sachlage sorgen. Dieser ganzen Chose. Denn ihre Mutter, sie hatte über zwanzig Jahre nicht für Aufklärung gesorgt, wenn das alles stimmte. Aber sie hatte so ein Gefühl, dass es stimmte, nein, sie war sich sicher, dass es stimmte. Erklärte es nicht vieles? Erklärte es nicht *alles*? Manche Andeutung der Mutter, im Wutausbruch geäußert, dass sie nicht ihr Kind sei. Da hatte sie sich beinahe verraten. Aber was warst du dann? Ein Ding, eine Sache? Verschiebbar, dehn- und formbar, wie man es gerade brauchte? Und wenn es nicht passte, wurde es mit dem Teppichklopfer zurechtgeklopft. Oder ab in den Keller, zur Kartoffelkiste, ab in den Keller mit dir. Diese Muttersätze, sie alle erschienen in einem neuen Licht. »Ein Fehler, nicht mehr rückgängig zu machen.« – »Aber der Hannes wollte ja immer ein Kind.« Alles ergibt jetzt einen Sinn, dachte sie. Denn du bist nicht ihr Kind. Ein guter Tag, um verrückt zu werden. Sie hatte schon immer Angst davor gehabt, dass der Tag kommen würde, dass die Mutter recht hatte mit den Worten: »Du spinnst doch!«

Helene war geradelt, das Ziel zog sie magnetisch an, die Straßen bekannt, hundertfach gefahren, sie brauchte keinen Wegweiser. Die Mutter stand auf dem kleinen Balkon, er ging zur Straße hin, es wirkte so, als hätte sie auf die Tochter gewartet, aber sie hängte nur die Wäsche auf. Sie winkte nicht, nickte nur. Helene stellte das Fahrrad ab und klingelte, als wäre das noch nötig. Frau Widderich hatte einen Schmortopf auf die Fensterbank rechts neben der Eingangstür gestellt, zum Auskühlen. Die Mutter kam runter, machte ihr auf. »Hättest du mal den Schlüssel behalten« – der erste Vorwurf, noch bevor sie in der Wohnung waren.

In der Wohnung hatte sich nicht viel verändert, auf den ersten Blick, ihr Zimmer war allerdings zu einem Wäschezimmer umfunktioniert worden. Männerhemden fein säuberlich aufgehängt, es roch nach Bügelstärke, eine neue Mangelmaschine stand in der Ecke. Anscheinend hatte Mutter ihr Wäscheimperium ausgeweitet. Eines der Poster hing noch an der Wand, Peter Alexander, und das Werbeblech der Metzgerei Liebig.

»Was verschafft mir die Ehre«, fragte Charlotte.

Sie gingen ins Wohnzimmer, die Mutter setzte sich an den Esstisch, vor ihr ein Stapel Illustrierte, die *Constanze* obenauf, sie faltete die Hände, drehte Däumchen, das hatte sie früher nie getan, früher, wie das klang. Helene blieb stehen und sagte: »Ich werde heiraten.« Sie wollte es mit fester Stimme sagen, klar und deutlich, und merkte doch, wie sie in den Tochtersingsang verfiel, in dieses Herumdrucksen. Die Mutter blickte zu ihr hoch, Bitterkeit im Blick. Lass dir jetzt kein schlechtes Gewissen machen, diesmal nicht.

»Tu, was du nicht lassen kannst«, sagte sie. »Aber ich gehe nicht davon aus, dass du jetzt wegen der Aussteuer zu mir kommst, oder?«

»Hast du schon mal den Namen Margarethe von Weißhaupt gehört?«

Die Däumchen drehten sich noch schneller, Charlotte sah an ihr vorbei. »Jetzt weißt du es also«, sagte sie leise.

Helene trat zu ihr hin, sie stoppte das Däumchendrehen, indem sie ein Handgelenk der Mutter packte und fest zudrückte. »Es stimmt also?«

Die Mutter jammerte, dass Helene ihr wehtue, doch sie ließ nicht los. »Es stimmt«, sagte sie, »es stimmt, ja!« Augenblicklich formte sich eine Frage auf Helenes Lippen, aber sie sprach sie nicht aus. Sie ließ los, die Mutter schüttelte das Handgelenk, sichtbare Abdrücke, und wann hatte das angefangen, dass sie sich wehtun mussten, um ehrlich miteinander zu sein, um ihren Dreiklang aus Tarnen, Tricksen und Täuschen zu vermeiden?

»Hannes und ich, wir haben uns eigentlich vorgenommen, es dir bei Eintritt der Volljährigkeit zu sagen. Du musst wissen, dass deine leibliche Mutter ein gefallenes Mädchen ist. Diese Margarethe hat dich in ein Heim gegeben, weil du ein uneheliches Kind warst, vermutlich das Ergebnis einer Affäre, der Vater unbekannt. Und dieses gefallene Mädchen wollte das vertuschen, damit es keinen Skandal gibt. Johannes hat immer gesagt: ›Damit die nicht aus der Familie fliegt.‹ Er hat sich da informiert, wer die sind, ich wollte das alles gar nicht wissen. ›Eine altehrwürdige Familie‹, hat er immer gesagt. Und vielleicht hätten wir den Namen gar nicht wissen dürfen, aber eine Nonne hat ihn uns verraten, denn vor Gott dürfe es keine Rätsel geben, und was diese Frau getan habe, das sei schon verwerflich genug.«

»Das heißt, meine ... diese Margarethe lebt noch?«

»Das weiß ich nicht, aber wahrscheinlich ist es so. Ich habe mich wie gesagt nie darum geschert. Und ich wollte nie, dass es herauskommt, jedenfalls nicht, bis du einundzwanzig bist. Weil ... als kleines Mädchen, du hättest dich verplappert. Du weißt ja, wie die Leute sind. Und nach Hannes' Tod, es war eine harte Zeit, und ich hatte Sorge, die Leute ...«

»Die Leute, die Leute ... das ist doch jetzt nicht dein Ernst, oder? Willst du mir sagen, du hast mir davon nie etwas erzählt wegen der Leute? Weil sie dann nicht mehr ihre Wäsche bei dir waschen lassen oder wie?«

»Du kannst das nicht verstehen. Die Witwenrente reicht doch vorne und hinten nicht, ich musste uns irgendwie durchbringen ...«

»Aber *du* bist doch nicht das gefallene Mädchen, du hast doch nicht ein uneheliches Kind zur Welt gebracht, du hast es doch nur aufgenommen.«

»Für viele ist das dasselbe.«

Helene wusste nicht, wohin mit sich. Sie ging im Zimmer hin und her, so viele vertraute Bildfetzen um sie herum, der abgewetzte Teppich, die Flasche mit dem Schiff darin, möglichst wenig Staubfänger, möglichst wenig Arbeit, und die Stickereien an den Wänden, die sie nie näher betrachtet hatte, warum eigentlich nicht. Wohin mit alledem? Ein Wirbel in ihrem Kopf, ein Strudel. Einfach wegschieben, das würde diesmal nicht funktionieren. Wie willst du einen Sturm wegschieben.

Die Mutter saß noch immer da, in ihrem Kleid mit Bubikragen, darüber die Kittelschürze, sie rührte sich nicht, und Helene überlegte, ob es überhaupt der Mühe wert war, dieses Gespräch fortzusetzen, sie würde jede Schuld von sich weisen, sie würde sich nicht ... hahaha ... welch abstruse Vorstellung, sie würde sich niemals entschuldigen. »Und warum hast du es nicht gesagt, als ich volljährig wurde, wie du es dir vorgenommen hast. Warum nicht mit einundzwanzig?«

»Ich weiß es nicht. Ich habe auf eine Gelegenheit gewartet, aber sie kam nicht. Ich wollte es wirklich! Aber ich konnte es nicht. Du weißt nicht, wie das früher für mich war. Vier Kinder, hieß es doch immer, das war das Ideal, und immer diese scheelen Blicke, weil da bei uns nichts kam, ›na, ihr macht euch ja ein lustiges Leben, während wir dafür sorgen, dass der

Volkskörper intakt bleibt‹. Aber es ging einfach nicht, Hannes war vermutlich zu alt, zu krank ... ich habe doch alles versucht, habe an alles gedacht.«

»Ich, ich, ich, du denkst immer nur an dich. Oder an die Leute. Fragst du dich nur einmal, wie es *mir* jetzt damit geht?«

»Du weißt nicht, wie das ist, wenn man sich immer ein Kind wünscht, und es einfach nicht klappt.«

Dieses Du-weißt-nicht! Wie oft hatte sie das schon gehört. Du weißt nicht. Du weißt nichts. Du bist nichts. Helene griff sich die Porzellanvase, hässlich wie die Nacht, und wog sie in der Hand. Dann schleuderte sie die Vase gegen die Wand, weg mit dem Staubfänger, wo sie zerbarst. Damit hatte sie die Mutter immerhin aus ihrer bügelgestärkten Ruhe gebracht.

»Aber hier ist doch dein Kind«, schrie Helene, »hier steht es vor dir!« Und sie wollte gehen, sofort gehen, aber ihre Mutter stand auf und versperrte ihr den Weg. Helene wollte sie zur Seite drücken, mit aller Macht, aber Mutter hatte noch Kraft, Helene schlug nach ihr, erwischte sie im Gesicht, an den Schultern. Charlotte versuchte, ihre Arme zu fassen, sie unter Kontrolle zu bringen, und rief die ganze Zeit: »Du bist doch mein Kind!«, was Helene erst beim dritten, vierten Mal verstand. Ihre Mutter begann zu weinen, da wurde Helene ruhiger, hielt inne, und so standen sie da, und Charlotte sagte leise: »Ich wollte dich nicht verlieren.«

»Du hast mich auch so verloren.«

Ihre Mutter holte tief Luft. »Was wäre aus dir geworden, wenn du gewusst hättest, du wärst … wie das klingt … eine Adlige. Wäre dir doch zu Kopf gestiegen, ich kenne dich doch. Dann hättest du das alles hier doch schäbig gefunden, und die Lehre …«

»Dann hätte ich mich für was Besseres gehalten, meinst du. Genau das hast du mir immer vorgeworfen. Dass ich mit nichts zufrieden bin, dass ich nach Höherem strebe. Jetzt wird mir so manches klar.«

»Du bist von einem anderen Blut, Helene, das hat man doch gemerkt.«

»Und du bist daran gescheitert, mich kleinzuhalten.«

»Ich wollte dich nicht kleinhalten. Ich wollte, dass du …«

»Nicht abhebst.«

»Nicht zu einer Träumerin wirst. Nicht zu weich wirst. Nicht so enttäuscht wirst. So, wie …«

»So enttäuscht wie du? Aber du hast keine Ahnung, wie enttäuscht ich bin. Wirklich keine Ahnung!«

Helene senkte die Schultern, die Angriffshaltung war vorbei, sie machte ein paar Schritte, die Wange brannte, anscheinend hatte Lotte sie gekratzt. Dann hatte sie kein Gefühl mehr in den Beinen, sie knickte ein, konnte sich am Sofa festhalten, setzte sich. Sie hatte Tränen in den Augen, die Nase lief, sie hatte nicht mehr die Kraft, etwas wegzuwischen. Das letzte Mal, das war das letzte Mal, dachte sie und hatte es so oft schon gedacht, und immer war es ein Irrtum gewesen.

Die Mutter setzte sich zu ihr, hielt ihr ein Taschentuch hin, das Helene erst ablehnte, dann aber doch benutzte. Charlotte schien nach Worten zu suchen, sie fand keine, sagte nichts. Sie fing an, Helenes Wange zu berühren, sie zu streicheln, und das war der Augenblick, in dem sie sich fasste und aufstand, diesmal wurde sie nicht aufgehalten.

»Du hast meine Adresse«, sagte sie zu ihrer Mutter. Nein, Adoptivmutter, so war es richtig. »Bitte schicke die Dokumente dorthin. Ich möchte dich nie wiedersehen.«

In der Hauptpost

Heidi hielt den Zettel in der Hand, und Helene hoffte noch, der Wind würde ihn ihr entreißen. Daran aber war nicht zu denken. Windstille im Herbst, das Schicksal hält für dich den Atem an, damit du diesen Anruf tätigen kannst. Das Schicksal, genau, darunter machst du es nicht mehr. Jetzt schnappst du wirklich langsam über.

Sie wollte das nicht und wollte es doch, sie hatte es in Heidis Hand gelegt, buchstäblich, und sie müsste ihr den Zettel selbst wieder abluchsen, um den Lauf der Dinge zu ändern. Sie fühle sich den ganzen Tag schon so schlapp, sagte sie zu Heidi, im Kaufhaus habe sie alle Kunden vergrault. Das sei die Nervosität, entgegnete die Freundin, das sei völlig normal.

»Aber du musst zuerst mit ihr sprechen«, sagte Helene, »das ist die Bedingung.«

Die Strecke zur Hauptpost war viel zu kurz, um es sich noch einmal anders zu überlegen. Ein Katzensprung, Tür auf, die große Halle, Stuckdekor, Stahl und Beton, ein geschäftiges Treiben, Heidi steuerte zielsicher einen Schalter an. Die Schlange davor war kurz, zu kurz, um es sich noch einmal anders zu überlegen. Der Zettel, Harrys Handschrift, und er hatte noch immer nicht verraten, wie er an die Nummer gekommen war. Sherlock Kaufmann genießt und schweigt. Sie haben sich gegen mich verschworen, haben mich weichgeklopft. Vielleicht war es aber auch dieser klingende Name, der etwas an ihrer Einstellung verändert hatte: New York.

Sie waren dran, Heidi schob dem Beamten den Zettel hin und erbat das Ferngespräch, für sie war das nichts Besonderes, wie oft hatte sie für die Amerikaner schon Telefonate beantragt.

»Bitte warten Sie vor den Kabinen, Sie werden dann aufgerufen.«

Helene war so nervös, dass ihr schlecht wurde. Schlapp und schlecht, das waren wunderbare Voraussetzungen. Aber vielleicht war Margarethe von Weißhaupt ja nicht zu Hause, oder wohin führte diese Nummer eigentlich? In ein Büro? Freitagvormittag, was machte ihre Mutter an einem Freitagvormittag in dieser großen Stadt?

»Wir hätten das doch bei Frau Baas machen sollen, das Gesicht hätte ich sehen mögen.« Wie konnte Heidi in dieser Sekunde noch zu Späßen aufgelegt sein? Da wurde ihnen Kabine 2 zugewiesen, sie quetschten sich hinein, Heidi nahm den Hörer und lauschte. »Ich habe eine Verbindung«, sagte sie, Helene war kurz vor der Ohnmacht.

»Hello? Am I talking to Margarethe von Weißhaupt?« Heidi hatte die Augen geschlossen, das tat sie oft, wenn sie sich konzentrieren musste. Vielleicht wollte sie sich auch nicht länger von Helenes Hochspannung ablenken lassen.

Jedenfalls hatte sie daran gedacht, es erst einmal auf Englisch zu versuchen, wie sie es besprochen hatten. Und sie sagte genau das, was sie sich überlegt hatten. Dass sie im Namen ihrer Tochter Helene anrufe, *to find out*, ob ein Gespräch möglich sei. Oder ob sie vielleicht erst einmal einen Briefwechsel wünsche. Immer schön langsam, zurückhaltend, sie nur nicht überrumpeln.

»No, she's not dead«, sagte Heidi gerade. »Könnten wir vielleicht auf Deutsch weiter ... verstehe ... und wie wäre es mit einem Brie ...«

Da war das Gespräch schon zu Ende.

»Es lief nicht gut, oder?«

»Wenigstens wird es nicht so teuer für dich«, meinte Heidi, die Augen wieder geöffnet.

Draußen setzten sie sich unter eine Platane. Freitagnachmittag in Frankfurt, im Wirtschaftswunderland, im goldenen Oktober. Fast jeder hatte eine Tüte zu tragen, die Wochenendbeute war bereits erlegt. »Die Menschen kaufen ein und haben es fein«, würde Harry jetzt sagen. Heidi musste alles zwanzig Mal wiederholen, jede Silbe.

»Also, noch einmal: Zuerst hat sie gesagt, sie habe keine Tochter mit dem Namen Helene. Ihre Tochter heiße Theresa. Dann habe ich versucht, die Sache aufzuklären, und sie meinte: Sie dachte immer, du hättest den Krieg nicht überlebt. Aber mit dir sprechen wolle sie nicht. Sie spreche nicht mehr Deutsch, und sie spreche nicht mehr mit Deutschen. Und als ich nach einem Briefkontakt fragen wollte, da hatte sie schon aufgelegt. Ich denke, wir sollten es in einer Woche oder so noch einmal versuchen, wenn sie die Sache verdaut hat.«

»Ich glaube, ich möchte das nicht, Heidi.«

»Jetzt lass dich doch nicht unterkriegen. Sie war einfach überfordert, nehme ich an.«

»Können wir ein paar Schritte gehen?«

Sie liefen die Zeil entlang, dann die Große Bockenheimer Straße, bis sie an die Opernruine kamen. Autos hupten, das fahle Licht wirkte wie ein Fälscher, wie ein schlechter Kopist. Sie müsse jetzt Claudia abholen, sagte Heidi, und Helene hatte das Bedürfnis, sie zu umarmen und nicht mehr loszulassen.

»Danke«, sagte sie. »Danke für alles. Du hast eine große Karriere als Dolmetscherin vor dir.«

»Wie gesagt, lass dich nicht entmutigen.«

Heidi war schon losgegangen, da rief sie sie zurück, diese lästige Angewohnheit. »Du weißt schon, was das bedeutet?«, fragte Helene.

»Dass deine leibliche Mutter eine knurrige alte Lady ist?«

»Nein, dass ich eine Schwester habe.«

»*Das* lässt sich nicht von der Hand weisen.« Heidi warf ihr eine Kusshand zu, Helene steuerte die nächste Bushaltestelle an, sie konnte keinen Meter mehr laufen, Oberrad kam ihr fast so weit entfernt vor wie New York. Sie fühlte sich, als hätte sie jemand durch die Heißmangel gedreht. Der Magen hatte wenigstens aufgehört zu rebellieren, jetzt vermeldete er Hunger.

Eine Schwester, dachte sie, als sie auf den Bus wartete. Eine Schwester. Und ich habe immer gehofft, einen Bruder zu haben.

Heidis DRITTE EMPFEHLUNGSLISTE

(anlässlich Deiner Hochzeit; diesmal kurz und schmerzvoll)

1. Vergiss nicht, dass Du ein INDIVIDUUM bist mit eigenen Bedürfnissen, Talenten, Sehnsüchten und Träumen. Du bist nicht dazu da, ausschließlich ANDERE bzw. SEINE Bedürfnisse, Talente, Sehnsüchte und Träume zu erfüllen und zu bedienen.

2. Ziehe nicht nach Bad Camembert (Du bist eine Künstlerin, du gehörst in die Stadt, Peng!)

3. Wenn ein Major Crampas um die Ecke kommt – lass Harald nicht die Briefe finden ... (Hast Du *Effi Briest* endlich gelesen?)

4. Wenn Du das Gefühl hast, Du musst Dich mit etwas Toxischem trösten (mit Alkohol, mit Zigaretten, mit Süßigkeiten), dann ist was faul im Staate Dänemark.

5. Vergiss Deine HEIDI nicht – meine Tür ist immer offen (Pathos, aber Du weißt, dass ich das ernst meine)!

6. bis 8. Mache Deine Kunst so oft und so gut Du kannst.

9. Ich hoffe, Du hast den Mut, JEDEN zu verlassen, der Dir das Gefühl gibt, nicht liebenswert zu sein.

10. Ziehe nicht nach Bad Camembert!

Deine Heidi
Im Juli 1965

Wir feiern eine Nicht-Hochzeit

Der Ahorn spendete ihnen Schatten. Harry drehte die Thermoskanne auf und schenkte ein. Den Zylinder mit dem Preisschild 10/6 nahm er nicht ab, den ganzen Tag schon nicht, und das mochte sie an ihm, dass er, wenn er sich auf eine Sache einließ, sie auch zu Ende brachte. Egal, was die Leute sagten oder welche Blicke sie ihnen zuwarfen – und tausend Leute hatten sie heute angesehen, als wären sie dem Zirkus entflohen. Es hatte sie zunehmend ins Wanken gebracht, Harry aber wirkte ruhig, gelassen, ein Entschluss ist ein Entschluss ist ein Entschluss.

Herr Wenz vorhin im Standesamt hatte seine Gesichtsmuskeln kaum unter Kontrolle gehabt, wie bitte, Sie sind allein gekommen?, und wie er dann, ganz der beflissene Beamte, Harry darauf aufmerksam machte, dass noch ein Preisschild am Hut hinge, und wie Harry trocken erwiderte, keine Sorge, dies sei Absicht. Der arme Herr Wenz verstand die Welt nicht mehr, Helene konnte nur mit Mühe einen Lachanfall vermeiden. Sie waren standhaft geblieben und hatten es ihm verschwiegen, dass sie in Wahrheit eine Nicht-Hochzeit feierten. Oder wie Frau Baas heute Morgen aus der Wäsche geguckt hatte. Ein blaues Kleid? Eine Kittelschürze? »Ich wusste gar nicht, dass man heutzutage …« – weiter war sie nicht gekommen, es hatte ihr die Sprache verschlagen, und das wollte was heißen bei Frau Baas.

Harry nippte vorsichtig an der Tasse und fand Worte des Entzückens, wie heiß der Tee geblieben sei, »die Kanne werde ich im Herbst jeden Tag mit in die Schule nehmen«. Er steckte sich eine Brombeere in den Mund, die Flecken am Revers, die er sich vorhin beim Pflücken »eingefangen« hatte, wirkten wie Löcher im Stoff. Er lobte die Aussicht, auch wenn sie Frankfurt und nicht Offenbach vor der Nase hatten: »Schon erstaunlich, wie schnell sie die Stadt hochziehen. Aber schön ist was anderes.«

»Keine Bange, wir werden ja in deinem geliebten Offenbach wohnen.«

»Dass du dich dazu herablässt, rechne ich dir hoch an.«

»Gern geschehen. Du willst mir aber nicht ernsthaft weismachen, dass Offenbach eine schöne Stadt ist, oder?«

»Sie hat Seele, und darauf kommt es doch wohl an.«

Helene rief sich noch einmal die Wohnungsbesichtigung in Erinnerung, die Schröders wirkten sympathisch, und sie hatten, wie sollte sie das nennen, einen anderen Horizont; er ein Professor für Politik und Geschichte, sie eine Journalistin, beide aus dem Exil zurückgekehrt. Harrys Enthusiasmus, was er alles von ihnen lernen könne, »wahrlich, es brechen neue Zeiten an, jetzt weht ein anderer Wind«, und sie ließ sich gerne von seiner Zuversicht anstecken. Gut, wenn er noch wusste, wo links und wo rechts, wo oben und unten war.

Eine Spaziergängerin marschierte heran, Stechschritt, einen Collie an der Leine, doch sie kam abrupt zum Stehen, als sie die Bank erreicht hatte.

»Alice im Wunderland?«, fragte sie. Sie wirkte unendlich drahtig, ein zarter Schweißfilm lag in der Mulde zwischen Nase und Oberlippe.

»Sie sind die Erste, die es errät«, sagte Harry.

»Ich habe den Film bestimmt zehn Mal im Kino gesehen, vor etlichen Jahren. Wo haben Sie denn das Kleid her? Selbst geschneidert? Den Frack auch? *Marvin, jetzt halt doch mal still!* Der Hutmacher, ja sicher. Aber es ist doch gar nicht Fasching? Wie bitte, Sie haben in diesem Aufzug geheiratet? Heute? Eine Nicht-Hochzeit? *Marvin!* Ob ich mich an den Nicht-Geburtstag im Film erinnere? Das ist ja aberwitzig. So etwas Verrücktes habe ich wirklich noch nie gehört. Äh, nein danke, ich möchte keinen Tee. Na, dann herzlichen Glückwunsch.« Marvin zerrte die Dame weiter.

»Sie war auch gar nicht eingeladen!« Harry stellte umständlich die Tasse ab. Da er gerade diesen Hund vor Augen habe, da falle ihm ein, dass er neulich mit dem Günther und nicht mit dem Bruder das Bier ausgefahren habe, und als er dem Günther gesteckt hatte, dass er eine Nicht-Hochzeit feiere, habe dieser erzählt, er stamme aus Ostberlin und sei gerade noch rechtzeitig in den Westen gekommen, nämlich bevor sie angefangen hätten, die Mauer zu bauen. Seine Frau sei aber geblieben, weil sie an den Sozialismus glaube und dass sie in der besseren deutschen Hälfte lebe, und wenn er jetzt bald wieder Hochzeitstag habe, im September, ohne sie, dann würde er das als Nicht-Hochzeitstag feiern, wirklich eine gute Idee. Im Übrigen stamme er aus der Lausitz, dort gebe es die Sage von den Lutki, zwergenhaften Wesen, die immer alles verneinten. »Wir wollen nicht eure Nicht-Backschaufel!« Und vor Hunden hätten sie Angst und würden sagen: »Kettet euren Nicht-Beller nicht an, der beißt uns sonst nicht!«

Harry wirkte mit einem Mal unruhig, er stand auf, setzte sich wieder. Hatte er jetzt genug von dieser Maskerade? Oder machte es ihm zu schaffen, dass er nicht rauchen durfte? »Davon abgesehen, dass uns alle für verrückt halten – wie geht es dir?«, fragte er, neigte sich zu ihr und küsste sie, als würde er keine Antwort von ihr erwarten. Und sie antwortete auch nicht, auf eine solche Frage konnte es nur eine Nicht-Antwort geben.

Harry zog die Taschenuhr heraus, blickte darauf, sagte, sie gehe zwei Tage nach, und tunkte sie in die Teetasse. »Ich habe dir ja gleich gesagt, Butter ist für das Uhrwerk nichts.«

Da lachte sie und sagte: »Es war aber echte Tafelbutter«, und versuchte nun doch, im Schutz des Absurden, eine Antwort auf seine Frage zu finden, und sie sagte, dass es ihr nicht so gut gehe, dass sie gar keine Gewissheiten mehr habe, und es vielleicht doch keine so gute Idee gewesen sei, eine Nicht-Hochzeit zu feiern und die Dinge noch mehr auf den Kopf zu stellen. »Vielleicht hätten wir eine klassische Hochzeit feiern sollen, mit Anzug und Krawatte, mit Rippchen und Kraut, mit gereimten Reden und holprigen

Tänzen. Und wir hätten beim Glückspilz-Preisausschreiben von Miele mitgemacht, in der Hoffnung, einen neuen Staubsauger zu gewinnen.«

»Aber Helene! Genau das hatten wir doch nicht gewollt.«

»Vielleicht hätte ich mich dann aber, nur für einen Augenblick, sicher gefühlt. Denn alles, was ich für sicher hielt, ist unsicher geworden. Ich komme mir wirklich langsam so vor, als gäbe es mich zweimal.«

»Für mich gibt es nur eine Helene«, sagte er. »Und dass wir von nun an zusammenleben, diese Gewissheit haben wir.«

Sie lehnte den Kopf an seine Schulter und blickte auf den Main. Baukräne auf der anderen Uferseite. Die Menschen lassen sich nicht unterkriegen. Erst bomben sie sich alles kaputt, und dann bauen sie es wieder auf und tun so, als wäre nichts gewesen. Nur ein Sturm. Und bald steht er wieder, der Turm.

»Erzähl mir etwas, das ich schon lange weiß«, sagte sie zu Harry. »Ich mag nichts Neues mehr hören. Ich hatte genug Neuigkeiten für eine ganze Weile.«

»Dann erzähle ich dir noch einmal die Geschichte, wie alles anfing.«

»Wie die Welt anfing? Die Schöpfungsgeschichte?«

»Nein, wie das mit uns anfing. In jener schicksalsträchtigen Nacht, als das Saxofon süß für uns spielte und Kairos ...« Doch er kam nicht dazu, diese Geschichte zu erzählen, denn es hatte sich ihnen ein Mann genähert, fast konnte man sagen, er habe sich angeschlichen, und dieser Mann, silbernes Haar, beige Hose, beiges Hemd, die Kleidung der unauffäl-

141

ligen Leute, stellte sich vor sie, neigte den Kopf zur Seite und starrte sie unverhohlen an.

»Goethe und Marianne?«, fragte er leise, das Endergebnis seiner stillen Betrachtung.

»Wie bitte?«, fragte Harry.

»Na, wegen der Gerbermühle, die ist doch hier gleich ...«

Es folgte eine andere Geschichte, die Geschichte eines in die Jahre gekommenen Dichters, der, zu Besuch in der alten Heimat, noch einmal eine junge Muse findet, die fünfunddreißig Jahre jüngere Marianne von Willemer aus Sachsenhausen. Inniglich geht es zu, Mondschein, Spaziergänge, köstlicher Wein vom Rhein, erquickliche Plaudereien, sie schreiben sich gegenseitig Gedichte, und Goethe verschickt sie zusammen mit Gingkoblättern an seine späte Liebe. Drei von Mariannes Liedern nimmt er sogar in seinen *Divan* auf – ohne kenntlich zu machen, dass sie von ihr stammen, nun ja. »Seinen 66. Geburtstag feierte Goethe hier, in der Gerbermühle, und da dachte ich für einen kurzen Moment, Sie hätten sich entsprechend verkleidet. Das muss ziemlich genau vor hundertfünfzig Jahren gewesen sein.«

Ein Gingkoblatt, dachte Helene, natürlich, warum war sie nicht darauf gekommen. Wie sah es aus? War es nicht zweigeteilt? Harry erklärte unterdessen dem Mann, was es mit ihrer Kostümierung auf sich hatte, doch sie hörte nicht recht zu, vielmehr betrachtete sie den Mann in Beige: Ob er vielleicht einen Gingko-Baum in seinem Garten hatte, als Goethe-Enthusiast? Aus Harrys Mund kamen Wörter, die ihr bekannt und zugleich fremd erschienen, Lewis Carroll und Walt Disney, die kleine Alice und der verrückte Hutmacher, und dass dies aber eigentlich eine falsche Zuweisung sei, denn an keiner Stelle im Text stünde, dass der Hutmacher verrückt sei, wirklich an keiner Stelle, und dass sie heute eine Nicht-Hochzeit gefeiert hätten. Der Mann hörte sich alles geduldig an, den Kopf weiterhin geneigt, lächelnd, sanft wie ein Reh, dachte sie, Harry erzählt das alles gerade einem Reh, und als er geendet hatte, sagte der Mann:

»Ich gehe jetzt und rufe *sofort* die Polizei.«

Eigentlich würde es zu einer Nicht-Hochzeit passen, verhaftet zu werden, sagte sie, als der Mann gegangen war, aber sie zogen es dann doch vor, unbehelligt zu bleiben, standen auf und verließen das Mainufer. »Irgendwas muss er falsch verstanden haben«, beteuerte Harry immer wieder. »Vielleicht dachte er, du seist noch minderjährig und ich würde dich verführen.«

Sie hielten an, als sie die Offenbacher Landstraße erreicht hatten, Harry blickte erneut auf die Taschenuhr. »Immer noch fünf Uhr«, sagte er und grinste. »Bleibt es bei der Vereinbarung?«

»Es bleibt dabei. Kein Alkohol, keine Zigaretten, keine Torte, keine Feier, keine Gäste, keine Hochzeitsnacht.«

»Wäre ein letzter Kuss gestattet?«

»Der wäre gestattet ... aber beeil dich, bevor die Polizei um die Ecke biegt. Oder diese Gemüsesheriffs.«

»Du bist eine wunderschöne Alice. Die Haarspange,

sie ist einfach unwiderstehlich. Und morgen bist du meine noch viel schönere Helene, und es wird sich nicht viel geändert haben.«

»Ich werde deine Frau sein.«

»Ich werde dein Mann sein.«

»Das ist, bei ehrlicher Betrachtung, ganz schön viel, oder?«

»Ich liebe dich, Helene.«

»Ich habe dich auch ganz gern, Harald Kaufmann. Und vergiss nicht, den Frack morgen in die Reinigung zu bringen. Mit Brombeerflecken ist nicht zu spaßen.«

Sie schloss die Tür auf, Frau Baas erwartete sie im Flur. Die Wangen waren gerötet, ein, zwei Schöppchen hatte sie sich heute Abend sicher schon genehmigt. »Das ist für Sie, Helene«, sagte sie unvermittelt und hielt ihr ein kleines eingewickeltes Päckchen hin. »Herzlichen Glückwunsch zur Hochzeit. Und ich bedaure es sehr, dass Sie mir bald abhandenkommen, das muss ich ganz ehrlich sagen. So im Großen und Ganzen haben wir uns doch gut verstanden.«

Frau Baas lud sie ein, noch auf ein Gläschen ins Wohnzimmer zu kommen, »keine Widerrede«, und Helene ließ es geschehen. Nach und nach enthüllte die Vermieterin, dass sie gar einen Kuchen für sie gebacken und in ihrem Zimmer eine Girlande aufgehängt hatte, denn es dürfe nicht so trostlos bleiben mit den Umzugskisten, das sehe ja furchtbar aus. Und als sie in die Küche verschwand, ging Helene zum Vertiko, auf dem die Gesamtausgabe thronte, Erbstück, Frau Baas' verstorbener Ehemann war anscheinend kolossal stolz darauf gewesen, und diesen

Stolz hatte seine Frau bis heute nicht weggeräumt. Sonst hatte sie alles von ihm weggeräumt, das war ihr erst spät aufgefallen, nicht einmal ein Bild von ihm war übrig geblieben, kein Foto an der Wand. Helene hatte längst die Erlaubnis, die Goethe-Bände zur Hand zu nehmen, und sie wurde schneller fündig, als sie gedacht hatte: *Gingo biloba.* »Solche Frage zu erwidern, / Fand ich wohl den rechten Sinn, / Fühlst du nicht an meinen Liedern, / Dass ich Eins und doppelt bin?«

Helene klappte das Buch zu. Warum, dachte sie, haben es die Dichter immer schon besser, genauer und schöner ausgedrückt! Und wir? Wir wiederholen nur, was sie längst besungen haben. Vielleicht stimmte es also, was Theophil Seemann einmal im Unterricht gesagt hatte: Zuerst kam die Kunst, und dann kam erst das Leben. Sie überlegte, ob sie das irgendwie trösten konnte, jetzt, da sie eins und doppelt war, da sie zwei Mütter hatte. Ist nicht schlimm, Helene, es wurde bereits ein Gedicht dazu gemacht. Vielleicht hatte sogar jemand ein Bild dazu gemalt? Aber so funktionierte das nicht. Die Kunst ersetzte nicht das Leben. Leben musst du schon selbst.

So viele Fragen

Liebe Mutter!

Ich weiß nicht, ob es Dir (Ihnen? – oder gibt es das, ein natürliches Du zwischen Mutter und Tochter?) recht ist, recht sein kann, dass ich Dir schreibe. Morgen werde ich umziehen; ich werde mit meinem »frischgebackenen« Ehemann zusammenziehen, und weil ich daher noch in einer Zwischenzeit lebe, zwischen Gewohntem und Neuem, zwischen Vergangenheit und Zukunft, wage ich es, Dir zu schreiben. Morgen schon, wenn ich über die Schwelle getreten sein werde, fehlt mir vielleicht der Mut.

Ob es Dir möglich sein wird zu antworten? Ich kann es nicht wissen, kann mir nur vorstellen, wie schwierig es ist, auf eine solche Stimme aus der Vergangenheit zu reagieren, die so unverhofft kommt, vielleicht auch unerwünscht ist, denn Du lebst vermutlich in keiner Zwischenzeit, Du hast ein Leben in festen Bahnen, von dem ich nichts weiß. Ich weiß nur, dass der Wunsch in mir stärker wird, etwas über dieses Leben zu erfahren. Erst habe ich diesen Wunsch brüsk von mir gewiesen und gedacht: Es ändert nichts. Es macht dein bisheriges Leben ja nicht ungeschehen. Aber es ändert doch etwas, und wenn es nur alles Bisherige in ein anderes Licht rückt. Wenn es etwas erklärt, etwa eine gewisse Fremdheit zwischen mir und der Frau, die ich bisher für meine Mutter hielt, und die ja trotzdem meine Mutter bleiben wird. Es ist kompliziert, vielleicht trifft es dieses Wort ganz gut.

Aber ich möchte nicht zu weit ausholen, denn ich kann nicht sicher sein, ob Du überhaupt etwas wissen, etwas erfahren willst.

Ich möchte es Dir aber anbieten, dass wir uns schreiben (vermutlich ist das erst einmal einfacher als ein Telefonat). Ich verspüre mehr und mehr eine Sehnsucht danach; gleichzeitig spüre ich diese Unsicherheit, dieses große schwarze Fragezeichen hinter der Frage: Warum? Ich war zunächst wütend, weil ich auf diese Frage keine genaue Antwort habe. Vielleicht bin ich es noch. Ich war gekränkt. Vielleicht bin ich es noch. Ich muss das so offen sagen, weil ich mir denke, dass alles andere nur wie Scharade spielen ist, und das nutzt niemandem. Wie seltsam, wie neu, dass sich diese meine Gefühle auf einen Menschen richten, den ich gar nicht kenne. Bisher nicht kenne.

Wie geht es Dir – damit? Mit uns?

Ich würde mich über einen Brief von Dir freuen, mehr möchte ich heute gar nicht zum Ausdruck bringen. Ein Foto von mir lege ich bei, damit Du weißt, wie Deine Tochter aussieht. Eine Blondine ist sie, hat sie das von Dir? Es gibt so viele Fragen ...

Mit Grüßen aus Frankfurt (morgen wird es Offenbach sein):
Helene

P.S. Deine Telefonnummer und Adresse hat mein Mann herausgefunden, Harald. Ich weiß nicht einmal, wie er das gemacht hat, ich wäre dazu nicht in der Lage gewesen.

4

Alexander
New York
2018

Hangtown Blues

Sein Vater aß das obligatorische Hangtown Fry, eine Reminiszenz an seine wilden kalifornischen Jahre. Von denen er anscheinend nur erzählen konnte, wenn er Austern aß. Die obligatorischen Springbreak-Erlebnisse, stets nur andeutungsweise wiedergegeben. Dazu vereinzelt abenteuerliche Fahrten im VW Bully. Sein Flirt mit der Hippie-Kultur, von der er sich dann vehement distanzierte, als die Kochlehre beendet war. *Oh Lord, won't you buy me ...* Geblieben die Verehrung der 49ers, geblieben die Sehnsucht nach Sonne, die er hier im Winter im Solarium stillen musste. Stets gut gebräunt, Ihr Alfred D. LeMay. Geblieben das Kokettieren über einen Alterswohnsitz in der Bay Area. Gefolgt vom obligatorischen Schimpfen über den New Yorker Eiswind. Überhaupt das Schimpfen über die Stadt. Bei den Kunden musste er alles verherrlichen, aber eigentlich war er längst fertig mit der City.

Alexander knabberte an seinem Caesar Salad, obwohl er wusste, er würde später eine gute Grundlage brauchen, um sich möglichst viel Alkohol in möglichst kurzer Zeit zuzuführen. Aber er wollte abnehmen und nicht als Pandabär neben Alina liegen, die allerdings noch nie eine Andeutung gemacht hatte. Victor kurvte wie immer in einem atemberaubenden Tempo um die

Tische, puterrot, glänzender Schädel, kurz vor dem Kollaps. Dad und er waren schon so oft bei ihm gewesen, dass sie kaum noch mit ihm reden mussten, um ihre Wünsche erfüllt zu bekommen. »Wie immer?« – »Wie immer.« Heute war zumindest Alexander vom Protokoll abgewichen. »Ein Salat? Na da schau an. Und kein Dessert? Was ist denn mit dir los?«

Das Protokoll sah vor, dass Vater beim Dessert jene Frage stellte, auf die Alexander noch nie eine Antwort gefunden hatte, zumindest keine zufriedenstellende.

»Werden wir heute etwas zu verkünden haben?«

»Nein, Dad, ich denke eher nicht.« (Und wenn, dann nicht das, was du erwartest.)

»Du willst *tatsächlich* so weitermachen wie bisher?«

»Ich denke schon.« (Nein, eigentlich nicht.)

»Wie kannst du das aushalten, so lange in der Schwebe zu leben?! Irgendwann wirst du dich entscheiden müssen.«

»Das weiß ich.« (Das weiß ich wirklich.)

»Aber dieser Zeitpunkt ist nicht jetzt?«

»Nicht jetzt, nein.« (Aber bald, am besten heute noch.)

Victor räumte den Tisch ab. Noch ein Espresso hinterher, keine weiteren Abweichungen vom Protokoll. Alexander fingerte an der Serviette herum.

»Wie geht es deiner Freundin?«

»Alina.«

»Alina.«

»Wird sie heute dabei sein?«

»Nein, sie hat keinen Babysitter bekommen.«

»Was Ernstes?«

»Wir werden sehen.«

»Klingt vielversprechend. Sie arbeitet in einer guten Firma.« Er schmunzelte.

»Und bei dir, Dad?«

»Nichts Gravierendes zu vermelden. Zu wenig Zeit, du weißt ja.«

»Das weiß ich.«

»Siehst du dich in der Lage, gleich die Tombola zu moderieren?« (Die *obligatorische* Tombola!)

»Ich bin bestens vorbereitet, Dad.«

»Schön.«

»Schön.«

Von Tante Helene kein Wort. Heute war nicht der Abend, das Familienprotokoll anzutasten. Heute waren die Protokolle *Berufliche Perspektiven* und *Sonstiges* an der Reihe. *Sonstiges*, wozu sein Vater auch Alina zählte. Alfred zahlte, er zahlte immer, Alexander bedankte sich artig, und in vier Wochen würden sie sich wieder bei Victor treffen, Jour fixe, dann würden sie einem anderen Protokoll folgen, dem Sportprotokoll oder dem Politikprotokoll.

Sie erreichten den angemieteten Saal zu Fuß, die Event-Agentur hatte alles grell dekoriert, zu grün, zu rot, zu viel. Sie waren Experten darin, alles eine Spur zu schrill, zu saftig zu inszenieren, auch bei den Koch-Events (vielleicht sollten sie sich in *Too Much Inc.* umbenennen). Boris hatte ein hässliches Banner hissen lassen, *LeMay Kitchens heißt euch willkommen.* Alle Mitarbeiterinnen und Mitarbeiter waren schon da, von den eingeladenen Premiumkunden hatte bereits im Vorfeld weit über die Hälfte abgesagt, die meisten lebten ohnehin nicht in New York. Sie investierten nur, sie wollten etwas bewegen und etwas verändern.

Wenn es nur möglich wäre, die Ohren zu schließen, dachte Alexander. Der DJ würde Mariah Careys größte Weihnachtshits spielen, oder Glenn Campbell, wer hat den dicksten Schlitten, Pathos, Pathos, Pathos. *Fall on your knees! Oh, hear the angel voices.* Alexander griff nach einem ersten Glas Crémant. Alfred und er liefen sogleich den Taylors in die Arme, Senior, Junior, Gertrud, let's get ready to rumble. »Auf unseren Abschluss!«, skandierte Dad. Auf meinen heutigen Abschuss, dachte Alexander. Es wäre bereits dringend erforderlich gewesen, das Jackett abzulegen, aber daran war vor der feierlichen Eröffnung des Buffets nicht zu denken.

Der offizielle Teil wurde von Alfred D. LeMay kurzgehalten, die Powerpoint-Präsentation mit den frisierten Zahlen heruntergerattert, dazwischen ein paar Anekdoten, ein paar Jokes. Wie Dad mit letzter Kraft verhindern konnte, dass Boris nicht als Sidekick bei *Million Dollar Listing* auftrat. Woraufhin Boris hineinrief: »Ich hätte einen Emmy bekommen, das weißt du!« Gelächter, ja, nahezu Ausgelassenheit. Die Zahlen waren, soweit Alexander wusste, tatsächlich nicht schlecht, 2008 war lange her, der Immobilienmarkt hatte sich stabilisiert, die Nachfrage nach Küchen war groß. »Eine Feuerstelle brauchen die Menschen immer«, dieser Satz wurde dem Firmengründer, Jacob D. LeMay, zugeschrieben. Sie aber hatten längst in Manhattan Fuß gefasst, im Luxussegment, und Dad sagte, die Zeichen stünden weiterhin auf Wachstum. Dad sagte, New York sei weiterhin ein gutes Pflaster. Dad sagte, man werde weiterhin Gas geben. Dad sagte, zwischen Tradition und Moderne gäbe es einen Platz, und diesen Platz würden sie einnehmen. Und das seit über fünfzig Jahren. Peng. Konfetti kam von der Decke. Jetzt hätte noch die Nationalhymne gefehlt, dachte Alexander, aber auch so hatte *Too Much Inc.* ganze Arbeit geleistet. Was sie nicht geschafft hatten, war, dass dieser Saal den Geruch einer Schulturnhalle verlor, vermengt mit dem Gasgeruch der Wärmeplatten.

Er trank das vierte Glas aus, denn jetzt war er dran. Die Verlosung erledigte der Junior, denn zwischen Tradition und Moderne gab es einen Mann: ihn. Handverlesenes von den kooperierenden Firmen lag auf einem Tisch bereit. Töpfe, Leuchtmittel, Deko, Schnickschnack. Ein denkbar einfacher Job – Miranda bediente die Lostrommel, die Fee steckte dem Junior dann die Nummer zu, dieser verlas sie, und wer sich zu der Nummer zugehörig fühlte, kam auf die Bühne und nahm das Präsent entgegen. Die Fee und der Junior, die Schöne und das Biest. Gender Mainstreaming ist das nicht gerade, dachte er, aber was soll's, es ist schließlich Weihnachten.

»Nummer 89. Ein Bratpfannenset aus Molekular-Titanium, meine Damen und Herren. Wer damit nicht brutzelt, dürfte ein Herz aus Eis haben.« Miranda und Boris hatten ihm ein paar Sprüchlein an die Hand gegeben, nicht einmal das konnten sie ihm *ganz* überlassen. Nun, er konnte es verstehen.

»74. Eine filigrane und zugleich bombastische Küchenleuchte. *Neutral Glam.* Dürfte für den Heimtransport gerade noch so in die Stretch-Limousine passen. Numero 21. Eine Langhaar-Lammfell-Kissenhülle, gelockt. Wenn da ein Spritzer Wein draufkommt, sind Sie allerdings *verloren.*«

Wie sollte es ihm gelingen, einen Lachanfall auf der Bühne zu vermeiden? Es war verlockend, dem Irrationalen ungehindert seinen Lauf zu lassen in dieser speziellen Melange aus Alkohol, zu viel Pathos, zu viel Uneigentlichkeit. »Ich bin heute Abend wirklich eine Fashion Queen«, hatte Miranda gesagt, kurz bevor sie die Bühne betreten hatten. Ihr Kleid war aus einem nahezu transparenten Nasa-Satin-Weltraumglitzerstoff, zu viel, zu wenig, nichts stimmte, nichts passte.

»Die 14! *Das Obstkörbchen.* Dazu ...«, er konnte Boris' Kommentar zu diesem süßlichen Stillleben nur mit Mühe ablesen. Sein Unterleib verkrampfte sich. »Zu diesem Gemälde lässt sich einstweilen nicht viel sagen außer ... eine solche Vitaminbombe sollte sich ein jeder an die Wand hängen ...« Niemand lachte. Die Salatschüssel schaffte er nicht mehr. Er entschuldigte sich, überreichte Miranda das Mikrofon und flüchtete auf die Toilette. Das Jackett hängte er über die Kabinentür, Schweißausbruch, er lauschte. Es war still, aber nach einer Weile das übliche Gemurmel und Gelächter. Boris verstand sein Handwerk, er würde eine emmy-reife Vorstellung hinlegen. Die Kabine war nicht sehr sauber, Kritzeleien an den Wänden. Die Krämpfe ließen nach. Er kramte das Handy aus der Hosentasche. Alina hatte ihm vor wenigen Minuten geschrieben.

Wie läuft es?

Katastrophal, nehme ich an. Aber hey, es ist eine Weihnachtsfeier.

Das Handy zeigte ihm an, dass sie online war und etwas tippte. Er wollte nicht abwarten, bis sie damit fertig war. Er zog das Jackett über das verschwitzte Hemd. Wusch das Gesicht mit kaltem Wasser ab. Taylor Senior kam in den Waschraum, kniff ihm in die Schulter und sagte: »Das geht vorbei.«

Alexander dachte durchaus, es würde vorbeigehen, doch als ihm das Odeur des eröffneten Buffets in die Nase stieg, musste er abbrechen. Er suchte Dad, er fand Dad. Alfred sah ihn nicht besorgt an, nicht mitfühlend, auch nicht zornig. Leiser Spott vielleicht. Alexander entschuldigte sich, er ging, er war draußen. An Robert schrieb er: *Notfallplan,* und Robert antwortete prompt: *Bin im Craic.* Das war eine gute Wahl. Er stolperte die 7th Avenue entlang auf der Suche nach einem Taxi. Er fand eins. Der Fahrer wollte quatschen, er wollte alles, nur das nicht, betrachtete das geisterhafte Spiegelfeld in der Scheibe. Verdammt. Du bist längst noch nicht fertig mit diesem Tag.

Robert saß auf einem Ledersofa, davor ein kleiner runder Tisch, davor ein Sessel, Alexander ließ sich hineinfallen.

»Mann, siehst du zerknittert aus«, sagte Robert. »Und viel zu nüchtern.«

Er sagte, er hätte eine Art Neustart vornehmen müssen, das hätte allerdings den Vorteil, dass er nahezu bei Null anfangen könne, was das Konsumieren von Alkohol anging. Er sah auf die Karte, entschied sich für einen Dead Rabbit. Robert stellte keine Fragen, er hielt sich brav an die Vereinbarung, und er gab Alexander damit die Gelegenheit, sich konstant und unaufgeregt zu betrinken, seinen Worten zu lauschen, ohne selbst Essenzielles beitragen zu müssen. Und wenn Robert in Form war, würde es laut werden. Entspannen bei Lärm, dazu ein Dead Rabbit. Das ist der Weg.

Nach dem dritten Bourbon erneuerte Robert sein künstlerisches Manifest. Er habe endgültig beschlossen, die Neunzigerjahre in sein ästhetisches Programm mit aufzunehmen. »Der Fluch bleibt bestehen, ich bin ein Zu-spät-Gekommener. Aber ich verkürze gewissermaßen die Distanz.«

»Die Neunziger«, sagte Alexander, »dass ich nicht lache. Was haben die Neunziger musikalisch hervorgebracht, das man heute noch anhören müsste? Was haben die Neunziger überhaupt hervorgebracht?«

»Was weißt du schon von populärer Kultur.« Robert hielt sich beide Hände vor die Brust und fing an zu singen: »I swear, by the moon and the stars and the sky, I'll be there.«

Bald darauf wurde eine ruhigere Phase eingeläutet, Gründungsmythen aufgefrischt, an Glücksmomente und Schmerzpunkte erinnert. Wie Robert dachte, der Vater würde die Scheiße aus ihm herausprügeln, als er ihm zu verstehen gab, er würde sich gerne um einen Platz an der Kunsthochschule bewerben. Der Vater hatte jedoch nur gesagt, er solle aufpassen, dass er nicht durchdrehe, und war aus dem Zimmer gegangen. Eine sich selbst erfüllende Prophezeiung, wie sich später zeigen sollte, denn genau das habe sein Professor dann auch zu ihm gesagt, er habe das Gefühl, dass sein Schüler durchdrehe. Daraufhin hatte er Robert die Betreuung seiner Abschlussarbeit versagt. Was einen kleinen Skandal zur Folge hatte, was eine Ausstellung in einer Galerie zur Folge hatte, was eine Kritik in der *New York Times* zur Folge hatte, die allerdings ein wenig lauwarm ausfiel.

Alexander erinnerte an eine Limonadenromanze, als er unbedingt mit Becky zusammenkommen wollte und ihm dies nur gelungen war, nachdem er ihr eine Zeichnung von Robert geschenkt hatte, ein eigenwilliges Porträt von Wonder Woman, wie er sich also mit fremden Federn geschmückt hatte und dafür einen Kuss bekam.

»Du warst schon immer ein Arsch«, sagte Robert.

»Und du hattest schon immer den Schlüssel zu ihrem Herzen in deiner Schreibtischschublade liegen. Ohne es zu wissen.«

»Du Poet!« Robert warf einen Bierdeckel nach ihm.

Alexander checkte das Handy, eine Nachricht von Alina, er las sie nicht. Keine Nachricht von Boris. Keine von Dad. Auch der nächste Dead Rabbit konnte dieses Gefühl nicht zum Verschwinden bringen, nicht fertig zu sein mit diesem Tag. Robert behauptete indes, jede gute Platte hätte das beste Lied an achter Position. Vielleicht sieben, vielleicht neun, je nach

Gesamtzahl der Songs, aber auf jeden Fall an der Schwelle zum letzten Viertel. Und das sei ja auch nicht schwer zu verstehen, denn nur wer an dieser Stelle noch etwas Wesentliches zu bieten habe, nicht mehr nur fades Füllmaterial zum Ende hinaus, der habe genug Substanz, um ein echtes, ein wahres, ein gutes Album zu machen.

Ein Typ setzte sich zu ihnen, ein Bekannter von Robert, er hieß Lamar oder Landon oder Larry. Die beiden unterhielten sich über irgendetwas, Alexander klinkte sich aus, ließ die Worte an sich vorbeiziehen. Das *Craic* hatte sich gefüllt, Billardgeklapper, das rote Leder der Barhocker leuchtete, Gesichter, Stimmen, Gelächter. Alexander stand auf, verneigte sich, hielt die Hände wie zum Gebet und sagte, er habe noch etwas zu erledigen. Namaste. Er ging auf die Toilette und übergab sich. Da war keine Substanz mehr, nur der Säureschaum des Tages. Es fühlte sich an, als hätte er sich die Speiseröhre verätzt. Erneut traf kühles Wasser sein Gesicht. Das geht vorbei, sagte er sich, das geht vorbei. Draußen einsetzender Schnee, er winkte ein Taxi herbei. Wie altmodisch. Nimmst ein Taxi durch den Schnee. Ist eine Nacht, in der du überallhin fahren könntest. Doch er überlegte es sich anders und stieg wieder aus. Ging die Neunte entlang. Bog in die Berry Street ab. Der Schneematsch drang in die Anzugschuhe. Es schmatzte, peitschender Schneeregen, das sagte man doch so. Er lief, lief weiter, ferngesteuert, tat so, als wüsste er nicht, wohin. Läden, Leute, Schneebälle flogen durch die Luft, Gelächter. Das weihnachtliche Lichtermeer. Halbgefrorene Hundescheiße. Vor dem Haus hielt er an, nestelte mit klammen Händen das Mobiltelefon aus der Manteltasche. Der Götterbaum bot ein wenig Schutz vor dem Schnee, der Lieblingsbaum der Großmutter, Alexander hatte ihn Stinkebaum genannt und sie damit zum Lachen gebracht. Er brauchte mehrere Anläufe, es dauerte Stunden, die Füße waren taub, die Finger klamm, aber dann hatte er es zuwege gebracht.

Ich habe doch etwas zu verkünden, Dad. Ich werde die Firma verlassen. Endgültig. Ich werde für eine Weile nach Deutschland gehen. Bis ich dort alles geregelt habe. Und danach werde ich sehen, wie es weitergeht. Es tut mir leid. Alex.

Er gab einen merkwürdigen, tierischen Laut von sich, den er noch nie von sich gehört hatte, und er war kurz davor, das Handy gegen die Hauswand zu schmettern. Doch er sah, dass Dad online war und hielt inne. Was würde jetzt kommen? Du bist enterbt? Du bist nicht mehr mein Sohn? Du warst noch nie mein Sohn? Du bist ein elender Krautfresser, und ich wusste immer, dass die mütterliche Linie in dir stärker sein würde?

Lass uns über alles sprechen, mein Junge. Klartext. Keine Tabus. Ich schlage vor: Sondersitzung bei Victor. Ich reserviere uns einen Tisch. Vom Salat solltest du allerdings die Finger lassen. Dad.

Das alles hatte er in einer Minute getippt? Hatte er das vorbereitet? Aber nein, er sprach seine Nachrichten ja ins Telefon, woraufhin sie sogleich in Text umgewandelt wurden. Das geht viel schneller, mein Sohn. Und ich, ich hasse es, in dieses Ding zu plappern.

Er las Alinas Nachricht:

Tue nichts Unüberlegtes! Auf Weihnachtsfeiern kann alles passieren.

Vor einigen Augenblicken hatte sie noch geschrieben:

Alex?!

Er suchte die Schlüssel. Er blickte hoch, die kahlen Äste des Stinkebaums zitterten im Wind. Keine Schneeflocke wollte auf den Ästen übernachten. Dieser arme verdammte Baum wird nicht gefällt, dachte er. Das ist alles, was ich zu tun habe. Das ist eine Mission. Das reicht vollkommen. Pling. Es kam noch eine Nachricht:

7000 Dollar sind bei der Tombola zusammengekommen. Du entscheidest, wer sie bekommt. Wir bewirken etwas, Alex. Siehst du das denn nicht? Dad.

Ich bin der Winter

Es war ein Tag der Atemwolken. Hunde tobten durch
den Schnee. Bagels wurden ausgepackt und dampf-
ten, ein Mann hatte ein Fotostativ aufgestellt und
richtete es aus. Unerschrockene Jogger trippelten
über die Wege. »Die Luft ist knackig, sie ist köstlich«,
hörte Alexander einen Mann sagen, der mit dem
Mund danach schnappte, als wäre die Luft ein Bagel.
Sie liefen um den großen Teich, Alexander zog Marias
Schlitten. Einerseits konnte sie es kaum erwarten,
damit einen Hügel hinabzurodeln, andererseits war
sie wählerisch, was eine geeignete Stelle anging. Als
sie gefunden war, war sie kaum noch zu halten. Alina
und er standen auf der Anhöhe und sahen ihr nach.
Als Maria unten beinahe von einem anderen Kind
gerammt wurde, entfuhr Alexander ein lautes »Vorsicht!«.

»Was für ein ängstlicher Onkel du doch bist«, sagte
Alina und lächelte nicht.

»Ich möchte aber kein Onkel sein«, erwiderte er.
»Das hieße ja, dass wir Geschwister wären.«

Sie tippte eine Nachricht. Sie war heute die Kurz-
Angebundene, die Verschränkte-Arme-Alina. Sie hatten sich oft gesehen in letzter Zeit, vielleicht zu oft?
Damit er nicht so oft an seine Tante denken müsse,
hatte sie gesagt. Damit er abgelenkt sei. Ein Essen

im Restaurant ihrer Eltern, Spaziergänge, Kino, Weihnachtsvorbereitungen, sie hatte ohne Maria bei ihm übernachtet, sie hatten laut Musik gehört und sich geliebt, und er war froh gewesen, dass Robert nicht im Haus gewesen war. Vielleicht ahnte sie aber auch etwas. Die unvermeidliche Botschaft. Wie lange willst du eigentlich noch warten, bis du es ihr sagst. Bis du im Flieger sitzt?

»Jetzt du!«, sagte Maria.

»Ich? Ich bin dafür ein bisschen zu …«

»Keine Widerrede!«, sagte sie

Was soll's, dachte er. Vielleicht war es gut, die Stimmung etwas aufzulockern, indem er sich zum Affen machte. Vielleicht war es gut, Alina zu zeigen, dass er auch spontan und nicht nur vorsichtig sein konnte. Er setzte sich auf das gelbe Ding und versuchte, sich mit den Füßen abzustoßen. Das gelang nach ein paar Versuchen, es zog ihn hinab. Besser: Er stotterte hinab. Kurz bevor er das Ende des Abhangs erreicht hatte, geriet er in eine Schieflage und kippte dabei ungalant in den Schnee.

»Was machst du denn da?«, fragte Maria, sie war ihm hinterhergerannt und lachte über seine Verrenkungen. Mühsam kam Alexander wieder auf die Beine. Überall war Schnee, und er hatte nicht einmal geeignete Schuhe, hatte sich nie etwas daraus gemacht, aus diesen nasskalten Eskapaden. Nie? Nein, das stimmt nicht, dachte er. Aber schon lange nicht mehr.

Er ging wieder nach oben, um sich von Alina Bewunderung für seinen Wagemut abzuholen, doch sie hatte anscheinend nichts mitbekommen, sie war in ein Gespräch vertieft, ein Typ mit einer dick aufgeplusterten Daunenjacke stand bei ihr, die Mütze tief ins Gesicht gezogen. Sie unterhielten sich *angeregt*, und Alexander hatte wenig Lust, sich dazuzugesellen. Also blieb er bei Maria und sah zu, »wie man das richtig macht«, und er sah sich umringt von anderen Kindern, von anderen Eltern, die nicht infrage stellten, dass er hier dazugehöre. Er hörte Wörter wie »Schlittenwahnsinn«, eine Mutter warf ihm einen Kennerblick zu, als sich Maria jauchzend nach unten stürzte.

Dann hatte das Einhorn seinen Auftritt. Eigentlich eine aufblasbare Schwimmhilfe, aber als Schlitten noch viel eher dazu geeignet, die Blicke auf sich zu ziehen. Mit dem Einhorn unterm Hintern raste ein Mädchen in Lichtgeschwindigkeit den Hügel hinab. Maria blickte ihr zerknirscht nach, ihr Gedankengang war dem sich verdunkelnden Gesichtsausdruck abzulesen. Sie wollte dann nicht mehr rodeln. Sie kehrten zu Alina zurück, der Typ in Daunen hatte sich zu einer anderen Elterngruppe gestellt.

»Mamo, Mamo, ich möchte auch so ein Einhorn, schau doch nur, dort drüben!«

Alina musste sich eine der spektakulären Abfahrten des Fabelwesens ansehen, wirkte aber wenig beeindruckt. »Das ist doch Quatsch«, sagte sie. »Du brauchst so was nicht.«

»Das ist überhaupt kein Quatsch, Mamo!«

Was folgte, war unvermeidlich, eine streng durchchoreografierte Streitszene, Maria lief rot an, Maria presste Krokodilstränen hervor, Maria gab den ster-

164

benden Schwan und warf sich in den Schnee. Erst ein mit einer fünf Zentimeter dicken Zuckergussschicht überzogener Muffin, versetzt mit rund einhundert Smarties, stimmte das Kind etwas versöhnlicher. Alexander wusste, wie sehr es Alina gegen den Strich ging, auf solche Mittel zurückzugreifen, aber der Schneekönigin war heute nicht anders beizukommen. Das Quecksilber fiel, die Stimmung war am Nullpunkt. Sie liefen durch den Park zurück, und Alexander war plötzlich froh, dass er Robert versprochen hatte, heute Abend mit ihm abzuhängen. Jetzt musst du es ihr nur noch sagen, dachte er, heute ist der richtige Tag dafür, er ist ohnehin irgendwie verkorkst.

Marias Zorn war allerdings bald verraucht; die kindliche Gabe, den einen Gefühlszustand gegen einen anderen einzutauschen, und beide Zustände wussten nichts voneinander. Sie löste sich von der Hand ihrer Mutter und rannte los, warf sich in den Schnee und versuchte durch Arm- und Beinbewegungen, eine Engelfigur zu malen. Ihm war schon aufgefallen, dass Alina nur selten fotografierte. Sie zückte nicht wie andere Eltern sofort das Handy und knipste los oder nahm ein Video auf. Auch diesmal nicht, vielmehr nahm sie die schwarze Baskenmütze vom Kopf, reichte sie ihm, folgte ihrer Tochter und legte sich in den Schnee. Sie kann also auch umschalten, dachte er, nur du bleibst viel zu lange an einer Stimmung haften. Er trat näher. Alina sah ihn an, konnte wieder lächeln.

»Ich bin der Winter«, sagte sie und schien es ernst zu meinen.

Wenig später sah auch er sich am Boden liegen, die kleine Schneekönigin hatte darauf bestanden. Er bewegte Arme und Beine, Maria stand über ihm und kommentierte und korrigierte seine Bemühungen. Alina zückte das Smartphone, denn das wurde nun doch festgehalten.

»Dein Mantel ist ganz nass«, sagte sie und lachte.

Jetzt hat er endlich mal etwas abbekommen, dachte er.

Am Auto wollte er sich verabschieden und mit der U-Bahn zurück, aber Maria bestand darauf, ihn mitzunehmen und erst dann zu Grandpa und Grandma zu fahren. »Liegt doch auf dem Weg«, sagte sie, als hätte sie einen Stadtplan von New York im Kopf.

»Du musst nicht«, sagte Alina, aber er musste schon, er musste ihr noch etwas sagen, er hatte sich schon wieder davor gedrückt. Die Fahrt verlief schweigend, Maria nickte ein. Die Dämmerung hatte eingesetzt, der Schnee reflektierte die Lichter. Vermummte Gestalten überall, noch nicht wieder an die Kälte gewöhnt. *The happiest season of all.* Als wäre das ein Wettbewerb. Der Frühling, er bekommt von mir nur drei Punkte, der Herbst die volle Punktzahl.

»Ich werde nach Deutschland fliegen«, sagte er und ärgerte sich, denn er hatte es nicht so unvermittelt sagen wollen, es einbetten in einen größeren Zusammenhang, wie wichtig ihm die Tante aus Deutschland geworden sei und wie schmerzlich ihr Verlust; wie er mehr und mehr spüre, dass er nun eine Verantwortung habe, Verantwortung übernehmen müsse. Für was, könne er noch nicht genau sagen, für ein Werk, für eine Geschichte, für Erinnerungen, vielleicht für etwas ganz anderes, von dem er noch nichts wisse. Blablabla, aber dieses Blablabla hätte es ihr bestimmt leichter gemacht als dieser eine dürre Satz, der kein Fragezeichen kennt.

Sie reagierte zunächst nicht. Erst, als sie an einer Ampel hielten, sagte sie: »Unbedingt, Alexander. Ich bin die Letzte, die dich daran hindern wird.« Eine Pause, sie fuhr an. »Die Frage ist nur, wann und wie lange.«

»Gleich im neuen Jahr. Ich wüsste nicht, worauf ich länger warten sollte. Wie lange es dauern wird, kann ich nicht sagen. Ich weiß nicht, wie viel ich sichten, welche Entscheidungen ich treffen muss.«

»Du wirst also erst mal nur den Hinflug buchen.«

»So habe ich mir das vorgestellt, ja.« Wie gestelzt das klang, Alexander, komm schon.

Sie wollte nach links abbiegen, kam aber nicht dazu, auf der Gegenspur eine lange lückenlose Kette fahrender Autos und niemand, der sie durchließ. »Scheiße«, sagte sie und trommelte auf das Lenkrad. Die Lichter der entgegenkommenden Fahrzeuge blendeten, es schneite wieder. »Wir haben es ja nicht eilig«, sagte er. – »Ich schon«, erwiderte sie und gab Gas, anscheinend hatte sie eine Lücke entdeckt, die Räder drehten durch, war die Straße glatt geworden?, sie rollten ein Stück nach vorne, das Fahrzeug gegenüber blendete auf und hupte, das würden sie niemals schaffen, Alina trat die Bremse durch und das Auto blockierte, bremste abrupt, Alexanders Kopf wurde erst nach vorne, dann nach hinten geworfen, ihm entfuhr ein Schrei, und mit diesem Schrei fiel er, fiel er in ein Bild hinein, aus dem er sich längst befreit hatte, doch jetzt war alles wieder da. Er sitzt neben seiner Mutter. Er kann ihre Gedanken lesen, eigentlich sitzt er in ihrem Kopf. Sie fährt etwas zu schnell, sie hat es eilig, ein Termin auf Long Island, nach dem verschlafenen Sommer hat das Geschäft wieder an Fahrt aufgenommen, der Laden läuft auch ohne Margarethe, aber sie spürt schon länger, was es bedeutet, die Nachfolgerin von ihr zu sein. Die Zeit im Laden, meistens sechs Tage in der Woche, dazu kommen Alexanders Probleme in der Schule, dazu kommt Alfred, der jetzt seinen Fuß in Manhattan hat, wie er sagt. Aufträge von den großen Restaurant- und Hotelketten, das, was er sich immer gewünscht hatte. Nur zu Hause sieht man ihn kaum noch. Es hat angefangen zu regnen, die Blätter fallen, das Laub ist bunt, aber sie hat keinen Blick dafür, hat es eilig, geht in Gedanken das Gespräch mit dieser Rebecca durch, ihr Termin, und Alexander weiß, dass er nicht neben ihr sitzt, dass sie allein fährt, denn wenn er wirklich neben ihr gesessen hätte, wäre sie vielleicht nicht so unvorsichtig, nicht so offensiv gefahren, aber in diesem Bild sitzt er neben ihr und sieht, wie der Regen stärker wird, die Straße ist nass, das Wasser spritzt, aber seine Mutter wird nicht langsamer, und jetzt kommt dieses Wort hinzu, das er vorher nicht kannte, oder vielleicht hatte er es einmal gehört, aber er fand es nicht bemerkenswert, nicht faszinierend genug, weil er Autos und das Autofahren nicht faszinierend findet, aber dieses Wort kommt nun hinzu, unweigerlich, ein Polizist wird es später sagen, nur etwas später, aber da wird es schon zu spät sein, er sagt Aquaplaning und meint damit jenes Phänomen, dass bei nasser Fahrbahn die Räder des Wagens den Kontakt zum Boden verlieren, sie heben gewissermaßen ab und jede Brems- oder Lenkbewegung geht ins Leere, und auch die panischen Brems- und Lenkbewegungen seiner Mutter gehen ins Leere, Aquaplaning ist heimtückisch, wird der Polizist sagen, und sie schlägt ungebremst gegen einen Betonpfeiler, von dort prallt sie zurück auf die Fahrbahn, wo es zu einer weiteren Kollision kommt, ein Lieferwagen kracht in die Fahrerseite. Er kann einfach aussteigen, er sitzt nicht im Wagen, seine Mutter kann nur befreit werden, indem die Tür mit einer hydraulischen Rettungsschere abgetrennt wird. Er kann das Wrack sehen, das Auto sieht aus wie ein zerquetschter und angesengter Käfer, das Glas zerborsten, alles ist deformiert, zwei Räder fehlen, es stinkt nach verbranntem Gummi, und am Rand der Fahrbahn liegt jetzt auf einer Bahre, er muss nur ein paar Schritte gehen, Theresa LeMay, geborene Von Weißhaupt oder besser: Whitehead, wie sich Grandma dann nannte, als sie als Designerin erste Erfolge feierte und den Laden eröffnete. Der Laden in Williamsburg, den ihre Tochter übernommen hat. *Whitehead Good Things.* Und immer, wenn er vor diesen Körper tritt, diesen binnen Sekunden geschundenen, zerstörten Körper, wird das Bild zu schmerzhaft und er taucht daraus auf, laut atmend, die Luft einziehend, als wäre er zu lange unter Wasser, als wäre er kurz vorm Ertrinken gewesen.

Und so war es auch jetzt, und Alina berührte ihn am Arm und fragte:»Alles in Ordnung? Alex? Alles in Ordnung?« Da wurde sie endlich von einem anderen Fahrzeug durchgelassen.

Alexander hielt sich am Haltegriff oberhalb seines Kopfes fest und versuchte, wieder ruhiger zu atmen. Wie oft hatte er das geübt. Und wie lange schon hatte er sie nicht mehr anwenden müssen, seine kleinen Techniken. Gegen das dunkle Bild ein anderes helles Bild setzen. Einatmen und ausatmen, das war der Trick. Es war eigentlich ganz einfach und gleichzeitig war es unendlich schwer. Nach wenigen Minuten hatte er sich wieder im Griff.

»Schon gut«, sagte er.

»Es tut mir wirklich leid. Ich war nur ...«

Für den Rest der Fahrt saßen sie schweigend nebeneinander. Als er aus dem Auto stieg, verabschiedete ihn Alina wortlos, nur mit einer flüchtigen Umarmung. Vielleicht wollte sie Maria nicht wecken, das Mädchen hatte die ganze Zeit über geschlafen. Vielleicht gab es auch einfach nichts mehr zu sagen, vielleicht mussten sie beide erst einmal nachdenken. Oh ja, dachte er, es wäre gut, viel nachzudenken.

Robert stand auf dem Balkon und rauchte, er trug einen Schal, die Haare quollen aus der Mütze, keine Jacke. »Endlich«, murmelte er deutlich vernehmbar, als sich Alexander näherte, er drückte die Kippe aus und kletterte die Außentreppe nach oben.

Alexander klopfte bei ihm, Robert fragte, wie es ihm gehe.

»Ambivalent«, sagte Alexander.

»Das freut mich zu hören.« Er hatte nicht zugehört, aber Alexander kannte diesen Zustand gut. Rob war augenscheinlich in etwas *vertieft,* und wenn er nicht sofort ging, würde er darauf drängen, es ihm zu zeigen. Er ließ sich in sein Atelier ziehen, was heißt Atelier, dachte er einmal mehr, es ist eigentlich ein Museum. Sein Blick fiel auf die beschrifteten Regaltüren. Vom Sinclair ZX81 über den VC20 bis zum C64, vom Atari 2600 bis zum Sega MegaDrive. Dazu Schränke mit pingelig archivierten Disketten, Kassetten, Module. Das alles waren nicht nur Relikte, alles war in Betrieb und inspirierte Robert zu seiner »Bits-und-Bytes-Kunst«, wie der Kritiker in der *New York Times* das genannt hatte (nicht ohne Spott angesichts von so viel Nostalgieaufkommen). Heute hatte er einen alten PC angeschlossen und ein Spiel gestartet, an das sich Alexander vage erinnern konnte. *Loom.* So, wie die Dinge lagen, wollte er es heute Abend mit ihm durchspielen. Sein Untermieter und bester Freund seit Kindertagen hielt die Hand in einer seltsamen Pose von sich weg, den Zeigefinger abgespreizt. Er platzt gleich, dachte Alexander. Robert sagte, er habe eine Leitidee für seine neuen Arbeiten gefunden, er wolle das Konzept eines Gemäldes-im-Gemälde, wie man es etwa von Vermeer kennt, auf seine Kunst übertragen, als Spiel-im-Spiel. Dass also auf einem Gemälde, das seinerseits auf ein bestimmtes Spiel verweist, ein Bildschirm zu sehen ist, auf dem ein anderes Spiel läuft. Ein anderes Spiel, das einen inhaltlichen Bezug hat, aber aus einem anderen Genre kommt. Etwa ein Jump'n'Run, während das Haupt-

171

bild ein Rollenspiel adaptiert, aber auf beiden Bedeutungsebenen geht es um das Träumen. »Wahnsinn, oder? Solche Verfahren lassen sich bis zur antiken Rhetorik zurückverfolgen, Alex, ich habe da gerade viel drüber gelesen. Dadurch bekommt alles mehr Tiefe ... Kaninchenlöcher, verstehst du? Du springst von einer Ebene in eine tiefere, von der Wirklichkeit in den Traum, aber beide sind nicht getrennt, beide entsprechen einander.«

Alexander verstand kein Wort, er entschuldigte sich, er müsse erst einmal dringend etwas essen. »Könntest du schnell was besorgen?«

Robert war für das Erste ausgebremst, konsterniert stand er vor ihm, schüttelte sich und fragte dann unwirsch, wo er hingehen solle. »Pies'n'Thighs, oder was?«

»Nichts Fettiges ...«

»Okay, mir war so nach Waffeln ...« Jetzt wirkte er beinahe traurig, doch er würde sich schnell wieder fangen und ihm voller Enthusiasmus seine neue Konzeption erläutern. Er brauchte nur immer jemanden, der dabeistand; jemand, der den Ball fing und bestenfalls kommentarlos zurückwarf. Bloß keine Irritation, keine großartigen Rückfragen, nur zurückwerfen.

In der Küche zog Alexander den Mantel aus. Legte Schlüssel und Handy ab. Die Socken waren ebenfalls nass geworden. Er prüfte den Inhalt des Kühlschranks, da war nicht mehr viel, Robert hatte jedoch immer genügend Bier vorrätig. Im Schrank über der Spüle die Schachtel mit den Teebeuteln, *Sweet Honey Lemon*. Vielleicht sollte er es erst einmal damit versuchen, sich aufwärmen. Er stellte den Wasserkocher an und legte den Teebeutel in die Kanne. Er knipste den grünen Lampenschirm an. Diese Lampe passe zu ihm, hatte Alina gesagt, als sie ihn das erste Mal besucht hatte. Vielen Dank auch. Er warf einen Blick nach draußen. Der Schneefall hatte wieder aufgehört. Die kahlen Äste des Götterbaums zitterten nicht.

5

Alexander & Helene
Heusenstamm & Frankfurt am Main
2017

Eine Art Hafen

Fundamentsteine und ein paar Stahlträger, mehr war nicht übrig geblieben. Er konnte sich gut daran erinnern: Bei seinem letzten Besuch hatten sie den Goetheturm besichtigt und Helene hatte erzählt, dass Harry ihr oben auf der Plattform einen Heiratsantrag gemacht hatte. Alexander hatte gespürt, wie wichtig ihr dieser Ort war. Jetzt war der Turm verschwunden. Der Tag war klar und kalt, sonnig, Helene stand vor dem Absperrgitter, auf den Gehstock gestützt, das Gesicht müde, ausdruckslos. Er fragte, ob man denn wisse, wie das passiert sei, und sie sagte nur ein Wort: »Brandstiftung.«

»Wie geht es weiter?«

»Die meisten sind dafür, den Turm wieder aufzubauen. Ich weiß noch nicht, ob ich das tröstlich finde.«

»Vielleicht ist es kindisch, eine Wunde auf diese Art zu heilen. Einfach wieder dasselbe hinstellen. Aber ich weiß nicht, wie es anders funktionieren soll.«

»Wir bauen auf, wir machen es kaputt, wir bauen es wieder auf. Jeder weiß, wie das läuft, und trotzdem weinst du, wenn du an der Reihe bist und deine Sachen kaputtgehen.«

»Und du lachst, wenn du etwas kaputt machst.«

Helene nickte und sagte, sie erinnere sich an ein anderes Feuer. Das müsse Anfang der Siebziger gewesen sein, als das Selmi-Hochhaus in Flammen stand, einer der ersten Wolkenkratzer in Frankfurt. Die Flammen loderten im oberen Stockwerk, und davor hatte sich eine Menschenmenge zusammengefunden, die Stimmung wie bei einem Volksfest. Und die Menschen, sie eingeschlossen, hätten gesungen: »Heute verbrennen wir dem Selmi sein klein Häuschen.«

»Ihr wolltet nicht, dass sich die Stadt verändert?«

»*Das* ist kindisch, Alex. Städte, die was auf sich halten, verändern sich, und entweder kommst du damit klar oder nicht. Wenn nicht, musst du weggehen. Also bin ich weggegangen.«

Helene verschränkte die Arme, presste die Lippen zusammen, es lagen Schweißperlen auf ihrer Stirn trotz der Kälte. War sie erkältet? Er machte sich Sorgen, und jetzt hatte sie auch noch ihn im Schlepptau.

»Der Goetheturm war immer anders«, sagte sie. »Eine eigentümliche Verbindung von Natur und Stadt. Eine Art Hafen für mich. Das konnte selbst Harry nicht ändern.«

»Was meinst du damit?«

»Ich gebe nicht gerne Ratschläge, das weißt du. Ich spiele nicht gerne die alte schlaue Großmutter. Aber wenn ich dir etwas raten darf, dann sei vorsichtig, wem du deine heiligen Orte zeigst. Wenn du sie nicht mehr für dich allein hast, dann werden sie sich verändern, das ist unausweichlich.«

»Ich weiß nicht einmal, ob ich einen solchen Ort habe.«

Sie wollte weitergehen, neues Ziel war der Maunzenweiher – »da wir gerade von meinen heiligen Orten sprechen«. Der Weg war weit für ihre kleinen, mühevoll gesetzten Schritte, und er fragte sie mehrmals, ob sie nicht lieber umkehren sollten, doch sie wollte nichts davon wissen. Einatmen, ausatmen, sich nicht anmerken lassen, wie sehr es ihn mitnahm, sie so zu sehen. Ihr war das Schwebende abhandengekommen, die Schwerkraft hatte doch noch gewonnen. Wie unfair dieses Duell ist, dachte er, und jetzt ist da noch die Sache mit dem Turm.

Sie hakte sich bei ihm unter. »Not und Elend machen einen Spaziergang«, sagte sie und musste lachen. »Übrigens: Herzliche Einladung, mit der Sprache rauszurücken, Alex. Du bist doch nicht so kurzfristig in den Flieger gestiegen, um mit mir mal wieder spazieren zu gehen.«

»Es ist … es ist schwierig, das auf Deutsch zu sagen. Es ist, als würde ich jeden Tag neben mir stehen und mir dabei zusehen, wie ich etwas Falsches tue. Etwas, das nicht zu mir passt.«

»Oh, ich denke, damit kenne ich mich aus.«

»Die Firma, ich meine, ich *kann* dort arbeiten. Ich verstehe die Zusammenhänge. Ich funktioniere, ich funktioniere gut. Und Küchen sind keine Waffen, wir stellen nichts her, was die Menschheit vernichtet. Trotzdem fühlt es sich falsch an. Was das Richtige ist, das kann ich nicht genau sagen. Ich weiß es einfach nicht. Und ich denke mir, ich müsste es längst wissen. Alle um mich herum wissen es doch auch.«

»Ist das so?

»Ich gehe langsam auf die dreißig zu.«

Helene lachte laut auf, und da war es wieder, das Helene-Lachen. Er hörte es zum ersten Mal, seit er angekommen war.

»Wer sagt dir denn, dass du alles bis zu deinem dreißigsten Geburtstag wissen musst. Ich war vierzig, als ich meine Mutter das erste Mal getroffen habe.«

»Aber wusstest du in meinem Alter nicht längst, was du wirklich willst?«

»Was ich wirklich will? Alex, ich bitte dich. Ich weiß es bis heute nicht. Und lehren nicht weise Frauen und Männer auf der ganzen Welt, dass man sich von solchen Kategorien verabschieden soll? Du fragst nach dem Richtigen und nach dem Falschen. Nach dem Wirklichen. Vielleicht solltest du andere Fragen stellen.«

Die Schneise durch das Waldstück nahm kein Ende, noch ein Schritt, noch ein Schritt. Der Boden wurde zusehends weicher, morastiger, die Sonne drang kaum durch das Geäst hindurch. Immer wieder das Dröhnen startender oder landender Flugzeuge. Es fröstelte ihn, Helene hingegen schwitzte. Dann hatten sie den Weiher erreicht. Alexander machte mit dem Handy ein Foto und wusste eigentlich nicht, warum. Durfte er das überhaupt, an diesem ihr heiligen Ort?

»Hier scheint es noch zu funktionieren«, sagte Helene. Sie setzten sich auf eine Bank, sie wirkte sehr erschöpft. Er wollte nicht nachfragen, was sie damit meinte.

»Also, noch einmal: Warum bist du gekommen?«

»Vielleicht dachte ich, Deutschland könnte für mich auch so eine Art Hafen sein.«

Sie musste grinsen. »Und ich dein Rettungsanker?«

»Wieso nicht?«

Der Himmel war nun wolkenverhangen, vermutlich würden sie auch noch nass werden. Der Weiher war nichts weiter als eine Suppenschüssel angefüllt mit einer toten trüben Brühe. Außer den Flugzeugen war nichts zu hören. Uneingeweihte können das nicht verstehen, dachte er, was an diesen Orten so besonders sein soll. Helene hob ihren Stock an, als wolle sie einen Zauber sprechen, das Wasser würde sich teilen und der Weiher seine gesamte Pracht entfalten, doch nichts geschah.

»Ich komme mir undankbar vor«, sagte er. »Ich habe dieses Haus. Ich konnte studieren. Ich habe eine Arbeit. Alles ist da, und ich bin nicht zufrieden.«

»Wem gegenüber bist du denn zu Dank verpflichtet?«

»Grandma natürlich, und Mom. Und auch Dad.«

»Du denkst also, Margarethe und Theresa sitzen auf einer Wolke und beurteilen dich danach, wie oft du die Wände streichst in ihrem Haus, das jetzt dein Haus ist, und ob du regelmäßig die Heizung überprüfen lässt? Werden das ihre Kategorien sein?«

»Nein, ich meine ...«

»Und Alfred. Denkst du, er beurteilt dich danach, wie perfekt du ihn imitierst? Erwartet er, dass du eine perfekte Kopie von ihm wirst?«

Sie streichelt mich nicht gerade, dachte er.

»Möchtest du meine ehrliche Meinung hören?«, sagte sie leise.

»Natürlich.«

»Du solltest dich in einen Flieger nach New York setzen. Nicht heute, vielleicht noch nicht morgen, aber bald.«

»Warum?«

»Ich kann mir nicht vorstellen, dass du derzeit irgendwo besser aufgehoben bist als in Brooklyn. Natürlich, alle sagen immer, es ist wichtig und tut gut, auf Distanz zu gehen. Ich habe die Erfahrung gemacht, dass es ein dummer Fehler sein kann. Ich glaube nicht, dass es die Lösung für dich ist wegzulaufen. Meiner Meinung nach solltest du noch öfter ins Büro gehen, jeden Tag, zehn, zwölf Stunden. Es einmal ernsthaft machen. Bis es dir so richtig zusetzt, bis du anfängst, andere Fragen zu stellen und andere Sachen über dich herauszufinden.« Wieder hob sie den Stock leicht an. »Ich habe gesprochen«, sagte sie und verlor den Ernst, sie verlor ihre Müdigkeit und hatte für einen Augenblick das spöttische Weißhaupt-Gesicht zurück. Er hatte Grandma vor sich, Mom, er hatte seine Tante vor sich. Er folgte ihnen nach, er war Teil einer Reihe, Glied einer Kette, verbunden, verbandelt, es waren unzureichende Wörter, es war das Gefühl eines Zusammenhangs, immerhin, war das nicht schon etwas? Tröstlich? Seltsame Tierchen sind wir, dachte er, dass wir uns immer trösten müssen.

»Es scheint wirklich zu funktionieren«, sagte er nach einer Weile.

»Siehst du«, antwortete sie und lehnte den Kopf an seine Schulter. Sie starrten auf diese schartige Schüssel, auf das trübe tröstende Wasser.

Bleifüße und Flügel

Sie waren im Garten, im Winterlicht. Was für ein milder Tag. Sie konnten draußen am schiefen Tisch sitzen, Helene in einer blauen Strickjacke, die Augen geschlossen. Die Sonne traf auf ein erschöpftes, aber lächelndes Gesicht. Alexander schaltete das Aufnahmegerät aus. Jetzt wisse er alles, sagte Helene, ohne die Augen zu öffnen, jetzt habe sie keine Geheimnisse mehr vor ihm.

Er blickte auf die Uhr und erschrak. Überprüfte, ob er alles beisammenhatte, das Flugticket, den Pass, im Wintergarten checkte er noch einmal den Reiserucksack. Er bekam den Rucksack kaum noch zu, Helene hatte ihn mit Büchern, CDs und Fotokopien versorgt (»mach davon mal eine Kopie«). Mit Fotografien. Sie hatte ihm ein Hemd genäht, einen Comic gezeichnet, der ihren Lebenslauf in einundzwanzig Panels darstellte. Sie hatte eine Skizze angefertigt: das blaue Haus im Hintergrund, davor Bäume, Töpfe und Pflanzen, das zerdepperte Gewächshaus, nur, und das war seltsam, im Vordergrund liefen Wildschweine durch das Bild. Wenige Striche, einzig das Haus und die Schweine waren koloriert. Wann hatte sie das alles gemacht? Sie hatte kaum geschlafen in den vergangenen Tagen – wegen ihm oder für ihn? Konnte man das so sagen? Er hatte Bleifüße und Flügel in ihrer Gegenwart. Sie erinnerte ihn manchmal an Mom, manche Geste, mancher Gesichtsausdruck, aber vielleicht täuschte er sich auch, vielleicht wollte er nur, dass es so war. In diesen Momenten war sie eindeutig die Schwester seiner Mutter, und im nächsten war sie wieder eine fremde Person. Eine freundliche fremde Person zwar, manchmal aber wirkte sie getrieben, angetrieben von etwas Dunklem, das hinter ihrem Blick lag.

Er war wieder draußen, Helene fluchte, sie hatte sich an einem Rosenstock gestochen, dem sie mit einer Gartenschere zu Leibe gerückt war. Sie ging ins Haus und kehrte mit einem Pflaster am Finger zurück.

»Mit den Rosen gibt's immer nur Missverständnisse«, sagte sie.

»Ist es schlimm?«

»Nein, sie hat mich nur angestochen.«

»Angestochen?«

»Ein Stich ist nicht immer ein Stich.«

»Nur eine Rose ist immer eine Rose.«

Sie lachten.

»Wo Heidi nur bleibt? Ich kann es überhaupt nicht ertragen, erst kurz vor knapp an einem Bahnhof oder Flughafen anzukommen. Ich plane meistens eine Stunde mehr ein.«

»Mir ist das auch lieber«, sagte er. Hätte er sich doch einfach ein Taxi genommen. Helene traute sich den Flughafen mit dem Fiat nicht mehr zu, hatte aber darauf bestanden, die Freundin zu fragen. Heidi, die nicht jünger war. Die erst vor zwei oder drei Jahren

einen neuen Laden im Frankfurter Ostend aufge-
macht hatte. Die überlegte, mit Helene nach New
York zu fliegen. Aber nur, wenn es sich zeitlich einrichten ließe.

Ein New Beetle näherte sich, am Steuer saß Claudia, nicht Heidi, was Alexander erleichterte. Während sie auf der A3 fuhren, drehte ihre Mutter die
Heizung des Wagens voll auf, er schwitzte, aber etwas
zu sagen oder ein Fenster aufzumachen, das traute er
sich nicht.

Im Flughafen war es kühl, die Zeit reichte für einen
Abschiedskaffee. Heidi und Claudia ließen sie allein.

»What's next?«, sagte Helene, als sie auf Metall-
stühlen Platz genommen hatten, der Kaffee schmeckte
bitter. Er mochte diese blinkende Flughafen-Welt mit
den willkommenen und unwillkommenen Abschie-
den, den heillosen Versprechungen, sich bald einmal
wiederzusehen, sich zu vermissen, sich zu lieben. Der
ständige Blick auf die Abflugtabellen, der letzte Toi-
lettengang vor dem Flug, der glänzende, frisch ge-
bürstete Kunststoffboden mit den Warnschildern,
man könne darauf ausrutschen.

»Du meinst meinen Job? Ich werde deinen Rat be-
folgen. Werde es einmal ernsthaft probieren und nicht
gleich wieder nach zwei Auswegen suchen.«

»Bist du dir sicher?«

»Relativ sicher.«

»Vielleicht muss dich dein Ausweg finden, Alex,
und du kannst gar nicht danach suchen.« Helene
nippte am Kaffee, verbrannte sich die Zunge, fluchte.

»Mein Freund Robert hat mich gefragt, ob wir über

den Jahreswechsel verreisen. Das werde ich vielleicht machen, auch wenn wir wie ein altes Ehepaar sind.«

»Ja, das solltest du machen«, sagte sie und pustete von oben auf die Tasse. »Ich meine, sieh mich an: Heusenstamm, Offenbach, Frankfurt, das ist ein Kreis mit einem Radius von vielleicht zwanzig Kilometern. Das ist meine kleine Welt.«

»Du warst doch schon weiter weg.«

»Immer nur für ein paar Tage. Nichts Nennenswertes. Von dem verkorksten China-Trip mit Heidi habe ich dir hoffentlich schon erzählt.«

»Nicht, wenn es in den Achtzigern oder Neunzigern war. Darüber hast du mir noch gar nichts erzählt. Ich kenne also längst noch nicht alle Geheimnisse von dir.«

»Das ist auch wirklich besser so.«

»Wenigstens kennst du deine Welt sehr gut.«

Sie atmete hörbar aus, beinahe pfeifend, stellte die Tasse ab, sie betrachtete das Pflaster auf dem Finger. »Sie sticht mich immer noch, meine Welt«, sagte sie.

»So gut scheine ich sie nicht zu kennen.«

Dann fiel es ihnen schwer, noch ein Gespräch in Gang zu bringen, noch einmal anzuknüpfen an ein Thema, an eine Erinnerung, an etwas Erfahrenes, Erlebtes, Erträumtes. Die Zeit war abgelaufen, keine letzte Erkenntnis, keine weitere Überraschung. Sie standen auf und umarmten sich. Sie wandte sich ab, war schon ein paar Schritte gegangen, als sie noch einmal kehrtmachte, noch einmal zurückflog. »Entschuldige, eine schreckliche Angewohnheit von mir«, sagte sie.

Sie sah ihn an, quälend lange, wirkte gerührt, lächelte, wollte etwas sagen, sagte nichts, doch dann: »Wenn eine Sache Erfolg haben soll, brauchen wir dazu immer die Unendlichkeit.«

»Du hast nicht zufällig ihre Telefonnummer?«

»Zu Hause«, sagte sie. »Ich schicke dir eine E-Mail mit ihren Kontaktdaten.«

Sie lachten. Sie umarmten sich.

Alexander saß in einer der Wartezonen neben zwei Geschäftsleuten, die wild gestikulierend Großes vorhatten. Er konnte nichts lesen, keine Musik hören, nickte fast ein. Irgendwann kam der Aufruf, die Passagiere nach New York mögen sich am Gate einfinden. Im Flugzeug klemmte er einen Kopfhörer an das Aufnahmegerät und drückte die Play-Taste. Ihre Stimme, Geknister, Windgeräusche, ihr raues Lachen. »Dass wir hier draußen sitzen können, im November. Da wirst du verrückt. Was ist jetzt als Nächstes dran? Läuft die Aufnahme schon? Wir befinden uns Ende der Sechzigerjahre, Anfang der Siebziger. Ich kenne eigentlich niemanden, mit dem diese Zeit nicht etwas Gravierendes gemacht hätte, wenn du nicht gerade geschlafen oder dich total zurückgezogen hast. Aber an Schlaf war damals nun wirklich nicht zu denken ...«

6

Helene
Offenbach & Frankfurt am Main
1967–1974

Wann hat das angefangen?

»Genossen, Antiautoritäre, Menschen!« Die Sitzung war eröffnet. Richard verlas mit seiner nasalen Stimme den ersten Tagesordnungspunkt: Umbenennung. Sie wollten kein *Lektürekreis* mehr sein. »Schließlich sind wir nicht nur eifrige Leser in einer Teestube, weitab vom Geschehen und unfähig zur Aktion«, sagte Richard. Auf *Diskussionszirkel* konnten sie sich nicht einigen. »Auch hier schwingt das Verdachtsmoment einer rein akademischen Übung mit«, sagte Jochen. *Aktionskreis* hingegen sei dann doch zu vorpreschend tituliert, das theoretische Fundament nahezu leugnend, weshalb sie sich fast einstimmig (eine Enthaltung) auf *Arbeitsgruppe* einigten, weil das eben alles Wichtige einbeziehe, die Arbeit am Text und die Arbeit auf der Straße, die politische Aktion.

»Alles oder nichts«, sagte Rosalie und wiegte ihr Kind in den Armen. Sie war es, die sich enthalten hatte. »*Arbeitsgruppe* kann alles oder nichts bedeuten, und am Ende weiß man gar nicht, was sich dahinter verbirgt.«

»Vielen Dank für deinen Beitrag«, entgegnete Richard, der heute die Sitzungsleitung übernommen hatte. Er trug noch immer Nyltesthemden, niemand trug mehr Nyltesthemden. »Das Votum war allerdings recht eindeutig, nicht wahr? Und wer sich enthält, tritt nicht in Opposition zu einer der Wahlmöglichkeiten, dem sind alle Möglichkeiten recht; dem ist es vielleicht sogar egal, wie es ausgeht.«

»Egal ist es mir nicht.«

»Aber dann hättest du dagegen stimmen müssen, Rosi, dann hätten wir die Sache vielleicht noch einmal aufgerollt.«

Jochen stippte nickend Brot in seine Suppe und schien erleichtert, das Thema endlich zu den Akten legen zu können. Harry saß nervös auf der Sesselkante, der Adorno mit den zweihundert Lesezeichen lag vor ihm auf dem Teakholztisch (ein Geschenk der Familie Schröder). Dann erteilte Richard ihm endlich das Wort. Harry nahm noch einen Schluck Cola und sah Helene an, lächelte sie an. Er suchte nach einem ermutigenden Nicken von ihr, nach einem Zeichen ihrer Komplizenschaft, du wirst das schon schaffen, Harry, ich glaube an dich.

Die Sitzordnung wurde eingenommen, Referent und Diskussionsleiter saßen nebeneinander auf den beiden Sesseln, um sie geschart der innere Kreis der Eingeweihten und Lektürefesten. Der äußere Kreis war für die Gäste vorgesehen, die hineinschnuppern wollten, und für die Unregelmäßigen, die mal kamen und mal nicht, und von denen man nie wissen konnte, ob sie sich überhaupt vorbereitet hatten. Helene war im äußeren Kreis. Die Gründe lagen auf der Hand. Weil sie nur einen Abschluss an der Werkkunstschule hatte. Weil sie einen kaum einholbaren Rückstand hatte, was die Lektüreleistung angeht. Weil sie es wagte, gelegentlich etwas anderes zu lesen, das nicht auf der Lektüreliste stand, sondern auf ihrer Liste.

»Du könntest dich einfach in den inneren Kreis setzen und deinen Platz einfordern«, hatte Harry gestern gesagt. Er hat leicht reden, dachte sie, so aufzutreten hat keine von uns gelernt, außer Heidi vielleicht, und die hat es sich selbst beigebracht. Aber Heidi war nur einmal aufgetaucht und dann nie wieder.

Harry fing an mit seinem Referat, er sprach von der Kulturindustrie, von der Verwandlung der Subjekte in gesellschaftliche Funktionen und wie die verwandelten Subjekte ihre Entmenschlichung als Menschliches, als Glück der Wärme genießen würden. »Wie fatal das doch ist und wie präzise beschrieben.« Harry sprach gut und klar, wie sie es zusammen geübt hatten.

»Danke für deinen Beitrag«, sagte Richard und applaudierte, indem er genau dreimal seine Hände fest zusammenschlug. Das ironische Lächeln, die hochgezogene Augenbraue. Bei ihm wusste man nie, was er von einer Sache hielt. »Die Diskussion ist eröffnet.«

Helene erinnerte an die Plakate der *Subversiven Aktion*. »Die Gruppe hat doch genau diese Textstelle in verschiedenen Unis ausgehängt mit der Empfehlung, sich direkt an Theodor W. Adorno zu wenden, sollte es Gesprächsbedarf geben. Adorno hat sich wenig amüsiert gezeigt und eine Entfernung der Plakate veranlasst. Was ihm wiederum die Universität Stuttgart in Rechnung gestellt hat. Ist das nicht ein gutes Beispiel, in welche Richtung es gehen könnte?«

»Aber Helene«, sagte Jochen und schob seine Brille zurecht, »das ist doch eine alberne Aktion gewesen. Und der falsche Text, um sich darüber lustig zu machen.«

»Haben sie sich denn darüber lustig gemacht? Ging es ihnen nicht darum, den theoretischen Zusammenhang zu verlassen und eine Diskussion anzuregen?«

»Über Adorno wird doch schon genug diskutiert«, sagte Harry. »Eine solche Aktion braucht es da gar nicht.«

»Das verstehe ich nicht. Das war doch in aller Munde. Und das Flugblatt, das ich ...«

»Ja, aber wir sind doch jetzt noch bei meinem Referat, wir haben doch noch gar nicht darüber diskutiert, ob ich das alles richtig wiedergegeben habe.«

»Wieso solltest du es denn nicht richtig wiedergeben haben?«, sagte Helene.

Richard erinnerte sich an seine Funktion des Sitzungsleiters und stimmte Harry zu. Ein Schritt nach dem anderen. Sie sollten jetzt erst einmal kritisch auf Harrys Referat eingehen.

»Danke«, sagte Harry.

»Mir ist nie klar, wann du für die Tat und wann du für das Wort bist«, sagte Helene, und sie meinte es nicht als fundamentale Kritik und sie meinte es nicht böse. Wann hat das angefangen, dachte sie, dass ich ihn nicht mehr necken kann, weil er in seiner neuen Ernsthaftigkeit so schnell beleidigt ist, ernsthaft beleidigt.

Sie diskutierten über Harrys Referat, über Adornos Hauptwerk. Sie schweiften ab, eine Rauchpause wurde eingelegt. Rosalies Tochter wachte auf und musste getröstet und gestillt werden. Dazu ging Rosi ins Schlafzimmer und überließ Helene den äußeren Kreis, der kein Kreis war, Gäste und Unregelmäßige gab es heute nicht. Sie erklärten sich das mit dem Novemberwetter, der Schnupfen ging um. Außerdem wohnten sie in Offenbach, und für manche war Offenbach eine Fahrt bis ans Ende der Welt. Es fiel ihr immer schwerer, der Diskussion zu folgen. Es kam ihr vor, als würden sie nur noch Schlagworte austauschen, das reichte den Eingeweihten, denn jeder wusste, was damit gemeint war. »Büttel des Systems«, sagte Richard, »Propaganda der Tat«, sagte Harry, »Intrigenmetropole Bonn«, sagte Jochen. Dann wurde nach einer Textstelle gesucht. Über die Bücher gebeugt wirkten sie wie eifrige Kinder in einem Wettstreit, erpicht darauf, der Erste zu sein. Richard sagte oder zitierte oder parodierte: »Ich bin ein Mensch gewesen, und das heißt Kämpfer sein.« Rosalie war zurückgekehrt und lachte laut auf, nachdem sie dies aus dem Mund ihres Freundes vernommen hatte. »Hier, Kämpfer, jetzt kannst du mal deinen Sohn halten.« Das Baby fing an, sich zu beschweren, als es in Richards Armen landete. Rosi versuchte es mit den Worten abzulenken: »Was würde Dutschke dazu sagen. Na, was würde Rudi dazu sagen.«

»Rosi, bitte!«, sagte Richard, der doch auch ein anderes als ein ironisches Gesicht machen konnte, unglücklich sah er aus, aber die Augenbraue blieb oben. Helene suchte ihre Tasse, sie nahm einen Schluck Tee. Ob Harry wohl auch ein so unglückliches Gesicht machen würde, wenn wir ein Kind hätten? Er spricht nicht mehr davon, Kinder zu kriegen. Wann hat das angefangen?

Aus der Diskussion wurde langsam ein harmloses Palavern, die Verrohung der Zustände in Offenbach, der Club Voltaire, das Theater am Turm, welches Wasserhäuschen dich wann und wie und wo retten kann, solltest du noch einen Schoppen trinken wollen.

Da fiel Richard der dritte Tagesordnungspunkt ein, Helenes Beitrag. Er erteilte ihr das Wort und gab den Jungen zurück an seine Mutter. Helene hatte ein Flugblatt gedruckt, nur als ein Beispiel, sie hatte sich Mühe gegeben und sagte, es sei wichtig, nicht nur auf den Inhalt, sondern auch auf die Gestaltung zu achten, auf die Typografie, auf das Verhältnis von Text und Bild, auf die Qualität des Papiers, auf die Qualität des Drucks. So könne es besser gelingen, wahrgenommen zu werden, und wäre das nicht das Entscheidende in diesem Zusammenhang? In der Masse der Flugschriften und Plakate nicht unterzugehen, herauszustechen. Sie hatte sich auf diesen ihren Beitrag gefreut, jeder sollte und durfte doch das einbringen, was er besonders gut konnte, und *das* hatte sie immerhin studiert, das war ihre Berufung, und bald schon würde es auch ihr Beruf sein. Es war jedenfalls keine Spielerei, ein solches Flugblatt zu entwerfen, es gab gute Gründe, darüber waren sie sich doch alle einig, es gab eine Notwendigkeit, die Verhältnisse zu demaskieren und für Veränderung einzutreten.

Richard sagte nicht: »Danke für deinen Beitrag, Helene«, er sagte gar nichts, der innere Kreis sagte nichts, Jochen nahm das Flugblatt in die Hand und schmunzelte und gab das Papier an Harry weiter. »Was da steht«, sagte Jochen, »ist ja gut gemeint, aber es ist in gewisser Weise vorpolitisch. Um nicht zu sagen: sentimental.«

»Es ist doch nur ein Beispiel«, sagte Helene. »Ein Beispiel für eine mögliche Gestaltung. Bitte beachtet zunächst einmal nur die Form, nicht den Inhalt.«

»Das fällt mir als Literaturwissenschaftler aber schwer, *nicht* auf den Inhalt zu achten«, sagte Jochen und versuchte zu lächeln, was ihm misslang.

Helene blickte zu Harry, jetzt war sie es, die ein Zeichen der Komplizenschaft nötig hatte. Er schwieg. Er starrte auf das Flugblatt. Er schwieg. Warum schwieg er? Dann sah er auf und ihre Blicke trafen sich. »Jochen«, sagte er nun doch, »der Text ist doch erst mal nur ein Platzhalter. Wir wollten eigentlich nur Nonsenswörter einsetzen, aber dann ist uns dieses Zitat in den Schoß gefallen.«

»Jedenfalls zeigt mir dieses Beispiel, dass der Inhalt vielleicht doch das Entscheidende sein könnte«, sagte Richard und hatte sein altes Gesicht zurück. Jochen grinste nun.

»Könnt ihr nicht vom Inhalt einmal absehen und nur auf die Gestaltung achten?«, versuchte es Helene noch einmal. Und während sie ihn aussprach, ärgerte sie sich über diesen Nachsatz: »Außerdem finde ich den Inhalt keineswegs sentimental.« Damit hast du die Sache beerdigt.

»Siehste, du kannst doch selbst nicht vom Inhalt absehen«, sagte Jochen prompt.

»Also ich finde das Flugblatt sehr gut gemacht«, sagte Rosi.

»Natürlich findest du es gut«, erwiderte Richard. »Aber ist das mehr als nur ein solidarischer Akt?«

Helene ging zu Harry und nahm das Flugblatt wieder an sich. Sie wusste nicht, ob sie sich hinsetzen, ob sie stehen bleiben sollte. Sie musste dagegen ankämpfen, sich fremd in ihrem eigenen Wohnzimmer zu fühlen, in dem Zimmer, das sie eingerichtet hatte, das sie *gestaltet* hatte, das gelegentlich gelobt wurde, weil es so offen wirke mit den vielen Pflanzen, so einladend, so gastfreundlich. Sie wollte Jochen und Richard noch etwas entgegnen, das Flugblatt und die Worte darauf verteidigen, aber sie blickte in selbstgewisse Gesichter, und sie wagte es nicht, gegen diese Selbstgewissheit anzugehen. Still sein und hilfreich sein. Deine Suppe, sie ist wirklich köstlich, Helene, aber dein Flugblatt ... dabei habe ich diese Suppe nicht gekocht, Charlotte hat sie gekocht und mir den Topf über den Zaun gereicht. Die Suppe ist nicht von mir, das Flugblatt ist von mir, und wann hat das angefangen, dass die alten Grenzlinien auch in unserem Kreis wieder in Kraft getreten sind? Sind wir nicht angetreten, das alles aufzubrechen? Und wann hat das angefangen, dass in einer *Arbeitsgruppe* alle schlecht gelaunt sein müssen.

Professor Schröder kam herein und entschuldigte sich vielmals, dass er Harrys Referat verpasst habe. Das Wetter, er habe fast eine Stunde von der Universität nach Offenbach gebraucht. Er sei sich sicher, er habe etwas verpasst.

»Oh ja«, sagte Richard und grinste, Helene hätte ihn am liebsten sofort vor die Tür gesetzt.

Bei der letzten Sitzung hatten sie lange darüber diskutiert, ob sie Karl Schröder zulassen sollten als Gast. Harry hatte darauf bestanden, der Professor sei über jeden Verdacht erhaben und in gewisser Weise sein Mentor. »Eine gefährliche Abhängigkeit«, hatte Richard konstatiert. »Das System hat überall seine Krakenarme.« Das Eintreffen des Professors war aber für die anderen ohnehin das Zeichen zu gehen. »Dann werde ich mal sehen, was meine Agathe macht«, sagte der Professor und ging nach unten. Helene hielt das Baby, als sich Rosi den Mantel anzog. »Genossen!«, sagte Richard, »wir sehen uns.«

Zurück blieb ein Zimmer mit stickiger Heizungsluft, mit dreckigen Suppentellern, Charlottes Schnellkochtopf, mit Gläsern und Aschenbechern, mit einem aufgeschlagenen Adorno. Nur wenige Veränderungen, wenn man es genau nimmt. Und trotzdem hatte es gereicht.

»Na, das war ja was«, sagte Harry und wirkte nicht einmal unzufrieden, eher erleichtert. Er sagte, er werde jetzt gleich einmal die anderen anrufen und ihnen mitteilen, dass sie in der Tat etwas verpasst hätten. Sie hörte, wie er telefonierte, hörte seine Stimme. Sie hatte einen seltsam fremden Klang. Mit wem aus der Gruppe telefonierte er da? Helene stellte sich ans Fenster und zündete sich eine Zigarette an. Draußen waren nur Schatten zu sehen, Schemen. Es war stürmisch, die kahl gewordenen Äste bogen sich im Wind. Der eine Ast schabte am Haus.

»Das mit dem Flugblatt bekommen wir schon noch hin«, sagte Harry, und Helene dachte zunächst nicht, dass er mit ihr sprach, sie dachte, er telefoniere noch.

Sie drehte sich zu ihm. »Danke, dass du mich nicht im Stich gelassen hast.«

Er trat neben sie und legte den Arm um ihre Taille. »Sie müssen kritisieren, verstehst du? Es gehört dazu. Es ist nach der Ermordung von Ohnesorg doch gar nicht mehr die Frage, ob wir Worte oder Taten brauchen. Wir brauchen beides. Wir brauchen die richtigen Worte, wir brauchen die richtigen Taten. Genauso ist das Zusammenspiel von Form und Inhalt zu sehen. Das eine ist nicht ohne das andere zu denken. Aber beides muss gut gewählt sein.«

Harry sagte, er müsse noch einmal zum Professor gehen und sich dafür entschuldigen, dass sich nach seinem Eintreffen die Gruppe sofort aufgelöst hatte. Das eine ist ohne das andere nicht zu denken, hallte es in ihr nach, während Harry durch die Tür verschwand. Aber beides muss gut gewählt sein. Wann hat das angefangen, dachte sie, dass aus ihrem *Lektürekreis* ein *Schulungsabend* geworden ist? Aber diese Frage, diese ganzen Fragen, waren sie nicht eigentlich unerheblich? Es hatte angefangen. Das war das Entscheidende.

Was trägst du bei?

Trillerpfeifen, Lautsprecherdurchsagen, das fast schon vertraute »Achtung, Achtung!« der Polizei – und sogleich die Antwort: »Hồ-Hồ-Hồ Chí Minh!«, gefolgt von einem, und das war neu, langgezogenen »Rudi Dutschke«. Schilder und Flaggen und Bilder wurden hochgehalten und geschwenkt, Che, Lenin, Mao, dazu Wort- und Satzfetzen, die vermutlich kaum gelesen wurden, aber dennoch unbedingt hinausgetragen werden mussten in diese wankende Welt: *Springer schießt mit – der amerikanische Imperialismus – 73 Prozent der Opfer ... – Amis raus aus Vietnam!* und immer wieder das Wort: *Mörder!* Solltest du nicht auch endlich ein Plakat machen, fragte sie sich, aber um das gut zu machen, mit einer auffälligen Typografie, dafür würde sie Zeit benötigen, und Zeit war im Stakkato der Ereignisse ein rares Gut geworden. Und was wäre, wenn es Harry sehen würde, die anderen, und sie wieder sagen würden, es sei nur gut gemeint?

Hier, irgendwo im Mittelfeld des Zuges, ging es gemächlichen Schrittes voran, sie wurden beglotzt und beschimpft von Osterpassanten, wurden beobachtet von der berittenen Polizei, die weißen Mützen leuchteten in der Dämmerung. Helene sah sich um, Kinder saßen auf den Rücken ihrer Väter, manche Demonstranten hielten Plastiktüten in den Händen, manche abmontierte Fahrradketten (was wollten sie damit?), sie sah Mäntel und darunter Anzüge und Krawatten, akkurate Frisuren neben Wucherhaar, Strickpullover und Parkas, Bärte, Batschkappen, Horn- und Nickelbrillen, manche hatten sich mit Sturzhelmen und Regenoveralls gewappnet. Es wurde geraucht, Abgasschwaden lagen in der kühlen Luft, die von Harry in letzter Zeit so oft zitierte Unwirtlichkeit der Stadt, Zeitungspapier auf dem Asphalt, die Schritte, die Ahorngerippe in der einsetzenden Dunkelheit, das entfernte Rumpeln der Bahnen am Hauptbahnhof. Sie fühlte sich unwohl, aber nach Hause zu gehen und Däumchen zu drehen, das war ausgeschlossen.

Die Schweigemärsche noch vor wenigen Tagen, sie dachte gerne daran zurück, die Lichter, die Stille, wie sie »we shall overcome, one sweet day« auf dem Römerplatz gesungen hatten, aus tausend Kehlen, was das für ein Gefühl gewesen war. Heute hingegen war ein Tag des Lärms, es waren noch mehr Menschen auf der Straße, so kam es ihr vor, es wurde gebrüllt und nicht gesungen. Harry neben ihr war unruhig, schnippte eine Halbgerauchte nach der anderen weg und sagte seit dem Teach-in immer wieder dasselbe, dass es jetzt reiche, und was aus dem Land würde, wenn sie sich jetzt nicht wehrten. Sie wusste nicht, wie weit es noch bis zur Druckerei war, es fiel ihr schwer, sich zu orientieren, die Frankenallee hatten sie schon erreicht, und sie wollte gerade Harry fragen, als der Menschenzug anhielt. Manche setzten sich; was weiter vorne vor sich ging, war nicht zu erkennen. Sie warteten, es wurde beinahe still, aber du kannst es ja fast mit den Händen greifen, dachte sie, was gleich passieren wird. Harry berührte sie am Arm, gerötete Wangen, flackernde Augen, sagte, er halte das nicht mehr aus, gab ihr einen Kuss auf die Wange und quetschte sich durch nach vorne, bald hatte sie seine Lederjacke aus den Augen verloren. Lässt dich einfach stehen, in einer Menschenmenge. Aber er hatte es gestern angekündigt, er wolle vorne mitmischen, an der Spitze der Blockade sein. Sie hatte es nicht geglaubt, weil er betrunken war – oder du wolltest es nicht glauben, das kann auch sein. Sie hatte prompt Bilder vor Augen, wie er sich gegen ein Absperrgitter drückt, sich unter dem Wasserstrahl wegduckt, den Vertretern der Staatsmacht ins Gesicht brüllt, was er von ihnen hält, wie er mit der Faust droht und von einem Gummiknüppel getroffen wird, wie er einen Stein aufhebt und ihn gegen ein Fahrzeug wirft. Gegen ein Fenster. Gegen einen Polizisten. Wie ihm der Arm auf den Rücken gedreht und er abgeführt wird. Wäre er zu alldem in der Lage? Die Antwort lautete wohl: ja, und *diesen* Harry und *ihren* Harry irgendwie miteinander in Einklang zu bringen, das fiel ihr noch immer schwer. Darfst dir jetzt Sorgen machen wie eine dumme Gans, und wirst ihn nicht aufhalten können. »Die Sache ist wichtiger als der Einzelne.« Dagegen ließ sich nicht argumentieren, denn es stimmte ja. So vieles hatte sich angestaut, die Attentate hatten alles beschleunigt, jetzt gab es kein Zurück mehr. Aber ging es Harry wirklich nur um die Sache? Dem eigentlichen, wirklichen Leben nahe rücken, der Realität ins Auge sehen. Davon schwärmte er immer wieder, aber welches Leben meinte er, und welche Realität? Offenbar nicht ihr Zusammenleben in Offenbach, er, der Lehrer, und sie, die Künstlerin. Er wollte ja kein Lehrer mehr sein.

Helene hörte ein Geräusch, das sie erschaudern ließ, ein metallisches Ächzen, unglaublich laut, als würde eine Straßenbahn umkippen, und langsam geriet die Menge wieder in Bewegung, nur diesmal ging es ein paar Schritte rückwärts, als würde ein Riese gegen all die Leiber drücken. Was sich im ersten Moment noch wie ein unfreiwilliger, aber geordneter Rückzug anfühlte, verlor mit einem Mal jede Ordnung, Brandgeruch lag in der Luft, nicht weit von ihr stieg Rauch auf, Schreie waren zu hören, Wutschreie, Schmerzensschreie, das Wiehern der Pferde; manche versuchten, wieder nach vorne zu kommen, sich dagegenzustemmen (gegen was?), manche rannten los, um von hier wegzukommen, und Helene stand da und wusste nicht, wohin. Sie fühlte sich allein und ihre Ängste wurden wach, der rote Himmel, die aufgerissenen Augen und Münder der Menschen, sie wollte nur noch weg – Harry hatte hineingewollt in diesen Strudel, in diesen Sog.

Ihr fiel ein Eimer voller Blumen auf, was sollten diese Blumen, sollten sie geworfen werden; sie hörte Trommelschläge; sie sah, wie zwei Polizisten einem Mann den Fotoapparat aus der Hand schlugen, und als dieser protestierte, »ich scheiß euch eins« brüllte, packten sie ihn an Armen und Beinen und schleuderten ihn gegen eine Mülltonne. Helene spürte den Im-

puls, den Polizisten etwas zuzurufen, auf sie zuzu-
gehen, aber sie blieb stumm und konnte sich noch
immer nicht bewegen, bis sie angerempelt wurde, und
das tat weh, aber es war wie ein Weckruf. Sie konnte
sich wieder rühren und sah zu, dass sie seitlich einen
Ausstieg aus der Menge fand. Da war eine Neben-
gasse, hoffentlich keine Sackgasse, und sie lief so
schnell sie konnte, bis das Gefühl der Beklemmung,
des Gefangenseins nachließ, erst dann konnte sie wieder an Harry denken und wie es ihm wohl erging, ob
er verletzt werden würde, ob er jemand anderen ver-
letzte. Sie kam an einem Wasserhäuschen vorbei und
hörte jemanden sagen: »Morgen wird es wahrscheinlich in ganz Frankfurt keine *BILD* geben.« Sie war
außer Atem, wusste nicht, wohin sie sollte, auf Harry
warten, aber wo, nach Offenbach zurück, aber das
kam ihr wie eine feige Flucht vor. Der Stadtwald, das
wäre der rechte Ort, aber der Stadtwald war weit
weg, und dort war es jetzt dunkel. Ein alter Mann
kam auf sie zu, kam ihr im Licht der Straßenlaterne
zu nahe, die Augenbrauen so buschig wie ein Marder-
fell: »Das hier ist doch kein Ort für eine junge Dame!«
Aber warum nicht, dachte sie, und wo war sie überhaupt? Anstatt weiterzugehen, diesen Alten einfach
stehen zu lassen, fragte sie nach der nächsten Halte-
stelle, und der Preis für diese Auskunft war seine Ein-
schätzung der Lage, ein Lächeln, als hätte er die Erlaubnis, sie zu verspeisen, und er wetterte, dass die
blindwütigen, gewaltbereiten, arbeitsscheuen Krawallmacher alles in Schutt und Asche legen würden,
wenn man diesen Wirrköpfen nicht mit harter Hand

begegne. Sie solle daher lieber nach Hause gehen, wo sie hingehöre, und er nannte ihr den Weg zum Dominikanerplatz. Sie sagte etwas, das sie gleich darauf bereute, aber sie war in der Laune, es zu sagen: »Sie sind auch ein Mörder!« Er verstand erst nicht, ein ungläubiges Gesicht, aber dann wich der Unglaube dem Zorn. Er hustete und schrie etwas, aber da war sie schon weg, setzte sich in die Straßenbahn, ruhig atmen, Helene, und sie trat also doch die Flucht an, zu einer anderen, zu einer besseren Lösung kam sie nicht.

In der Wohnung wartete sie, das Heimchen im Nachthemd. Sie verlor die Zeit, vielleicht wartete sie Stunden, vielleicht nur Minuten, machte sich Sorgen, machte sich Gedanken über Harry und seine Sehnsucht nach Intensität, vielleicht erinnerte ihn das Rennen und Brüllen an sein früheres Ich, von dem sie nicht viel wusste, »ich musste mich eben durchboxen, nur mit Worten kam ich da nicht weiter«, er war diesbezüglich schweigsam, noch schlimmer als sein Vater, der durchaus etwas erzählte, wenn man ihn danach fragte. Sie wusste nicht, wie das alles zusammenging in nur einem Menschen: Harrys Wunsch, noch einmal zu studieren, Theoriearbeit zu leisten, weil ihm die Praxis im Klassenzimmer nicht reichte, vielleicht weil ihm das zu kleinteilig war, die Mühen der Ebene, der Gang durch die Institutionen, und da war eben Professor Schröder im Haus, der den großen Rahmen absteckte, der mit den wichtigen Schriften ankam; Harry kannte sie nicht und wollte sie unbedingt studieren, das Rüstzeug, wie er sagte, denn ohne sei man verloren. Jetzt aber reichte auch das nicht mehr, und er rannte vermutlich in dieser Minute schreiend auf einen Polizisten los. Was davon war Rückschritt, was ein Fortschritt, und welchen Einfluss hatte sie darauf? Es war das erste Mal, dass er sie hatte stehen lassen, und es fühlte sich so an, als hätte er nicht länger überlegen, nicht länger zweifeln müssen, ob es das Richtige war.

Sie saß da, in der Dunkelheit des Zimmers, und es war ihr, als hörte sie die Osterglocken läuten, oder vielleicht war es Mitternacht. Der Klang hallte nach, als würde er sich noch nicht verabschieden wollen, als wollte er sagen: »Liebe Leute, in diesen Tagen geht es doch eigentlich um etwas ganz anderes, habt ihr das schon vergessen?« Aber es geht um einen Mord, gestern wie heute, immer geht es um einen Mord, dachte sie, das jedenfalls ist unmissverständlich, das ist die Konstante, und drehen wir uns nicht immer nur im Kreis? Ist es nicht so, dass wir gar nicht mit dem Alten brechen und etwas völlig Neues aufsetzen, sondern Wiederholungstäter sind? Haben wir nur die Symbole ausgetauscht, die Köpfe? Wissen und sagen wir wirklich etwas Neues? Sie knipste das Licht an und breitete ein Skizzenblatt auf dem Tisch aus. Die Kreisläufe des Lebens und des Sterbens darzustellen, die unheilvollen und die heilsamen, das wäre es doch, wäre das nicht *nützlich*? Ein Buch der Kreise. Ein solches Buch musste noch umfassender sein, noch viel mehr einbeziehen als die Kreisläufe der Natur. Die Kreisläufe der Menschen sollte es darstellen, ihre Umläufe und ihre traurigen oder fatalen Versuche, aus der Umlaufbahn zu springen. Sie ging ans Fenster und rauchte, eine ruhige Schattenwelt lag da draußen, genau die richtige Oberfläche, um etwas zu beginnen. Sie dachte darüber nach, was sie alles brauchte, was sie noch nicht wusste, mit was sie sich beschäftigen sollte, Anthropologien, Kosmologien, Religionen, Mythen und Naturgesetze, Anspruch und Wirkung des Kreises schienen endlos. Sie setzte sich an den Wohnzimmertisch und machte Skizzen, fuhr mit Kohle über das Papier. Irgendwann konnte sie nicht mehr, es war vier Uhr morgens. Sie legte sich aufs Sofa, an Schlaf war nicht zu denken ohne Harry – ohne zu wissen, wie es ihm ging. Wie es *ihm* geht und wie *der Sache*. Hättest lieber ein Plakat entwerfen sollen, das hättest du ihm zeigen und deine Flucht damit rechtfertigen können, und wieder kam diese Frage auf: Was trägst du bei, was an deiner Arbeit ist relevant? Sie wusste, dass diese Frage falsch gestellt war, eine Falle der Suggestion, aber eine innere Stimme quälte sie immer wieder damit, und war nicht auch das ein Kreislauf? Irgendwann hörte sie, wie sich jemand am Türschloss zu schaffen machte. Harry trat ein, offenbar unverletzt, nur klitschnass vom Regen oder vom Wasserwerfer. Sogleich brachte er einen neuen Geruch in den Raum, nach nassem Leder, nach Nikotin, nach Schweiß; ihr kam sein Hineinpoltern wie eine Grenzverletzung vor. Die Nacht hatte immer ihr gehört, sie hatte gearbeitet und er war ein braver Schläfer gewesen und morgens pünktlich in der Schule, doch das war jetzt vorbei. Sie wusste nicht, ob sie ihn umarmen oder umbringen sollte; belobigen und beweihräuchern, wie mutig und wie tatkräftig er war, würde sie ihn nicht.

»Das war was«, sagte er, »und morgen geht es weiter.« Sie hatten noch eine Flasche mit diesem widerlichen Halb-und-Halb-Likör im Schrank, er suchte sie, und als er sie gefunden hatte, tigerte er damit durch die Wohnung und posaunte hinaus, was er alles erlebt hatte, seine Abenteuer, er sprach von einem Handgemenge, von Durchbrüchen und einem Maschinenschaden, von Schlagstöcken und platten Reifen. Er lachte wie ein Wahnsinniger und machte ein paar Tanzschritte, als er davon erzählte, wie er auf den Bahnschienen weggelaufen sei, von der Galluswarte zum Hauptbahnhof. Es war ihr unerträglich, ihm zuzuhören, ihn anzusehen, es hatte etwas Erbärmliches und etwas Großartiges zugleich, dieser Mensch wurde zu einem lebenden Widerspruch. Sie ging auf ihn zu, er stand vor ihr wie ein wilder nasser Köter, sie fuhr ihm mit den Fingern über die Wange, wollte ihn damit beruhigen, bewirkte aber das Gegenteil. Er zog ihr das Nachthemd über den Kopf, fasste sie hart am Handgelenk und zog sie ins Schlafzimmer, drückte sie aufs Bett, sie wollte ihn wegschieben, aber er ließ nicht locker. »Ich muss dich jetzt haben«, sagte er – »du tust mir weh«, antwortete sie, blindlings stocherte er herum, aber es gelang ihm nicht, sie zu finden. Sie drückte ihn weg mit der Kraft, die noch in ihr steckte, bis er sich endlich zur Seite rollte. Sie lagen da, für eine Weile, für eine Stunde, für ein Jahr, für eine Ewigkeit, sie fröstelte, das Handgelenk schmerzte, aber sie war unfähig, sich zu bewegen. Zwei-, dreimal

würgte es sie, dieser Geruch, der Dreck auf dem La-
ken, er hatte in seiner Geilheit alles verschmutzt. Sie
starrte weiter in die Dunkelheit, da lag plötzlich eine
Hand auf ihrem Bauch, eine Pfote, und sie hörte ein
Schluchzen, und er sagte, es tue ihm leid, er wisse
auch nicht, was in ihn gefahren sei.

»Wir reden, wenn du wieder du selbst bist«, sagte
sie. »Wer immer das ist …« Sie schaffte es aufzustehen, ging ins Wohnzimmer und zog sich das Nachthemd an, raffte die Skizzen zusammen, er hatte die
Blätter nicht einmal bemerkt, aber er sollte sie auch
nicht sehen. Sie zündete sich eine Zigarette an. Wieder war ein Läuten zu hören, die Osterglocken, ach
ja, und sie mahnten: »Ihr Menschen, geht es nicht
eigentlich um etwas ganz anderes in diesen Tagen?«
Nein, geht es nicht, dachte sie, es ist nichts anderes.
Es ist ein Kreislauf und nur eine Frage der Zeit, wann
wir wieder singen werden, um den Nächsten zu be-
trauern. Harry wird nicht mehr singen. Er hat jetzt
angefangen, Taten sprechen zu lassen, und auch das
ist nichts Neues.

Er war ihr nicht nachgekommen, sie trat auf die
Schwelle zum Schlafzimmer und sah ihn dort liegen
in seinem Dampf, auf dem Rücken, im Morgenlicht,
weit ausgestreckt, wie es seiner Gewohnheit entsprach. Bei ihm war alles intakt geblieben, und in ihr
war alles wund. Er schnarchte.

Die Mitte des Kreises

Claudia saß am Tisch, erhöht durch zwei Kissen, und brütete über den Rechenaufgaben. Helene mochte ihr Gesicht besonders, wenn sie so konzentriert war: die Augen leicht zusammengekniffen, die Stirn in zarte Falten gelegt, die Zunge wollte nach draußen. Sie merkte es nicht einmal, wenn ihr eine Haarsträhne ins Gesicht fiel, gedankenverloren wurde sie weggepustet. Beim Lesen war es noch eindrucksvoller, nichts und niemand konnte sie dabei stören, man hätte ihr schlimmste Schimpfwörter an den Kopf werfen können, sie hätte es nicht registriert. Heidi probierte das manchmal aus und sagte solche Sachen wie:»Du bekommst übrigens ein kleines Brüderchen« (was nicht stimmte), oder: »Heute Abend gibt's Königsberger Klopse« (was sie hasste), oder: »Klaa Knoddel« (womit sie sie normalerweise auf die Palme bringen konnte, denn Claudia schämte sich, so zart und klein zu sein).

Helene widerstand der Versuchung, sie zu zeichnen, denn das schabende Geräusch der Kreide war das Einzige, das Claudia zuverlässig aus ihrer Versenkung holte. Es war ihr unangenehm, Modell zu sitzen, und immer wollte sie sofort das Ergebnis sehen, am besten schon nach zwei, drei Strichen entscheiden, ob es sich überhaupt lohne weiterzumachen.

»Was liest du da«, fragte Claudia, nachdem sie die Aufgaben verächtlich zur Seite geschoben hatte. Wie soll ich das einem siebenjährigen Mädchen erklären, dachte sie, wenn ich es selbst kaum verstehe, aber Claudia schaute so ernst und erwachsen drein, dass sie sie nicht mit einer jener Erwachsenenausflüchte abspeisen wollte, die sie selbst immer so gehasst hatte: »Das ist noch nichts für dich …«

»Du weißt ja, dass es Religionen gibt«, sagte sie, und fand diese Eröffnung sogleich ziemlich missraten.

»Sicher«, antwortete Claudia, ohne ihren Gesichtsausdruck zu verändern.

»Es gibt ja nicht nur unsere Religion, also das Christentum, sondern noch viele andere.«

»Weiß ich doch längst. Mama glaubt neuerdings an einen Elefanten-Gott, ich find den gruselig. Sie hat sich so eine kleine Holzfigur gekauft, ich verstecke die immer. Vorhin habe ich sie in eine leere Teedose gesetzt, dort findet sie sie nie.«

»Das ist gut zu wissen. Wenn du das nächste Mal zu mir kommst, werde ich meinen Ganesha unters Kopfkissen legen, damit du ihn nicht siehst. Ich habe nämlich auch einen … jedenfalls … der Elefantengott wird in Indien verehrt, ich lese aber gerade dieses Buch über eine sehr alte Religion aus China. Sie heißt Daoismus.«

»Und warum machst du das?«

Helene musste lachen, denn das Mädchen hatte es in einer Weise gefragt, als wäre es in der Tat völlig abwegig, sich mit so etwas zu beschäftigen, und vielleicht war es das auch. Sie legte ein leeres Blatt Papier auf den Tisch und malte mit einem von Claudias Stiften einen Kreis darauf.

»Was ist das?«, fragte sie.

»Also wirklich«, antwortete Claudia empört, »ich bin doch kein Baby mehr.«

Helene malte einen Punkt in die Mitte des Kreises, und davon ausgehend Linien zum Rand.

»Jetzt ist es ein Rad«, sagte Claudia und pustete sich eine Strähne aus dem Gesicht.

Helene erklärte ihr, dass man die Mitte des Rads Nabe nennt, was sie immerhin noch nicht wusste, und die Verbindungen zum äußeren Rand Speichen. »Wenn das Rad fährt, ist es so, dass sich die Speichen drehen, aber die Nabe in der Mitte bleibt unbewegt, hier regt sich nichts, hier herrscht Ruhe.«

»Hm, tja, ist wohl so«, sagte Claudia unbeeindruckt.

»Im Daoismus glaubt man daran, dass ein Herrscher oder ein Heiliger so sein muss wie die Nabe des Rads. Er dreht sich also nicht mit, ist völlig unbeteiligt, aber ohne ihn kann sich das Rad trotzdem nicht bewegen.«

»Er muss gar nichts machen?«

»Nein.«

»Dann wäre ich auch gern ein solcher Heiliger. Gibt's diesen Daoismus denn noch?« Doch Claudia wollte eigentlich keine weiteren Erläuterungen mehr hören, sie hatte sich einen Buntstift genommen und fing an, eines der Felder zwischen den Speichen auszumalen.

Helene blätterte durch die Seiten des Buches und fragte sich, ob sie auch gerne eine solche leere Mitte wäre, befreit von jedweder Tätigkeit, jeder emotionalen Regung, und sie ausgerechnet damit dafür Sorge tragen würde, dass nichts aus der Bahn geriet. Aber wie kommst du dorthin, in die Mitte des Kreises? Oder konnte man auch wechseln, sich zeitweise mitdrehen – und dann wieder ruhen?

»Ein Mandala!«, sagte Heidi anerkennend, Helene hatte gar nicht bemerkt, dass sie in die Wohnung gekommen war, aber sie war auch auf leisen Pfoten unterwegs, war wie immer barfuß von der Arbeit nach Hause gegangen. Heidi nahm sich die falschen Wimpern ab und prüfte das Blatt. »Sehr schön, Knoddelchen, du hast fast gar nicht über den Rand gemalt.«

»Mama!«, protestierte Claudia, und es war nicht klar, ob sie nicht so genannt werden wollte oder aber diese ständigen Ermahnungen, sauber zu malen, satt hatte.

Heidi ging nicht darauf ein und streckte ihren nackten Fuß in die Luft, Ochsenblutnagellack, die Sohlen hatten die Farbe des Asphalts angenommen. »Schaut mal, was da leuchtet!« Ein goldenes Kettchen prangte am Fußgelenk. Woher sie das habe, fragte Helene, und Heidi sagte, es sei von dem Juwelier auf der Eschersheimer. Aber der sei doch sündhaft teuer, und Heidi lächelte und sagte laut und mit tiefer Stimme: »Oh Yeah!« Claudia hatte sich bereits am Fuß der Mutter zu schaffen gemacht und das Kettchen abgenommen. Beeindruckt und ganz sachte begutachtete sie es im einfallenden Sonnenlicht (ganz im Gegensatz zur Reaktion auf ihre Kreiserläuterungen) und quietschte, das wolle sie sofort anprobieren.

»Aber … wie kannst du …« Du solltest diese Frage nicht zu Ende sprechen, dachte sie, du klingst wie eine alte Schachtel.

Heidi klimperte mit den Augen, als würde sie Morsezeichen geben. »Ich sage nur: Schwarzwaldtante.«

Heidi erzählte, dass sie geerbt habe, ein erkleckliches Sümmchen, für ihre Verhältnisse sogar ein großes Sümmchen, von jener Tante also, die immer zu ihr gehalten habe, eine Musikliebhaberin, die schon mal an Weihnachten in Tränen ausbrechen konnte, wenn Klein-Heidi etwas auf dem Piano gespielt hatte, und die auch nach der Scheidung weiter fleißig Briefe geschrieben habe. Manchmal kam auch ein Paket mit einer Schallplatte und ein parfümierter Umschlag mit einem Hundertmarkschein darin. Schwarzwaldtante sei nämlich vermögend gewesen, Witwe eines Großindustriellen, mit einer Stimme, das könne sich Helene nicht vorstellen, so tief wie der Baikalsee, so knarzig wie Louis Armstrong. »Am Telefon meinte man, dich ruft ein Kerl an, sie war Kettenraucherin und gepflegte Alkoholikerin, und ich dachte immer, die wird entweder 59 oder 120, jetzt ist leider die erste Variante eingetreten.«

Heidi tänzelte durch den Raum und gab Claudia einen Schmatz auf die Stirn; das Kind lächelte, allerdings etwas gequält, und Helene bemerkte, dass es ihr genauso ging. Müssten wir, dachte sie, nicht wenigstens ein bisschen traurig sein, wenn jemand gestorben ist? Oder zumindest so tun?

Heidi aber war durch Konventionen nicht mehr zu bremsen, die Möglichkeiten sprudelten aus ihr heraus: Sie würde sich ein Klavier anschaffen, in eine größere Wohnung umziehen, und mit Helene habe sie etwas Besonderes vor, die Tage im Kaufhaus seien jedenfalls gezählt, darauf könne sie Gift nehmen. Sie müssten es nur geschickt machen, und schlau, Ganesha würde ihnen dabei helfen, der Gott des Neuanfangs, sie würden ihre Talente miteinander verbinden, und es werde etwas Großartiges dabei rauskommen, etwas, das in dieser gottverdammten Stadt noch nie da gewesen sei, Schluss mit dem Duckmäusertum, Schluss mit dem Versteckspielen, jetzt werde Nägel mit Köpfen gemacht. »Aber was hast du denn, Helene?«

»Ich bin gerade etwas überfordert.«

»Aber nein ... nein, nein, nein.« Heidi kam zu ihr, legte beide Hände auf Helenes Wangen und machte Anstalten, sie zu hypnotisieren. Sie hatte etwas geraucht, so viel stand fest. »Irgendetwas stimmt doch nicht mit dir. Meinst du denn, ich merke das nicht? Du warst es doch immer, die mich aus dem Sumpf ziehen musste, und jetzt bist du der Trauerkloß?!«

»Ich freue mich doch, es ist nur ...« Helene nickte mit dem Kopf in Claudias Richtung. Sie wollte das jetzt nicht vor dem Kind verhandeln, das noch immer staunend die Fußkette betrachtete. Doch Heidi war nicht mehr in der Lage, Einwände und Einschränkungen gelten zu lassen, es musste sich auf der Stelle roh und ehrlich gefreut werden. Helene fragte sich, seit wann sie das eigentlich nicht mehr konnte. Und warum nicht.

Musik wurde aufgelegt, die rollenden Riffs der Stones, Heidi war in Tanz-, Trink- und Rauchlaune, Helene gab sich Mühe mitzuhalten. Claudia ging in den Hof, um mit einer Freundin zu spielen. Doch nach einer Weile packte Helene ihr Buch in die Tasche und sagte, es tue ihr schrecklich leid, aber sie sei noch mit Harry verabredet (wann hatte das angefangen, dass sie Heidi anlog?).

Heidi fasste noch einmal nach ihrer Hand, aber ihr Griff war schwach, sie würde nicht versuchen, sie hierzubehalten. Sie tanzte weiter, entrückt, und genau das war es, was sie wollte, dieser engen Dachzimmerwohnung entrücken, entwachsen, Helene fiel kein besseres Wort ein. Jetzt, da es in Aussicht stand, wirkte sie befreit, einerseits, aber auch seltsam gefangen.

Unten, im Hof, fand sie Claudia allein auf einem Mauervorsprung, Steinchen werfend, das Abendlicht färbte ihre Haut rötlich, das hellbraune Haar schimmerte und wirkte beinahe transparent. Wenn sie wüsste, wie schön sie ist, dachte Helene.

»Ist deine Freundin schon gegangen?«, fragte sie das Offensichtliche.

Claudia nickte.

»Jetzt gehst du aber rauf, oder? Es wird schon spät.«

Claudia nickte. »Wann sehen wir uns wieder, Helene?«

»Bald«, sagte sie.

»Erzählst du mir dann wieder von diesem Heiligen, der überhaupt nichts machen muss?«

»Aber sicher doch. Vielleicht weiß ich dann ein bisschen mehr darüber.«

Es würde eine warme, fast tropische Nacht werden.

Sie wusste nicht, wo Harry war, heute kam ihr das gelegen. Sie würde lange draußen bleiben, lange laufen, so lange, bis sie nicht mehr konnte. Ohne bestimmtes Ziel. Sich die Fragen erlaufen. Sie ablaufen. Sich drehen wie ein Rad. Und irgendwann wirst du vielleicht in die Mitte gelangen und ruhen. Wirst die Nabe des Rads sein. Sie musste lachen bei dieser Vorstellung.

Vertrauen

Frankfurt, 21. Februar 1969

Liebe Margarethe, liebe Mutter,

über Deinen Geburtstagsbrief habe ich mich gefreut, SEHR gefreut. Er ist bereits zwei Tage vor besagtem Datum im Briefkasten gelandet – solltest Du Dir Sorgen darüber gemacht haben, ob er pünktlich angekommen ist. Ich konnte nicht an mich halten und habe ihn sofort geöffnet. Das Foto von Dir muss ich seitdem immer wieder zur Hand nehmen. So sahst Du also aus, als Du in meinem Alter warst! Heidi war ganz aus dem Häuschen wegen der vermeintlichen Ähnlichkeit. Man selbst kann das nicht so gut einschätzen, aber ja, dass wir miteinander verwandt sind, das lässt sich wohl nicht abstreiten. Jedenfalls findest Du zum Vergleich anbei ein Foto von mir, das neulich im Stadtwald aufgenommen wurde, in der Wintersonne. Heidi hat es geschossen mit ihrem neuen Fotoapparat.

Ich weiß nicht recht, was ich mit dieser Zahl anfangen soll: dreißig. Eine heikle Demarkationslinie, wie mir scheint. In der Studentenschaft ist ein geflügeltes Wort im Umlauf: »Traue keinem über

dreißig!« Bin ich denn ab jetzt keine vertrauenswürdige Person mehr?

Es ist nun allerdings so, dass ich mir diese Frage auch vorher schon oft gestellt habe. Es dürfte sich um ein klassisches Künstler-Phänomen oder, noch schlimmer, um ein Künstlerinnen-Phänomen handeln. Denn wenn man den Menschen sagt, was man beruflich macht, und man sagt ihnen, man sei eine Künstlerin, dann schauen sie dich auf eine Weise an, als hättest du gerade eine Bank überfallen oder schlimmer: sie schauen dich mitleidig an, als hättest du eine seltene Krankheit. Manche scheinen sich sogar vor einem zu ekeln, die Nase wird gerümpft, nur für den Bruchteil einer Sekunde, aber ich erkenne das. Ich habe es daher aufgegeben, es zu sagen, und verstecke mich hinter meiner Arbeit im Kaufhaus, auch wenn mich das eigentlich wurmt. Überhaupt das Versteckspielen: Bei Ott & Heinemann gehöre ich mittlerweile zum Inventar, wie die Abteilungsleiterin für Damenmode immer wieder sagt. Sie schätzt mich und ermöglicht mir seit einigen Monaten, dass ich Kleider von mir zum Verkauf anbiete. Sie nimmt die Sachen in Kommission, sie hat kein Risiko damit, ich soll nur dafür sorgen, dass die Stange immer gut gefüllt ist. Manchmal wird sogar eine Puppe mit einem meiner Kleider angezogen und ins Schaufenster gestellt. Es war großartig, als das erste Kleid über die Ladentheke ging! Ich teile mir eine kleine Nähstube in Sachsenhausen mit drei anderen Modeschöpferinnen, offiziell: HAUSFRAUEN, und wir haben das recht ordentlich gefeiert.

Harry habe ich davon nichts erzählt, ich weiß nicht so genau, warum. Vielleicht, weil ich die Beiläufigkeit seiner Reaktion gefürchtet hätte, denn er ist ja mit seinem Studium beschäftigt und mit seinen Diskussionsrunden und Protestaktionen, und alles ist so furchtbar ernst und wichtig – meine SACHEN hingegen nicht, denn sie tragen in seinen Augen nichts dazu bei. Das sagt er nicht offen, aber ich spüre es natürlich. Und dass ich in einem Kaufhaus arbeite, in einem Tempel des Kapitalismus, ist ihm ebenfalls ein Dorn im Auge, auch wenn er fand, dass die Kaufhaus-Brandstiftung vor einem Jahr hier in Frankfurt nicht richtig war, dass man so weit nicht gehen dürfe. Aber würde er das heute noch immer sagen? Und dort arbeiten und sich frei nach Marx in entfremdeten Verhältnissen ausbeuten lassen, das ist das eine, aber selbst dort verkaufen? Und es wird noch besser, denn die Abteilungsleiterin hat neulich angeboten, dass ich auch das eine oder andere Bild dort ausstellen könne. Rolltreppe rauf, Rolltreppe runter, und wer Interesse zeigt, kann mich kontaktieren.

Vielleicht aber sind das nur vorgeschobene Gründe, und ich habe es Harry nur nicht gesagt, weil ich mir für die Kleider einen Markennamen überlegen musste. Ich habe mich für WEISSHAUPT entschieden. Meine Bilder zeichne ich ja mit KLA-SING, aber für die Mode wollte ich es anders machen, und es ist fast ein bisschen so, als würde ich damit in Deine Fußstapfen treten. Hätte ich Dich zuerst fragen sollen, wie es Dir damit geht? Ich bin so unsicher, was richtig und was falsch ist, und manchmal fühle ich mich mit meinen Entscheidungen unendlich allein. Sicher, da ist Heidi, mit der ich über alles sprechen kann, aber sie hat so viel Eigenes zu bearbeiten, und ich möchte ihr dann nicht auch noch mit meinen Problemen zur Last fallen.

Harry jedenfalls findet es sicher nicht gut, dass ich diesen Namen verwende. Er hat es sich in den Kopf gesetzt zu beweisen, dass die von Weißhaupts Profiteure, wenn nicht sogar Agitatoren des Nationalsozialismus waren, dass sie mindestens aber monarchietreue Erzkonservative sind, die insgeheim danach streben, wieder an die Macht zu kommen. Seine Recherchen als Robespierre betreibt er glücklicherweise halbherzig. Ich hatte es ihm eigentlich verboten, denn ich will davon nichts wissen, und ich hoffe, es kränkt Dich nicht. Aber dass hier jemand in meiner Vergangenheit wühlt, die gar nicht meine Vergangenheit ist, das ist ein merkwürdiges Gefühl – und das schlägt die Brücke zum Ausgangspunkt meines Briefes, der Vertrauenswürdigkeit. All das gibt mir das Gefühl, nicht vertrauenswürdig zu sein, wenn es schon nicht einmal meine eigene Vergangenheit ist. Egal, was ich tue, egal, wer ich bin.

Ich versuche, mir das vorzustellen: Du mit dreißig Jahren. Was ging in Deinem Kopf vor, was hat Dich beschäftigt? Ich würde es so gerne erfahren, möchte Dich aber nicht drängen, mir davon zu schreiben. Nur so viel steht fest: Ich interessiere mich für DICH, weniger für die Familiengeschichte der von Weißhaupts.

Ich übersende Dir herzliche Grüße in die große Stadt über den Großen Teich! Und hoffe, bald wieder von Dir zu hören:

Deine Helene

Vernünftige Fragen

Sie zündete sich eine Zigarette an. Eines der Bilder stand noch auf der Staffelei, die anderen hatte sie verpackt, sie lehnten an der Wand. Von diesem würde sie sich noch nicht trennen können. Sie wusste nicht genau, warum. Lag es an dem Zitat oder daran, dass die Komponenten diesmal mehr zugelassen hatten? Mehr als ein manierliches Miteinander auf der Leinwand? War es ein echter Dialog? Aber was hatten sich Text, Farbe und Naturalien zu sagen? Vielleicht ist es ja doch nur *Smalltalk*, dachte sie. Ausgerechnet Goethe. Da würde Harry sich einen Kommentar nicht verkneifen können – und sie bereute es, ihm von ihren Optionen im Kaufhaus erzählt zu haben. Von den Kleidern wusste er nun auch. Er hatte den Kopf geschüttelt und war aus dem Zimmer gegangen. Wann hat das angefangen, dass ich es manchmal besser finde, ihm etwas zu verschweigen. Das jedenfalls dürfte auf Gegenseitigkeit beruhen.

Sie hörte ihn unten mit den Schröders, und wenn sie nicht alles täuschte, redete er sich in Rage. Sie drückte die halb gerauchte Zigarette aus und ging die Treppe hinunter, klopfte an die Wohnzimmertür, wurde überhört und lauschte. Harry sagte gerade, dass man mehr tun müsse, und der Professor erwiderte sein übliches Ja-aber: »Ja, aber mit einem

221

Kampfverband ist niemandem ... Heinemann wird sicher ...« Sie klopfte noch einmal. »Herein«, rief Agathe, Helene öffnete die Tür, und wie immer, wenn sie dieses Zimmer betrat, wusste sie nicht recht, was sie davon halten sollte. Eine massive Schrankwand in Nussbaum, vollgestopft mit Büchern, unterbrochen nur durch die Hausbar. Und auch sonst viel dunkles Holz, das dem Raum eine Schwere verlieh, dass man sich am liebsten sofort aufs Kanapee legen wollte. Dieses war mit einem orangefarbenen Stoff überzogen, die Vorhänge waren bunt, geometrische Muster, »der letzte Schrei« (Agathe), dazu ein Wohnzimmertisch aus Resopal mit dünnen Beinchen, leicht wie eine Feder in diesem Ensemble von Schwergewichten.

»Nun?«, sagte Helene und blickte zu Harry. Er hatte ein Cognacglas in der Hand und sich bereits einen hochroten Kopf angetrunken.

»Was nun?«, erwiderte er.

»Du wolltest mir helfen, die Bilder einzuladen.«

»Damit du sie im Herzen der Finsternis verkaufst.«

»Damit wir die Miete bezahlen können.«

Karl erhob sich aus dem Sessel, warf dabei beinahe den Gummibaum um und sagte: »Die Bilder haben wir ruck, zuck im Wagen verstaut. Setz dich, Helene, vielleicht kannst du uns aus unserer dialektischen Sackgasse führen.«

Helene stand unschlüssig im Raum; Harry machte keine Anstalten aufzustehen, er hielt das Cognacglas wie einen Schild in der Hand. Doch dann stellte er das Glas ab, stand auf, zögerte und sank wieder aufs Kanapee zurück. »Hat Helene euch erzählt, dass sie ihre Bilder auf der Zeil verkaufen möchte?«

»Das sind gute Neuigkeiten«, sagte Agathe.

»In einem Kaufhaus. Tröstliches für die Bourgeoisie«, erwiderte Harry.

»Ein Künstler muss verkaufen«, sagte der Professor, er stand jetzt auf der Schwelle zur Küche.

»Und eine Künstlerin erst recht«, pflichtete Agathe bei.

»Ich mache uns erst mal einen Kaffee!« Karl verschwand im Nebenraum.

Die Schröders waren auf ihrer Seite, sie würden allerdings auch versuchen, auf Harrys Seite zu sein, und in ihrer chronischen Jovialität waren sie keine Hilfe. Dass sie ihr das Auto liehen, war allerdings nett. Überhaupt versuchten sie ja, mehr als nur Vermieter zu sein, sie traten manchmal wie Großeltern auf. Harry ließ sich das gerne gefallen, ließ sich durchfüttern, nur ihr wurde das schnell zu viel.

»Also ich fange dann mal an«, sagte sie, »solange der Kaffee ...«

Harry stand stöhnend auf, Leichenbittermine, er würde mitmachen, aber nur, um seinen Ruf bei den Schröders nicht zu gefährden. Bald, dachte sie, würde nicht einmal mehr das ein Grund sein.

Sie verluden die Gemälde, Helene lobte den Stauraum des Wagens. Einen VW müsste man haben, skandierte der Professor, der nun ebenfalls mithalf, aber seiner Frau sei ja nicht beizukommen. Helene ging nach oben: Harry stand im Zimmer und musterte das verbliebene Gemälde auf der Staffelei.

»Den Goethe lässt du hier? Das muss ich dir allerdings hoch anrechnen. Das wäre bestimmt das erste Bild gewesen, das sich ein Gutbürgerlicher einverleibt hätte ...«

»Was hast du nur gegen mich? Warum machst du mich vor den Schröders klein? Ich meine, die Bilder müssen dir ja nicht gefallen.«

»Gefallen? Helene, ich bitte dich! Verabschiede dich doch endlich mal von diesen Kategorien! Ich sehe nur, wie du dein Talent und deine Möglichkeiten verschwendest. Literarische Herbarien, das ist doch nicht das, was wir brauchen. Da draußen ist etwas anderes im Gange, falls du es noch nicht gemerkt hast. Und Goethe, das sind doch nur bessere Kalendersprüche, und auch noch völlig aus dem Zusammenhang gerissen.« Harry schwitzte, vom Treppensteigen, oder weil er sich so aufregte, er knöpfte sich das Hemd auf, die haarlose Brust glänzte.

»Du redest so einen Unsinn. Ich verwende Stoffe aus der Natur. Was daran ist reaktionär? Und ich zitiere längst nicht nur Goethe, das weißt du.«

»Dass du deine Bilder bei Ott & Heinemann verkaufst, das ist reaktionär! Ein bisschen Erbauung gefällig? Dazu noch was Schickes, den Anzug von der Stange und das Duftwässerchen für die Dame von Welt.«

»Harry!«

»Dir fehlt das Bewusstsein, was dein Handeln für Konsequenzen hat. Du tust so, als würde für dich immer eine Ausnahmeregelung gelten. Kapitalismus ist schlecht, das finde ich auch, aber wenn ich mitmache, ist das was anderes. Siehst du denn nicht, dass du dich mit dieser Aktion auf die andere Seite stellst?«

»Du meinst, wenn du einen Stein in das Schaufenster wirfst, dann bekomme ich ihn zu Recht ab?«

»Wenn nicht du, dann deine *Produkte*!«

»Meine Bilder sind also Produkte für dich?«

»Du denkst, du verkaufst etwas, Helene. Aber im Grunde verkaufst du nur dich selbst. Deine Werte, das, wofür du stehst. Auch wenn du es nicht merkst, du tolerierst damit das Unrecht und wirst ein Teil der Repressionsspirale. Merkst du denn nicht, wie es funktioniert? Wie oft haben wir es schon durchgekaut. Alle ziehen sich ein Deckmäntelchen an, TOLERANZ, LIBERALITÄT, DEMOKRATIE, und darunter spielen sie dasselbe alte Spiel der Unterdrückung und Ausgrenzung. Du verkaufst deine Kunst in einem Kaufhaus, Helene. Das muss man sich mal auf der Zunge zergehen lassen. Warum hast du nicht bei dieser Unigalerie im Studentenhaus angefragt?«

»Weil es die nicht mehr gibt, Harry, schon vergessen? Und sie hätten meine Sachen wahrscheinlich nicht mal angenommen, weil sie alles konterrevolutionär finden, was nicht nach Aktionskunst aussieht.«

»Oder woanders? Frankfurt ist verflucht konservativ, das wissen wir, aber es gibt doch noch andere Galerien.«

Helene schwieg, sie hatte keine Kraft mehr, sich zu rechtfertigen. Warum sie kein *Happening* war. Warum sie kein Fluxus war. Warum sie nicht dies war und nicht jenes. Warum sie niemanden gefragt hatte wegen einer Ausstellung, warum sie zu wenig politisch war. Was wusste Harry darüber? Nichts. Er interessierte sich nicht dafür.

»Was glaubst du wohl, was die anderen dazu sagen?«, fragte Harry, der es nie lange aushielt, wenn geschwiegen wurde. Die Augen kalt glänzend, er konnte vollständig ohne Wärme sein.

»Was haben die damit zu tun?«

»Die werden sich das Maul zerreißen. Die Helene, die will nicht mehr mitdiskutieren, die macht lieber ihr eigenes Ding. Übrigens betreibt sie jetzt 'nen Verkaufsstand auf der Zeil, und morgen abonniert sie die BILD. Ach ja, und was ich vergessen habe zu erwähnen, sie ist von Adel, Hochadel, und das merkt man ihrem Verhalten leider immer mehr an. Ihre, ja, ihr habt richtig gehört, ihre Modelinie nennt sie VON WEISSHAUPT ...«

»Kaffee«, rief es von unten. Helene sah Harry lange an. Sie erinnerte sich an den Moment, als sie ihm das Hemd geschenkt hatte. Damals hatte es fast ein wenig gespannt, mittlerweile war es ihm mindestens eine Nummer zu weit. Die Revolution frisst ihre Kinder. Und bisher hatte sie immer gedacht, sie wäre ein Teil davon. Sie nahm einen tiefen Atemzug.

»Ich verstehe«, sagte sie leise. »Es geht nicht um mich. Du hast Angst, dass sie sich in der Arbeitsgruppe das Maul über dich zerreißen. Meine Kunst ist dir doch scheißegal, du denkst nur an deinen Ruf. Ganz wichtig, dass du bei deinem Männerabenteuer nicht gestört wirst. Dabei entgeht dir allerdings, dass ich mit meiner Kunst das Geld hier verdiene. Du hast wieder keinen Pfennig zur Miete beigetragen.«

»Komm mir nicht mit der Miete!«

»Was willst du? Unter der Brücke leben? Ich weiß nicht mehr, was du willst, ich weiß es einfach nicht mehr.«

Sie gingen nach unten, Agathe hatte das Fenster geöffnet, Karl holte den Kaffee und schenkte ein. Frische Luft, dachte Helene. Sie hatte beim Einladen gar nicht bemerkt, was draußen für eine Luft war, so angespannt war sie gewesen. Frühlingsluft, nach der sie sich so lange gesehnt hatte. Sie musste lächeln, aber es war eine große Anstrengung. Sie nahm einen Schluck, der Kaffee schmeckte mau, genau genommen war er ungenießbar, und mit dem bitteren Geschmack kamen ihr die Tränen. Sie rannte wieder hinauf, knallte die Tür hinter sich zu und griff nach einer Schere. Sie zielte auf *ihren* Goethe, auf das Zitat, *Wenn du eine weise Antwort verlangst, musst du vernünftig fragen,* auf die gelbe Farbe der Vernunft (laut Goethes Farbenkreis), auf die getrockneten Herbstblätter. Sie stieß mehrere Löcher in die Leinwand, noch eins und noch eins, schaffte es, dem Bild einen diagonalen Riss zuzufügen, eine klaffende Wunde, dann nahm sie die Leinwand in beide Hände und schleuderte sie in eine Ecke des Zimmers. Und wenn er recht hat, ging es ihr immer wieder durch den Kopf. Und wenn er recht hat!? Wenn alles nur eine harmlose Pinselei war, ein Ausweichmanöver, um sich nur nicht mit dem Wesentlichen zu beschäftigen. Die dumme Fröhlichkeit der Farben. Die geliehenen Sätze, die Weisheiten der anderen. Die toten Überbleibsel der Natur, und du konservierst das und tust so, als könnte daraus etwas Neues entspringen. Lächerlich. Du kannst niemals diese Tiefe erreichen. Und wenn das Bild tatsächlich jemand kauft, dann aus ganz falschen Gründen. »Sieh mal, was ich gestern im Kaufhaus entdeckt habe, dieses schicke Kostümchen. Ach ja, und das hübsche Gemälde, das kommt ins Gästezimmer.« Sie wischte sich die Tränen aus dem Gesicht, niemand machte Anstalten zu klopfen, nach ihr zu fragen, sie fühlte sich allein. Und das war sie auch. Sie warf einen letzten Blick auf die Überreste des Goethe-Bildes. Wer von uns stellt die vernünftigen Fragen, dachte sie. Wer die *richtigen*.

Viel sagen und viel meinen

Die Straßenbahn zuckelte die Bockenheimer Landstraße entlang, Helene sah nach draußen. Regenge-
spenster in den Straßen, die Kapuzen tief ins Gesicht
gezogen, gejagt von der nächsten Windböe. Sie hatte
sich erst hingesetzt, nachdem sie von zwei beige ge-
kleideten, dauergewellten Westenddamen darauf hin-
gewiesen worden war, dass noch Plätze frei seien. Sie
drückte die Stirn gegen die Scheibe, ihr fielen die Augen zu. Wenn das mal eine gute Idee ist, dachte sie.

»Guck doch, da oben«, sagte ein Mädchen in der
Sitzreihe vor ihr, und Helene erkannte die Inschrift
auf dem Mensagebäude, schwarze Ölfarbe, direkt
unter dem Dach: AFFEN FÜR DEN VIETCONG.
Konterrevolutionäre oder Spaßvögel hatten offenkun-
dig das W weggewaschen, und das Mädchen im Re-
genmantel sagte zu ihrer Mutter, sie würde gerne
einmal wieder in den Zoo gehen. Das entlockte Helene
ein Schmunzeln. Die Bahn hielt an.

Es war nicht gerade der Versuch, eine Nadel im
Heuhaufen zu finden, aber schwierig würde es dennoch werden, Harry in diesem Gewusel ausfindig zu
machen. Wie beschaulich war die Werkkunstschule
gewesen, dachte sie, verglichen mit diesem Moloch.
Sie hatte noch ein paar Minuten bis zur Vorlesung.
Werde nicht kleinlich, sagte sie sich und rügte sich

gleichzeitig für dieses Mantra. Aber was hast du für eine Wahl? Er war seit drei Tagen nicht mehr zu Hause gewesen, sie hatte seine ironischen Repliken im Ohr. *Gewesen!* Er kümmerte sich um nichts mehr, ging in diversen Wohngemeinschaften ein und aus und schlief dort häufig. *Schlief!* Und es war anzunehmen, dass er andere Frauen bumste. *Bumste!*

Der große Hörsaal war bereits gesteckt voll, sie schaffte es nur ein paar Stufen nach unten, bis jemand »hier ist Sense« blaffte; Helene stellte sich an den Rand und versuchte, die Sitzreihen systematisch mit ihren Blicken abzutasten, Hinterkopf für Hinterkopf. Kein Harry weit und breit. Ein Mikrofon fiepte, manche hielten sich die Ohren zu. Es war ein betäubender Dunst im Raum, Moschus, Patschuli, Tabak, nasse Klamotten, schließlich ebbte das Gemurmel ab. Der Dozent versuchte, sich Gehör zu verschaffen, aber das Mikrofon machte Probleme. Es war ein Assistent oder ein außergewöhnlich junger Professor, der sich da anschickte zu sprechen. »Mal sehen, ob der sich sprengen lässt«, sagte jemand neben ihr. Sie hielt nach Harry Ausschau.

Lange durfte der Mann vorne tatsächlich nicht reden, ohne unterbrochen zu werden, er ging auf den Einwand sogleich ein. »Sie kritisieren die Autoritätshörigkeit Ihrer Väter, dabei hängen Sie selbst an solchen Autoritäten, wie mir scheint. Mao Tsetung ...« Wieder fiepte das Mikrofon, und aus der Menge kamen neue heftige Widerworte.

»Der Personenkult ist doch nur ein Übergangsstadium«, rief jemand, sie kannte diese Stimme, Helene blickte in die Richtung des Rufenden, da hatte sie Harry entdeckt. Er saß vorne auf dem Boden, neben ihm eine Frau mit Kurzhaarschnitt, schwarze Haare, strenger Scheitel, sie flüsterten sich etwas zu. Zu seiner Rechten ein blasser Typ, Jochen, sie kannte ihn ja aus der Arbeitsgruppe, glattrasiert, Hornbrille, er hatte den Parka trotz der Wärme im Saal nicht ausgezogen.

»Wer genau hinsieht, kann das Unrecht seiner Herrschaft erkennen«, sagte der Professor gerade, er wirkte nicht verunsichert. »Ich nehme an, Sie stehen grundsätzlich für eine demokratische Gesellschaft ein. Gleichzeitig sympathisieren Sie mit der Kulturrevolution in der Volksrepublik China. Das halte ich für einen Widerspruch.«

»Die Revolution ist keine Stickdecke«, brüllte einer aus dem Publikum und erntete Gelächter. Jemand rief zu mehr Ernsthaftigkeit auf, daraufhin erhob sich ein anderer im Cordsakko und sagte, man müsse das Ganze von den Zielen her betrachten, und die Ziele seien doch gänzlich verschieden, hier und heute gehe es um Befreiung, nicht um Unterdrückung, das sei der große Unterschied.

Der Mann am Mikrofon erwiderte, er erkenne aber kein Streben nach Freiheit, er erkenne eine Wiederholung unter falschen Vorzeichen. Das machte Helene stutzig, es war ein vertrauter Gedankengang, noch nie laut von ihr ausgesprochen, aber Teil ihres geplanten Buchs der Kreise. Sie wollte ihren Nebenmann gerade fragen, wer das da vorne sei, da gab es schon wieder Geschrei im Saal und lautes Gelächter, als jemand »Heiliger Bimbam!« gerufen hatte. »Schon wieder die Faschismus-Keule«, sagte jemand hinter ihr, »das wird langsam langweilig« – und so ging es weiter. Helene ließ Harry nicht aus den Augen: Wie er seine Sitzposition veränderte, da er es im Schneidersitz nicht mehr aushielt, wie er sich von der Schwarzhaarigen ein Ohr abkauen ließ – es sah in der Tat so aus, als würde sie ihm nicht nur etwas zuflüstern, sondern an seinem Ohrläppchen knabbern. Helene spürte einen Druck auf den Schläfen, die Wangen brannten, aber sie würde bleiben, würde ihn jetzt nicht davonkommen lassen, würde das einfordern, was ihr zustand. Wie nennt man das, dachte sie, ein klärendes Gespräch? Das klang nach einer Geschäftsbeziehung. Besser wäre vielleicht: eine Aussprache. Eine Aussprache ohne offenes Ende. Denn danach war, um es mit Harrys Kommilitonen zu formulieren, sehr wahrscheinlich Sense.

Als die Vorlesung vorbei war, schien die Reaktion der Zuhörerschaft überwiegend wohlwollend zu sein. Sie musste Harry irgendwie abpassen, aber sie wusste jetzt wenigstens, von welcher Seite er kommen würde, und er würde vermutlich als einer der Letzten den Saal verlassen. So war es auch. Beinahe hätte er sie nicht wahrgenommen, er war ins Gespräch vertieft mit der Dunkelhaarigen und dem Dritten im Bunde. »Helene!«, sagte Jochen, »lange nicht mehr gesehen!« Harry sah sie fragend an, sprach es aber nicht aus: »Was machst du hier?« Die Dunkelhaarige lächelte, zog die Augenbraue nach oben.

»Es gibt etwas zu besprechen«, sagte Helene.

»Das ist richtig«, meinte Jochen und tat so, als sei er sehr betrübt, »es gibt so vieles zu besprechen. Wir werden ja gar nicht mehr fertig damit. Noch eine Diskussionsrunde, und noch eine. Und wann soll ich bitte meine Abschlussarbeit schreiben?« Dann grinste er breit, anscheinend spürte Jochen genau, dass es Helene um etwas anderes ging, er hängte sich bei der Dunkelhaarigen unter und entführte sie in die Mensa, wie er ankündigte. Mit gequälter Miene ließ sich die Frau mitziehen.

Als sie in der Bahn saßen, der Regen hatte aufgehört, schwiegen sie, Harry hielt die Arme verschränkt und wirkte wie ein Junge, den man von einer großen Vergnügung weggezerrt hatte. Weil das Essen fertig war. Oder weil er sein Zimmer wieder nicht aufgeräumt hatte (was in gewisser Weise auch stimmte). Er hat also gelernt, ein Schweigen auszuhalten, dachte sie, das ist neu.

»Die Schröders sind nicht da«, sagte Helene, als sie schon in Offenbach waren. Ein grauer Tag, das wenige Licht wurde von den Häusern geschluckt. »Wir können uns also hemmungslos anschreien, wenn wir zu Hause sind.«

»Mensch«, sagte er, »da ist sie ja wieder, die sarkastische Helene. Hatten wir lange nicht mehr, und ich muss sagen, ich habe sie vermisst. Irgendwie war da nur noch die bemutternde Helene, die kann allerdings ein wenig anstrengend sein.«

In der Wohnung setzte sie Teewasser auf und fragte »Assam oder Darjeeling?«, und als er nicht gleich antwortete, kam sie sich schon wieder dumm vor, häuslich, spießig. Sie merkte, dass er es geschafft hatte, dass mittlerweile alles, wirklich alles in Frage stand. Nichts geschah mehr unbefangen, ihre Verunsicherung war ein Mosaik aus hellgrauen Scherben. Er trinke lieber ein Pils, sagte er. Hatte sich umgezogen, ein frisches Hemd, rasiert hatte er sich schon lange nicht mehr, aber ein richtiger Bart wollte ihm einfach nicht wachsen. Er sah sich um, als wollte er prüfen, ob sie in seiner Abwesenheit etwas in der Wohnung verändert hatte, und als er nichts fand, zündete er sich eine Zigarette an und fragte, warum sie eigentlich nie Fotos von sich aufgehängt hätten, und dass er nie darauf gedrängt habe, weil er immer dachte, so etwas Profanes wie ein Familienfoto könnte vielleicht ihr ästhetisches Empfinden verletzen. Sie lobte ihn für sein Einfühlungsvermögen, er lobte erneut ihren Sarkasmus.

Wenn er sich nicht gerade die Zigarette zum Mund führte, stand er in seiner gewohnten Haltung vor ihr, die Arme hingen schlaff herunter, die Hände berührten die Oberschenkel. Diese Haltung hatte sie immer gemocht, so jemand ist für alles *durchlässig*, hatte sie gedacht, bis seine Durchlässigkeit zu einem Problem wurde. Zu ihrem Problem. Denn offensichtlich hatte er keins. Er setzte sich, schlug die Beine übereinander, das Bier auf dem Beistelltisch, und erzählte ihr, Jochen würde manchmal, wenn er mit jemandem aus der Gruppe telefoniere, ein, zwei Stunden aus dem *Kapital* vorlesen, denn gesetzt den Fall, er würde abgehört werden, wovon er fest ausging, dann würde das die Beamten doch sicher stunden-, wenn nicht tagelang aufhalten bei dem verzweifelten Versuch, irgendeine Botschaft daraus abzuleiten.

»Aha«, sagte Helene.

Harry grinste, die Zigarette landete im Aschenbecher. »Du findest das lächerlich, ich weiß schon. Gegen deine Ernsthaftigkeit ist kein Kraut gewachsen.«

»Moment, stopp«, sagte Helene, »bevor wir auf dieser Ebene weitermachen: Ich würde wirklich gerne offen mit dir reden. Ich denke, es ist sogar höchste Zeit, bevor noch mehr kaputtgeht.«

Harry nickte.

»Ich meine«, fuhr Helene fort, »wir wollten es doch immer anders machen, und jetzt sind wir in so eine Spirale geraten.«

»Spirale?«

»Wir wissen nicht mehr, was der andere denkt, was der andere macht. Wir sagen uns nicht mehr alles. Ich weiß nicht mal mehr, wo du überhaupt steckst.«

»Hast du nicht damit angefangen?«, fragte Harry und massierte seine Schläfen. Tiefe Schatten unter den Augen, anscheinend bekam er nicht ausreichend Schlaf in den Wohngemeinschaften.

»Womit angefangen?«, sagte sie.

»Mir etwas zu verschweigen. Ich sage nur: Kaufhaus. Ich sage nur: Kunstwerke. Ich sage nur: Modelinie.«

»Ich habe es dir gesagt.«

»Aber wann, Helene? Wann? Spät, allzu spät. Ich würde eher sagen: Du hast mich vor vollendete Tatsachen gestellt.«

Was sollte sie darauf erwidern. Er hatte recht. Einerseits. Aber sie hatte schon mehrfach versucht zu begründen, warum sie ihre künstlerische Arbeit eine Zeit lang versteckt gehalten hatte. »Können wir vielleicht die Frage, wer mit dem Versteckspielen angefangen hat, erst einmal ausblenden«, sagte sie, »und versuchen, darüber zu sprechen, wie es im Augenblick ist, und wie wir vielleicht eine Lösung finden können?« Vorsichtig bleiben, dachte sie, immer schön vorsichtig bleiben.

Er hielt sich die Faust vor die Lippen, Denkerpose, die Augen voller Spott, und sagte nichts.

»Kannst du verstehen, warum ich so nicht weitermachen will?«, fragte sie ihn.

»Nein«, erwiderte er, ohne die Faust aus dem Gesicht zu nehmen.

»Nun, ich hätte es gerne, ich weiß auch nicht, dass unser Zusammenleben wieder etwas ... berechenbarer wird.«

»Geregelter«, blaffte er zurück.

»Nein, Harry ...«

»Geregelter Tagesablauf, von A bis Z durchchoreografiert. Keine Abweichung. Aber magst auch du dich daran erinnern: Wir sind unter anderen Vorzeichen angetreten.«

»Was soll das, lass mich doch mal ausreden ...«

»Nein, ich weiß schon, du willst es bürgerlicher haben. So richtig schön gutbürgerlich.«

»Komm mir nicht sofort wieder mit dieser Kategorie. Bürgerlich, das kann doch alles und nichts bedeuten, das hilft uns doch nicht weiter.«

»Ich weiß ganz genau, was es bedeutet, Helene. Und ich habe mir angewöhnt, es abzustreifen, das Bürgerliche, wie ein altes löchriges Unterhemd. Deshalb bin ich der Meinung, auch wenn du vom Gegenteil auszugehen scheinst, dass wir erst jetzt die ersten Schritte machen und so leben, wie wir uns das vorgenommen hatten. Wir wollten nicht heiraten wie alle anderen, wir wollten nicht zusammenleben wie alle anderen. So langsam begreifen wir, was das bedeutet, und wir fangen damit an, es zu tun.«

»Du meinst: Du fängst damit an.«

»Wir müssen akzeptieren, Liebling, dass sich hier und jetzt die Grenzen des Privaten und des Politischen auflösen. Alles wird eins. Was du in deinen vier Wänden machst, kann genauso ein *Statement* sein wie das, was du auf der Straße machst. Und es geht mir nicht nur darum, das zu akzeptieren, es geht mir um die Freiheit, mein Leben selbst zu gestalten, die Grenzen meiner Erziehung, die Grenzen überkommener Moralvorstellungen über Bord zu werfen. Jetzt sage ich dir etwas, was dir vielleicht nicht schmecken wird: Es ist nicht so, dass ich das als Zwang erlebe, als politischen Auftrag, es bereitet mir schlichtweg Freude, es zu tun, es fühlt sich manchmal wie eine verdammte Befreiung an.« Er nahm die Bierflasche zur Hand, hatte sie bereits an den Lippen, stellte sie aber wieder ab. »Helene, ich kann dir nur sagen: Ich möchte dieses Leben bei vollem Bewusstsein leben. Ich möchte wach sein, voll da sein, voll anwesend sein, solange ich die Möglichkeit dazu habe. Ich möchte keine Minute mehr mit Ritualen vertrödeln, die mich eigentlich nichts angehen. War das nicht mal unser gemeinsamer Grundgedanke? Und jetzt sieh dich an: Du bist dabei, dich ins 19. Jahrhundert zurückzuentwickeln. Spionierst mir nach, kreidest mir alles an, wie ich etwas mache, warum ich etwas mache, alles wird kommentiert, alles wird auf eine zersetzende Art und Weise kritisiert.«

»Das stimmt doch überhaupt nicht!«

»Das stimmt nicht? Und deine Kunst, die du mir ohne Not, ohne triftigen Grund vorenthalten hast, sie ist *tatsächlich*, entschuldige bitte, bürgerlich, sie ist affirmativ, sie hält nichts parat, um einen neuen Blick auf die Verhältnisse zu werfen, und sie entspricht damit ganz der Helene, die ich heute vor mir habe: eine Helene, die sich mehr Gedanken um die richtige Teesorte und das richtige Geschirr macht als um die schreienden Ungerechtigkeiten, die da draußen zu beklagen sind, und gegen die wir etwas tun wollen. Wir wollen diese Lebensverhältnisse verändern, Helene, wir wollen etwas bewirken.«

»Das will ich doch auch«, sagte sie. »Aber ich denke, es gibt unterschiedliche Wege, um im Privaten politisch zu sein. Dafür muss ich nicht sämtliche Zimmertüren abmontieren und von einer Matratze in die nächste springen.« Sie ärgerte sich über ihre Worte, sobald sie sie ausgesprochen hatte, aber sie konnte jetzt nicht mehr taktieren; er hatte die relevanten Hebel bedient, um sie aus dem Gleichgewicht zu bringen.

Er stand auf, kam näher, zu nah. Er hatte kein Gefühl mehr für Distanz, aber sein Körper war nicht das

Bedrohliche, das Bedrohliche lag in seinem Blick. »Ist das denn alles, was du darauf erwidern kannst?«, fragte er sie.

»Entschuldige, dass ich nicht gleich Marcuse zitiert habe, oder Marx oder Trotzki.«

»Selbst schuld, du wolltest ja nicht mehr mitmachen in der Arbeitsgruppe.«

»Dunstkreis-Genossinnen habt ihr doch genug, oder? Warum soll ich da mitmachen, wenn meine Stimme ohnehin kein Gewicht hat?«

»Vielleicht fehlt es dir an argumentativen Möglichkeiten, dir Gehör zu verschaffen.«

»Wann bist du nur so ein Arschloch geworden«, sagte sie.

Er wendete sich ab, nahm einen Schluck aus der Bierflasche, griff nach der Ganesha-Figur auf dem Sideboard und betrachtete sie. »Eigentlich tragisch, wenn man eine Gottheit braucht, um etwas Neues zu wagen«, sagte er.

»Aber sicher doch, der große Harald Kaufmann hat das nicht mehr nötig«, sagte sie und hätte ihm die Figur am liebsten weggenommen. Wie bei einem Kind, von dem man weiß, dass es nicht achtsam mit den Dingen umgeht. »*Du* hast dich ja befreit, Harry. Und bringst jetzt den anderen bei, was Freiheit heißt, indem du ihnen die Köpfe einschlägst. Verwechselst du vielleicht Freiheit und Gewalt miteinander, könnte das sein?«

»Gegengewalt, das ist ein großer Unterschied. Wir reagieren auf die Gewalt, die uns angetan wird. In unseren Lebens- und Arbeitsverhältnissen, durch die

Manipulationsmechanismen der Obrigkeit, durch das schreiende Unrecht in Vietnam, in Kuba, wo immer du hinsiehst. Wir machen von unserem Naturrecht auf Widerstand Gebrauch, das uns eben auch andere Mittel erlaubt, wenn sich die gesetzlichen als unzulänglich herausgestellt haben.«

»Kannst du bitte endlich einmal aufhören, in Zitaten zu reden. Du klingst wie ein wandelndes Hauptseminar. Hast du keine eigene Sprache, keinen eigenen Kopf mehr? Du hältst dich für erleuchtet und plapperst doch nur alles nach.«

»Sagt wer, die große Individualistin? Die Ausnahmekönnerin?«

»Harry!«

»Ist doch so, willst du das etwa bestreiten? Du musst immer alles anders machen, es ist wie ein Zwang. Helene Klasing braucht immer eine Extrawurst, weil sie so speziell, so anders ist. Du kannst dich einfach nicht in eine Gruppe einfügen, hast du darüber schon mal nachgedacht? Vielleicht, weil du egoistisch bist? Weil du dich für was Besseres hältst?«

»Ach so, darauf willst du hinaus. Und der nächste Satz lautet dann wieder: Weil du eine Adlige bist.«

»Das hast du gesagt.«

»Apropos egoistisch: Du wolltest einmal Kinder, Harry, was ist damit? Passt dem großen Revoluzzer gerade nicht in den Kram, oder? Das würde ihn einschränken. Windeln wechseln statt Steine werfen, da würden dich die anderen aber mitleidig angucken. Den können wir vergessen, der ist Vater geworden. Siehe Richard ...«

Harry betrachtete wieder den Ganesha, wiegte ihn in der Hand, dann warf er ihn unvermittelt gegen die Wand, wo er zerschellte. Er atmete tief ein und aus, raufte sich die Haare, fasste sich an den Brustkorb. Jetzt hatte sie den relevanten Hebel gezogen.

»Du machst mir damit keine Angst, Harry, ich will das jetzt zu Ende bringen.«

»Wir können keine Kinder bekommen, verstehst du das nicht?«, schrie er.

»Nein, das verstehe ich nicht«, schrie sie zurück.

Er wandte sich von ihr ab, trat mit dem Fuß gegen den Beistelltisch, der Tisch fiel um, das Bier spritzte und ergoss sich auf den Boden. Ich werde jetzt nicht zurückziehen, dachte sie, alles muss gesagt werden.

»Scheiße, Helene, weil Kinder keine Waffe sind. Kein Manipulationsinstrument, kein …«

»Du kannst mich mal, Harry. Ein Kind von dir wäre für mich einfach ein Kind gewesen. Warum kannst du die Dinge nicht mehr ohne Überbau betrachten. Ach ja, richtig, habe ich vergessen: Weil das Politische und das Private ja nicht mehr zu trennen sind! Vor lauter Überbau bekommt ihr aber keinen mehr hoch. Ich glaube, das ist das Problem.«

Er wandte sich erneut um, ging auf sie zu, sie wich zurück, Schritt für Schritt, bis er sie an die Wand gedrückt hatte. Würde er jetzt wieder geil werden? Würde er ihr das Gegenteil beweisen wollen?

»Fass mich nicht an!«, sagte sie zu ihm.

»Du widerst mich an«, schrie er, spuckte dabei, eine verzerrte Fratze direkt vor ihr. »Wir können keine Kinder bekommen, weil ich nie, nie wieder mit dir schlafen werde. Es ekelt mich an, dich zu berühren, es ist für mich so, als würde ich etwas Falsches, Künstliches in der Hand haben, ein Stück Scheißplastik aus der Fabrik, und im nächsten Moment ziehst du dir die Haut ab und bist jemand ganz anderes ... und im nächsten Moment schon wieder ... und da ist nur eine Hülle nach der nächsten, eine Hülle nach der nächsten, und nie ist etwas davon echt. Ich meine, wer bist du überhaupt?«

Sie sah ihn an, das Gesicht ganz nah, sie spürte, wie sich Tränen in ihren Augen sammelten.

»Manchmal«, fuhr er fort, »manchmal habe ich deine Mutter vor Augen, wenn ich dich berühren soll, und ich denke mir, du wirst genauso werden, in ein paar Jahren wirst du genauso leer sein.«

Helene musste schlucken, und sie wusste, es würde schwer werden, noch etwas zu sagen. »Bitte«, versuchte sie es, »lass meine Mutter aus dem Spiel.«

»Aber du weißt ja gar nicht, welche ich meine. Hahaha! Deine adelige Nazi-Mama oder die ignorante Bügel-Tante von nebenan, die keinem ihrer Kunden noch feuchte Träume beschert.«

»Für die feuchten Träume hast du ja jetzt Frau Pagenschnitt.«

»Deine Eifersucht macht dich so klein, Helene. Das ist so mickrig.«

Er ging einen Schritt zurück, schüttelte den Arm, diese seltsame Geste.

»Du bist so ein verdammtes Arschloch geworden«, sagte sie und wischte sich die Tränen ab, zog die Nase hoch, presste den Rücken an die Wand.

Er atmete schwer, klopfte mit der Handfläche auf seine Brust, wie um sein Herz noch schneller schlagen zu lassen, den Puls weiter zu erhöhen. »Ich lasse mich von niemandem mehr manipulieren, Helene.«

»Habe ich das denn?«, sagte sie leise.

»Ich möchte da draußen sein, ich möchte was spüren, was verändern. Solange es geht. Entweder du kommst damit klar – oder eben nicht.«

»Ich will auch etwas verändern, Harry. Aber du siehst mich gar nicht mehr. Du bist der Egomane von uns beiden. Dein Egoismus ist rein und unwiderstehlich.«

»Fängst du jetzt wieder mit den verdammten Zitaten an. Ist das von deinem herzallerliebsten Goethe?«

»Klasing, Helene Klasing.«

»Du meinst: Weißhaupt. Helene *von* Weißhaupt. Ich werde übrigens noch herausfinden, was es mit dieser Familie auf sich hat, was du ja nicht für nötig hältst. Und dann wirst du dich in Grund und Boden schämen, Bastard einer solchen Sippschaft zu sein.«

Sie zitterte, versuchte ein letztes Mal, sich zusammenzureißen.

»Wie naiv kann man denn sein!«, schrie er, aber auch ihm ging die Kraft aus. »Wie ein Baby! Du hast doch keinen Schimmer, was da draußen los ist, keinen Schimmer! Wie konnte ich mich von deiner Schlagfertigkeit täuschen lassen, und dahinter ist nichts, nichts, nichts. Willst eine Künstlerin sein und verhältst dich nicht anders als ein bastelndes Kleinkind mit der Schere in der Hand. Hast du dich auch nur eine Minute gefragt, was dieser Name bedeuten könnte, den du da auf deine Klamotten stickst? Wo sollen wir denn anfangen, wenn du für nichts ein Bewusstsein hast? Wo?«

»Ich brauche keinen Lehrer.«

»Dann ist es ja gut«, sagte er, beinahe flüsterte er; der Zeitpunkt war gekommen, da er die Spannung verlor, die Kraft. Die Stimme wurde dünn, er hatte sich verausgabt. Aber er würde sich schnell wieder erholen. Er hatte sein Weltbild in den Rahmen gespannt und aufgehängt, sie hatte es nicht mal ansatzweise geschafft, es in Schieflage zu bringen. Und du, Helene, bist sowieso längst aus dem Rahmen gefallen.

Harry ging im Zimmer umher, suchte etwas, fand es aber nicht, dann stellte er die Bierflasche auf, griff sich den Schlüsselbund, drehte sich noch einmal zu ihr um: »Such nicht mehr nach mir. Nie mehr.«

Dieses Jetzt, Jetzt, Jetzt

Sie sagte zu ihr, sie dürfe sich nicht »zersorgen«, sie
seien doch Kinder der Sonne, und ihre Reise habe
gerade erst begonnen. Heidi steckte sich eine Blüte
ins Haar, nachdem sie ihr den Joint weitergereicht
hatte. Die nackten Beine zog sie wie immer an die
Brust, die lockigen braunen Haare schimmerten im
Morgenlicht, ein transparentes Leuchten. Man hätte
sie für ein ernsthaftes Blumenmädchen halten können, aber ihr Lächeln entlarvte die Gesten als ironisches Getue. Heidi machte noch immer bei allem
mit, probierte alles aus und konnte sich über alles
lustig machen, wenn sie den Glauben daran verlor.
Eine gute Strategie, dachte Helene, nicht zu verbit-
tern, sich nicht zu *zersorgen.* »Du musst mir glauben,
Helene: Harry und seine Umstürzler haben sich
selbst schon überlebt. Sind vor sich selbst erstarrt,
lösen sich in tausend Untergruppen auf, und was
bleibt, stiften nicht die Theoretiker, in diesem Fall
nicht mal die Dichter, sondern wir Frauen, wirst
schon sehen.«
   Helene nahm einen Zug, hätte aber lieber erst einmal gefrühstückt, bevor sie etwas rauchte. Vor ihr auf
dem Tisch die Frankfurter Rundschau, der Strauß
mit den Anemonen und Astern, ein Aschenbecher, ein
Glas heißes Wasser, Claudias nur halb gegessenes

Marmeladenbrot. Mit sich schnell erschöpfender Dialektik hatten sie auf sie eingeredet, damit sie noch pünktlich in die Schule komme. Jetzt, wo die Patentante bei ihnen wohnte, hatte sie noch weniger Lust, und außerdem kotze sie die neue Lehrerin an, wie sie sagte – und die neuen Mitschüler sowieso. Ankotzen, ein solches Wort aus ihrem vorsichtigen Mund.

An Heidis neue Wohnung konnte sich Helene nicht recht gewöhnen, die alte Dachwohnung war über die Jahre zu einem mythischen Ort geworden, und jetzt das: drei Zimmer, Einbauküche, Zentralheizung, ein funktionierender Kühlschrank, Gardinen ohne Löcher, ein Erkerfenster, ein vollständiges Teeservice (wenn auch vom Flohmarkt), die Waschmaschine im Keller. Die Pfauenschreie aus dem nahe gelegenen Zoo störten manchmal die Idylle, und glücklicherweise gab es noch ein paar Relikte, die von der alten in die neue Welt verschoben worden waren, die Kuckucksuhr mit vermeintlichem Einschussloch, der Plattenspieler nudelte noch immer zuverlässig die Nina Simone-Platten ab, Trost auf Knopfdruck. Heidi wusste das und hatte die letzten Tage ausgiebig davon Gebrauch gemacht.

Für Claudia war es, auch wenn sie manches *ankotzte*, bestimmt ein Segen, dachte sie, das Mädchen hatte nun ein eigenes Zimmer, sie musste nicht mehr frieren, vielleicht würde sie diesmal ohne Dauerschnupfen durch den Winter kommen. Helene fragte, ob es in Ordnung sei, wenn sie noch ein, zwei Tage bliebe, damit Harry merke, dass sie tatsächlich ohne ihn existieren könne, dass sie nicht zu Hause am

Fenster stehe, eine Kerze anzünde und hoffnungsvoll auf ihn warte.

»Solange du willst, oder besser: Solange ich denke, dass es dir guttut. Außerdem müssen wir noch unsere Geschäftsbeziehung eingehender besprechen.«

»Du meinst das wirklich ernst, oder?«

»Todernst.« Der Joint wanderte wieder zu Heidi, sie nahm einen tiefen Zug und blies Kringel in die Luft.

»Aber wieso willst du mich dabeihaben? Ich bringe kein Kapital mit.«

»Aber du bringst die Waren mit, du Dummerchen! Ich schaffe nur die Bühne für deine gespaltene Persönlichkeit, die Bühne für die Kunstwerke von Helene Klasing und für die Mode von Helene von Weißhaupt. Das wird ein Laden, wie ihn Frankfurt noch nicht gesehen hat!«

»Aber *du* gehörst doch auf die Bühne«, sagte Helene.

Heidi kicherte. »Was du nicht sagst. Erst gestern hat mir wieder jemand erzählt, guter Jazz sei eine harte, maskuline Musik. So viel zum Thema Bühne.«

Helene nahm den nächsten Zug und fragte sich, warum Heidi auf der Leiter der Enttäuschungen trotzdem noch nicht die Stufe des Zynismus erreicht hatte. Warum sie noch immer so viel Kraft hatte.

»Es ist doch so, Helene: Überall, wo ich hingehe, gibt es ein Problem«, sagte sie. »Und die Frage ist irgendwann zwangsläufig, ob das Problem immer auf der anderen Seite zu suchen ist, oder ob ich das Problem bin. Bin ich zu alt, zu dumm, zu untalentiert, zu schön, zu hässlich …?«

»Es ist doch aber nicht dein Problem, dass du nicht auftreten darfst.«

Heidi nickte und sah an die Decke. »Mag sein. Was mir aber immer mehr auffällt: Es handelt sich nicht nur um eine Männersache, wie man denken könnte. Nehmen wir diese Frauenrunde, bei der ich unbedingt mitmachen wollte, weil ich dachte, die müssten doch so wie ich ticken nach all dem zu urteilen, was da auf ihrer Lektüreliste stand. Die wollten mich aber auch nicht recht haben, weil ich mich so grell schminke und weil mir Mode wichtig ist. Ich habe das genau gespürt. Ich erfülle damit doch nur die Erwartungen der Männer, meinen sie, komme ihnen entgegen, mache es ihnen leicht. Da muss man ausbrechen, sich in Kartoffelsäcke kleiden und den Lippenstift wegschmeißen. Ich kann das ja verstehen. Das Leben dreht sich nicht nur darum, von einem Mann begehrt und gewollt zu werden, das sehe ich auch so. Und wer wüsste besser als ich, was mit einem Mann alles schiefgehen kann. Aber die müssen verstehen, dass ich nur Heidi sein kann, wenn ich auch so aussehen darf, wie Heidi eben gerne aussieht. Ich muss *mich selbst* begehren und wollen, ich darf mich nicht verleugnen. Aber das können die nicht einsehen, und außerdem habe ich schon Simone de Beauvoir gelesen, als die noch mit zitternden Fingern in der BRAVO geblättert haben. Männer mögen mich nicht, Frauen mögen mich nicht, selbst Adorno hätte mich nicht gemocht, Gott hab ihn selig, weil er Jazz kacke fand, und wenn mich niemand haben will, Helene, dann gibt's nur eins, dann werde ich eben Unternehmerin.«

Helene wollte etwas antworten, etwas Tröstendes, Verständnisvolles, und sie verstand es ja, sie verstand alles, denn es war ihr in diesem Augenblick, als stellte sich eine völlige Klarsicht ein, ein völliges Durchschauen der Sachverhalte. In dir öffnet sich Gewölbe für Gewölbe, dachte sie, und noch ein Gewölbe. Sie hatte Heidi vor sich und konnte auch sich selbst sehen, als wäre sie aus sich herausgetreten, wie sie beide da am Küchentisch saßen, der Staub tanzte im Licht, Rauchschwaden hingen in der Luft, und sie wusste nun, dass Heidi niemals müde werden würde, und niemals ziellos sein würde, und dass bei Heidi eben immer noch und immer wieder die Möglichkeit bestand, von ihr überrascht zu werden, nach all den Jahren, und dass das doch eigentlich großartig war. Nein, die wirklichkeitswunde Heidi lässt sich nicht gehen. Selbst wenn sie behauptete, nirgendwo dazuzugehören, so hatte sie doch eine Frau vor Augen, die sich überall mitdrehte, die nicht nur eine einzelne Speiche am Rad war, sondern in den Feldern zwischen den Speichen wirkte, jedes Feld nach Belieben wechseln konnte, und dass dies ein großer Vorteil sein würde, sollte sie wirklich ihren Laden eröffnen wollen. Sie kannte halb Frankfurt, sie parlierte mit den Amis im Terrace Club, sie diskutierte mit Studenten im Kolb-Heim; sie wusste, zu welchem Friseur der Sänger Ricky Dingsbums ging, sie erwähnte tausend Namen, von denen Helene noch nie gehört hatte, und mit einigen davon schlief sie, aber das geschah, wie sie sagte, nur beiläufig, als Maßnahme der Selbstvergewisserung, und weil sie nicht vorhabe, lustfeindlich zu werden.

Und wenn ihr Beisammensein hier und jetzt bald auf die Frage zulaufen würde, ob sie mitmache bei dem Vorhaben, eine Boutique zu eröffnen (es war *ersichtlich*, dass diese Frage sogleich gestellt werden würde), dann konnte die Antwort doch eigentlich nur lauten: jemand Besseren wirst du nicht finden, um so etwas Waghalsiges zu tun. Und deine Skepsis? Und deine Ängste? Und deine Sorgen? Nun! Bevor deine Klarsicht aufhört, dachte sie, musst du dir eines schwören: Du lässt dich nicht mehr kleinreden, von niemandem. Und schon gar nicht von Harry.

Heidi hatte ihr offenbar eine Frage gestellt, sie wollte wissen, wie es mit ihrem Buch der Kreise vorangehe, wenn man das überhaupt so sagen könne, denn wie ein Buch der Kreise fertig werden könne, das müsse sie ihr noch erklären.

»Ich fühle mich wie ein verrückt gewordener Zirkel«, sagte sie, »der unaufhörlich Kreise zeichnet, und alle misslingen. Weißt du noch, wie das früher in der Schule war, wenn du mit dem Zirkel einen Kreis zeichnen musstest, und im letzten Moment, wenn der Kreis sich schließen sollte, bist du irgendwie abgerutscht und hast es verdorben?«

»Weil du es zu sehr gewollt hast«, sagte Heidi. »Du musst loslassen und das Universum den Kreis vollenden lassen. Das Universum liebt dich, Helene.«

Wieder war nicht klar, wie ernst Heidi das meinte. Sie stand auf und sagte, sie müsse jetzt zur Arbeit gehen, Helene dürfe den Joint, nein, sie *müsse* den Joint zu Ende rauchen. »Und ich gebe dir noch ein Mantra für den Tag, das du bitte genau einhundert

Mal wiederholst: Om Namah Sivaya. Da hat Shiva seine Finger im Spiel, aber was es genau bewirkt, musst du selbst herausfinden.«

»Wir haben gar nicht über das Geschäftliche gesprochen«, sagte Helene, sie standen im Flur. »Ich verspreche dir, ich werde die Boutique mit dir zusammen machen.«

Heidi zog sich den Mantel an, grinste und sagte: »Siehst du, es wirkt schon«, und war im nächsten Moment aus der Tür verschwunden.

Was sollte sie jetzt mit diesem Tag anfangen? Ohne Heidi kam sie sich ungeschützt vor, Zweifel und Schmerz konnten hineinkriechen, und sie konnte nicht den ganzen Tag Platten abspielen. Als sie den Joint aufrauchte, hörte sie einen Pfauenschrei und beschloss, in den Zoo zu gehen, Om Namah Sivaya, lange schon war sie nicht mehr dort gewesen, weil sie die vorwurfsvollen Blicke der Tiere nicht ertrug und schon gar nicht das apathische Wackeln der Elefanten, die sich kaum einen Meter bewegen konnten, aber vielleicht hatte sie sich getäuscht und es war alles anders. Und selbst wenn es nicht so war, so war das vielleicht heute ihre Tagesaufgabe, das auszuhalten oder nicht auszuhalten, denn eigentlich ging sie in die Natur, um nicht verrückt zu werden. Heute würde sie vielleicht in den Zoo gehen, um verrückt zu werden, und beide Möglichkeiten waren ihr recht. Jedenfalls werde ich nicht dasitzen und auf Fotografien weinen, dachte sie, Om Namah Sivaya.

Sie ging nach draußen, die Glocken der Nicolaikirche schlugen. Sie lief einmal um die große Mauer he-

rum zum Haupteingang. Der Zoo war belebt, Schul-
klassen lärmten über die Wege, alles wirkte wie ein
eingezäunter Spielplatz. Die Flamingos drängten sich
auf ihrer Wiese, der Springbrunnen im großen Weiher spuckte seine Fontänen, ich muss nicht von dir
geliebt werden, sagte sie sich, Om Namah Sivaya.

Es kam ihr vor, als wäre sie selbst eine Attraktion,
als würde sie von allen angesehen, von allen, die hier
herumstromerten, selbst von den Tieren, und ihre An-
wesenheit kam ihr wie eine unglückliche Inszenie-
rung vor, die Nachahmung des Lebens. Sie stand auf
der Bühne und alle glotzten sie an, erwartungsvoll,
jetzt sind wir da, Helene, jetzt zeig mal, was du
kannst, denn sonst beschwerst du dich ja immer, dass
niemand sieht, niemand anerkennt, wie doll du dir
Mühe gibst, wie sehr du dich anstrengst, also bitte,
Helene, jetzt sind wir da, und was ist jetzt? Nichts,
nichts, nichts. Weil da nichts ist. Und sie sah keine
Möglichkeit, jemals zu verstehen, warum sie so geworden war, wie sie geworden war, und die ganze
Klarheit des Morgens, der Durchblick, all das war
weg und sie hatte das drängende Bedürfnis, sich sofort auflösen zu wollen. Aber sie war immer noch hier,
hier, hier, in diesem Jetzt, Jetzt, Jetzt, Raubtierge-
ruch in der Nase im Raubtierhaus, die weißen Ka-
cheln, der marmorierte Boden, Om Namah Sivaya.
Ich werde bürgerlich, Harry, siehst du, ich werde so
bürgerlich, wie es nur geht, denn ich stelle mir vor,
wie du Frauen verführst, in diesen Käfigen, und alle
sehen so aus wie diese dunkle, sehnige, kurzhaarige
Studentin. Sie bevölkern die Käfige und allesamt tra-

gen sie meine Kleidungsstücke – Kleidungsstücke aus der neuen Boutique, und ich sehe von außen zu, wie du im Käfig Knöpfe öffnest und Reißverschlüsse, um Brüste und Ärsche zu entblößen, wie du Röcke hochschiebst, die man kaum noch hochschieben kann, weil sie so kurz sind. Wie du es berührst, das Fleisch, wie du Brustwarzen liebkost, wie du leckst, nicht ungestüm, aber dennoch leidenschaftlich, so leidenschaftlich, wie du einmal bei mir warst, und dann fütterst du die Frauen mit Früchten, steckst sie ihnen in den Mund. Ein gewissenhafter Frauenpfleger bist du, aber sie werden nicht satt und bewegen sich auf dich zu, und jede beißt dir in den Hals und will dein Fleisch essen und dein Blut saugen, aber da ist kein Blut mehr, denn du bist leer.

Sie verließ das Raubtierhaus, draußen wurde sie begleitet vom Tschak-Tak-Tak der herunterfallenden Eicheln, und sie erinnerte sich daran, wie sie früher einmal dachte, wenn man so eine Eichel isst, dann dürfe man sich wünschen, sich für einen Tag in jemand anderen zu verwandeln, und dass sie nie gewusst hatte, wer sie sein könnte. Om Namah Sivaya. »Ich gebe dir mein Bewusstsein«, hatte Harry einmal in einem Anfall größter Großkotzigkeit zu ihr gesagt, und ihr kam der Gedanke, dass es doch völlig irrsinnig war, eine Zaubereichel zu futtern und sich zu verwandeln, wenn doch alle ohnehin immerzu versuchen, dich nach ihrem Bilde zu formen.

Sie ging weiter, fast war es ihr, als würde sie rennen; eine Frau im braunen Mantel schritt unendlich langsam voran und schien doch nichts zu betrachten.

Durch ihren inneren Zoo spaziert sie, wie ich, dachte sie, wie ich. Da war ein Kind mit einem Affenbaby auf dem Schoß, ach nein, es war ein Stofftier, und sie ging weiter, erkundete Grzimeks Welt der Tiere, mitten in der Stadt, guten Tag, meine lieben Freunde, und doch war die Traurigkeit innerhalb der roten Backsteinmauern überwältigend. Om Namah Sivaya.

Sie fühlte sich angetrieben von einer seltsamen Sehnsucht und gleichzeitig auf dem Weg in die Versteinerung. Waren Heidi und sie Kinder der Sonne? Eher doch: Sommerfossilien. Außerdem war der Sommer längst vorbei, Spinnweben auf den Blättern, feine Gespinste, buntes Blattwerk, und sie hatte zum ersten Mal keine Lust, etwas zu sammeln.

Im Menschenaffenhaus war der Gestank nicht so schlimm wie die Blicke der Tiere, denn hier wurde zurückgeschaut. Helene geriet an ein Orang-Utan-Männchen aus Sumatra, das auf einem hölzernen Pfahl hockte und sie mit seinen kleinen Augen inmitten eines riesigen sanften Gesichts musterte. Sie bewunderte das rötliche Fell und hoffte, dass niemand auf die Idee kommen würde, damit einen Mantel zu schmücken. »Du bist doch ein intelligentes Lebewesen«, sagte sie zu ihm. »Rate mir, was soll ich tun?« Der Affe sagte nichts, die Wangen zuckten, ansonsten kam keine Reaktion. Doch als sie sich bereits enttäuscht von dem Tier abwenden wollte, schien es ihr, als würde sie eine Stimme hören, und die Stimme sagte zu ihr: »Wachse!«

Sie hielt es nicht mehr aus, selbst wenn sie damit einen Großteil der Tierwelt verpasste, denn vermutlich warteten da noch Erdmännchen und Erdferkel auf sie, berühmte und weniger berühmte Gorillas, Zebras, Tapire und Ameisenbären, Kängurus, Giraffen und Antilopen, Wildschweine und Seeadler, aber es wurde ihr zu viel, vor allem den Anblick der Elefanten würde sie nicht mehr ertragen können. Sie nahm den Ausgang zur Rhönstraße und war nur wenige Meter von Heidis neuer Wohnung entfernt. Sie zögerte, dorthin zurückzukehren, aber eine andere Möglichkeit sah sie nicht. Nicht hier, nicht heute, und was dieses alberne Mantra bewirkt haben sollte, war ihr völlig schleierhaft. Sie merkte, dass sie einen mächtigen Hunger hatte, und ihr kam eine Idee, die sie für die bisher beste des Tages hielt (neben der Idee vielleicht, eine Boutique aufzumachen): Sie würde für Claudia und für sich ein Mittagessen kochen. Om Namah Sivaya.

Entgegenkommen

Brooklyn / New York / November 1971

Liebe Helene,

ich habe beschlossen, Dir ab sofort auf Deutsch zu schreiben. Wenn sich manches merkwürdig oder unbeholfen liest, dann ist das darauf zurückzuführen, dass ich das seit vielleicht zwanzig Jahren nicht mehr versucht habe. Das Amerikanische – es geht schon los, dass ich nach den Wörtern suchen muss – das Amerikanische hat die EIGENART, Dich zu schlucken, mit Haut und Haaren. Es will Dir weismachen, dass Du nichts anderes mehr brauchst, Deine Vergangenheit nicht, auch nicht Deine Muttersprache. Weil es, kurz zusammengefasst, nichts Besseres gibt als das Amerikanische. Nun, ich habe das lange geglaubt, aber je länger Du hier lebst, siehst Du natürlich auch die Schwachstellen. Das grell Übertünchte bekommt Risse, und das Amerikanische liebt die grellen Farben. Nach und nach stellt sich so etwas wie Sehnsucht ein, das kann ich Dir sagen, und ich vermisse es, Deutsch zu sprechen, auch wenn ich mit Theresa immer plaudere, damit sie und ich es nicht verlernen – und daran, dass ich es ihr beigebracht habe, merkt man vielleicht schon, dass ich dem Amerikanischen nie ganz getraut habe.

Fang also Du bitte bloß nicht an, auf Englisch zu schreiben, das wäre ganz ungut für mich. Und was ich vorschlagen möchte: Könnten wir an den Weihnachtstagen telefonieren? Ich weiß nicht, wie lange ich das aushalte, so ein Telefonat, vielleicht nur ein, zwei Minuten. Aber der Wunsch, Deine Stimme zu hören, ich kann ihn nicht mehr leugnen. Tess kann ohnehin nicht verstehen, dass ich so kompliziert zu Dir bin.

Danke für die Fotos Deiner Kleider. Die Sachen gefallen mir, auch wenn sie, das darf Dich nicht verwundern oder kränken, nicht meinem Geschmack entsprechen. Ich werde eine alte Frau und immer konservativer. Das Natürliche, das ich in Deinen Arbeiten erkenne, ist mir ganz fremd, ich versuche die Formen immer weiter zu reduzieren, zu klären, einfacher soll es sein. Und bei Dir darf es wuchern, stimmt das?, zumindest innerhalb einer festgelegten Grenze. Wenn ich Mode machen würde, würde das vermutlich niemand anziehen, zu streng, aber mit den Möbeln und den anderen Sachen geht es. Und glänzen muss es natürlich, wir sind hier in New York, ohne Chrom und Stahl läuft gar nichts.

Der Name WEISSHAUPT prangt jetzt also auch auf Kleidungsstücken. Aber wie Ihr Euren Laden nennt, das überlegt Euch gut. Man kann da viel falsch machen. Raten kann ich Dir leider nichts. Damit Ihr Euch nicht eines Tages streitet, sollte von Euch beiden etwas enthalten sein. Fragt Euch:

Was ist in zehn Jahren, könnt Ihr dann noch immer mit diesem Namen leben? Solche Sachen eben.

Und das führt mich abschließend – Du kennst meine Schreibfaulheit, und das Deutsche strengt mich an – zu der Frage nach unserer Familiengeschichte. Die ich immer gemieden habe, und auch heute bin ich zu feige, zu bequem, nenne es, wie Du willst. Im Amerikanischen würde man vielleicht sagen: History is made by amnesia. Nur so viel: Du hast keinen Kontakt zur Familie außer zu mir, ich bin selbst eine Verstoßene. Wir haben beide gute Gründe, hier nichts anzufassen, nicht herumzuwühlen in einer Geschichte, die für mich schmerzhaft ist und für Dich schmerzhaft werden könnte. Das ist nicht naiv, das ist sogar klug, gesund, selbsterhaltend. Aber wir müssen uns auch nicht schämen, diesen Namen zu tragen. Was Harald alles herausfinden konnte und noch wird, das weiß ich nicht, ich weiß ja selbst nicht viel – oder wenn, nur das Offizielle, Geschönte, die Tradition. Und sicher hat unsere Familie – auch, weil sie so alt ist –, etwas Monströses an sich, sie wird viel versäumt haben, sie wird sich schuldig gemacht haben, aber ich wüsste nicht oder es ist mir nicht bekannt, dass dies ein solches Maß überschritten hätte, dass sie im weiten Feld der Verfehlungen besonders hervorscheinen würde. Besser kann ich es nicht ausdrücken. An mir, der Gefallenen, der Geschiedenen, der nun freiwilligen Exilantin, wird ein Exempel statuiert, und man könnte sich fragen, was diese Härte, was diese strenge Anwendung nicht mehr zeitgemäßer Regeln und Rituale noch soll. Aber es gibt dafür Gründe. In einer Familie wie der unsrigen dauert es vermutlich zehn, zwanzig, dreißig Jahre länger, bis sich Rituale, Werte, Muster verändern. Das Hausgesetz. Vielleicht wird es also, solange ich lebe, noch einmal ein Entgegenkommen – von einer Versöhnung will ich gar nicht sprechen – geben. So wie es ja auch bei uns ein solches Entgegenkommen gibt. Aber Du siehst an meinem Beispiel, wie LANGSAM es geht, ich bin eben noch immer eine von Weißhaupt, und es ist zwecklos, es zu leugnen.

Jetzt habe ich doch sehr viel Wirres dazu geschrieben, unter dem Strich will ich nur sagen: Sorge Dich nicht, was Harald finden oder nicht finden könnte. Es ist nicht so wichtig, was war, es ist viel wichtiger, was heute ist, wer Du bist und was Du tust. Da haben wir es wieder: das Amerikanische. The American Dream. Du kannst sein, wer immer Du sein willst. Wenn Du es hier schaffst, dann schaffst Du es überall. Und auch wenn das eine große Augenwischerei ist, bereue ich es doch nicht, nach der Scheidung hier in New York geblieben zu sein, wenngleich New York nicht unbedingt mit dem Rest Amerikas etwas zu tun hat. Damit möchte ich schließen, und bitte lasse mich wissen, wie Du zu meiner Telefon-Idee stehst. Ich fühle mich vor einem Telefonapparat seltsam verwundbar, aber ich möchte es wagen, wenn Du es ebenfalls willst.

Herzliche Übersee-Grüße von
»Maggie« (Margarethe, Deiner Mutter)

Zeit, sich zu besinnen

An einem anderen Tag wäre der Alte Friedhof eine Erkundung wert gewesen. Platanen, Eichen, Frühlingsboten. Sie hatte einen weiteren Winter durchgestanden, das Zwitschern der Amseln und Finken war zurück, es war ihr so willkommen wie kaum etwas anderes. Heute aber musste sie den Tod feiern, die Trauer, so nannte man das.

Harry wirkte nicht traurig. Er warf die beiden Bücher ins Grab, die Erbstücke, *Afrika erzählt*, den anderen Titel hatte sie vergessen. Dazu das Linkshänderbesteck, mit dem die meisten Sprösslinge der Familie Kaufmann gequält worden waren. Wie kann man so etwas vererben, dachte sie, womöglich aber war das als Zeichen der Verbundenheit gemeint, auf diese verquere Väterweise zum Ausdruck gebracht, ein gemeinsamer Qualzusammenhang. Dich hat man damit umerzogen, mich hat man damit umerzogen, und wir beide haben das irgendwie verkraftet. Oder auch nicht.

Harry wirkte zornig, aber sie kannte ihn lange genug, um zu wissen, dass seine Gefühle selten in Reinform auftraten, eher als Gemisch, als Cocktail, und es konnte unendlich mühsam sein, die Zutaten herauszufinden. Kann es denn gesund sein, so häufig zu implodieren, dachte sie. Sie hatte sich gewundert, dass er sie und sogar ihre Mutter zur Beerdigung eingeladen hatte. Dass er noch in solchen Familienzusammenhängen dachte, sich danach richtete, was die Tradition gebot. Von seinen Kommilitonen war niemand gekommen, und auch keine schwarzhaarige Kommilitonin. Am Telefon war er zart gewesen, hatte dreimal nachgefragt, ob sie auch wirklich kommen wolle. Er hatte von dem letzten Augenblick mit dem Vater erzählt, wie dieser ihm die Bücher vermacht hatte, er solle sie wie seinen Augapfel hüten, und diese kleine Kiste mit dem gebogenen Löffel und dem eingravierten Märchenmotiv, Rotkäppchen und der Wolf, und die Gabel, die aussah wie ein Rechen beim Roulette, mit dem man die Jetons zusammenschiebt. Wie er es verpasst hatte, etwas Versöhnliches zu sagen, aber der Vater habe so abwesend gewirkt, in seiner eigenen Gedankenwelt verhaftet, und er habe, wenn er ehrlich sei, auch nichts Versöhnliches empfunden. Als sie den Hörer aufgelegt hatte, war sie unsicher gewesen, ob sie nicht zu leichtfertig zugestimmt hatte. Sie fühlte sich eingewickelt, und es würde ein paar Umdrehungen brauchen, sich wieder zu lösen.

Ihre Mutter stand neben ihr, sie hatte ein Chanel-Parfum aufgetragen, offenbar hatte sie einen Verehrer, denn sie selbst hätte sich nie so etwas Teures gekauft. Ganz in Schwarz die Mutter, und daran, dass das Kleid samt Jacke viel zu eng war und sie beständig daran zupfte, konnte man erkennen, dass sie dieses Ensemble lange nicht mehr angehabt hatte oder beim Kauf falsch beraten worden war. Dass sie über-

haupt erschienen war, war eine Überraschung gewesen, mit Harry hatte sie nie mehr als ein paar Worte
gewechselt bei ihren Zaunbesuchen, wie sie es nann-
ten. Wenn sie ihnen etwas zu essen gebracht hatte,
denn die jungen Menschen wären doch bestimmt am
Verhungern, sie wisse ja, wie gut Helene kochen
könne, hahaha. Mittlerweile kam Charlotte jeden
zweiten Sonntag, und mittlerweile gingen sie sogar
ins Haus und aßen zusammen, ohne Harry. Entgegenkommen, so nannte das ihre andere Mutter in
New York. *Togetherness* würde Heidi dazu sagen, das
Karma stimmt, wir alle gehen mal ein Stückchen von
unserem Ego runter, Krishnamurti hat gesprochen,
Hare, Hare, Om Namo Narayanaya, und sie würde
todernst dabei aussehen, und im nächsten Moment
würde sie darüber laut lachen.

Die Grabrede ging an ihr vorbei, und als sie Harrys
Mutter gegenübertrat und »es tut mir wirklich sehr
leid« sagte, antwortete ihr ein Blick, der sich längst
daran gewöhnt hatte, kummervoll zu wirken, und
Gerda sagte: »*Mir* tut es leid«, und was sie damit
meinte, konnte sich Helene denken, aber dieses chronische Leidtun half niemandem weiter.

Der Vater ruhte neben seinen beiden verstorbenen
Kindern, von den verbliebenen fünf waren nur drei
gekommen, Wolfgang, der Älteste, umarmte sie, was
er noch nie getan hatte. Der Kopf verschwand beinahe
zwischen den hochgezogenen Schultern, ein kaum ver-
heilter Schnitt an der Stirn, der Anzug kam aus dem
vierten Höllenkreis, er verwandelte sich langsam in
eine Frankfurter Halbweltfigur, oder was er dafür

hielt. Auch Wolfgang antwortete auf ihre Beileids-
worte, dass es *ihm* leidtue, und er sagte tatsächlich,
wenn sie mal was brauche, könne sie sich jederzeit
melden. Unwillkürlich hatte sie Bilder eines ihrer
Lieblingsfilme vor Augen, ein Mafioso springt aus einer falschen Geburtstagstorte, mit einem Maschinen-
gewehr in der Hand, um Gamaschen-Colombo umzu-
legen, der erst in vier Monaten Geburtstag hat, *For
He's a Jolly Good Fellow*. Manche mögen's heiß, aber
mit diesem Anzug würde er nicht sehr weit kommen.

Als sie Harry gegenübertrat, fehlten ihr die Worte,
er wirkte müder denn je und sagte nur: »Wir Kaufmanns sind hier gern gesehene Gäste, wir sollten an
ein Abonnement denken.«

Sie spazierten in Reih und Glied in eine nahe ge-
legene Gaststätte, Zitronenlimonade wurde gereicht,
Wolfgang startete mit einem großen Pils, Charlotte
und Gerda saßen nebeneinander und hatten sich viel
zu sagen, nur was, das war Helene egal. Die anderen
Kaufmanns steckten die Köpfe zusammen, und dann
waren da noch andere fahle Gesichter, vom dunklen
Holz der Einrichtung gerahmt, manche bekannt,
manche unbekannt, Tanten, Onkel, Angeheiratete.

Harry saß neben ihr, trommelte auf den Tisch,
dann berührte er ihre Schulter und fragte, ob sie ein
paar Schritte gehen könnten. Draußen sagte er, allein
der Gedanke, hier zu sein, mache ihn krank, und sie
wusste nicht, was genau er meinte, den Friedhof, das
Gasthaus, Deutschland, die Welt? Diese Lichtung, wo
sie sich das erste Mal geküsst haben, die würde er
gerne noch einmal sehen, ob sie die noch finde?

»Natürlich, aber willst du nicht lieber bei deiner Familie bleiben?«

»Ich mag keine Leute mehr sehen, die selbst an einem solchen Tag nichts anderes machen, als dir ins Gesicht zu lügen. Es tut mir leid, es tut mir leid, dabei tut niemandem irgendetwas leid.«

Was sollte das werden, dachte sie, und sie konnte nicht genau sagen, weshalb, weil er sich in einer Ausnahmesituation befand, weil sie sich insgeheim ein Gespräch mit ihm wünschte nach dieser langen Funkstille, weil sie Sehnsucht nach etwas hatte, das es längst nicht mehr gab, jedenfalls ging sie mit ihm mit. Sie fuhren ein paar Stationen nach Oberrad, im Scheerwald liefen sie die Maunzenweiherschneise entlang. Sie sprachen nicht viel, gingen langsam, aus dem verrückten Hutmacher war ein Schleicher geworden. Und sie war eine Alice, die es beinahe verlernt hatte, in ein Kaninchenloch zu springen.

Harry fragte nach ihren Arbeiten und wirkte aufrichtig interessiert. Sie verschwieg ihm die Eröffnung der Boutique in wenigen Wochen, sie sagte nichts vom Buch der Kreise, aber sie erzählte ihm, dass sie eine neue Reihe begonnen habe, Bücher über bedeutende Persönlichkeiten, mit Maria Sibylla Merian sei sie fertig. Die Reise nach Surinam im Jahre 1699 mit der Tochter, um Pflanzen und Insekten zu erforschen, mit Netzen und Keschern fangen sie im Urwald *Sommer-Vögelein*, so wurden die Schmetterlinge genannt, der Jasmin duftet, Disteln und Dornen hindern sie am Weiterkommen, die Präparier-Geräte werden knapp. Am liebsten hätte sie, sagte sie, dass auch ihr Buch nach Jasmin dufte, und dass man sich die Finger pikse, wenn man es aufschlage. Es sei wieder eine Mischung aus Zeichnung, gedrucktem Text, Pflanzenteilen, Blütenlese, und auf der Titelseite prangte ein präpariertes Sommer-Vögelein.

Sie hatten die Lichtung erreicht, der Hochstand war in einem erbärmlichen Zustand, die Stufen der Leiter ausgerissen, windschief stand er da. Harry nahm ihre Hände, der Spaziergang schien ihn weniger erfrischt als noch mehr erschöpft zu haben. Er flüsterte beinahe, dass er ihr etwas sagen müsse, dass er weggehe, für eine längere Zeit, wenn nicht sogar für immer.

»Es kann in diesem Land nichts Harmloses mehr geben, Helene, das weißt du, und doch tun alle so, als wäre nichts geschehen, als läge nicht *alles* im Argen. Ich kann das nicht mehr ertragen, und zugleich merke ich, spüre ich, wie mein Zorn und mein Hass darauf mich in eine Sackgasse manövriert haben.«

»Wie meinst du das?«

»Es gibt eigentlich nur noch zwei Möglichkeiten für mich. Entweder ich werfe mich da ganz hinein, mit allen Konsequenzen. Oder ich versuche, mich *zu besinnen.* Aber ob ich das kann, weiß ich nicht, in diesem Land auf gar keinen Fall. Doro und die anderen …«

»Doro?«

»Wir fahren nächste Woche nach Istanbul. Und dann mal sehen, wir wollen nach Indien.«

Helene musste lauf auflachen. »Du gehst auf den Hippie-Trail? Ausgerechnet du?«

»Wenn ich hierbleibe, ohne die anderen, dann weiß ich nicht, was aus mir wird.«

Wieder musste Helene lachen. »Es ist ja nicht so, dass es keine anderen Menschen in deinem Leben gegeben hätte.«

»Du kannst das nicht verstehen. Ich habe nichts mehr zu verlieren! Es gibt so viele gute Gründe, endlich ernst zu machen, nicht mehr nur zu reden. Und das wäre zu rechtfertigen, glaub mir, es wäre mehr als gerechtfertigt. Du willst nicht wissen, was da draußen passiert ... der nächste Schritt wäre ... ich möchte niemandem wehtun.«

»Herzlichen Glückwunsch zu dieser Erkenntnis, lieber Harry, herzlichen Glückwunsch.«

Es dämmerte ihr, dass Harrys Mutter und Wolfgang schon von seinen Indienplänen gewusst haben mussten, und dass sie auf dem Friedhof deshalb so reagiert hatten, wie sie reagiert hatten. »Ich bin vermutlich die Letzte, die es erfährt, oder?«

»Helene, ich ...«

»Du kannst nicht anders, du musst dich besinnen. Das verstehe ich natürlich. Hauptsache, du bist bei Sinnen! Maharishi wird's schon richten. Grüße ihn von mir, wenn du ihn siehst.«

»Ich will nicht streiten, Helene.«

»Nein, du wolltest nur verkünden. Ausgerechnet hier – wie taktvoll von dir.« Sie ließ seine Hände los und kämpfte gegen die Tränen an. Sie sah ihn vor sich stehen, die Hände jetzt in den Hosentaschen, den schwarzen Rollkragenpullover hatte sie ihm damals aus dem Kaufhaus mitgebracht, als Teil seiner Uniformierung als Intellektueller. »Was hast du dir dabei gedacht?«, fragte sie.

»Ich weiß nicht, vielleicht, dass es enden muss, wo es angefangen hat.«

»Wie toll du dir das überlegt hast, Harry, du musst ja wissen, wie so etwas geht.«

»Es tut mir leid, was ich dir alles an den Kopf geworfen habe«, sagte er. »Ich konnte einfach nicht verstehen, wie du das Offensichtliche nicht sehen wolltest. Wie du die Augen verschlossen hast, dich blind gestellt hast. Außerdem habe ich gelernt, dass du die Leute provozieren musst, um sie aufzuwecken. Sonst bewegen sie sich nicht.«

»Du meinst, sie bewegen sich sonst nicht in deine Richtung.«

»Du musst die Richtung vorgeben, das gehört dazu.«

»Ich finde das so überheblich, Harry, ich finde das so anmaßend. Was unterscheidet dich von all denen, die auch schon immer geglaubt haben, dass sie wissen, wo es langgeht. Leute, die du immer verabscheut hast. Und jetzt weißt du ganz genau, was richtig und was falsch ist. Sicher ist es gut, dass du kein Lehrer geworden bist.«

Sie merkte ihm an, dass er etwas erwidern wollte, er hielt es zurück. Er wollte nicht streiten, wollte nur verkünden, und dieses Vorhaben hatte er erledigt. Sie wusste nicht, was diese Szene noch für einen Sinn haben sollte, und bat ihn darum, dass er sie allein lasse. Er sagte nichts mehr, berührte noch einmal kurz ihren Arm, nickte ihr zu, dann ließ er sie stehen. Es war noch zu kühl, sich ins Gras zu legen. Helene lehnte sich an die stufenlose Leiter des Hochsitzes. Versuchte zu atmen. Sie ärgerte sich mehr über sich selbst als über ihn; dass sie es ihm gestattet hatte, an diesem Ort Regie zu führen. Verflucht sei der Tag, als ich ihn hierhergebracht habe. Sie ärgerte sich darüber, dass sie sich noch immer zu ihm in Beziehung setzte, »was würde Harry dazu sagen«, »wie würde er das sehen«, dass sie noch immer solche Gedanken in ihren Kopf ließ. Aber so wird es dir beigebracht, von Kindesbeinen an. Dass du ohne ihn nichts Ganzes bist. Wie schwer es war, sich das auszutreiben. Oder, noch schlimmer, die Suche danach, was sie falsch gemacht haben könnte, an welchem Punkt sie übersehen hatte, wie er sich entwickelte, zu was er sich entwickelte. Dass er sich radikalisierte in seinem Denken und Handeln, nun, das war nicht von heute auf morgen geschehen, aber es war geschehen mit den Ereignissen und den Lektüren, mit seinem Austritt aus dem Schuldienst, mit den unzähligen Diskussionsrunden, den ersten Demonstrationszügen durch die Straßen. Und du, du hast es geschehen lassen, anfangs wolltest du ja selbst ein Teil davon sein. Es war merkwürdig still auf der Lichtung. Als wären alle Vögel und Insekten mit Harry mitgegangen, in seine Richtung. Ich werde jetzt auch gehen, und ich werde nicht mehr hierherkommen. Ich werde jetzt ein letztes Mal über ihn nachdenken, sagte sie sich, und dann wird es vorbei sein. Er hat recht, hier hat es begonnen, hier wird es enden. Der Kreis schließt sich. Er wird dann keine Macht mehr über mich haben, keinen Einfluss. Sie hatte ihn klar vor Augen, diese schmale Gestalt, das dunkle Haar, nur das Gesicht wirkte merkwürdig unscharf, verschwommen, wenn sie es fixieren wollte. Harry war ein kleiner Junge und er war unendlich alt, er war einfältig und schlau, gewalttätig und sanft, er konnte reden und mittlerweile konnte er auch schweigen, er war schön und entsetzlich, ein Riesenarschloch und ein kleines Wunder, Theoretiker und Praktiker, er war Realist und Träumer, er war ein Jäger und ein Reh, Prolet und Feingeist, er war ein Schläger und ein Streichler, er war Harry, er war nicht Harry, er gehörte zu ihr, er war für immer verloren, er war –

»Ich wünsche dir eine schöne Reise«, sagte sie und sah auf die Lichtung. »Ich hoffe, du findest deinen Weg.«

Herz & Königin

Sie blieb in der Ecke stehen, neben dem Tisch mit den drei Büchern und lehnte sich an die Wand. Hier konnten die Leute nur aus einer Richtung auf sie zukommen. Heidi stand in der Mitte des Raums, grüßte, umarmte und gab Küsschen. Sie zog die Menschen an und stieß sie wieder ab nach Gesetzmäßigkeiten, die Helene niemals verstehen würde. Heidi war das Herz, und war sie damit die Königin, zu der man gemessenen Schrittes gehen musste, um eine Audienz zu bekommen? Vielleicht wirkte es so, und warum eigentlich nicht, warum sollte es nicht für einen Abend so sein dürfen? *Herz & Königin*, und sie war noch immer froh, dass Claudia diesen Einfall gehabt hatte, nachdem sie bestimmt zweihundert Namen für die Boutique verworfen, nachdem sie sich beinahe deswegen heillos zerstritten hatten. Überhaupt Claudia, wo war sie? Sie war überall und nirgends, fegte rotwangig und vom Zucker aufgepeitscht hin und her, durfte Cola in rauen Mengen trinken und allen die Hand schütteln. Sie sah nicht wie eine Herz-, eher wie eine Schneekönigin aus, ganz in Weiß mit blauen Bändern, dazu die genähte Schrift, fast wie eine Tätowierung auf blütenweißer Haut. Drei Nächte für dieses Kleid, dachte Helene, drei Nächte, die sich allerdings gelohnt hatten. »Fünf Bestellungen«, hatte ihr Senay per Handzeichen signalisiert, das bedeutete fünfzehn Nächte Arbeit.

Heidi setzte sich jetzt ans Klavier, sie sang Nina Simones *Black Is The Colour Of My True Love's Hair*, und sie sang es so, dass alle Gespräche für den Moment verstummten. War das zu ruhig, zu traurig für diesen Eröffnungsabend, fragte sie sich, aber es war *ihr* Abend, und sie konnten tun, was immer sie wollten. Heidi hatte ihr eingeschärft, wenn ihr jemand krumm käme, solle sie einfach rufen: »Kopf ab!« Heidi spielte jetzt etwas Schnelleres, Senay und Claudia tanzten, die Leute klatschten. Helene spürte, wie die Last des Gelingens von ihr abfiel, alle schienen bester Laune zu sein, und hatten sich bisher nicht alle mindestens wohlwollend über den Laden und ihre Arbeiten geäußert? Manche wussten nicht, dass Helene Klasing und Helene von Weißhaupt ein und dieselbe Person waren. Von denen, die es wussten, war sie für ihre Doppel-, wenn nicht Dreifachbegabung gelobt worden; Mode, Bilder und Bücher, und das alles in einem Laden (»es sind nur verschiedene Ausdrucksweisen eines Grundgedankens«), wie sie das alles schaffen würde (»ich habe aufgehört, im Kaufhaus zu arbeiten, und es ist nicht alles von mir, wir nehmen auch andere Sachen auf«).

Als die Musik verstummte, griffen ein paar Leute zu ihren Jacken und Mänteln und machten sich auf zu gehen, als wäre dies der Höhepunkt gewesen, und vielleicht entsprach das der geplanten Choreografie des Abends, die sie längst vergessen hatte. Dass sie diesen Abend nie vergessen würde, so viel stand fest.

271

Claudia kam auf sie zugesprungen und drückte sich an sie. Nach dem Mädchen kam ein Mann auf sie zu, er bewegte sich nicht mehr so unsicher wie früher. Sie hatte ihn vorher schon bemerkt, er hatte sich alles in Ruhe angesehen, ein Kleid in die Hand genommen, um den Stoff zu fühlen, vermutlich hätte er gerne ein Stück davon abgeschnitten für seine Sammlung, denn er war der Meister der Dinge. Er wirkte schlanker, gepflegter, und als er vor ihr stand, zeigte er ein breites Lächeln, echte Freude, sie hatte einen Enthusiasten vor sich.

»Herr Seemann, welche Überraschung!«

»Die Überraschung ist ganz meinerseits.«

Sie fragte ihn, was denn die Werkkunstschule mache, und er seufzte und sagte, dort sei er längst nicht mehr, kurz zusammengefasst sei ihm das alles zu theorielastig und zu politisch geworden, das Eigentliche, worum es ihm gehe, in den Hintergrund geraten. »Sie erinnern sich, in Mode kenne ich mich nicht sonderlich aus, aber was die Künstlerbücher angeht, und auch die Gemälde, so kann ich Ihnen nur aufrichtig gratulieren.« Theophil Seemann lächelte sie an und sah dabei nicht mehr in schräger Linie an ihr vorbei, wie er das früher getan hatte. Sie habe sich konsequent weiterentwickelt und sei dennoch bei sich geblieben, das merke man.

»Es ist schön, aber auch äußerst verwirrend, so viele Komplimente an einem Abend zu hören«, sagte sie. »Aber darf ich fragen, was Sie nun machen? Ich weiß, es kann eine verhängnisvolle Frage sein.«

Er schüttelte den Kopf und sagte, es gebe nur verhängnisvolle Antworten. »Ich habe momentan das Gefühl, dass die Köpfe der Menschen wieder bereit sind, sich auf Neues einzulassen, und da will ich nicht in einer Institution versauern, sondern aktiv mitwirken, beweglich bleiben, auch wenn das natürlich mehr Risiko bedeutet. Und dass Sie und Ihre Freundin es wagen, einen solchen *Raum* zu eröffnen – Laden will ich es nicht nennen – das bestätigt mich, beflügelt mich sogar.«

»Ich erkenne Sie ja kaum wieder, Herr Seemann.«

»Sie hingegen scheinen sich kaum verändert zu haben, Ihre Schlagfertigkeit ist Ihnen geblieben.«

Er erzählte, er habe einen Zusammenschluss von Buchgestaltern mitbegründet, der gesamte deutschsprachige Raum plus Belgien und die Niederlande, und sie würden im Oktober auf der Buchmesse erstmalig einen gemeinsamen Stand haben. Ein großer Schritt sei das, und bestimmt nicht der letzte.

»Es wäre mir eine große Freude, wenn Ihre Bücher dort ausgestellt werden, Helene. Sie können sich unsere Arbeiten und die Akteure gerne einmal unverbindlich ansehen, vielleicht haben Sie ja Lust beizutreten.«

Helene versprach es. Der Raum, das Zimmer, der Laden, wie sollte sie es am Ende des Tages nennen, hatte sich geleert, Umarmungen, Kusshände, Heidi knutschte zum Abschied mit einem rothaarigen Mann, vorhin war er ihr als Aaron vorgestellt worden, und auch Seemann schickte sich an zu gehen.

»Einen Rat darf ich Ihnen aber noch geben«, sagte er, als er ihr eine Visitenkarte überreicht und bereits die Hand geschüttelt hatte. THEOPHIL SEEMANN, Buchkünstler. Frankfurt am Main.

»Guter Rat ist stets willkommen«, sagte sie.

»Sie dürfen an die Preise für Ihre Kunstwerke ruhig noch eine Null dranhängen.«

»Überschätzen Sie da nicht die Kaufkraft unserer Kunden?«

»Die Menschen werden Ihren Ansatz lieben, die Nähe zur Natur, die Textebene und das Collagierte entspricht den Erfahrungen einer nicht mehr einheitlichen, merkwürdig vielschichtigen Wirklichkeit. Die jungen Leute haben noch kein Geld. Aber sie müssen nur etwas Geduld haben, aus denen wird bald das neue Establishment.«

Claudia war eingeschlafen, sie kauerte auf einer Sitzbank, Senay hatte ihr ein Kissen untergeschoben. Heidi knipste die Leuchtstoffröhre an, und mit dem grellen Licht war der Zauber schlagartig verflogen. Die Risse in der Wand kamen zum Vorschein, die hässlichen Überputzleitungen, der tropfende Wasserhahn in der kleinen Küche nebenan war zu hören, bis der Kühlschrank dort anfing zu röhren und alles übertönte; das Klavier offenbarte seine Schrammen, der Boden war fleckig, es waren heute einige Flecken dazugekommen. Eine Girlande von Claudia hing verloren über der Eingangstür und hatte sich fast gänzlich abgelöst. An den Fenstern posierten die drei geliehenen Puppen von Ott & Heinemann, und in der Ecke, ihrer Ecke, stand der Tisch mit den drei Büchern über ihre gefühlten oder eingebildeten Seelenverwandten. Das über Virginia Woolf lag aufgeschlagen da. Keines dieser Bücher war heute verkauft worden, aber ein paar Kleider, zwei Bilder mit Zitaten von Else Lasker-Schüler, und es gab mittlerweile sieben Bestellungen für Claudias Kleid, wie Senay berichtete.

Heidi wirkte noch kein bisschen müde, leuchtete, auf schmutzigen Füßen tänzelte sie durch den Raum. Sie wollte anfangen aufzuräumen, ließ es dann aber bleiben. Claudia manövrierten sie in Helenes Arme, das Mädchen klammerte sich im Halbschlaf an sie wie ein Affenbaby, ein leichtes, zartes Affenbaby, und trotzdem war sie froh, dass es nicht weit war bis zu Heidis Wohnung. Sie verabschiedeten Senay, die von ihrem Vater in Empfang genommen wurde, er hatte auf der anderen Straßenseite gewartet, nickte ihnen nur kurz zu.

»Sie wäre perfekt«, sagte Heidi, »und du brauchst unbedingt jemanden, der dir hilft, auf den du dich verlassen kannst.«

»Ich weiß nicht, ob ihr Vater sie lässt. Hast du seinen Blick gesehen?«

Auf der Berger Straße war noch einiges los, neblig war es, klamm, Betrunkene stolperten aus der Pilsstube ein paar Häuser weiter, Heidi sperrte den Laden ab. »Mama!«, grölte einer der Besoffenen.

»Kopf ab!«, sagte Heidi und machte mit der Hand ein entsprechendes Zeichen. »Du bleibst heute Nacht selbstverständlich bei uns. Ich möchte morgen zum Frühstück mit dir so viel Sekt trinken, dass wir den ganzen Tag über auf eine herrliche Weise betrunken sind. Du bist nicht nur eine Adlige, du bist eine *Königin*, Helene, das sollte mittlerweile allen klar sein.«

»Und du, du bist mein Herz.«

Heidi sah sie für einen Augenblick fragend, beinahe ungläubig an, dann kehrte das Lächeln zurück. Sie breitete die Arme aus, legte den Kopf in den Nacken und rief etwas in den Oktoberhimmel, ein seltsamer Laut, ein Kampfschrei, vielleicht den Pfauen im Zoo abgelauscht, nur triumphierender, freier. Und erst später, als sie auf dem Sofa in Heidis Wohnung lag und nicht einschlafen konnte, war es ihr, als würde das Echo dieses Schreis noch immer in der Luft liegen. So also klang Heidis barbarisches YAWP, es war wie in diesem Gedicht von Walt Whitman, und sie erinnerte sich an eine weitere Verszeile: *Auch ich bin bei Gott nicht zahm, auch ich bin unübersetzbar.*

Ein Vater aus Papier

Helene drückte auf den Klingelknopf neben dem Schild: *Klasing*. Einheitliche Schrifttype, serifenlos, auch an den neuen Briefkästen. Die gesamte Elektronik im Haus modernisiert. Der Klingelton war allerdings so laut, dass er in allen Wohnungen zu hören sein musste. Das kam Frau Widderich bestimmt sehr gelegen, jetzt wurde sie automatisch informiert, wenn jemand das Haus betrat, sie musste nicht mehr lauern. Ihre Tür war einen Spalt weit geöffnet, ein uraltes Gesicht lugte heraus. Sie war immer schon in diesem Haus gewesen, sie war dieses Haus. »Helene, gell, jetzt bist du wieder öfter da.«

Das stimmte. Jeden zweiten Sonntag, wenn nicht etwas anderes dazwischenkam. Heute wusste sie nicht, ob es eine gute Idee war. Heute sollte auch Arno zum Essen kommen.

»Hier«, ihre Mutter hatte sie nicht einmal begrüßt, sie hielt einen Brief in der Hand, »sieh dir das an! Natürlich erhöhen sie jetzt sofort die Miete. Dann hätte ich lieber keine Renovierung gehabt. Werde gleich mal Arno fragen, ob das rechtens ist.«

Werde gleich mal Arno fragen. Er war jetzt ihr *partner in crime*, wie Margarethe das in ihrem letzten Brief genannt hatte. Was ist schon dabei, wenn es ihr guttut, hatte sie geschrieben. Und dass sie es auch zwei-, dreimal versucht habe, aber sie habe es mit keinem länger als zwei Wochen ausgehalten. Was war schon dabei? Das Haus erneuerte sich, und durften nicht auch seine Bewohner sich erneuern? Du darfst nicht ungerecht zu ihm sein, dachte sie, er kann nichts dafür, dass er nicht Johannes Klasing ist; er kann nichts dafür, dass er sie daran erinnern wird, dass Johannes Klasing nicht mehr da ist; er kann nichts dafür, dass sie sich fragen wird, wie es gewesen wäre, wenn Johannes Klasing nicht so früh …

Arno ließ noch auf sich warten, Charlotte hantierte in der Küche und verbot ihr, ihr zu helfen. Das war die Abmachung: Wir kommen uns nicht in die Quere. Klare Rollen- und Aufgabenverteilung. Die Wahrscheinlichkeit reduzieren, dass es knallt. Sie setzte sich im Wohnzimmer auf das Sofa, merkte, wie unruhig sie war, sie stand wieder auf und ging in ihr altes Zimmer, gebügelte und ungebügelte Hemden hingen an Stangen, zwei Bügelbretter in der Mitte des Raums, ein Fernseher auf einem Beistelltisch. Porentiefe Reinheit, und Helene fragte sich, ob es in diesem Zimmer noch etwas von ihr gab, eine kleine physische Spur, ein Haar, Hautschuppen, der winzige Teil eines Zehennagels, irgendetwas, das der umfassenden Erneuerung entkommen war.

Sie ging zurück in den Flur, die Tür zum Schlafzimmer war einen Spalt geöffnet, heute war der Tag der nur einen Spalt geöffneten Türen. Sie wagte einen Blick hinein, und es war ihr, als würde sie zurückversetzt, ein anderer, früherer Tag in dieser Wohnung,

278

und das geschah nicht gewaltsam, nicht abrupt, sie fiel nicht in ein Zeitloch, es war eher so, als hätte sie nur einen Schritt getan, ein kleiner Schritt über die Schwelle, und die Bilder waren wieder da.

Es war still geworden in der Wohnung, obwohl ständig jemand zu Besuch kam. Aber die Leute redeten nicht viel, und wenn, dann flüsterten sie beinahe. Ein richtiger Pfarrer war gekommen, und Helene hatte ihn gefragt, warum ihr Vater ausgerechnet jetzt in den Himmel komme, da der Krieg doch vorbei war. So richtig erklärt hatte es ihr bisher noch niemand, nicht mal der Vater selbst hatte es ihr sagen wollen, obwohl sie ihn mehrmals danach gefragt hatte. Aber er war immer so müde gewesen, und in letzter Zeit hatte er gar nicht mehr gesprochen.

»Jeder Mensch hat hier, genau hier in der Brust«, der Pfarrer tippte mit dem Finger auf besagte Stelle, »eine Heizung, eine Herzheizung. Sie sorgt dafür, dass uns warm ist und dass wir in Bewegung bleiben.«

»Und die ist bei Papa jetzt ausgegangen?«

»So ist es. Gott schenkt uns nur eine bestimmte Zeit auf dieser Erde. Eine bestimmte Zeit der Wärme und des Lebens. Dann holt er uns wieder zu sich, und da der Herr im Himmel wohnt, gelangen wir ebenfalls dorthin.«

Helene wollte protestieren, denn sie wusste, dass Gittis Vater zum Beispiel viel älter war als ihr Papa und dass dessen Herzheizung bestens funktionierte, und wie das denn sein könne. Der Pfarrer aber fuhr ihr mit der Hand über das Haar und ging stumm seines Weges. Es war wieder still, unerträglich still. Wo war Mutter?

Die Vorhänge waren überall zugezogen, in der Küche war niemand. Frau Widderich hatte vorhin einen Suppentopf vorbeigebracht und auf den Herd gestellt. Helene öffnete ihn und schnupperte daran. Es roch aber nach nicht viel, die Brühe sah aus wie Wasser, und es schwamm etwas darin, aber was es war, das konnte Helene nicht erkennen.

Im Wohnzimmer hatten die Leute allerhand Sachen abgestellt, eine weiße Rose lag auf dem Tisch; etwas, das aussah wie ein Kuchen, Helene hatte sogar ein Stück Schokolade bekommen. Sie traute sich allerdings nicht, es zu essen, ohne die Mutter zu fragen. Wo war sie? Sie ging durch den Flur, Staubflusen lagen herum; Mutter hatte lange nicht mehr geputzt, und Helene hatte lange nicht mehr dabei helfen müssen. Sie lauschte, ja, war sie denn ganz allein geblieben? Da bemerkte sie, dass die Tür zum Schlafzimmer nur angelehnt war. Sie legte die Hand auf die Tür und drückte sachte dagegen, bis sie einen Blick in das Zimmer erhaschen konnte. Mutter saß neben Vater auf dem Bett und hielt seine Hand, die zu Papier geworden war, so hatte das für Helene ausgesehen. Der Vater hatte sich in faltiges Papier verwandelt, war immer dünner geworden, und das hatte sie natürlich längst verstanden, dass man viel besser in den Himmel gelangen konnte, wenn man leicht war, leicht wie ein Papier, das durch die Lüfte schwebt. Die Farbe des Papiers allerdings, die war nicht schön, gelblich und fleckig wie ein altes vergilbtes Buch. Sie hatte immer gedacht, wenn Vater in den Himmel fliegen würde, dann würde das Papier weiß werden, engelsweiß, strahlend und rein, aber das war nicht passiert.

Mutter stand jetzt auf, und Helene wollte schon gehen, da bemerkte sie, dass sie sich auf das Bett kniete und das Gesicht des Vaters streichelte, der Rock rutschte dabei hoch, ihre Kniestrümpfe waren zu sehen. Mutter beugte sich über den Vater, fast lag sie auf ihm, »sag meinen Namen«, flüsterte sie, »Hannes, sag meinen Namen«, sie flehte den Vater an, und als dieser nicht antwortete (wie sollte er auch?), wurde sie lauter, fast schien es, als rüttelte sie an ihm, »sag meinen Namen, Charlotte heiße ich, Lotte, sag noch einmal meinen Namen!« Warum tut sie das, fragte sich Helene, er ist doch aus Papier und man muss äußerst vorsichtig mit ihm sein.

»Lass Papa in Ruhe«, sagte sie, »du tust ihm doch weh«, und sie hatte gar nicht gemerkt, dass sie die Tür weit aufgestoßen hatte und in das Zimmer getreten war. Ihre Mutter erschrak und richtete sich auf, wandte sich zu Helene um. Zornig wurde sie und keifte: »Raus! Sofort raus mit dir!«

Helene schüttelte den Kopf, aber sie gehorchte, sie verließ das Zimmer, verließ die Mutter und den Vater aus Papier, und es formte sich eine Frage in ihrem Kopf, als sie im Wohnzimmer war und nicht wusste, wohin mit sich und ihren Gefühlen. Sie wollte diese Frage unterdrücken, aber es ging nicht. Der Pfarrer wird böse auf mich sein, wenn ich so etwas denke. Oder sogar Gott wird böse auf mich sein. Warum muss es Papa sein? Warum liegt Mutter nicht an seiner Stelle da?

Das infernalische Türklingeln brachte sie zurück in ein Jetzt, in dem es gleich Mittagessen geben würde. Johannes Klasing war nicht da. War schon lange nicht mehr da. Sie hatte diese kindlichen Vorstellungen nie abgelegt, dass er sich im Himmel befinde, dass er von oben auf sie hinabsehen würde. Was würde er sehen? Sie würde in wenigen Minuten neben einem anderen Mann sitzen und herauszufinden versuchen, ob er ihrer Adoptivmutter guttat. Was immer das hieß. Arno hatte ein rundes Gesicht mit einer runden Brille, er trug ein kariertes Hemd, das einen imposanten Bauch bedecken musste, und er war sehr langsam, sehr bedächtig. Helene bekam kaum einen Bissen herunter, Arno hingegen nahm sich eine zweite, dritte Portion und nannte das Essen ein Gedicht. Es kam zu einer Situation, die sie nicht vorhergesehen hatte, denn dieser Mann fing unverblümt an, Fragen zu stellen, und diese Fragen kamen zwischen Charlotte und ihr nicht vor, blieben ausgeklammert aus gutem Grund, aus Vorsicht oder nur aus Gewohnheit. Er fragte nach ihren künstlerischen Vorhaben, nach der Boutique, er hatte einen Zeitungsartikel ausgeschnitten, *Ihre Kundschaft kommt aus ganz Deutschland*, diese bescheuerte Überschrift, auf dem Foto standen Heidi und sie vor dem Laden und sahen so aus, als würden sie gerade auf den Bus warten. Arno hatte ein Programmheft der Buchmesse dabei, in dem ihr Beitrag zum Gemeinschaftsstand der

Buchkünstler erwähnt wird. Hast brav deine Hausaufgaben gemacht, dachte sie, und spürte, wie sie in eine Abwehrhaltung geriet, wie sie ihm unterstellte, das Interesse nur zu heucheln. Sie gab kurzsilbige Antworten, was er ihr nicht einmal als Unfreundlichkeit auslegte.

»Ihre Bescheidenheit ehrt Sie«, sagte er.

Und Charlotte? Sie lenkte sich mit Tätigkeiten ab, räumte das Geschirr ab, versuchte, ihm den Brief mit der Mieterhöhung unter die Nase zu reiben.

»Das hat doch noch Zeit«, sagte Arno.

Er setzte sich dann aufs Sofa und geriet zunehmend in Schieflage, hielt ein Nickerchen, und das war nicht der Rede wert, war anscheinend der eingespielte Ablauf zwischen den beiden. Helene half ihrer Mutter beim Abwasch, sie gestattete es. »Wie findest du ihn?«, fragte Charlotte mit verschwörerischer Miene. Sie hätte nicht sagen können, ob ihre Mutter sie jemals so angesehen hatte. Wie einen *partner in crime.*

»Tut er dir denn gut?«, fragte sie zurück.

»Er hat seine Macken, aber die habe ich auch. Wir ergänzen uns ganz gut, nehme ich an.«

»Dann habe ich nichts gegen ihn einzuwenden.«

Als sie sich im Flur verabschiedeten, auch Arno war wieder auf den Beinen, hielt Charlotte den Brief in der Hand. »Diese Mieterhöhung«, sagte sie, »das ist wirklich eine Schweinerei.«

Wetterwechsel

Die Blätter der Bäume hingen erstaunlich tief, sie waren fast zum Greifen nah. »Linden«, sagte Helene. »Kaiserlinden, um genau zu sein.«

»Woher weißt du das alles«, sagte Claudia. »Ich kann eine Nilgans kaum von einem Nilpferd unterscheiden, eine Linde nicht von einer Platane.«

»Bist halt ein Stadtkind«, sagte Helene.

»Aber bist du nicht auch eins?«

Sie gingen weiter die Allee entlang. Helene regte sich über eine Familie auf, Mutter und zwei Kinder fütterten Enten an einem Teich. Dies sei unsinnig, sagte sie, »eine Marotte«, und sie beließ es nicht dabei, sondern ging hin und machte die Familie auf ihr unsinniges Verhalten aufmerksam. Spürte die Blicke Claudias auf sich ruhen, sie war etwas verlegen zurückgeblieben. Sicher ist ihr das unangenehm, und sie hat ja recht. Peinliche Situation. Außerdem war sie kein Mädchen mehr, war eine junge Frau, und da sind einem die Erwachsenen ohnehin nur noch peinlich. Was ihr äußeres Erscheinungsbild anging, kam sie anscheinend immer mehr nach dem Vater, sie war dunkler als Heidi, das Haar, die Augen, und Heidi lamentierte manchmal deswegen, wenn sie zu viel getrunken hatte. »Sie erinnert mich an ihn, jeden Tag erinnert sie mich an ihn.« Claudia hatte etwas Grüblerisches angenommen, und scheu war sie, sie zog sich gern zurück, war sich selbst genug. Neulich hatte sie den Wunsch geäußert, ihren Vater kennenzulernen, da hatte es eine Eiszeit zwischen ihr und Heidi gegeben, und Helene hatte vermitteln müssen, gewissermaßen als Expertin in solchen Dingen, aber es gab noch keine Entscheidung. Alles war nur vertagt worden, dabei musste Heidi doch sehr genau wissen, dass sie Claudia am Ende des Tages nicht davon würde abhalten können.

Sie erreichten einen mit Efeu bewachsenen Pavillon. Davor stolzierten zwei Pfauen, ein blaues und ein weißes Exemplar. »Sie schlagen erst ein Rad, wenn sie die richtigen Zuschauer haben«, sagte Helene.

Sie nahmen auf einer Bank Platz und betrachteten die Vögel. Claudia zündete sich unbeholfen eine Zigarette an und hielt Helene die Schachtel hin.

»Nein, danke, ich bin im Begriff, damit aufzuhören. Weiß deine Mutter davon?«

»Noch nicht. Aber sie kann mir das wohl kaum verbieten, wenn sie selbst fast Kette raucht.«

»Gut gebrüllt, Löwin.«

Eine Hochzeitsgesellschaft näherte sich, alle Vertreter der männlichen Spezies hatten sich auf eine Einheitsfrisur geeinigt, geölter Seitenscheitel, die Schleppe des Brautkleids war einige Meter lang. Ein Fotograf dirigierte das Brautpaar vor den Pavillon und sagte: »Lächeln! Bitte lächeln!« Das alles geschah sehr hastig, anscheinend war wenig Zeit bis zum nächsten Programmpunkt des Tages. Die Pfauen waren nicht daran interessiert zu kooperieren, und erst als die Entourage verschwunden war, schlug der Blaue ein Rad.

»Ist es nicht wunderschön«, sagte Helene.

»Das wäre natürlich das perfekte Motiv gewesen«, sagte Claudia.

»Wusstest du, dass die Blüte des Gänseblümchens und das Rad des Pfaus dasselbe Muster haben? Man muss zwischen den Pfauenaugen nur Kreise ziehen, und schon hat man es. Das ist keine Zauberei, aber ein Zauber.«

»Klingt fast nach einem mathematischen Zauber. Warum weiß unser Mathelehrer nichts davon. Dann würde mir Geometrie vielleicht etwas mehr Spaß machen.«

Es fing an zu nieseln, sie gingen die Allee zurück. Als es noch ärger wurde, suchten sie Schutz unter einem Lindenbaum.

»Ich beschäftige mich fast nur noch mit solchen mathematischen Zaubereien«, sagte Helene. »Eigentlich mache ich nichts anderes mehr. Und das Schöne ist, dass du alle Formen in der Natur finden kannst. Du kannst ihr alles abschauen.«

»Du redest von deinem Buch über Kreise.«

»Nicht nur das. Es hilft mir genauso, wenn ich male, wenn ich Kleider entwerfe. Der Kreis ist die Urform. Und in der perfekten Form des Kreises steckt für mich die größte Freiheit. Das klingt vielleicht nach einem Widerspruch, aber die Natur macht es uns ständig vor, wie etwas wild wachsen und zugleich ein hohes Maß an Ordnung haben kann. Aber es ist nicht nur die Natur, es sind unsere Bewegungen, unsere Bauwerke, es sind unsere Vorstellungen, die wir uns von der Welt machen, vom Kosmos. Dante hat seine Hölle wie ein großes Mandala konzipiert, genauso aber den Läuterungsberg. Unsere Aufgabe ist es, diese Kreise zu durchschreiten, und am besten fangen wir nicht erst damit an, wenn wir schon im Jenseits sind.« Sie lachte, und Claudia lächelte immerhin. Das wird sich gleich ändern, dachte Helene, wenn ich nicht damit aufhöre.

»Weather is changing«, sagte ein amerikanischer Soldat im Vorbeigehen zu seiner Begleitung, Claudia holte eine Flasche aus ihrer Schultasche und trank. »Ich mag es, wenn du mich von der Schule abholst«, sagte sie.

»Bald wird dich dein Freund von der Schule abholen. Er wird schon neunzehn sein und ein Cabrio fahren.«

»Vergiss es!« Jetzt lachte sie.

Helene blickte auf die Uhr. »Herrje, ich muss zum Laden zurück, ich muss deine Mutter ablösen.«

Heidi war unter Strom. Mit ihrem Spaziergang hatten sie ihr Terminnöte beschert, aber Helene hatte das Gefühl, dass da noch etwas anderes war. Ein Stimmungswechsel, *the weather is changing.* Sie war auf dem Sprung zu einem Maklertermin, wollte sich nach einer räumlichen Alternative umsehen, etwas Größeres, andere Lage, sie wollte wachsen, *all in* gehen, wie sie sagte. Helene wollte lieber einen Gang zurückschalten.

»Dieser Dingsbums Seemann war hier«, sagte Heidi.

»Theophil.«

Helene sah in ihren Kalender, sie hatte keinen Termin mit ihm vergessen. Aber die Buchmesse rückte näher, es gab noch so viel zu besprechen, so viel zu tun. Das zehnte Künstlerbuch, Paula Modersohn-Becker, ein kleines Jubiläum, aber sie hatte Zweifel, ob und wie sie es schaffen würde. Sie kam mit den Kleidern nicht hinterher, dazu kam die Zeit im Laden, die Gespräche, die Beratungen. Kannst es dir eigentlich nicht leisten, mit Claudia spazieren zu gehen. Aber irgendetwas lief falsch, grundsätzlich falsch, wenn das nicht mehr möglich war. »Was wollte er denn?«, fragte sie. Wie lang war die Pause zwischen Heidis Information und ihrer Frage gewesen. Zwei Minuten? Das machte Heidi immer rasend. Diese Form von Langsamkeit.

»Kannst du dich nicht woanders mit ihm treffen?«

»Wieso, ich kann mich doch treffen, mit wem ich will.«

»Ich kann ihn nicht leiden. Und *ich* habe die Sache mit der Werkkunstschule nicht vergessen.«

»Er hat sich verändert.«

»Du meinst, er ist ein besserer Schauspieler geworden.« Sie warf einen Blick auf die Wanduhr, sagte »Scheiße! Scheiße Scheiße!« und machte noch immer keine Anstalten, den Laden zu verlassen. »So geht es jedenfalls nicht mehr weiter. Wir haben eine Schwelle erreicht, wir können einen gewaltigen Schritt machen. Das bedeutet aber auch, dass wir die Abläufe ändern müssen. Die eine kommt, die andere geht, und niemand weiß, was die andere macht. Das funktioniert einfach nicht mehr. Man stelle sich vor, wir wären ein Orchester! Das würde sehr schief klingen. Oder wir bleiben halt an diesem Punkt stehen und wurschteln uns weiterhin so durch den Tag.« Ein Knall, Claudia war das Federmäppchen heruntergefallen; sie hatte angefangen, ihre Hausaufgaben zu machen. Heidi starrte ihre Tochter an, schüttelte den Kopf, dann war sie ohne ein weiteres Wort aus der Tür.

»Gereizt«, sagte Claudia.

»Es ist zu viel«, sagte Helene, »einfach zu viel.«

Heute war es allerdings ruhig. Draußen regnete es nun in Strömen, Claudia beschloss, noch eine Weile im Laden zu bleiben. Senay traf ein und übernahm *die Kundschaft*, doch Helene hatte keine Lust zu nähen, hatte keine Lust, Theophil Seemann anzurufen. Sie setzte sich neben Claudia, sie blätterte gerade in einem Modemagazin. Eine Doppelseite zeigte eine junge Frau in einem weißen Kleid auf einer Blumenwiese.

»Von Buddha heißt es, er habe einmal eine Predigt gehalten, ohne dabei auch nur ein einziges Wort zu sagen. Er hat einfach eine Blume gezeigt.«

»Wieso hat er das gemacht?« Claudia ließ ihren Blick auf dem Foto ruhen.

»Vielleicht, weil er zeigen wollte, dass in einer einzigen Blüte alle Formen des Lebens, die gesamte Harmonie der Schöpfung enthalten ist.«

»Das ist eine schöne Vorstellung«, sagte das Mädchen.

Helene spürte ein Kratzen im Hals, vielleicht kündigte sich eine Erkältung an. Vielleicht war sie deshalb so lustlos. Sie stand auf und hatte das Gefühl, sich sofort an etwas festhalten zu müssen. Der Kreislauf, das Wetter änderte sich.

»Hast du eine Zigarette für mich?«, sagte sie zu Claudia. »Ich glaube, mir ist jetzt doch danach.«

Drei Fragen

Offenbach, 4. September 1973

Liebe Margarethe,

heute erreicht Dich nur ein kurzer Brief. Der nächste aber wird lang sein im Sinne von ausführlich, versprochen, eine umfassende Auskunft über meine Misere. Ich habe das Gefühl, in der Klemme zu stecken. Daher heute nur drei Fragen an Dich. Diese drei Fragen verraten Dir, worum es hier geht.

1. Wie schafft man es, einen Laden zu führen und gleichzeitig künstlerisch tätig zu sein?
2. Wie schafft man es, einer Freundin zu sagen, dass sie sich verrennt, vergaloppiert, dass ihr Wesen etwas Wahnhaftes bekommen hat, dass sie sich und andere damit überfordert – wie sagt man ihr das, ohne sie zu verlieren?
3. Wie schafft man es, jemanden NICHT zu vermissen, der es ganz und gar nicht verdient hat, dass man ihn vermisst?

Fragt mit herzlichen Grüßen:
Deine Helene

It's all about stayin' alive, Mister

Das Zimmer war weiß, es war das hässlichste Weiß, das sie jemals gesehen hatte. Diese rollbaren Betten, der rollbare Beistelltisch, darauf lag nichts. Das sei doch das Zimmer von Harald Kaufmann, fragte sie den Mann im zweiten Bett, der zog einen Schmollmund und sagte leise: »Nun ja, eigentlich war ich zuerst hier. Ich könnte also mit Fug und Recht behaupten, dass es mein Zimmer ist.« Dann aber lächelte der Mann (war er fünfzig, war er hundert?) und ergänzte, Harry sei zu einer Untersuchung abgeholt worden, aber so, wie er die Lage einschätze, müsste er in wenigen Minuten wieder da sein. »Ist ein Jammer, in diesem Alter, sehen Sie, bei mir, da spielt es nicht mehr so eine große Rolle, ich habe mein Leben gehabt.« Es roch gleichzeitig herb und süßlich, sie erinnerte einen Teil des Geruchs, ein Männergeruch, den anderen Teil nicht. Sie wusste nicht, ob sie sich auf Harrys Bett setzen sollte, durfte, konnte, also blieb sie stehen, faltete die Hände vor dem Schoß, als würde sie meditieren.

»Ich heiße Helene«, sagte sie.

»Angenehm, ich heiße Paul.«

Was wusste dieser Paul über sie, über sie und Harry. Sie spürte ein Unbehagen und eine Enttäuschung, dass sie nicht frei würden sprechen können, doch als sie den Mann ansah, nur noch Flaum auf dem Schädel, ein rosiges, vielleicht aber auch ein aufgedunsenes Gesicht, da verflog beides, das Unbehagen und die Enttäuschung, denn vor diesem Kind, vor diesem uralten Mann konnte man sich alles sagen. Paul fühlte sich bemüßigt, sie zu unterhalten, solange sie warten musste, auch wenn es ihm schwerfiel zu sprechen, die ursprüngliche Klangfarbe seiner Stimme war nur zu erahnen. Er sei gleich dreimal verheiratet gewesen, müsse sie wissen, und jede Ehe sei besser gewesen als die vorherige. »Man ist nicht dazu verdammt, immer wieder die gleichen Fehler zu machen, auch in Liebesdingen nicht. Man sagt ja auch, das erste Haus, das baust du für deinen Feind. Das zweite für deinen Freund. Und das dritte für dich selbst.«

Sie wusste nicht, was sie darauf erwidern sollte, aber sie musste auch nichts sagen, Paul schien froh zu sein über eine kleine Pause, er schloss lächelnd die Augen. Die breite Tür öffnete sich, hineingeschoben wurde ein Rollstuhl, in diesem Rollstuhl saß ein Mann. Helene fasste nach dem Bettgestell, um nicht einzuknicken.

»Das Vergnügen war ganz meinerseits«, sagte Paul, aber es drang kaum noch zu ihr durch. Sie hatte nur Harry im Blick, und als dieser sie erkannte, schüttelte er nur sachte den Kopf und atmete laut aus. Die Schwester half ihm aus dem Rollstuhl, er war rund geworden, irgendwie aufgequollen, die Bewegungen wirkten unendlich schwerfällig. Helene zuckte, wusste nicht, sollte sie helfen, blieb aber am

Fußende des Bettes stehen, klammerte sich daran fest. Harry hatte es geschafft, er lag, die Schwester kurbelte am Bett, sodass sich der Kopfteil erhöhte. Er lag nun aufrechter, konnte sie gut sehen. Paul hatte sich demonstrativ zur Seite gerollt, wollte ihnen anscheinend nicht das Gefühl geben, belauscht zu werden. Ein Gentleman.

»Meine Mutter hat also nicht dichtgehalten«, sagte Harry. So langsam, bei näherem Hinsehen, erkannte sie ihn wieder, das waren zweifellos seine Augen; das war Gott sei Dank seine Stimme, sie war nicht so lispelnd und flüsternd geworden wie bei seinem Bettnachbar.

»Wolfgang hat mich angerufen, aber in ihrem Auftrag.«

»Das sieht ihr ähnlich«, sagte er. Und: »Magst du nicht näher kommen? Ich beiße nicht.«

»Harry, ich ...«

»Du musst nichts sagen ...«

Sie setzte sich neben ihn, blickte auf seine Hand. Die geschwollene Haut hatte eine dunkle Farbe, aber es war nicht dieses altersfleckige Braun wie bei ihrem Vater, es war anscheinend das Braun der indischen Sonne, das ihm geblieben war.

»Seit wann färbst du dir die Haare«, sagte sie.

Er grinste. »Seit wann trägst du eine Brille?«

»Die Näherei macht mich blind.«

»Und ich bin einmal zu viel Bus gefahren in Indien. Da habe ich graue Haare bekommen.«

Er kam ins Erzählen, es schien ihm keine Mühe zu bereiten. Die Schwester war gegangen, das hatte sie gar nicht bemerkt, sie war gefangen in einem Augenblick, der alles zusammen war, seltsam bekannt, gänzlich unbekannt, sie verspürte Nähe und eine große Distanz. Trotzdem war es ihr, als hätten sie sofort etwas wiedergefunden, etwas Vertrautes. Das Vertrauen zu finden wird länger dauern, dachte sie, dafür war vielleicht nicht mehr genug Zeit.

»Ich habe in Indien einen Kanadier kennengelernt, Tim, er ist Musiker, und wir sind von Neu Delhi über Bombay nach Goa gefahren, dann noch etwas südlicher und ins Landesinnere, Tee- und Kaffeeplantagen, abenteuerliche Busfahrten waren das. Bei einer Fahrt nach Madikeri habe ich dem Busfahrer geholfen, die Außenspiegel mit einer Schnur aus meinem Rucksack festzubinden, ständig mussten wir anhalten und sie wieder festziehen, bevor sie abgefallen wären. Als wir am Ziel waren, wollte der Fahrer ein Sirtaki-Tänzchen mit mir aufführen, so erleichtert war er, heil angekommen zu sein. Er hielt mich anscheinend für einen Griechen, Greek, German, doesn't matter, it's all about stain' alive, Mister.«

Er brach die Erzählung ab, musste schlucken, sah sie lange an.

»Ich weiß, was du fragen wirst«, sagte Harry, als hätte er ihre Gedanken gelesen.

»Du warst schon immer ein Prophet«, erwiderte sie, aber es war keine Prophetie, es war das Naheliegende. Sie holte tief Luft. »Warum hast du mir nie etwas von deiner Krankheit gesagt? Wolfgang meinte, dass du es schon lange wusstest. Seit du ein Kind bist? Alle wussten es. Nur ich nicht.«

»Erstens: Weil ich Angst hatte, du würdest mich nicht nehmen. Wer heiratet schon jemanden, der einen Herzfehler hat und vielleicht morgen schon aus dem letzten Loch pfeift.«

»Vielleicht wäre ich so jemand gewesen.«

»Zweitens: Die besten Noten hatte ich immer im Fach *Schönreden*. Da waren Ärzte, die sagten dieses; da waren Ärzte, die sagten jenes. Und ich habe mich immer an die gehalten, die mir mehr Zeit eingeräumt haben. Genaues weiß man nicht, alles noch reichlich unerforscht, man hat noch nicht die technischen Möglichkeiten. Vielleicht ist es auch etwas anderes, nur mit ähnlichen Symptomen. Ach ja, in Kyoto, Japan, da gab es einen Fall, ein Mann, der ist damit achtzig geworden. Und du denkst dir: Bei mir wird es auch so sein, ich werde mehr Zeit haben. Kein Grund, es an die große Glocke zu hängen.« Harry fasste nach dem Haltegriff, der über dem Bett baumelte (nannte man das im Krankenhausjargon nicht Galgen?), und zog sich mühsam hoch, bis er beinahe aufrecht saß.

»Meine dialektischen Fähigkeiten haben vielleicht etwas nachgelassen«, sagte sie, »aber was hat *Erstens* mit *Zweitens* zu tun, und gibt es zwischen beiden nicht sogar einen Widerspruch?«

Harry grinste. »So muss es doch auch sein. Daher gibt es natürlich noch ein drittes Argument, das die ersten beiden Argumente zusammenführt, wenn nicht gar zusammenschweißt.«

»Das wäre?«

»Drittens: Weil ich schon immer eine Scheißangst hatte.« Er schloss die Augen, setzte an, räusperte sich, öffnete die Augen und sah sie direkt an. »Ich will nicht ... ich habe Angst davor zu sterben.« Es schüttelte ihn, sein Körper drohte auseinanderzufallen. Er versuchte, den Atem zu kontrollieren, bat um ein Glas Wasser, deutete auf den Beistelltisch. Helene stand auf, sie ging ums Bett herum. Hinter einer Klappe verbargen sich Bücher, ein Stoß Papiere, eine Wasserflasche und ein Turm aus Plastikbechern. Er trank gierig, wie ein Verdurstender, er benetzte die rissigen Lippen mit der Zunge.

Er sagte, er hätte sich ohrfeigen können, als herauskam, dass sie adoptiert war. All die Jahre habe man ihr das verschwiegen, und er, er habe es genauso gemacht wie Charlotte, habe es ihr einfach nicht gesagt. »Es tut mir wirklich leid, Helene ...«

»Hättest es mir doch damals erzählen können. War es nicht die Zeit der großen Offenbarungen?«

»Das hättest du nicht verkraftet.«

»Du weißt gar nicht, was ich alles verkraften kann.«

»Ich habe mir das jedenfalls eingeredet: ›Es ist zu spät, ich muss sie damit verschonen!‹ Das war so dumm, denn es war doch klar, dass die Wahrheit uns eines Tages einholen würde. Heute ist es so weit.«

»Ich scheine ein Faible für Menschen zu haben, die mir das Wesentliche verschweigen. Mal sehen, wen es da noch so alles gibt.«

»Es tut mir leid, Helene. Ich war immer so stolz darauf, es anders zu machen als meine Eltern. Auszubrechen, zu studieren, anders zu sprechen, einfach anders zu leben. Dass ich *wahrheitsliebend* bin, habe ich wirklich geglaubt! Auf der Fahrt nach Indien habe ich mich an einer Gedichtzeile abgearbeitet, die ich einmal irgendwo gelesen habe: »Die Väter sind nicht mehr akut.« Als ich sie zum ersten Mal las, dachte ich, genau, das ist es doch. Die können mir gar nichts mehr sagen, die Väter. Die haben sich schuldig gemacht. Die sind nicht mein Vorbild. Mehr noch: Die sind der Feind. Und wenn man noch die Mütter dazu nimmt, dann kannst du sogar sagen: Die Eltern sind nicht mehr akut. Denn die Mütter tragen das alles mit, das Schweigen, das Vertuschen, das Verharmlosen. In Indien wurde mir klar, dass das alles nicht stimmt. Die Eltern sind akut. Du trägst so vieles von ihnen weiter, du wiederholst so viel. Machst dieselben Fehler. Du bist wie sie. Und ich wollte einfach nicht sehen, dass sie sich immerhin bemüht haben, etwas zu verändern, dass sie sich bemüht haben, mich zu verstehen. Ich meine, sie haben mich studieren lassen. Sie haben mich dabei unterstützt, auch wenn sie das alles nicht kannten. Sie haben zumindest versucht zu reparieren, was sie kaputt gemacht haben. Helene, ich rede unverständliches Zeug, ich weiß. Ich will nur sagen: Ich schaffe es einfach nicht, die Vergangenheit abzuschütteln. Trotzdem hätte ich nicht schweigen dürfen. *Diesen* Fehler hätte ich nicht wiederholen dürfen.«

»Eins ist dir jedenfalls geblieben«, sagte sie und nahm seine Hand.

»Was meinst du?«

»Dein Hang, Monologe zu führen.«

Harry sank wieder in das Kissen zurück. Atmete

tief ein und aus. »Danke, Helene, dass du nicht auf die Tränendrüse drückst.«

»Gern geschehen.«

»Vielleicht habe ich leicht reden, da ich selbst kein Vater bin. Und es geht mir oft durch den Kopf, was gewesen wäre, wenn wir zusammen ein Kind bekommen hätten. Was wäre aus ihm geworden? Hätte er alles anders gemacht? Hätten wir es besser gemacht?«

»Vielleicht wäre es sogar eine Sie geworden.«

Sie schwiegen. Von Zimmernachbar Paul war ein leises Schnarchen zu hören. Eine Wanduhr tickte; die Sonne war weitergezogen, es wurde dunkler im Zimmer, ein bernsteinfarbenes Licht.

»Dass du ausgerechnet etwas mit dem Herzen hast«, sagte sie. »Ich dachte manchmal, du hättest überhaupt keins.«

»Kein Herz? Du spinnst ja. Mein Herz hat sogar noch Wünsche, auch wenn es kaum noch funktioniert.«

»Jetzt bin ich aber gespannt.«

»Ein Wunsch wäre, dass du nicht gehst.«

Paul wachte auf und schien sich zu freuen. »Ach, das junge Glück ist noch beisammen«, sagte er, und Helene fragte sich, was er wirklich von ihnen wusste. Viel schien es nicht zu sein.

Harry bat darum, dass sie noch einmal diesen unseligen Beistelltisch öffnete. »Warum ich nie geschrieben habe, wirst du dich fragen. Natürlich habe ich geschrieben, viele Seiten habe ich an dich geschrieben. Bitte, nimm sie mit, es sind die Blätter dort im Schrank. Ich konnte nichts davon abschicken. Ging einfach nicht.« Er habe mit Tim in Goa in einer Bäckerei gearbeitet, bei einem Deutschen, sagte er. Jedenfalls habe er viel Zeit gehabt nachzudenken und zu schreiben. »Ich habe aber höchstens mal eine Postkarte an die Eltern oder an Wolfgang abgeschickt. Lebenszeichen, mehr nicht.«

»Unfassbar, du in einer Bäckerei. Wusstest du denn überhaupt, was Mehl ist?«

»*Die Regel ist, morgen Marmelade und gestern Marmelade, aber niemals heute Marmelade.* Das habe ich auf ein Schild geschrieben und so aufgehängt, dass es jeder in der Bäckerei lesen konnte, lesen musste. Das war meine größte Tat. Glaubst du mir, dass die Leute trotzdem jeden Tag Teilchen mit Marmelade wollten?«

»Diese Banausen.«

»Dir wäre das nicht passiert. Niemand hat so ein feines Gespür für ein Paradoxon wie du.«

Eine Schwester kam herein, die Besuchszeit war vorbei. Helene versprach, am nächsten Tag wiederzukommen. Sie fragte Paul, ob sie ihn dann zeichnen dürfe, was dieser erst zulassen wollte, wenn sie aussagekräftige Arbeitsproben mitbringen würde. »Ich liege schließlich nicht für jeden Modell.« Sie drückte Harrys Hand, seine hellen Augen waren von einem Grauschleier belegt, und erst jetzt merkte sie, wie erschöpft er war, wie sehr es ihn angestrengt hatte, mit ihr zu sprechen. Wie viel Kraft es ihn wohl gekostet hatte, den alten Harry hervorzuholen.

»Ich heiße Helene Klasing«, sagte sie zum Abschied. »Ich bin vierunddreißig Jahre alt und komme aus Frankfurt.«

Er verstand sofort und antwortete: »Ich heiße Harald Kaufmann, bin fünfunddreißig Jahre alt und komme aus Offenbach. Ich freue mich, Sie wiederzusehen.«

Im Bus fing sie an, Harrys Seiten durchzublättern, akkurate Handschrift, keinen Platz auf der Seite verschwenden, alles dicht an dicht. Sie las einzelne Stellen, blätterte weiter, nur die letzte Seite las sie ganz, sie hatte dabei seine Stimme im Ohr:

»Wenn du mich nach den Essenzen meiner Reise fragst, so ist eine wichtige Erkenntnis für mich, dass ich nicht viel brauche. Nicht viel Äußeres, nicht viel Inneres, die Grenzen werden ohnehin durchlässig. Ich habe neulich so einen selbst ernannten Guru getroffen, das passiert hier zwangsläufig, der hat zu mir gesagt: ›Heute bist du ein Harry, morgen bist du vielleicht ein Schmetterling, und übermorgen bist du vielleicht tot. Also genieße es, heute ein Harry zu sein. Genieße es, morgen ein Schmetterling zu sein. Genieße es, übermorgen tot zu sein.‹

Ich versuche, mich darin zu üben. Nicht an gestern zu denken und nicht an morgen. Heute ein Harry zu sein, und immer wieder heute ein Harry zu sein, so gut es eben geht und so lange es eben noch geht. Ich weiß, dass ich in diesem Brief schon viel zu viel über mich geschrieben habe, ›dieses Ich, Ich, Ich!‹, wirr und ausufernd, aber ich muss Dir schreiben – bevor ich vielleicht morgen ein Schmetterling bin und übermorgen ... Der Guru hat behauptet, dass es nichts bringt, das Vergangene noch einmal aufzurollen, jede Verletzung noch einmal freizulegen. Ich sehe das natürlich nicht so, aber ich merke trotzdem, dass es mir guttut, weniger an das Gestern und weniger an das Morgen zu denken. Vielleicht werde ich hier doch noch ein veritabler Yogi, mal sehen.

Ich kann nicht sagen, wann ich wieder zurückkommen werde nach Deutschland, ob ich zurückkommen werde. Vielleicht werde ich Dir als Schmetterling erscheinen, Helene. Wirst Du mich dann fangen und auf einem Deiner Kunstwerke anbringen? Manchmal kann ich mir nichts Schöneres vorstellen, als so zu enden. Noch einmal in Deiner Hand zu liegen, Deinen Blicken ausgesetzt, Deiner Sanftheit, Deiner Behutsamkeit. Und Du würdest mich schimpfen, wenn ich mich noch als Präparat sperrig verhielte und mich nicht gleich in die richtige Position bringen ließe. ›Du widerspenstiges Ding‹, würdest du sagen, und wie gerne würde ich Dich das noch einmal sagen hören. Wie leichtfertig habe ich das alles … nein, ich führe diesen Satz nicht zu Ende, Du könntest ihn für eine schäbige Finte im Spiel des Erinnerns und Vergessens halten. Ich höre auf damit und möchte nicht damit aufhören, möchte nicht damit aufhören, diesen Brief zu schreiben, weil danach ist vielleicht nicht mehr viel übrig, außer hier zu sein. Dieser Harry ist hier, und Tim mit der Gitarre, sämtliche Lieder von den Stones klampfend, auch als Atheist Sympathien für den Teufel hegend, aber Luzifer grinst nur boshaft, und eine Kokosnuss löst sich von der Palme und fällt, fällt und schlägt dicht neben uns auf. ›Der Zufall hat uns gerettet‹, wird Tim sagen. Oder der Teufel hat schlecht gezielt.

Helene, was Du wohl gerade machst? Ob Du noch bei den Schröders wohnst? Sicher nicht. Wirst noch immer eine Sammlerin sein, eine Suchende und eine Findende, wirst durch das Wunderland laufen im blauen Kleid, du schrumpfst und wächst, du singst und lachst. Nur der Hutmacher, der ist nicht mehr da ...«

Salz und Pfeffer

Der Gerüstbauer wunderte sich. »Sie wollen ganz allein in diesem großen Haus leben? Sie müssen mir nur einen Wink geben, und ich ziehe mit ein.«

Helene versuchte ein Lächeln.

»Kleiner Scherz am Rande. Und Sie sind sich sicher, dass Sie die Fassade selbst streichen wollen?«

»Etwas anmalen, das kann ich. Und was ich selbst tun kann, möchte ich selbst tun. Selbst, wenn es lange dauert.«

»So ein Holzhaus ist schon was Schönes. Sieht man hier selten, und steht ja noch gut da. Welche Farbe soll es denn werden?«

»Blau.«

»Na, ich werd's dann ja sehen, wenn wir die Geschichte hier wieder abbauen.«

Helene ging zurück ins Haus, sie wollte nicht den Anschein erwecken, die Männer bei der Arbeit zu beobachten. Sie ging hinauf ins Atelier, hatte noch Kisten auszupacken, alle Materialien und Skizzen zum Buch der Kreise bekamen ein eigenes Regal. Sie mochte den leichten Geruch von geöltem Holz im Raum, mochte die großen Fenster, die ihr der Makler als Panoramafenster angepriesen hatte. Das Panorama war mäßig, aber hier ließ sich arbeiten, hier hatte sie Licht. Sie öffnete eine der Kisten: Dantes

Höllenkreise. Keplers Planetenstudien. Schriften über harmonische Proportionen in Natur, Kunst und Architektur. Der Goldene Schnitt, Fibonacci. Dann ihre Versuche, etwas nachzuzeichnen, die Wachstumsspiralen des Gänseblümchens. Steinkreise, Sonnenräder, polynesische Spiraltätowierungen, die Reigentänze des Heraklitkultes. Sie machte die Kiste wieder zu. Bist keinen Schritt weiter, dachte sie. Welche Reihenfolge? Welche Struktur? Welche Zielsetzung? Es fehlte noch an allem, aber jetzt bist du hier, in deiner Künstlereinsamkeit. Sie trat ans Fenster, blickte in den Garten. Es war ihr, als hätte sie eine Geistererscheinung. Ein schwarz-weißes Gespenst lauerte da im kniehohen Gras. Salz und Pfeffer. Doppelreihiger Mantel, Uniform-Stil, angedeutete Schulterklappen. Heidi hatte die Gabe, überall *passend* zu wirken; es schien immer so, als würde sie dazugehören, sie kannte die Regeln, sie kannte die Codes, sie machte keine großen Augen, wenn sie in eine neue Situation kam, und verriet sich dadurch. Hier aber, in einem Garten in Heusenstamm bei Offenbach bei Frankfurt am Main, wirkte sie zögerlich, unentschlossen, kam kaum von der Stelle. Ignorierte die Rufe der Gerüstbauer, ob man ihr helfen könne. Sie erinnert sich an etwas, dachte Helene, und es scheint wohl keine angenehme Erinnerung zu sein.

»Das ist es also«, sagte Heidi, als sie sich an den Wohnzimmertisch gesetzt hatten. »Helene, hör auf, du musst nichts wegräumen.«

»Hat ja kaum etwas Platz hier, entschuldige. Ich wusste gar nicht, dass ich so viele Sachen habe.«

»Sehr witzig. Bist doch schon immer die größte Sammlerin aller Zeiten gewesen.«

»Schicker Mantel übrigens.«

»Ich habe ein paar Sachen von Jana Markovic geordert. Eine junge Schneiderin aus West-Berlin. Nachdem eine gewisse Helene von Weißhaupt ja nicht mehr liefert.« Sie nippte am Kaffee, er war ihr noch zu heiß. Legte die Handtasche auf den Schoß und holte Zigaretten hervor. »Willst du eine?«

»Ist schlecht für den Teint.«

Sie lächelte, immerhin, ihr Blick fiel auf das neue Künstlerbuch. »Darf ich?«

Helene nickte, auch wenn es ihr nicht recht war. Noch immer war da dieses lähmende Gefühl, wenn jemand zum ersten Mal eine ihrer Arbeiten betrachtete. Es war weniger der Punkt, nicht zu gefallen oder etwas falsch gemacht zu haben; es war der Punkt, es überhaupt gemacht zu haben. Dass Heidi dieses Gefühl in ihr auslöste, war allerdings neu und vielleicht der beste Hinweis darauf, dass der Ausstieg aus der Boutique richtig war.

Heidi las eines der Zitate laut vor: »Schauspieler müssen alles über die Liebe wissen, die sie allabendlich auf der Bühne spielen – ohne sie jemals erlebt zu haben.«

»Du hast mich auf Anna Pawlowa gestoßen, wie auf so vieles.«

Heidi blätterte um. »Der sterbende Schwan also. Du hast ihre Bewegungen wunderbar getroffen. Und ihr Kostüm erst! Aber dieser Satz ist natürlich völliger Unsinn, man müsste genau das Gegenteil formulieren. Das sind solche Sätze, die man am Beginn einer Karriere sagt. Wenn man noch an die Vollkommenheit der Kunst glaubt.«

»Vollkommenheit erreicht man erst, wenn man selbst liebt?«

»Oder du gehst so richtig vor die Hunde.«

Heidi probierte erneut den Kaffee und hielt die Tasse mit beiden Händen umschlossen, als müsste sie sich daran wärmen. Sie hatte die Zigaretten noch immer nicht angerührt.

»Gehst du mir hier vor die Hunde, Helene? In Heusenstamm?« Sie dehnte das Wort, als müsste sie es jemandem diktieren.

Helene überlegte, noch einmal die Verse der Rechtfertigung aufzusagen, die sie neulich einstudiert hatte, um Heidi ihre Entscheidung mitzuteilen ... aber nach diesen Versen hatte Heidi das Zimmer verlassen und ein paar Tage nicht mehr mit ihr gesprochen. Das würde sie jetzt also nicht wiederholen. Sie schob sich die Brille zurück an die Nasenwurzel und sagte entschlossen: »Ich werde hier nicht vor die Hunde gehen.«

»Ich verstehe dich, Helene. Ich verstehe deine Trauer. Ich verstehe, dass du nicht mehr das Gefühl haben möchtest, Sachen am Fließband zu produzieren. Aber andererseits verstehe ich dich auch nicht. Siehst du denn nicht, was wir uns aufgebaut haben?! Unser Laden ist in aller Munde, und das weit über Frankfurt hinaus. Du bist dadurch bekannt geworden. Du kannst dir plötzlich ein Haus leisten.«

»Das Haus ... das ist es ja. Ich habe es gesehen, und

ich wusste, ich möchte es haben. Ich habe eigentlich nur nach einer Wohnung am Stadtrand gesucht. Es war wie ein Zeichen … ich brauche einen Ort, wo ich mich vertiefen kann. Das Buch der Kreise, es erfordert so viel. Ich muss so viel dafür tun, und wenn ich in Frankfurt bin, bin ich nur abgelenkt. Außerdem gehört das Haus doch nicht mir, es gehört noch viele Jahre der Sparkasse.«

»Na schön, dann ziehe eben hier ein. Aber warum musst du dich komplett rausnehmen? Weißt du, wie das auf mich wirkt?«

»Sag es mir.«

»Dass Helene Klasing die Boutique nur so lange toll fand, bis sie sich einen Namen gemacht hat. Und jetzt folgt der nächste Schritt in ihrem Karriereplan. Jetzt müssen es die Galerien, Buchmessen und Museen sein.« Heidi stand auf und griff nach dem Mantel. Salz und Pfeffer. Die Armreifen klimperten dabei. »Und Harry? Den bindest du dir jetzt auf den Rücken und er dient als Rechtfertigung für alles: Ich ziehe mich zurück, ich muss jetzt eine Trauerkünstlerin werden. Und wenn das alles nicht hilft, dann liegt es eben an Frankfurt, dieser großen kotzgroben Stadt.«

»Heidi!«

»Ich bin nicht nur eine Geschäftsbeziehung, Helene, ich bin nicht nur Teil eines Kalküls. Zumindest dachte ich das immer.« Sie wandte sich um und ging.

Helene blieb zurück und verspürte einen seit Kindertagen bekannten Trotz; sie glaubte, im Recht zu sein, und gleichzeitig vernahm sie ganz leise das Echo einer anderen Wahrheit, dass sie nämlich im Begriff war, den wichtigsten Menschen in ihrem Leben zu verlieren. Sie rannte ihr nach, und es war ihr egal, was die Gerüstbauer jetzt von dieser Szene halten würden, welche Bühne sie ihnen mit diesem Schauspiel bot. Sie erreichte Heidi am Wagen, die Tür wurde gerade aufgesperrt.

»Darf ich«, sagte Helene außer Atem, »weil du es nicht konntest, weil man *dich* nicht gelassen hat, diesen Weg jetzt nicht weitergehen?«

»Ich stehe dir nicht im Weg, Helene. Ich ganz bestimmt nicht.« Sie stieg ein, startete den Motor und fuhr los. Nach ein paar Metern hielt der weiße Käfer an, eine Hand winkte sie aus dem Fahrerfenster herbei. Heidi hielt ihr ein Buch hin. *I Ging.* Das Buch der Wandlungen. »Das habe ich dir zum Einzug mitgebracht, ich hätte es beinahe vergessen. Aber vielleicht sollte ich es erst selbst lesen.«

Helene nahm das Buch, die andere Hand legte sie auf die heruntergekurbelte Scheibe. Sie versuchte, Heidi durch einen Redeschwall am Fahren zu hindern, dass es da eine Bushaltestelle um die Ecke gebe und dass stündlich eine Linie nach Frankfurt fahre. Und dass sie daran denke, den Führerschein zu machen, da wäre sie in einer guten halben Stunde bei ihr und bei Claudia. Und das Mädchen dürfe selbstverständlich jederzeit kommen, und wenn es möge, könne es die Sommerferien hier verbringen, oder wenigstens einen Teil davon.

»Himmel«, sagte Heidi, »ist ja schon gut. Gib mir ein wenig Zeit, ich muss das alles erst einmal verdauen.«

»Weißt du, womöglich ist es das: Ich möchte wieder nur *eine* Helene sein, Helene Klasing.«

»Helene von Weißhaupt wirst du aber nicht mehr los«, sagte sie, legte den Gang ein und rollte davon.

Nun war es Helene, die sich wie ein Gespenst fühlte, vom Tageslicht überrascht, sämtliche Nachlässigkeiten der Nacht hatte Heidi aufgedeckt. Sie lief: ein Schritt vor, zwei Schritte zur Seite, ein Schritt zurück. Sie betrachtete das Haus, das zur Hälfte eingerüstet war. Ging hinein, setzte sich an den Tisch. Nahm eine Zigarette aus der Schachtel, die Heidi liegen gelassen hatte. Nein, ich bin noch nicht fertig, dachte sie. Ich bin noch längst nicht fertig damit.

7

Alexander
New York & Heusenstamm
2019

In den Wolken wohnen

»Was soll ich sagen«, sagte er, »es handelt sich um ein großartiges Investment. Es ist ein Statement. Und nicht nur das. Es ist der Beginn einer neuen Geschichte. Ein neues Kapitel, ein Schritt in die Zukunft. Nicht nur in Ihre persönliche Zukunft, es ist ein Schritt in die Zukunft des Wohnens, in die Zukunft eines smarten Lebens. Ein Zusammenklang aus Natur und Technik, Schönheit und Effizienz, Tradition und Moderne.«

»Du willst sagen: die pure Dekadenz.«

Er rief, es werde Licht, und es ward Licht.

Er rief, es werde Musik, und es ward Musik.

Er rief, es werde warm, und es wurde warm.

Alina sah sich um. Befühlte eine der Säulen mitten im Raum, dann verschränkte sie wieder die Arme.

»Diesen 360-Grad-Panorama-Blick haben Sie natürlich nur in den ultraschlanken Türmen. Ein Stockwerk entspricht einem Appartement. Man nennt diese Gebäude *Super-Slenders.*«

»Ich nenne sie Stinkefinger.«

»Modern und zeitlos das Interieur. Der Fußboden aus deutscher Eiche, der beliebte und nichtsdestotrotz hochexklusive Calacatta-Marmor wurde im Bad verbaut. Marmor selbstverständlich auch in der Küche. Die Küche stammt, nebenbei bemerkt, aus dem Hause LeMay. Und nun, Trommelwirbel ...«

Er rief, es werde hochgefahren, und es wurde hochgefahren.

»Der Blick!«

Die Jalousien waren vollkommen geräuschlos in ihrer Versenkung verschwunden, Alina stellte sich vor eines der Fenster und sah nach draußen. Sie kann von hier oben sehen, dachte er, dass die Welt eine Kugel ist. Sie sieht das Meer, sie sieht die Wolken. Spuren am Himmel wie von schwarzer Tusche. Sie sieht den Park, schneebedeckt. Sie sieht Flughäfen, sie sieht Straßen, Autos, Menschenpunkte. Lächerlich klein, das alles. Es ließe sich so vieles sagen über diesen Blick, Alina schwieg jedoch. Sie darf nicht zeigen, dass es sie beeindruckt, dachte er. Dass es sie vielleicht sogar erregt.

»Das ist es doch verdammt noch mal, was New York ausmacht.«

»Es ist nicht gut für uns, so hoch in der Luft zu wohnen«, sagte sie. »Du sitzt in der freistehenden Badewanne und siehst auf das alles herab. Wirfst mit diesem Haus einen Schatten, unter dem nichts mehr wächst. Hältst dich für Gott.«

»Dürfte ich fragen, wie es um Ihr monatliches Budget bestellt ist?«

»Dreihundertsechzig«, sagte sie.

»Dreihundertsechzigtausend«, das ist ein Wort. »Ich nehme an, Sie haben einen eigenen Koch. Dann müssten wir die Einrichtung der Küche bei Gelegenheit mit ihm abstimmen. Der Herd ist ein Lacanche

Cluny 1000, um mal eine Hausnummer zu nennen. Da passt ein zwölf Kilo Truthahn an Thanksgiving rein.«

Sie legte den ausgestreckten Finger auf die Lippen. »Das reicht jetzt, Alex. Ich dachte, du arbeitest nicht mehr bei *LeMay Kitchens*.«

»Sabbatical mit offenem Ende, so lautet die offizielle Sprachregelung. Die Abnahme dieses Prachtstücks von einer Küche wird meine vorerst letzte Amtshandlung sein. Glücklicherweise konnte ich Boris diese Aufgabe abschwatzen.«

»Lass uns diesen Tempel entweihen.«

Er rief, es werde runtergefahren, und es wurde runtergefahren.

Er rief, die Musik solle verstummen, und die Musik verstummte.

»Ich wusste, dass du ein Klemmi bist. Wenn schon, dann bitte mit Aussicht. Und es wird niemand vorbeifliegen und uns zusehen, nehme ich an.«

»Niemand darf diese Aussicht verbauen. Die Rechte an der Luft wurden gleich dazugekauft.«

Er rief, es werde hochgefahren, und es wurde hochgefahren.

Sie liebten sich in der Bettwäsche aus ägyptischem Baumwollsatin. Nachdem sie die Selbstzufriedenheit dieses Appartements zerknittert hatten, lagen sie noch eine Weile im Bett, ineinander verkeilt, ihr Dunst allerdings wurde bereits vom Luftreinigungssystem abgesaugt. Sie blickten in die fortschreitende Dämmerung.

»Hast du mir was zu sagen?«, fragte sie.

»Was willst du hören?«

»Vielleicht den Beginn einer neuen Geschichte«, sagte sie.

»Unsereins verkauft gerne das Märchen, dass die Gegenwart immer nur der Beginn einer strahlenden Zukunft ist. Das ist das kleine Verkäufereinmaleins, das lernst du in der ersten Stunde.«

»Und du glaubst nicht an dieses Märchen?«

»Deshalb bin ich so schlecht in diesem Job. Ich kann nichts verkaufen, woran ich nicht glaube.«

»Trotzdem stehst *du* vor dem Beginn einer neuen Geschichte. Morgen um diese Zeit wirst du schon in Deutschland sein.«

»Es ist keine neue Geschichte. Es ist die Fortsetzung einer Geschichte, die ich kaum kenne.«

»Trotzdem beneide ich dich. Wie oft habe ich mir schon gewünscht, in den Flieger zu steigen und in die Ukraine zu fliegen. Und habe es doch erst einmal geschafft. Mit Maria ...«

»Du wirst es wieder schaffen. Lass sie noch ein wenig älter werden.«

Sie zog sich an, die Strumpfhose, das schwarze Kleid. Stellte sich vor einen Spiegel, fuhr sich durch das Haar. »Du klingst doch wie ein Verkäufer. Sagst das alles so leicht. Musst auch nicht darüber nachdenken, was ein Flug kostet.«

»Ich verdiene ab sofort nichts mehr. Und Dad hat auch mich nur nach Leistung bezahlt. Du weißt, wie oft ich im Büro war.«

»Du besitzt ein Haus in Williamsburg, Alex! In der neuen Hochburg der Hipster.«

»Das ich nicht verkaufen werde. Ich vermiete die Ladenräume nicht mehr, Robert zahlt manchmal Miete, manchmal aber auch nicht.«

»Du hast vor Kurzem ein Haus in Deutschland geerbt.« Sie checkte das Handy, tippte etwas. »Du kannst einfach so aufhören mit deinem Job, ohne einen neuen zu haben.«

Warum ist sie plötzlich so abweisend, dachte er. »Warum streiten wir, Alina?«

»Weil du einfach nichts sagst.«

»Ich sage doch etwas.«

»Du sagst nicht, ob du mich vermissen wirst. Du sagst nicht, wann du zurückkommst. Ob du zurückkommst. Und was dann sein wird. Vielleicht beschließt du, in Deutschland zu bleiben, im Haus deiner Tante. Wer weiß das schon? Oder du meldest dich nicht mehr.«

»Wieso sollte ich das tun!« Auch er fing an, sich anzuziehen, knöpfte das Hemd zu. Auch er hatte versucht, sich angemessen zu kleiden, aber für was angemessen? Für dieses Appartement, für einen Abschied?

»Weil du mich vielleicht nur ganz nett findest. Und Maria. Wir sind ein netter Zeitvertreib, wir lenken dich ab von deinen traurigen Gedanken. Doch jetzt wird es ernst, jetzt stellst du dich den großen Fragen. Dabei wirst du uns nicht mehr brauchen.«

»Alina, was redest du da.« Er ging auf sie zu, sie stand vor der Säule in der Mitte des Raums.

»Ich verlange ja gar nicht viel, Alex. Nur ein Hinweis, ein Satz, dass es sich lohnen wird zu warten.

Dass ich nicht enttäuscht werde. Dass Maria nicht enttäuscht wird. Aber von dir kommt gar nichts. Ich meine, die ganzen letzten Tage. Weihnachten, Neujahr, wir sind die ganze Zeit zusammen, machen einen auf Familie, Maria sieht in dir schon viel mehr als einen Onkel. Und du tust so, als wäre überhaupt nichts. Du würdest einfach so davonfliegen.«

»Und wenn ich dir sage, dass ich wiederkommen werde.«

»Dann zählt das nicht.«

»Wieso nicht?«

»Weil du es nur sagen würdest, weil ich es herausgefordert habe.«

Das Appartement, es kam ihm nun albern vor. Was für eine lächerliche Idee, sich hier von ihr zu verabschieden. Diese Geste: Ich zeige dir etwas, Baby, was du sonst nie zu Gesicht bekommen hättest. Denk daran, dich chic zu machen. Sie lehnte an der Säule, zeigte keine Regung.

»Vielleicht schätzt du mich falsch ein«, sagte er.

»Vielleicht aber auch nicht.«

»Lass mich doch ausreden.«

Sie lächelte ihn mitleidig an, als hätte er die Calacatta-Marmoroberfläche der Küchenzeile verkratzt. Sie legte die Arme in den Nacken, um sie gleich darauf nach vorne zu werfen, als hätte sich an ihrem Rücken etwas festgeklammert, das sie losreißen und mit aller Kraft von sich schleudern wollte. Sie fing an, im Rucksack zu kramen, sie zog den Kopfhörer hervor, ihr Halsschmuck, immer griffbereit, um sich von der Welt abzuschotten. Sagte, sie müsse Maria ab-

holen, sie habe sich ein Uber-Taxi bestellt. Er begleitete sie zur Tür. Warum hältst du sie nicht auf, warum umarmst du sie nicht. Sie ist sonst weg.

»Ich habe eine Idee von uns«, sagte sie und zog den
Reißverschluss ihrer Daunenjacke bis unters Kinn.
»Ich weiß nicht, ob diese Idee falsch ist. Ich weiß ei-
gentlich gar nicht, wer du bist.« Sie setzte sich den
Kopfhörer auf die Ohren. Sie ging, sie zog die Tür
hinter sich zu.

Was war das jetzt, dachte Alexander. Er fing an,
das Bett zu machen, er ließ es bleiben. Er fing an, sich
Sätze zurechtzulegen, das war einfach, die hatte er
parat. Ich habe doch nichts falsch gemacht. Sie will
zu schnell zu viel, wir kennen uns doch noch nicht
so lange … Die Küche, die musste er abnehmen. Er
öffnete den Kühlschrank auf Knopfdruck, der Kühlschrank öffnete sich. Er war leer. Er ließ sich schließen. Ganz großartig. Er stutzte. Das ist so ekelhaft.
Nicht noch einmal, nicht noch einmal. Er rannte zur
Tür, fuhr mit dem Aufzug in Schallgeschwindigkeit
nach unten. Das übliche Treiben auf der Straße, Lichter, Gehupe, Gedränge. Von hier unten aus betrachtet
wirkt unser Radius so klein, dachte er. Trotzdem
glauben wir daran, dass wir etwas bewirken können.
Dass wir etwas verändern können. Die Zukunft beginnt jetzt. Dein persönliches Märchen. Verdammt,
wo ist sie, wo ist sie. Der Wind traf ihn hart, er trug
nur das Hemd, aber er musste nicht weit laufen. Da
war sie. Sie stand an der Straße, ein Auto hielt vor
ihr.

»Warte«, sagte er. Er nahm ihr den Kopfhörer wieder ab. »Ich verspreche dir, dass ich wiederkommen werde. So schnell wie möglich. Ich verspreche dir, dass ich mich melden werde.«

Sie schüttelte den Kopf, atmete laut aus. Sie wird sagen, dass das zu spät kommt, dachte er. Dass es nicht echt ist. Sie wird es sagen, ins Auto steigen und verschwinden. »Wir sind so unterschiedlich«, sagte sie. »Du lässt dich treiben, du kommst mal in die Firma und kommst mal nicht, weil du lieber in ein Museum gehst. Lebst in dieser seltsamen Männer-WG, eigentlich aber lebst du wie ein Einsiedler. Dein Kühlschrank ist immer leer, ich meine, kaufst du überhaupt mal etwas ein? Du kochst dir nie etwas. Wie ein Künstler, oder, nein, das Klischee eines Künstlers, aber du machst keine Kunst. Ich weiß nicht genau, was du machst, und in jedem Moment könntest du also etwas ganz anderes machen.«

»Alina, ich ...«

Der Fahrer kurbelte das Fenster runter und sagte, er habe nicht ewig Zeit.

»Schon gut, Alex, du musst dich nicht rechtfertigen. Ich finde das faszinierend, ich finde dich faszinierend. Mit dir zusammen zu sein ist beinahe wie Urlaub, immer irgendwie ein Ausnahmezustand. Es ist intensiv. Das hat mir gutgetan. Es entspannt mich auch irgendwie. Ich müsste mal wieder mehr Schlaf abbekommen, aber das ist egal. Durch deine Brille betrachtet merke ich, dass es nicht schlimm ist, wenn Maria mal fünf Minuten zu spät zum Kinderturnen kommt. Wenn mal etwas nicht klappt, nicht nach der Stechuhr läuft. Aber gerade weil es so ist, wie es ist, habe ich andauernd Angst, dass es wieder vorbei sein könnte, dass du verschwindest, weil du dich zurückziehen willst, weil du irgendetwas mit dir ausmachen wirst, von dem ich nicht mal etwas weiß. Oder weil du beschließt, dass du nach Deutschland fliegen musst für ein paar Monate. Und bei mir läuft alles weiter, Tag für Tag für Tag, ich meine, ich kann mir das nicht aussuchen. Morgen geht dein Flieger, Alex, wir sind an einem Punkt ...«

»An dem der Urlaub vorbei sein könnte. Und du fragst dich, ob ich auch Alltag kann. Ob ich unsere Beziehung wirklich ernst nehme ...«

»Vor allem frage ich mich, ob ich dich wiedersehen werde. Ich will dich nicht verbiegen, verstehe mich bitte nicht falsch, ich will keinen anderen aus dir machen ... aber du musst mich auch verstehen. Ich habe ein Kind, ich würde so gerne das Studium wieder aufnehmen. Auf Dauer kann ich nicht ...«

Der Fahrer sagte, dass er jetzt gleich losfahren werde, ohne sie.

»Ich verspreche dir, dass ich bald wieder zurück sein werde«, sagte er.

»Ich muss jetzt los.«

Sie nahm den Rucksack ab und zog eine Seitentasche auf. »Hier«, sagte sie, »von Maria.« Es war ein Armband, aus Plastik, es war lila. »Es soll dir Glück bringen, ist aber nur geliehen.« Er legte es sich um, es passte gerade so um sein Handgelenk. »Und den darfst du dir auch ausleihen.« Sie deutete auf den Kopfhörer, der noch immer in seinen Händen lag.

Sie setzte sich in den Wagen. Blickte aus dem Fenster, hob die Hand. Alexander ging zurück in das Appartement und räumte es auf, nahm die Küche ab. Ein letzter Blick aus dem Panoramafenster. Er stieß mit dem Kopf an den Himmel und nein, er wusste überhaupt nicht, was New York ausmacht. Die Stadt vergoss ihr künstliches Licht. Stellte ihre Falltüren auf. Versprach jedem, Teil von etwas zu sein. Sie war ihm nie fremder gewesen, ein schwarzes, blaues, hell erleuchtetes Loch. Am liebsten wäre er darin verschwunden.

Dass jemand mein Bild schaut

Er ging die Frankfurter Straße entlang. Vor dem Bäcker hatte sich eine Menschenschlange formiert, er
lief weiter an der geschlossenen Eisdiele vorbei, an
einem Kiosk mit Donuts und Baklava, an einem Fahr-
radladen, es folgte das obligatorische Angebot einer
Thai-Massage, *keine Erotik*. Er hatte Alinas Kopfhörer auf den Ohren und hörte seine Mörderballaden.
Jene aus der Studienzeit in Toronto, aus den kleinen
Bars und Clubs. Er schwitzte in seinem Mantel, obwohl die Temperaturen um den Gefrierpunkt lagen.
Gegenüber einem Buchladen ging es durch den Tor-
bogen in die Altstadtgasse. Die barocke Kirche, kleine
Läden, noch ein Bäcker, vor dem niemand wartete,
niemand kam ihm entgegen. Gar nicht so schwer, sich
neue Routinen einzupflanzen, dachte er. Aber dazu
musst du vermutlich an einem anderen Ort sein, an
dem sowieso alles neu für dich ist. Jeden Tag spazieren gehen. In New York wäre er niemals auf die Idee
gekommen. Und wenn er dauerhaft hier in Heusenstamm wohnen würde, würde er das auch nicht machen, warum hätte er das tun sollen. So etwas geht
nur in einer Zwischenzeit, dachte er.

Er lief weiter über das Kopfsteinpflaster, diesen
Weg war er mit Helene gegangen, nur in die andere
Richtung, vom Schloss kommend. Er nahm den Kopf-

hörer ab, legte ihn um den Hals, wie Alina es immer tat, und versuchte, die Verszeilen des Morgens zu memorieren.

»Hinter Bäumen berg ich mich / Bis meine Augen ausgeregnet haben, / Und halte sie tief verschlossen, / Daß niemand dein Bild schaut. / Ich schlang meine Arme um dich wie ... Gerang?« Gab es dieses Wort? Wie Gerank? Weiter kam er nicht. Ach, komm schon. Die einzige Zeile, die er sich noch vorsagen konnte: »Mein rot Fahrzeug pocht grausig.« Den Namen der Dichterin konnte er sich merken, Else Lasker-Schüler. Er hatte verschiedene Abschriften des Gedichts in Helenes Unterlagen gefunden. Die Handschrift jeweils leicht verändert, als hätte sie nach der richtigen Schreibweise gesucht. Eine Zeile des Gedichts hatte sie für das Gemälde im Flur des blauen Hauses verwendet, es hing direkt gegenüber dem Eingang. *Dass jemand mein Bild schaut.* Sie hatte den Vers in sein Gegenteil verkehrt. Dazu Astwerk, Blätter, Gerank, natürlich, das war das Wort, *Gerank*, drei präparierte Schmetterlinge und eine gemalte Silhouette, ein zerspringender Kopf. Du musst es sehen, dachte er, wenn du das Haus betrittst. Das, was sie ausmacht. Auf dem Gemälde aber war die Handschrift eine gänzlich andere als in den Unterlagen. Eine simulierte Druckschrift, keine Schnörkel, direkt aufs Auge.

Seufzend stand er auf. War es ein Seufzen? Zumindest hatte er sich ein lautes leidendes Atmen oder Schnaufen angewöhnt, seit er in Deutschland war. Alles so beschwerlich, schon klar. Der arme Erbe muss Unterlagen sichten, Kunstwerke. Er muss Entscheidungen treffen. Es war ein Jammer. Der Rückweg führte ihn die Allee mit den Linden entlang, an den beiden Weihern vorbei, an Kleingärten, dann kam ein Waldstück, erstarrte Bäume nach einer frostigen Nacht. Er hatte die Alte Linde erreicht, eine Ansammlung von Läden, um einen Innenhof platziert, dazu Wohnhäuser, ein Hochhaus. Dort gab es einen Whiskyladen, dessen Sirenenrufen er bislang widerstanden hatte. Heute fühlte er sich schwach. Durstig. Ein Blick auf das Handy: Bis zur Verabredung mit Heidi und Claudia waren es noch zwei Stunden. Das Essen war vorgekocht, er hatte noch Zeit. Ist es klug, dachte er, das Trinken in deinen Tagesablauf zu integrieren? Was macht das mit deiner Disziplin? So lange willst du nicht mehr in dieser Stadt sein. Alina. Maria. Du *kannst* nicht viel länger hierbleiben, das weißt du. Er ging trotzdem hinein. »Oh du falscher Gaukler / ...«, eine weitere Verszeile fiel ihm ein, »du spanntest ein loses ... Seil?«

Er war der einzige Kunde. Der Inhaber des Ladens gab sich redlich Mühe, ihn zu beraten, auf Deutsch, auf Englisch, mit Gestik und Mimik. Am Ende entschied Alexander doch wieder nach dem Namen, Scarabus Islay. »Viel Rauch«, sagte der Fachmann und lächelte. Der Kontakt mit Banausen schien ihm nichts auszumachen.

Weiter auf geduldigen Straßen, die Stadt wirkte außerhalb des historischen Ortskerns ohne Vergangenheit und ohne Zukunft. Was hatte Helene hier gesucht? Hatte sie genau das gesucht? Der Garten lag um diese Uhrzeit bereits vollständig im Schatten. Er war rundherum zugewachsen. Es war kaum noch möglich, auf den Sportplatz der Schule zu sehen, und von außen führte schwerlich ein Blick hinein. Ein Leben hinter Bäumen.

Dass jemand mein Bild schaut. Durfte er denn ihre Bilder schauen? Ihre Unterlagen? Ihre Skizzen, ihre Entwürfe, ihre Briefanfänge, ihre Fotos. Sie hatte es so bestimmt. Sagte man das so? Verfügt? Er stand noch immer im Garten, er kannte die wenigsten Pflanzen beim Namen. Nicht einmal alle Bäume. Esche, Erle, Eiche. Er war froh über das Brombeergestrüpp. Das Schilfgras um den kleinen Tümpel. Er klammerte sich an das Vertraute. Was weißt du von all dem hier?

Er öffnete die Whiskyflasche in der Küche und schnupperte daran. Nahm einen kleinen Schluck. Nur für den Geschmack. Eine Menge Rauch, dachte er, jede Menge Rauch. Er entflammte den Herd, hob den Deckel und schnupperte am Borschtsch. Der Geruch führte ihn nach New York zurück, es war gerade einmal zwei, drei Monate her.

Im East Village ging sie im Stechschritt voran, wich den Leibern routiniert aus. Kein Tourist konnte das, und Alexander nur in Williamsburg, wo er den Rhythmus der Straßen kannte. »Willkommen in meiner Welt«, sagte sie. »Oder was davon noch übrig ist.«

Alexander verspürte Symptome einer anwachsenden Nervosität. Er schwitzte. In seinem Magen breitete sich ein schwarzes Loch aus. Dann standen sie vor einem Schild: *Cafe Kiev*. Leuchtende Neonbuchstaben, unübersehbar, innen gedämpftes Licht, zwei massive Pflanzenkübel vor dem Haus. Er berührte sie am Arm.

»Ich weiß nicht, ist es nicht vielleicht doch etwas verfrüht?«

Es war nur ein Tisch besetzt. Alexander sah sich um, während Alina die Bedienung umarmte: Dielenboden, die Wände holzvertäfelt, Schwarz-Weiß-Fotografien von historischen Gebäuden, von Menschen vor einer Treppe, schwarze Stühle und rote Tischdecken. Alina unterhielt sich auf Ukrainisch oder Russisch mit der jungen Frau, sie trug eine Tracht und gehörte zu der Sorte von Menschen, an denen das gut aussah. Er solle sich hinten an den Ecktisch setzen, sagte Alina, und sie fragte, ob er ein Bier möge. Er mochte. »Warte kurz, ich hole sie.« Die Bedienung stellte ihm ein Bier hin, *Obolon* stand auf dem Etikett, die Frau lächelte ihn vielsagend an. Neben ihm an der Wand war eine Art Pinnwand angebracht. Fotos von berühmten Persönlichkeiten, die hier einmal gegessen hatten, samt Unterschriften. Niemand kam ihm bekannt vor, aber es fiel ihm auch schwer, sich zu konzentrieren. An einem Foto blieb sein Blick haften. Ein sehr großer Mann stand neben einem normal großen Mann, der dem sehr großen Mann nur bis zur Schulter reichte. Leicht ergrauter Kinnbart, eine schwarze Mütze, tätowierte Arme. Alexander versuchte die Unterschrift zu entziffern. Calaway. Tatsächlich, er war es. Der normal große Mann kam, als wäre er aus dem Foto gesprungen, in dieser Sekunde mit Alina aus der Küche und gab Alexander die Hand, zerquetschte sie beinahe. Ein Mensch von äußerster Kompaktheit, das wild gemusterte Hemd einen Knopf zu weit offen. Pranken. Weiter hinten im Bild: eine zierliche Frau, das Haar von ungewisser Farbe, sie blieb im Türrahmen stehen und nickte ihm zu.

»Darf ich vorstellen, meine Eltern«, sagte Alina. Alexander hoffte, der Vater würde sogleich in seiner Rolle als Wirt aufgehen und solche Sachen sagen wie, dass er sich freue, ihn kennenzulernen, Alina habe schon viel von ihm erzählt. Und ob er ihm denn eine Speise empfehlen dürfe, er habe heute eine Lieferung Muscheln vom Fischmarkt reinbekommen, beste Ware. Aber er tat nichts dergleichen, sah Alexander nur an: ein Gesichtsausdruck, den er nicht kannte, die Sekunden verstrichen und trieben ihm noch mehr Schweiß aus den Poren. Er hätte sich am liebsten in eine Warp Zone geworfen und wäre zwei Jahre später wieder aufgetaucht, bereits mit Alina verheiratet, die Schwiegereltern liebten ihn und dieses ganze leidige *Überzeugen* würde ihm erspart bleiben. »Ein gutes Bier«, sagte er und nahm die Flasche zur Hand. Der Vater reagierte nicht, vielleicht neigte er seinen Kopf um einen tausendstel Millimeter zur Seite. Hilfe. Nichts passierte, jemand musste die Zeit angehalten haben. Im Raum hatte es vierzig Grad, Tendenz steigend. »Ich habe gesehen«, sagte er, (nein, nein!), »dass Mark Calaway hier schon einmal gegessen hat.« Er wies auf das Foto. »Der Undertaker war früher ein großes Idol von mir. Und ich denke mir immer: Solange er noch in den Ring steigt, so lange bin ich noch nicht alt.« Wer war auf diesen Fotos zu sehen? Ukrainische Dissidenten; politische Flüchtlinge; Künstler, die er kennen sollte, und er zeigte auf die vielleicht einzige Truggestalt unter ihnen, er zeigte auf den Totengräber, den Dead Man, den großen weißen Mann. Er wischte sich den Schweiß von der Stirn. Ein Blick zur Seite: Die Mutter war bereits wieder in der Küche verschwunden. Der Vater löste sich aus der Erstarrung, atmete hörbar aus (er atmete, er war also ein Mensch), und sagte, er werde die Karte holen.

»Hilfe!«, sagte er leise zu Alina. »Bitte hilf mir.«

»Du machst das prima.« Sie schien sich köstlich zu amüsieren.

Er versuchte, sich auf die Speisen zu konzentrieren. Kascha, Borschtsch, Varenyky und Beef Stroganoff, die anderen Buchstaben führten vor seinen Augen einen seltsamen Tanz auf. Eine kleine Sektion mit *internationalen Gerichten* bot auf der Rückseite einen Ausweg.

»Eigentlich mag ich es, neue Gerichte auszuprobieren. Aber wenn ich jetzt etwas typisch Ukrainisches bestelle, wirkt das vielleicht anbiedernd?«

»Mach dich locker, Alex! Bestell einfach, was du willst. Der Borschtsch meiner Mutter ist nicht von dieser Welt.«

»Deine Mutter schien nur eine Sekunde zu brauchen, um mich als *nicht-tauglich* einzustufen.«

Alina sagte, dass er sich da irre. Sie sei extra wegen ihm gekommen. »Sie steht längst nicht mehr jeden Tag in der Küche, sie hat den Koch so lange gequält, bis er alles nachkochen konnte und man kaum mehr einen Unterschied geschmeckt hat. Sie war schon immer zurückhaltend. Und das nimmt leider immer mehr zu, dass sie sich abkapselt.« Alina nahm einen Schluck von seinem Bier. »Schade«, sagte sie. »Ihr würdet euch bestimmt gut verstehen.«

»Wieso glaubst du das?«

»Ihr beide seid traurige Menschen.«

»Ich bin ein Verkäufer, ich darf gar nicht traurig sein.«

Alina bestellte verschiedene kleinere Gerichte, damit Alexander probieren konnte.

»Maria, ich meine, kennt sie ihren Vater?«

»Nein, sie hat ihn nie gesehen. Er lebt nicht mehr in New York. Es gab eine Zeit, da hatte ich mich in eine Sackgasse manövriert.«

Teigtaschen wurden auf den Tisch gestellt, Schüsseln mit Borschtsch, dazu eine Art Brei.

»Das Studium wurde intensiv, ich habe mich dermaßen hineingesteigert, fühlte mich komplett überfordert mit allem. Wollte unbedingt beweisen, dass ich das Stipendium zu Recht bekommen habe. Und dann passierte es, der Rückfall in die einfache Lösung. Artem war der Hilfskoch, er fuhr jeden Morgen in aller Herrgottsfrühe zum Großmarkt und ging abends als Letzter aus dem Laden. Beklagte sich nie. Es war ein Flirt mit vorgezeichnetem Ausgang: Ich schmeiße das Studium und arbeite im Restaurant. Ich heirate *einen von uns*. Und als ich merkte, dass ich das nicht kann, war ich bereits schwanger – Alex, kannst du mir überhaupt noch folgen?«

»Diese Teigtaschen sind ein Gedicht.«

»Du bist wirklich ein guter Zuhörer.«

Sie warf mit einer Serviette nach ihm, er lachte. Fühlte sich etwas weniger angespannt, weniger verkrampft. Natürlich könne er ihr folgen. »Und Artem?«, fragte er. »Was wurde aus ihm?«

»Blut ist dicker als Wasser. Vater hat mich zwar zur Schnecke gemacht, aber am Ende des Tages durfte ich bleiben und Artem musste gehen. So einfach ist das. Aber ich denke, er wollte auch gehen, zumindest hat er das immer beteuert. Dann lieber einen klaren Schnitt, hat er gesagt.« Sie drehte den Kopf zur Seite, fuhr sich durchs Haar. »Mutter zu sein hat meine Einzelteile zunächst wieder zusammengefügt. Du bist gezwungen, ganz zu sein, ein ganzer Mensch, der lächelt und liebkost und Futter herbeischafft. Du kaufst ein, tröstest, liest vor, klebst Pflaster auf Wunden. Und dann kam die Krimkrise und es war schlimm, das aus der Ferne mitzuerleben, vor allem natürlich für meine Eltern. Aber es hat uns auch zusammengeschweißt, alle hatten eine besondere Energie. Und als diese Energie weg war, wurde es zäh. Das Studium? Die Freunde? Der Sport? Alles außer Reichweite. Boris hat mir den Job bei euch verschafft. Und dann habe ich angefangen, mich in Küchenverkäufer mit Kaschmirpullovern und Wollmänteln und grünen Lampenschirmen zu verlieben ...«

»Das ist *wirklich* tragisch«, sagte er.

Draußen waren plötzlich Stimmen zu hören. Durch das Küchenfenster sah er, dass sich im Garten etwas bewegte, zwei dunkle Silhouetten. Er ging zur Tür.

»Besuch der alten Damen«, sagte Heidi, lachte und faltete die Hände zu einem Namaste. Schon waren sie eingetreten, es gab hier keine Schwellen für die beiden Frauen, nur eine zweite Heimat, in der sie sich mit einer Selbstverständlichkeit bewegten, die Alexander nicht ohne ein Gefühl des Neids registrierte. Heidi konnte ihre Persönlichkeit wirken lassen, wenn sie einen Raum betrat. Aufgestützt auf ihrem schwarzen Stock, der ihre Eleganz nur vergrößerte, ein frischer Kurzhaarschnitt, sie verteilte großzügig jenen Rohstoff, den andere mühsam in ihrem inneren Bergwerk abbauen mussten. Sie wirkte viel jünger, als sie war, sie war zugewandt, Claudia war zurückhaltender, abwartender, aber nicht verschlossen oder gar abweisend. Das, was sie sagen wollte, sagte sie, und sie scheute nicht davor zurück, Heidi zu bremsen oder zu ermahnen, wenn sie unpräzise wurde. »So war das aber nicht!« – »So kannst du das nicht sagen!«

Sie setzten sich an den langen Esstisch, Alexander hatte einige Dokumente herausgesucht, aber das waren nur Nebensachen, das war das Vorgeplänkel. Als sie zum Buch der Kreise kamen, waren sie bereits beim Rotwein, Claudia trank nur Wasser, da sie noch fahren musste.

Heidi schien das Buch nicht sonderlich ernst zu nehmen. Nicht so ernst jedenfalls wie die Gemälde und vor allem die Kleider, von denen sie einige aufbewahrt hatte. »Wie soll man ein Buch der Kreise fertig bekommen. Es hat keinen Anfang und kein Ende. Es schenkt dir also die Ausrede gleich mit dazu, es niemals abzuschließen.«

»Vielleicht hat sie wirklich keinen Weg gefunden«, sagte Claudia. Sie wirkte sehr interessiert an dem Buch und hatte mehrfach ihre Mithilfe angeboten.

»Hat sie denn nie über eine Veröffentlichung gesprochen?«, sagte Alexander. »Oder einen Verlag kontaktiert?«

»Das ist es ja«, sagte Heidi. »Das ist das Einzige, das sie über die Jahre angehäuft und nie abgeschlossen hat. Ich bin mir auch nicht sicher, ob es ihr Freude bereitet hat. Vielleicht war es eher das Gegenteil, so eine Art Fleißarbeit. Sehr untypisch für sie.«

»Oder eine Art Buße«, sagte Claudia.

»Eine Buße?« Heidi winkte ab. »Nein, so religiös gedacht hat sie nicht. Auch wenn man uns diesen Unsinn natürlich täglich in die Köpfe geklopft hat, als wir noch jung waren, und das wirkt bis heute nach. Jedenfalls hat Helene an die fünfzig Jahre an diesem Buch gesessen. Ich wüsste nicht, warum du in fünf Wochen damit zu Rande kommen solltest.«

Es war Heidi anzumerken, dass dieser Punkt auf der Agenda für sie abgehakt war. Claudia machte den Vorschlag, sich mit ihm zusammen an das *Konvolut* zu setzen, sie verabredeten sich für den nächsten Tag. Dann war Zeit für das Essen, Alexander servierte den Borschtsch, dazu das selbst gebackene Brot. Er bekam Komplimente, sie trafen den Falschen. Er erzählte, wie Alina ihm gestern in einer Art Parallel-Kochen via Skype jeden Arbeitsschritt vorgemacht hatte. Wie Maria über seine Unbeholfenheit gelacht hatte, sie hatte die ganze Zeit über zugeschaut und jeden seiner Handgriffe kommentiert. »Jetzt hast du ganz rote Finger!« Ihr Lachen ähnelte derzeit dem eines Cartoon-Bösewichts: Muhahaha!

»Du musst sie sehr vermissen«, sagte Heidi. »Ohnehin ein Jammer, dass wir uns fast nur noch über Geräte sehen und sprechen.«

»Ohne diese Geräte würden wir uns aber manchmal gar nicht sehen können«, sagte Claudia.

Heidi tupfte mit der Serviette über den Mund, erwiderte nichts darauf. Alexander räumte das Geschirr weg, schenkte Wein nach. Als er sich wieder an den Tisch gesetzt hatte, holte Heidi tief Luft, nahm einen Kugelschreiber und dengelte damit an das Weinglas. Es sei der richtige Zeitpunkt gekommen, etwas zu verkünden. Sie habe einen Käufer für das Haus gefunden. »Ich meine damit einen *richtigen* Käufer. Jemand, der das Haus und alles, was damit zusammenhängt, zu würdigen weiß. Dem wir klipp und klar sagen können, dass, wenn er damit Schindluder treibt, er für die nächsten drei Generationen in der Hölle schmurgeln wird.« Es sei ein Musiker und Musiktherapeut, der in Heusenstamm aufgewachsen war und nun nach seinen Irrfahrten zurückkehren wolle. Es bliebe also ein Haus der Kunst, nur das Genre würde sich ändern. »Trommelkurse, das ist doch nicht das Schlechteste.«

Alexander nippte am Wein und wusste nicht, wie er darauf reagieren sollte. Der Gedanke, das Haus zu behalten, war ihm anfangs nicht abwegig erschienen, auch wenn er nicht gewusst hatte, wie er das von New York aus handhaben sollte. Sie hatten verschiedene Optionen durchgesprochen: Vielleicht eine Stiftung?

Aber es gab keine Stiftungsmittel, Helene hatte außer diesem Haus kein Vermögen gehabt, eher das Gegenteil, und nirgendwo war hinterlegt, dass sie sich Derartiges gewünscht hätte. Das Testament ließ ihm die Freiheit, *nach seinem Ermessen* vorzugehen, aber was war das für eine merkwürdige Formulierung. Es gab nichts – oder zumindest fand er nichts Messbares, das eine Entscheidung begünstigt hätte, das eine (behalten) fühlte sich undurchführbar, das andere (verkaufen) wie ein Verrat an. Heidi schien seine Gedanken zu lesen und sagte, er solle bitte nicht so finster dreinschauen.

»Was wäre gewonnen, wenn ihre Sachen hierblieben und verstaubten? Wenn der Kasten hier eine Art Mausoleum wird? Ist es nicht die bessere Geschichte, wenn Mutter und Tochter an einem Ort wieder zusammenfinden, nachdem sie ihr gesamtes Leben getrennt waren? Wenn das in Brooklyn ist, dann ist es in Brooklyn. Der Zeitpunkt ist spät gekommen, nachdem beide gestorben sind, aber er ist gekommen. Und vielleicht besteht deine eigentliche Aufgabe genau darin: das Trennende aufzuheben.«

»Mama!«, sagte Claudia. »Ich glaube nicht, dass ihm das jetzt weiterhilft. Was soll er denn noch alles erledigen? Alles zu Ende führen, was ihr nicht geschafft habt?«

Heidi konnte das nicht weglächeln oder wegschweigen, sie wirkte pikiert. Sie stand auf, griff sich in einer fließenden Bewegung den Stock und sagte, sie müsse sich frisch machen. Und dann sei es Zeit zu gehen.

»Du musst nichts übers Knie brechen«, sagte Claudia in ihrer Abwesenheit. Alexander wusste nicht, was sie damit meinte. »Entschuldige, ich meine: Lass dir Zeit. Wenn meine Mutter sich in eine Idee verliebt, dann kommt sie nur schwer davon los. Aber im Grunde will sie dir nur helfen, und wir haben hier sowieso nichts zu entscheiden. Schau dir den Musiker in Ruhe an, er kann ja mal vorbeikommen, wenn du das willst. Ich kenne ihn, er ist ein wunderbarer Mensch.«

»Ich kann nicht einschätzen, wie wichtig ihr das Haus war«, sagte er. »Die Zeichen sind nicht eindeutig. Manchmal denke ich, es war nur ein Versteck. Aber aus einem Versteck kann manchmal auch eine Heimat werden, oder nicht?«

»Ich verstehe, dass die Entscheidung schwierig ist. Vielleicht ist sie unmöglich. Aber das bedeutet auch, dass du dich nicht falsch entscheiden kannst.«

Heidi war zurück, sie verabschiedeten sich. Das Haus fühlte sich leer an ohne sie, unzugänglich, die Türen öffneten sich nicht von allein. Alexander war noch nicht müde, verspürte eine Unruhe, und immer wieder gingen die Gedanken auf eine wilde Fahrt, nur um wieder zum Ausgangspunkt zurückzukehren. Noch ein Fahrschein, bitte, es hat noch nicht gereicht. Er bewaffnete sich mit einem Glas Whisky. Sollte er eine Platte auflegen? Oder die Mörderballaden auf dem Handy anhören? Nein, du kannst jetzt nicht entspannen, unmöglich. Er ging nach oben, setzte sich an die Notizen, die letzten datierten Aufzeichnungen, die er bisher gemieden hatte. Auf einem Blatt einer dieser unvollständigen Kreise, dieses Symbol war überall in den Dokumenten zu finden, und er hatte es sich so erklärt, dass Helene an diesen Stellen noch weiterarbeiten wollte, weiter nachdenken, dass die Sache noch nicht vollständig war. Die Suche in der digitalen Auskunft ergab den Hinweis, dass es sich um das japanische Ensō-Symbol handele. Es gab geschlossene und offene Ensōs. Die Öffnung könne bedeuten, »dass Fehlbarkeit ein essenzieller und inhärenter Bestandteil der Existenz ist«. Na also, dachte er und nahm einen Schluck. Dann fiel ihm sein Name auf dem Blatt auf und er versuchte, die geschwungene Handschrift zu entziffern. *In New York herausfinden, ob Alexander das Buch der Kreise weiterführen möchte. Weiterführen kann. Dabei keinen Druck ausüben* ... Er blätterte weiter und fand einen an ihn gerichteten Brief. Er kam nicht dazu zu lesen, Alina meldete sich und wollte wissen, wie den Damen das Essen geschmeckt hatte. Sie skypten, und er sagte, dass sich die Lage langsam zuspitze, dass es vielleicht einen Käufer für das Haus gebe. Maria war erst im Hintergrund zugange, dann drängte sie sich in den Vordergrund, hielt ihm ein selbst gemaltes buntes Ei ins Bild, schnitt eine Hasengrimasse. Mit Ostern war sie früh dran.

»Ihre Kunstwerke sind nicht das Problem. Sie ist beinahe buchhalterisch damit umgegangen. Alles sortiert und nummeriert, alles sehr gut nachvollziehbar, wo etwas ausgestellt ist, wem sie etwas verkauft hat und so weiter. Sie hat mir die ganze Arbeit abgenommen. Das Haus ist der Knackpunkt. Und dieses Buch der Kreise, es ist für mich noch nicht greifbar. Fünfzig Jahre hat sie sich damit beschäftigt, was soll ich da jetzt ausrichten?« Er las ihr Helenes Notiz vor. *Weiterführen möchte. Weiterführen kann.* »Und überhaupt Kreise, ich weiß nichts über Kreise, Kreise machen mir Angst. Ich bin eher so der Linientyp.«

Sie sang: »In the circle of life, it's the wheel of fortune.«

»Das hast du von Robert«, sagte er, »der ist auch so ein Hineinsinger zu allen passenden und unpassenden Gelegenheiten.«

Sie sahen sich eine Weile schweigend in ihre Glasfaser-Gesichter, ihre Signale übersprangen Knotenpunkte, wurden enkodiert und dekodiert. Nur Nullen und Einsen, dachte Alexander, war das nicht tröstlich? Nein, war es nicht. »Lies mir was aus dem Buch der Kreise vor«, sagte Alina.

Alexander wählte eine beliebige Seite aus dem Stapel aus, las leise und versuchte dann zu übersetzen: »Erinnert ein Mund, zu einem freien Lachen geöffnet, nicht auch an einen Kreis? Doch genauso erinnert ein kreisrunder Mund an einen Schrei. Wie kann man es also unterscheiden? Das ist eigentlich ganz einfach. Du darfst die Augen nicht vergessen, die Augen werden es dir verraten. Oder die Augenbrauen. Die Nase. Die Stirn.«

Diesmal war es Sweeney, der sich ins Bild drängte. »Hilf mir«, sagte die Puppe, »hilf mir, ich werde entführt.« Maria wurde gescholten und wieder weggeschickt. Er solle die Stelle doch bitte noch einmal lesen.

»Siehste«, sagte Alina. »Es ist doch wirklich ganz einfach. Nase, Stirn, Falten. Du darfst den Kreis nur nicht für voll nehmen.« Sie lachte.

»Du hast recht«, sagte er und versuchte, dass seine Stimme nicht gekränkt klang. »Es ist viel einfacher, als ich dachte.«

Nachdem sie sich verabschiedet hatten, stand er auf, um sich noch einen Schluck Whisky zu holen. Das Buch der Kreise, das Konvolut, allein dieses Wort, es klang schon nach Überforderung. Vielleicht zweitausend Seiten. Das Dreifache, Vierfache dessen, was er bei seinem ersten Besuch zu sehen bekommen hatte. Dazu einige Regalmeter Hintergrundwissen, wobei sie ihm den Gefallen getan hatte, einige Meter vorher auszusortieren. Das war der Schlüssel, das war das, worum er sich kümmern musste. Lediglich zwei Künstlerbücher hatte sie für sich behalten. Sehr wenige Skizzen, Studien, Versuche. »Helene hat schon immer rigoros verkauft«, hatte Heidi gesagt. »Und sie hat in den letzten Jahren rigoros verworfen, rigoros weggeschmissen. Das Haus wurde immer leerer. Eine geordnete Übergabe war ihr wichtig.« Eine geordnete Übergabe. Das klang eher nach einem Satz aus Dads Welt.

Alexander las in den Blättern über den Unterschied zwischen einem Labyrinth und einem Irrgarten. Das Labyrinth sei nicht dazu da zu verwirren, vielmehr führe es einen zwar über Umwege, aber zwangsläufig in das Zentrum, in das Innere einer Frage, in das innere Selbst. »Das Entscheidende ist nicht: Findest du den Weg oder findest du ihn nicht.

Das Entscheidende ist: Gehst du oder gehst du nicht. Und wenn du gehst, umkreist du die Mitte einige Male, bis du sie getroffen hast.« Helene hatte eine Skizze des kretischen Labyrinths angefertigt, die sieben Umgänge nummeriert. Siebenmal muss die Mitte umkreist werden, bis du sie triffst. Und dann?

Siebenmal hatte er diesen Brief umkreist, wenige Tage vor ihrem Tod geschrieben. An ihn gerichtet. Dazu diese Notiz: *Weiterführen möchte. Weiterführen kann. Dabei keinen Druck ausüben* ... Er fing an zu lesen.

Die Wahrheit ist rund

Lieber Alexander,

ich spüre, wie die Kühle des Abends durch die Ritzen des Hauses dringt. Das Gebälk gibt klagende Laute von sich, wenn es sich zusammenzieht. Ich habe noch kein Gefühl für den Herbst, mag ihn noch nicht willkommen heißen. Weigere mich, die Heizung anzustellen. Müde bin ich, dauermüde in diesen Tagen, aber heute habe ich mich aufgerafft und erst überlegt, Dir eine E-Mail zu schreiben, jetzt habe ich den Stift genommen, schreibe analog und ohne Absicht, es Dir zu schicken. Was sind diese Zeilen denn dann, eine Gedankenstütze? Vielleicht eine Absicherung, sollte Kairos, diese windige Gottheit, mir nicht mehr gewogen sein. In meinem Alter bist du nicht mehr ohne Vorahnungen. Jedenfalls habe ich die Sorge, es könnte sich wie ein Übergabeprotokoll lesen, daher wird es gut sein, wenn Du es gar nicht erst zu Gesicht bekommst.

Thema: Das Buch der Kreise

Ich werde versuchen zu beschreiben, warum ich es nicht beenden konnte und auch keine große Hoffnung mehr habe, es zu schaffen. Warum ich allerdings glaube, dass es in Deinen Händen gelingen könnte. Ein Buch der Kreise zu Ende zu bringen ist aus mindestens zwei Gründen äußerst schwierig. Ich würde sagen: So schwierig, wie erwachsen zu werden, ohne das Kind in sich umzubringen. Hinkt dieser Vergleich? Ich weiß es nicht. Wie ich das gelernt habe, versuche ich streng dialektisch zu argumentieren, auch wenn mir Harry manches Mal gesagt hat, ich würde das nicht in letzter Trennschärfe hinbekommen.

Der erste Grund, warum das mit den Kreisen schwierig ist, liegt darin, dass viele (die meisten, alle?) es aus unterschiedlichen Gründen verlernen, an Kreise zu glauben. Ich meine Kreise hier als Sinnbild für sich abrundende, sich vollendende Lebenswege. Die Generation meiner Eltern verlernte das gewaltsam in den Kriegen, sie hatten keine Wahl. Wir, die Kriegskinder oder wie man uns auch immer nennen mag, hätten eigentlich wieder daran glauben können, dass sich alles doch noch wunderbar fügen wird. Das Wirtschaftswunder. Wachstum. Demokratie. Bis wir herausgefunden haben, dass es doch viel komplizierter, viel schmerzhafter ist. Es ist wie bei Platons Erzählung von den Kugelmenschen: Die Menschen werden immer aufmüpfiger und rollen immer näher an den Olymp heran, um ihn zu erobern. Deshalb bittet Zeus seinen Götterkollegen Hephaistos, Gott der Schmiedekunst, die Menschlein mit dem Schwert in zwei Hälften zu teilen. Und so geschieht es auch, und deshalb rollen wir nicht mehr durch die Gegend, sondern taumeln nur noch als Mängelwesen herum, immer auf der Suche nach einer Möglichkeit, wieder rund zu werden. Wir laufen vielleicht dem Geld hinterher, der Liebe, Ruhm, Ehre, was auch immer, aber nie reicht es, immer haben wir das Gefühl, unvollständig, unvollkommen zu sein.

Vielleicht ist das Versprechen der Kreise tatsächlich ein ganz kindlich-naives. Es lautet, es gäbe Aussicht auf eine Geschlossenheit ohne lose Enden. Eine Abrundung, eine Berührung, und nicht nur Linien, die nebeneinanderstehen. Das Versprechen, es gäbe die Möglichkeit zu formen und nicht nur geformt zu werden. Wenn ich mich nur anstrenge, werde ich alles rund machen können, wird mein Leben ein wohlgeformtes sein. Erfolg ist kein Glück, sondern Leistung und so weiter und so weiter. Wie groß ist die Enttäuschung, wenn sich herausstellt, dass dem nicht so ist. Alles verläuft zickzack oder in einem konstanten Vor und Zurück, mit Brüchen, Rissen, Lücken. Der Zufall regiert, das Universum zeigt Dir die kalte Schulter, und Du kannst nichts dagegen machen. Vielleicht ist das alles aber auch eine falsche oder sehr einseitige Vorstellung von einem Kreis. Darf ein Kreis keine Dellen haben? Keine Unterbrechungen? Darf er nicht auf labyrinthischen Linien

zu seinem Ausgangspunkt zurückführen? Oder
gar zu einem Mittelpunkt?

Jedenfalls wäre ich jetzt beim zweiten Grund an-
gelangt, und hier wirst Du sehen, dass sich das
Problem vergrößert. A und B stehen in einem, sagen wir: merkwürdigen Verhältnis zueinander. Es
geht mir darum, dass wir Kreisläufen unterworfen
sind, ob wir das wollen oder nicht. Fangen wir mit
der Biologie an. Wenn wir sterben, landet ein Teil
von uns als Nahrung im Boden. Viele unserer Mo-
leküle trägt der Wind mit sich, und aus uns wird
vielleicht eine Palme oder ein Eisbär. Stirb und
werde. Wir leben ohne Ende, es ist ein ewiger
Kreislauf. Natürlich sind noch andere Lebens-
kreise außer dem biologischen denkbar, aber sie
sind nicht so unumstritten wie die biologische Tatsache, dass aus unserem Staub etwas Neues entstehen wird.

Umstrittener wäre zum Beispiel die Frage: Wie-
derholt sich Geschichte? Oder, momentan in meinem Land sehr beliebt: Wiederholen wir bestimmte
Verhaltensweisen über Generationen hinweg?
Dass wir zum Beispiel nicht unsere Gefühle zeigen
können, dass wir lieber schweigen als reden. Wiederholst Du also die Fehler Deiner Eltern, obwohl
Du das Gegenteil willst? Wirken die Kriegserleb-
nisse immer noch nach, bis heute? Und warum
überhaupt? Weil sie nicht verarbeitet wurden,
nicht bewältigt? Ist das ein Kreislauf, aus dem wir
nicht hinauskommen, auch nach so vielen Jahren

nicht? Das ist doch eigentlich unvorstellbar, oder nicht!? Ich habe Harrys Stimme im Ohr: »Du musst das präzisieren!« Ja, ich sollte das alles viel genauer sagen, aber Du wirst hoffentlich eines Tages sehen, dass ich das Beste versucht habe in all den Jahren. Ab einem bestimmten Zeitpunkt war mir das Buch der Kreise das Wichtigste, und aus ihm heraus hat sich alles andere entwickelt, die Mode, die Bücher, die Gemälde.

Aber zurück zu meiner Argumentation: Einerseits gibt es also die Erfahrung, dass die vollendete Form des Kreises andauernd zertrümmert wird. Andererseits scheinen wir trotzdem Kreisläufen unterworfen zu sein, ob wir das wollen oder nicht. Ein paradoxes Verhältnis zwischen A und B. Wie einen Ausweg finden?

Wenn ich nach draußen schaue, sehe ich nicht viel. Die Schatten der Eibe, der Garten ruht. Von der Schule kommt längst kein Laut mehr, es ist außerordentlich still. Ich merke, ich habe nicht mehr die Kraft für eine Synthese. Morgen vielleicht. Vielleicht in ein paar Wochen. Vielleicht gar nicht mehr. Du kannst an der Perfektion der Kreise verzweifeln, wenn du sie dir nicht in Bewegung denkst, als Rad oder Spirale. Die Spirale führt den Kreis und die Linie zusammen. Vielleicht ist sie das beste Symbol für eine Versöhnung, für eine Heilung.

Ich habe mich in eine Decke gehüllt. In meinem Kopf geht alles durcheinander. Das Buch der Kreise entzieht sich mir, wenn ich ihm zu nahe rücke. Dieses Spiel geht nun schon seit bald fünfzig Jahren so. Ein seltsames Spiel, wirst Du denken, aber es war niemals langweilig für mich.

Ein Letztes noch, Alexander: Warum ich glaube, dass Du in dieser Sache weiterkommen kannst als ich. Es ist nur ein Gefühl. Das Gefühl, dass Du mit diesen Widersprüchen gelassener umgehen kannst. Das, was sich in meinem Kopf stets feindlich gegenübersteht, kannst Du vielleicht als Teil eines gemeinsamen Zusammenhangs sehen. Aber was bürde ich Dir da auf! Das wirst Du denken. Ich denke es selbst. Und mein Gedanke, dass Du das Buch der Kreise fortschreibst, ja: es beschließen wirst, sollte für Dich von Anfang an die Möglichkeit eines klaren »Neins« beinhalten. Vielleicht ist es sogar die einzig denkbare Reaktion? Die einzig sinnvolle? Vielleicht wäre es eine solche Antwort, die mich dazu bringen wird, die ganzen Blätter und Dokumente in den Schredder zu geben. Vielleicht habe ich jahrelang nur meine Fragen gestellt, und Du stellst Dir längst ganz andere? Dann wäre Dein »Nein« vielleicht ein Indiz, dass es möglich ist, Kreisläufe zu verlassen. Ein Indiz dafür, dass Du längst einen Weg gefunden hast.

Und solltest Du Dich doch hinsetzen und Dich damit beschäftigen wollen, weil Du das Gefühl hast, dass es Dich etwas angeht: Dann wirst Du herzlich willkommen sein, und ich wäre froh und glücklich, das Buch der Kreise in Deinen Händen zu wissen. Kairos wird wissen, ob und wann der richtige Zeitpunkt kommen wird. Oder Ganesha.

Oder beide. Die Wahrheit ist rund! Und das Rad dreht sich weiter, es wird nicht stillstehen.

Lieber Alexander, ich werde nun diesen Brief, den ich nie abschicken werde, beenden und ein bisschen vernünftig sein. Ich werde die Heizung anstellen.

Deine Tante Helene

Stoffwechsel

Sie waren alle beisammen gewesen, so, wie es hätte sein sollen. Die Galerie menschenerfüllt, es war schwer, sich einen Weg zu bahnen, die wenigsten Gesichter waren ihm bekannt. Heidi war unter ihnen, und Claudia. Helene im Gespräch vertieft mit einem Mann, einem blasierten Affen, lächerlicher Anzug, Kunstkenner-Gehabe, aber sie schien das Gespräch zu genießen, ihr unüberhörbares Lachen, wilde Gesten. Er versuchte, sich auf die Bilder zu konzentrieren, sie entzogen sich ihm. Das war nicht ihre Kunst und war es doch, hochkomplexe Mandalas, die ihre Kreisform verloren, wenn man sich ihnen näherte, sie entwickelten eine soghafte, unbestimmbare Tiefe, einen Farbwirbel. Der Blick wurde gelockt, weiter vorzudringen, immer weiter, aber es graute ihm davor, und er wandte sich ab. Nahm eine Einladungskarte zur Hand, *Stoffwechsel* hieß die Ausstellung, da berührte jemand seine Hand, streichelte sanft darüber, es war Alina und sie war es nicht, und sie fragte ihn, warum er so betrübt sei. Sie küsste ihn auf die linke Wange, auf die rechte, wie es die Europäer zu tun pflegen, und dann küsste sie ihn verstohlen auf den Mund. Er fühlte sich zu ihr hingezogen, wusste aber nicht, ob das sein konnte, sein durfte, und blieb zögerlich. Sie machte einige Tanzbewegungen zu einer imaginierten Musik und sagte, sie lernten alle nicht tanzen, wie man tanzen muss. Dann war sie verschwunden.

Die Hand, die Alina eben noch berührt hatte, wirkte verletzt, sie war verbunden und dennoch konnte er sie drehen und wenden wie er wollte. Da rempelte ihn der Schnösel mit dem bunt gescheckten Anzug an und zog ihn vor ein Gemälde. Das sei unbestreitbar das Hauptwerk, grölte er, und Alexander las ein kleines Schild unter dem Bild, *Das Lachen* sollte der Titel des Bildes sein, aber Alexander erkannte kein Lachen, es schien ihm eher, dass die Leinwand blank, noch unbearbeitet war. Bis ihm der kleine Riss ziemlich exakt in der Mitte auffiel, Licht drang durch diesen Spalt, es war schwach, es war nur ein Schimmern. Er wolle das Bild unbedingt haben, sagte der vermeintliche Kunstsammler, es habe eine wirklich starke Aussagekraft und man sehe doch sofort, dass sich die Künstlerin hier mit ihrer ganzen Person, mit ihrer ganzen Erlebniswelt eingebracht habe. Diese Dynamik, diese Farbkomposition, und Alexander wollte widersprechen, dass hier offensichtlich keine Farbe … doch er wurde unterbrochen mit der Aufforderung, nun endlich mal eine Hausnummer zu nennen, und als er sagte, keine dieser Arbeiten stehe zum Verkauf, wurde er von dem bunten Anzug beinahe erdrückt. Begeisterung, Sekt, der Deal sei perfekt, und Robert erschien auf der Bildfläche, unsicher ein Tablett balancierend, es war allerdings Rotwein, kein Sekt, und er schenkte zitternd ein, brachte es fertig, sowohl den Anzug des Mannes als auch Alexanders Hemd zu beflecken, der Kunstkenner schien es nicht einmal zu registrieren. Für Alexander allerdings war dies eine willkommene Gelegenheit, sich zu verdrücken. Er ging nach oben, in eine Wohnung, die Tür stand offen, und als er das Licht angeknipst hatte, befand er sich offenbar in einer weiteren Ausstellung. Die Wände der Wohnung waren lückenlos beschriftet, in einer Art mittelalterlichen Handschrift, Hunderte, Tausende Zeichen, den Augen wurde nicht der geringste Anhaltspunkt gegeben, wo der Text anfing und wo er aufhörte. Vor diesem Schriftbild graute es ihm noch mehr als vor den Mandalas mit ihrer unbestimmbaren Tiefe. Etwas löste sich aus der Schrift, eine Silhouette, die Umrisse eines menschlichen Körpers, und erst spät erkannte er, dass es Robert war, er trug einen weißen Anzug, bedruckt oder beschriftet mit derselben Art von Text, so konnte er zu einem Chamäleon seiner eigenen Kunst werden.

»Es ist vollbracht«, tönte er, und das war der Moment des Aufwachens gewesen. Alexander fand sich auf dem Sofa wieder, das der Musiker und neue Hausbesitzer unbedingt behalten wollte, und versuchte sich zu orientieren. Das Haus war ansonsten leer, und er hatte wieder ein neues deutsches Wort gelernt, *besenrein*, es war derzeit sein Favorit gleich hinter *Ratz Fatz*, der Name der Firma, die dafür gesorgt hatte, dass es zu jener erwünschten Besenreinheit gekommen war. Er versuchte sich aufzurappeln. Das Handy verriet, dass nicht mehr viel Zeit blieb, bis Claudia und Heidi ihn zum Flughafen fahren würden.

Wieder würde er in irgendeiner Flughafenhalle sitzen wie damals mit Tante Helene, wieder würde der Kaffee nicht schmecken, wieder würde er in der Wartezone fast einnicken, wieder würde er Bleifüße und Flügel haben. Er würde vermutlich heillose Versprechungen machen, sich bald einmal wiederzusehen, er würde Heidi und Claudia vermissen, er würde es kaum erwarten können, Alina und Maria wiederzusehen.

Nachdem er sich frisch gemacht hatte, checkte er, ob er alles beisammenhatte, das Flugticket, den Pass. Es war ein seltsames Gefühl, dass er eigentlich nichts weiter aus dem Haus mitnahm. Bis auf die Pillendose mit dem Konterfei eines vermutlich großen Musikers oder Dichters auf dem Deckel, er hatte längst nachsehen wollen, wer es sei. Bis auf die rätselhafte Monderzählung von Kepler, Helene hatte sie anscheinend kurz vor ihrem Tod noch gelesen. *Somnium sive astronomia lunaris*. Mit einem Leitfaden für Mondreisende von Beatrix Langner. Alles andere würde mit dem Schiff nachkommen, in einem Container, auch das hatte *Ratz Fatz* für ihn geregelt. Er hatte das Gefühl, einen Fehler zu machen, einen schweren Fehler, jetzt zu gehen. Er würde diese Tür schließen, ohne genug zu wissen, ohne genug herausgefunden zu haben. Er würde das Band zerschneiden. Ein klarer Schnitt, ist das nicht das Gegenteil von dem, was du willst?

Das Telefon klingelte, der Ton fand in den leeren Räumen ein seltsames Echo. Er hatte immer nur mit Heidi telefoniert, ansonsten hatte er den Anschluss nur für den Internetzugang gebraucht. Würden sie sich verspäten, standen sie im Stau?

»Hallo?«

»Guten Tag, mit wem spreche ich da?«

»Alexander LeMay. Aber das ist … das war der Anschluss von Helene Klasing.«

»Lisa von Weißhaupt. Ich bin mir nicht sicher … ich denke, wir sollten reden.«

Racoon!

Er hatte sie fünf, er hatte sie zehn, er hatte sie fünfzehn Minuten nicht mehr gesehen. Alexander überlegte, ob er aufgeben und sich aus dem Staub machen sollte. Tut mir leid, aber ich habe euch in diesem Gewusel zwischen all den Bällen, Ballons, Rutschen, Hüpfburgen und Klettergerüsten nicht mehr gefunden. Tobende Kinder um ihn herum, sie agierten nach einer ihm unbekannten Gesetzmäßigkeit; es war unvorhersehbar, in welche Richtung sie abzweigten, unmöglich, ihnen auszuweichen, mehrfach schon war ein Kind in ihn hineingerannt, hatte sich vielleicht wehgetan, war einfach weitergeflitzt. Er stellte sich Sprechblasen über ihren Köpfen vor: Uff! Urgh! Pardauz!

Hätte er doch den Anruf einfach ignoriert. Was wollte er ihr damit beweisen? Dass er *busy* war? Und warum ließ Robert ihn nicht in Ruhe, er wusste doch, dass er mit Alina und Maria unterwegs war. Robert jedoch war in einer Art Rauschzustand, er schrieb Manifeste, für die er keinen Verlag, er plante Ausstellungen, für die er noch keine Galerie hatte.

Was sollte er tun? Sollte er sich ins Bistro setzen, einen ganzen Tisch in Beschlag nehmen und darauf hoffen, dass sie ihn fanden? Neben ihm zerrten Ärmchen an neonfarbenen Schaumstoffwürsten, und da kam wieder der Waschbär um die Ecke, als würde es in dieser Spielhölle noch einen Animateur brauchen. »RACOON!«, brüllte er, was die meisten Kinder immerhin jauchzen ließ, einige wenige bekamen einen Heulanfall und rannten zurück in den sicheren Elternhafen. Er erinnerte sich an einen Ferienjob, er war als Eisbär in einer Mall unterwegs gewesen und hatte den Satz »Real Milk! Real Ice Cream!« aufsagen müssen. Das hatte er sich vorher irgendwie cool vorgestellt, aber es war nicht cool gewesen.

Ein Blick auf das Handy, drei weitere verpasste Anrufe und eine Nachricht von Robert – *titelvorschlag: die letzte fantasie. nach dem bild mit dem schwert, weißt du? zu abgedroschen? rechtlich bedenklich? wann bist du zurück? over and out.*

Er antwortete nicht, lief weiter an Bälle schießenden Schlangen und der Monsterrutsche vorbei zu einer Art Entspannungsgrotte, nein, eine Oase sollte es sein. Die Oase war verwaist. Kein Mensch, vor allem kein Kind wollte sich hier ausruhen. Es war unfassbar heiß. Er lehnte sich an die Wand, sie wurde mit bunten Lichtern angestrahlt, abwechselnd lila, türkis, grün. Mannshohe Lutscher waren neben ihm aufgereiht, deren Zuckerscheiben motorisiert waren und sich zu psychedelischen Mustern verdrehten. Er ließ das auf sich wirken, auch wenn der Lärm in der Oase kaum zum Aushalten war, sie wirkte eher wie ein Verstärker des Krachs. Es war wie eine erzwungene, gewaltsam-laute Meditation, aber das ist sowieso das Einzige, dachte er, das bei dir hilft.

Er schloss die Augen, das war oft keine gute Idee

gewesen, aber diesmal fiel er nicht zurück in ein vergangenes, er ging vorwärts in ein zukünftiges Bild. Er hatte das Haus vor Augen. Er stand davor. Das neue Schild. Der Götterbaum mit herbstgelben Blättern. Er blickte durch das große Fenster: Robert war da, er sah zufrieden aus. Irgendetwas fehlte jedoch an diesem Bild. Er sah nach oben, die braune Steinfassade entlang, sein Blick blieb an einem der Fenster haften. Das Fenster öffnete sich und ein Kopf erschien, ein Gesicht. Ein zweiter Kopf, ein zweites Gesicht. Da wusste er, was es war. Na bitte, dachte er, diese Grotte hält wirklich, was sie verspricht. Helene würde sagen: »Hier funktioniert es noch.« Als er die Augen öffnete, hatte er Alina und Maria vor sich.

»Da seid ihr ja«, sagte er und winkte ihnen zu, obwohl sie nur einen Meter von ihm entfernt waren, er hätte die Hand nach ihnen ausstrecken können.

»Die Oase der Ruhe«, sagte Alina, »du bist ein richtiger Draufgänger.« Mit ihrem schwarzen Kleid fiel sie in dieser kreischbunten Umgebung auf, warum hatte er sie nicht gesehen? »Wer das hier überlebt, übersteht alles«, sagte sie.

Dass sie sich aus den Augen verloren hatten, war nicht der Rede wert, sie gingen weiter zur nächsten Attraktion. Maria wollte rutschen, sie wollte nicht rutschen. Sie wollte hüpfen, sie hasste hüpfen.

»Magst du mit den Bällen spielen«, beeilte sich Alexander vorzuschlagen, bevor das Mädchen einen Trotz- oder Wutanfall bekommen würde, »dort hinten, da ist das Bällebecken, und da kannst du mit einer Rutsche, äh, hineinrutschen.« Die Rutsche im

Bällebad war lächerlich klein, aber Maria gab sich große Mühe, so zu tun, als wäre es *aufregend*, die achtzig Zentimeter in Zeitlupe hinabzugleiten. Alexander ertappte sich dabei, wie er ein jedes Mal »Achtung!« rief, »Hui!« und einmal sogar »Wow!«. Sie machten weiter mit einer jener Bälle spuckenden Schlangen, gefolgt vom *tosenden* Bällestrudel. Ahhh! Mit einer Schöpfkelle wurde schließlich eine Art Zaubermühle mit Feenstaub befüllt, sodass sich das Rad derart *schnell* drehte, dass schon wieder ein »Hui!« fällig war, wenn auch kein »Wow!«.

»Ich bin fast ein Schulkind«, sagte Maria beiläufig, sie war voll auf das Feenstaubschippen fokussiert. »Ich mache das hier nur für euch.« Schließlich forderte sie den Bistro-Besuch ein. »Bitte, nicht dieser Junk«, sagte ihre Mutter, doch nach einem kurzen Disput musste sich Alina beugen. Es gab einen Teller Pommes mit einem sogenannten Mount Ketchup am Tellerrand. Von Maria wurde er dazu aufgefordert, sich von den Fritten zu nehmen, und es war ganz und gar unmöglich, ihr nicht zu gehorchen.

»Woran denkst du«, fragte Alina. »Du wirkst abwesend.«

»Gute Frage.« Er ließ eine lange, viel zu lange Pause folgen, in der er bedeutungsschwer an seiner Coke nippte. Maria hatte den Pommesberg fast schon bewältigt. »Da ist so eine Sache, die mich umtreibt. Du darfst aber nicht zu viel erwarten.«

Maria hielt ihm eine Pommes vor die Nase. Er nahm sich eine zweite und hielt sich beide an den Kopf, wie zwei Antennen. »Danke«, sagte er mit einer

Roboterstimme, sie fing an zu lachen. Dann nahm er sich noch eine und behauptete, dies sei die längste Fritte der Welt. Es fiel ihr aber nicht schwer, noch eine längere zu finden und stolz in die Luft zu halten. Dann tunkte sie zwei Fritten in den Ketchup und hielt sie sich an die Lippen. »Ein Vampir«, erriet Alexander ganz richtig, sie quittierte das mit einem Quieken. Ketchup tropfte auf den Tisch.

»Was für eine andere Sache denn?«, sagte Alina leicht genervt. »Warum tust du so geheimnisvoll?«

»Ich hatte eine Vision«, sagte Alexander und machte eine Geste, als würde er eine Zigarette zwischen den Fingern halten. Es war die letzte Fritte. »Vorhin, in der Oase der Ruhe.«

»Du bist so ein Spinner. Hat dir schon mal jemand gesagt, dass man mit Essen nicht spielt?«

»Du könntest es mir bald öfter sagen.«

»Was meinst du damit?«

»Ach, gar nichts.«

Sie stutzte. Sah zu Maria hinüber. Die zuckte nur mit den Schultern. »Der Mann spricht in Rätseln«, sagte Alina.

Als sie sich vor der Halle verabschiedeten, sagte Maria: »Ich werde heute übrigens eine L. O. L. von Opa bekommen, die kann sogar ihre Hautfarbe wechseln.«

Wie auf das Kommando näherte sich ein weißer Lieferwagen mit der Aufschrift *Cafe Kiev*. Andriy kurbelte das Fenster runter und nickte ihnen zu. Maria rief: »Dido, hast du sie mitgebracht ...« und war in der Fahrerkabine verschwunden.

Als sie außer Sichtweite waren, nahm Alexander das Handy zur Hand und schrieb seinem Vater eine Nachricht.

Können wir uns nachher bei Victor treffen? Sondersitzung? Es ist dringend.

Es dauerte kaum eine Minute, da war die Antwort auf seinem Display.

Anfrage bestätigt. Um 6 wie immer?

Alexander tippte. *Ja.*

Er war früher da und setzte sich an einen der Zweiertische an der Fensterfront. Die parkenden Autos unter den Bäumen waren mit einer klebrigen Schicht überzogen. Für Maria würde das Feenstaub sein. Für die Erwachsenen zwanzig Dollar für die Autowäsche. Der Frühling war da, es war nicht zu leugnen. Vielleicht liegt es daran, dachte er. Vielleicht ist es so eine Hormonsache. Alfred kam herein, langer dunkler Mantel, Anzug, seine Arbeitskluft. Er trug sie auch, wenn er frei hatte. Oder er hatte überhaupt nicht mehr frei, das konnte auch sein.

Er wirkte gut gelaunt, erwartungsvoll. Vielleicht dachte er, dass er ihn heute, hier und jetzt mit der frohen Nachricht erlösen würde. Ja, Dad, ich will. Victor kam an ihren Tisch und verbeugte sich. Er konnte jedem das Gefühl geben, dass er nur darauf gewartet hatte, ihn endlich wieder begrüßen zu dürfen. Sie bestellten zwei Flat White, mit dem Essen wollten sie noch warten.

»Schieß los, Alex, ich bin ganz Ohr.«

»Ich habe mich entschieden auszusteigen. Endgültig.«

»Aber das hatten wir doch schon. Und siehe, du bist wieder in das Mutterschiff zurückgekehrt. Wenn auch nur für ein paar Stunden in der Woche.«

»Diesmal bin ich mir sicher. Weil ich jetzt weiß, was ich tun werde.«

»Und was wird das sein?«

»Ich werde unten im Laden eine Galerie einrichten. Ich werde Helenes Arbeiten ausstellen. Sie sind doch ohnehin schon dort eingelagert. Und Roberts Arbeiten. Es ist so naheliegend. Vielleicht zu naheliegend, deshalb bin ich nicht gleich darauf gekommen.«

Victor brachte die beiden Tassen. Manchmal blieb er am Tisch stehen und machte Small Talk. Heute schien er an ihren Mienen zu erkennen, dass es nicht der richtige Zeitpunkt war. Sein Vater stützte den Ellbogen auf den Tisch und atmete aus, als hätte er lange die Luft angehalten. »Weißt du, was du da wegwirfst?«

»Das weiß ich.«

»Nichts weißt du. Du denkst, du könntest mal eben eine Galerie eröffnen. Ein paar Bilder verkaufen und davon leben.«

»Ich bin nicht der Erste, der das versucht.« Alexander nahm einen Schluck Kaffee. Ruhig bleiben, immer ruhig bleiben. Ihn nicht unnötig reizen.

»Ich habe dreißig Jahre gebraucht, um aus *LeMay Kitchens* das zu machen, was es heute ist. Dreißig Jahre! Und davor hat dein Großvater dreißig Jahre dafür gearbeitet, aus *LeMay Kitchens* das zu machen, was es heute ist. Du weißt nicht, was es bedeutet ...«

»Ich bin doch Teil dieser Familie, ich habe es doch

mitbekommen. Außerdem habe ich das studiert, Dad. Ich weiß, was es bedeutet, ein Unternehmen zu gründen.«

Alfred lachte auf, streckte die Arme von sich, vielleicht wollte er damit die Götter der Vernunft beschwören. »Nichts weißt du! Das sind diese Flausen, und ich weiß ja, woher du sie hast. Diese Tante in Deutschland ...«

»Helene.«

»Sie hat dir den Kopf verdreht. Das ging schon los, als du das erste Mal dort gewesen bist. Ich meine, du hattest schon den Studienplatz an der Columbia, und plötzlich fängt der Herr an, alles infrage zu stellen, möchte plötzlich nach Kanada. Und deine Mutter ...«

»Bitte, lass Mom aus dem Spiel.«

»Und deine Mutter hatte auch gelegentlich diese Anfälle ...«

»Anfälle?«

Er nahm die Tasse in die Hand, trank nicht und stellte sie an den Tischrand, als wäre er schon fertig damit. Der Kaffee war übergelaufen. »Andauernd hat sie Helene Briefe geschrieben. Man muss den Kontakt nach Deutschland aufrechterhalten, das ist wichtig. Und dass sie mit dir Deutsch lernt, dass du Unterricht nimmst. Ich habe das nie so ganz verstanden, weil ich mir nicht vorstellen konnte: Was nutzt es ihr, was nutzt es euch? Tess war kein einziges Mal in Deutschland gewesen, Margarethe ist nie zurückgekehrt. Was hat es euch also gebracht? Außer Komplikationen. Schuldgefühle. Aber das ging eindeutig von Margarethe aus und hat sich auf euch übertragen.

Wie sie sich zermartern konnte deswegen. Du hast ja nie etwas mitbekommen. Diese stundenlangen Diskussionen. Und dann war Helene eines Tages da und hat noch mehr durcheinandergebracht. Ich habe das mitgekriegt, ich war gerade mit Tess zusammengekommen. Niemand hat sich besser gefühlt dadurch. Eine Verpflichtung, hat deine Mom immer gesagt. Ein Zusammenhang. Was, wenn es diesen Zusammenhang gar nicht gibt, Alex, hast du dich das schon mal gefragt? Und dafür willst du alles aufgeben? Du willst unsere Firma beerdigen? Deswegen?«

»Das stimmt doch gar nicht. Boris ...«

»Scheiß doch auf Boris! Ich werde ihm die Firma nicht vererben. Dir will ich sie vererben, verdammt noch mal.«

»Wir leben nicht mehr im 19. Jahrhundert, es gibt andere Alternativen ...«

»Kläre du mich nicht über mögliche Alternativen auf! Du nicht! Seit Jahren beschäftige ich mich mit den Alternativen, weil ich immer geahnt habe, dass dieser Tag kommen könnte. Ach was, sicher war ich mir. Seit du ein Kind warst, seit ich dein *Wesen* kenne.«

»Es ist nicht nur eine Spielerei für mich ...«

»Was ist es denn sonst? Du weißt doch gar nicht, was Verantwortung ist! Du weißt doch gar nicht, was es heißt, für vierzig, fünfzig Leute die Verantwortung zu tragen. Wir haben dir immer alles ermöglicht. Wie alt bist du, Alex, wie alt.«

»Neunundzwanzig, falls du es vergessen hast.«

»Mit neunzehn, in Ordnung, mit neunzehn würde

360

ich ja nichts sagen. Soll er es halt ausprobieren und auf die Nase fallen. Aber mit fast dreißig! Du hast dieses Haus schon so lange und bist nicht mal in der Lage, die Räume zu vermieten.«

»Ich wollte nicht …«

»Ich bitte dich! Ich habe mir das lange genug angesehen.«

Victor kam, weil er wohl dachte, Alfred habe seinen Flat White schon getrunken. Ob etwas damit sei, fragte er, als er bemerkte, dass er ihn nicht angerührt hatte.

»Ich will ihn doch nicht, danke.«

»Darf es etwas anderes sein? Es geht natürlich aufs Haus.«

»Gerade nicht, nein.«

Victor nickte und nahm die Tasse wieder mit.

Er hatte seinen Vater selten so instabil gesehen und gleichzeitig so offen, so unmaskiert. »Von mir darfst du nicht einen Dollar erwarten. Und du wirst nicht mehr bei mir arbeiten. Wenn du das durchziehen willst, dann darfst du das ganz allein machen. Dann lernst du es auf die harte Tour.«

»Hast du es denn auf die harte Tour gelernt?«

Alfred schloss die Augen und nickte. »Du gehst jetzt besser, Alex.« Er öffnete die Augen. »Und dieses Mädchen, das kannst du gleich mitnehmen, ich möchte sie nicht mehr im Büro sehen. Sie fehlt sowieso andauernd, weil ihr Kind krank ist oder weil im Kindergarten die Flöhe unterwegs sind. Und sie wartet ja nur auf den glorreichen Tag, an dem sie endlich, endlich wieder studieren kann.«

»Dad, was soll das …«

»Kannst sie ja einstellen, die Galerie wirft bestimmt so viel ab, dass du mit zehn Mitarbeitern starten kannst. Du wirst das alles kalkulieren können, das hast du ja studiert.« Sein Vater wartete nicht, bis Alex gehen würde, er stand auf, beinahe riss er seinen Mantel von der Stuhllehne und verließ das Bistro. Alexander blieb zurück, starrte ins Leere. Aber nicht lange, denn Victor tauchte auf und brachte ihm ein rot schimmerndes Getränk. Das gehe aufs Haus, sagte er, und dennoch: Heute war das erste Mal, dass Alexander zahlen würde.

Er fuhr mit der U-Bahn zurück nach Williamsburg. Robert war nicht im Haus, Alexander ging nach oben in die Wohnung und hatte das Gefühl, eine Art Inventur machen zu müssen. Bevor sich alles verändern würde. Würde sich alles verändern? Er lief durch die Zimmer auf der Suche nach den Dingen, die nur ihm gehörten, die ihn ausmachten. Die ihm halfen zu sagen: Das bin ich. Da waren die Platten, na sicher, da waren die Bücher. Das eine oder andere Bild hing an der Wand. Das Porträt einer Frau, deren Kopf in einem umgestülpten Fischglas steckte, sie hatte die Augen geschlossen und war umringt von Goldfischen. Daneben eine Illustration aus dem *Roten Buch* von C. G. Jung, ein Lebensbaum gerahmt von einer Art Urei; Tante Helene hatte ihm das Blatt geschickt. Die Fragezeichenkästchen eines Jump'n'Runs, ein Bild von Robert mit dem Titel *Find Out*. Es hatte Roberts Professor damals dazu veranlasst, von einer weiteren Betreuung abzusehen. Schließlich Helenes Gemälde mit dem Titel *raised*, er hatte es längst zu sich genommen. Die Feder des Eichelhähers, umkreist von Licht.

Früher war es ihm manchmal so vorgekommen, dass seine Habseligkeiten hier nur geduldet waren, geduldet von Grandmas Möbeln und Objekten, die er fast alle behalten hatte, bis auf das Bett. Der freischwingende Chromsessel, die Regale im Industrielook, sogar die Teekanne hatte sie selbst designt. Es wäre ein Sakrileg gewesen, sie zu verkaufen, aber was hatten sie bewirkt? Dass er sich hier nur wie ein Gast gefühlt hatte? Dass er sich gefragt hatte, ob er es wert sei, hier zu wohnen? Dieses Gefühl hatte sich verändert. Heute kam es ihm so vor, als hätte alles hier seine Berechtigung, alles konnte nebeneinander bestehen, für nichts musste er sich rechtfertigen. Und, das war neu, alles wirkte irgendwie offen. Kein Problem, dass noch etwas dazukommt. Er war nicht hier, um abzuschließen, um zuzumachen, womöglich hatte er das die ganze Zeit über missverstanden. Er war hier, um aufzusperren.

Das Geräusch einer eingehenden Nachricht, er suchte das Handy, es lag auf dem Tisch. Die Nachricht kam von seinem Vater.

Alina kann natürlich bleiben. Ich melde mich, Alfred.

Nein, Dad, diesmal nicht. Er nahm das Gemälde mit der Feder behutsam von der Wand und trug es nach unten in den Laden. Dort stapelten sich die Kisten, er hatte es noch nicht geschafft, sie zu öffnen. Weil er nicht wusste, was er mit ihrem Inhalt tun sollte. Nun wusste er es, nun würde er einen Anfang machen. Die Wände waren leer, er hatte die freie Auswahl. Er erinnerte sich an seinen Traum und hängte es direkt gegenüber der Eingangstür. Dort hatte das Hauptwerk von Helene seinen Platz gehabt, *Das Lachen*, die weiße Leinwand mit dem Riss, auf die dieser Kunstkenner so scharf gewesen war. Mal sehen, wen die Feder anlockt, dachte er. Und dann würde er sagen müssen: »Tut mir leid, aber dieses Bild ist unverkäuflich. Dieses Bild gehört zum Haus und darf nie mehr von ihm getrennt sein.«

8

Helene
New York
1980

Die Frau im Mond

Whitehead Good Things. Helene näherte sich von links, sie näherte sich von rechts. Sie stand vor der Tür und musste doch noch einmal weitergehen. Auf der Straße war es laut, unruhig, das machte sie noch nervöser. Gehupe, Musik kam von irgendwoher, »I hope my legs don't break / walking on the moon«, ein Stück weiter wurde der Asphalt aufgerissen. Ein Gemüsehändler hatte sie schon dreimal angesprochen, und auch beim dritten Mal tat er so, als würde er ihr zum ersten Mal begegnen. »Meine Äpfel sind süß, Ma'am, die besten der verdammten Stadt.«

Wenn sie gekonnt hätte, hätte sie die Zeit angehalten und sich alles in Ruhe und aus nächster Nähe angesehen: die Inschriften und Malereien auf den Fassaden. Die rauchenden Teenager mit ihren wilden Hoffnungen. Den Halbstarken mit dem gelben Muscleshirt und den kleinen Kratern auf der Wange. Den Jungen auf dem Dreirad, sein Vater oder Onkel in der Gewandung chassidischer Juden. Ein Mann wühlte in Umzugskisten, zwei Männer in Anzügen diskutierten eindrucksvoll gestikulierend, »manchmal ist das Leben überwältigend scheiße«, sagte der eine, »das hast du gut auf den Punkt gebracht«, der andere. Ein Straßenmusiker packte seine Trompete aus und eine Frau lachte so laut, dass sie alles übertönte. Helene hatte noch nie ein solches Lachen gehört, es war eine Art Urlaut, aus der Tiefe der Seele kommend.

Gefertigt war diese Kulisse aus Asphalt, Stein und Holz, wie überall, aber dass es ihr so fremd vorkommen würde, dass es so ganz anders sein würde als eine vergleichbare Straße in Frankfurt oder Offenbach, das hätte sie nicht gedacht. Es roch anders, es klang anders, es war ein anderer Rhythmus, wenn es hier überhaupt einen Rhythmus gab. Es war ein raues Pflaster, sagte man das nicht so, es war rissig, überall war etwas abgeplatzt an den Fassaden, überall fehlte eine Ecke, war etwas unvollständig, überall lag einfach etwas herum, das niemandem zu gehören schien oder es gehörte allen. Du musst es jetzt tun, Helene, sonst wird es langsam lächerlich.

Sie öffnete die Tür mit dem milchigen Glas, es ertönte keine Glocke. Der Laden war alles andere als groß, er wirkte nicht überfüllt, und trotzdem war es erstaunlich, wie viel hier zum Verkauf stand. Es gab eine Sektion mit Lampen, zwei freischwingende Sessel standen um einen metallenen Tisch, in den Regalen waren Tassen, Kannen und Kaffeekocher ausgestellt. Dieses Ensemble der guten Dinge hatte eine strenge Ordnung, was einen gewaltigen Kontrast zum Leben draußen auf der Straße ergab, und alles hier im Raum wirkte miteinander verwandt, hatte eine gemeinsame Ästhetik, klare Formen, viel Silber, viel Glanz. Maggie Whiteheads Handschrift. Es waren nur zwei Kunden im Raum, augenscheinlich ein Paar, der Mann probierte den Sessel aus. »Lassen Sie sich ruhig Zeit«, sagte Theresa zu den beiden, sie ging hinter den Tresen und nahm ein Papier zur Hand. »Es gibt auch noch ein Exemplar in einer etwas anderen Variante, genietet, nicht verschraubt.« Theresa trug ein Op-Art-Kleid, das Schwarz-Weiß-Muster flirrte, schien sich zu bewegen. Sie schaute auf, und als sich ihre Blicke trafen, geriet der gesamte Raum in Bewegung, wie durch ein Kaleidoskop betrachtet.

»Da bist du ja!« Theresa umarmte sie, ähnlich stürmisch wie vorhin am Flughafen. »Wie ist das Hotel? Hast du den Weg hierher gut gefunden?« Theresa war fast einen Kopf kleiner als sie, ihre Augen strahlten. Wieder so ein Moment, dachte Helene, in dem es naheliegend war, verrückt zu werden. Und vielleicht ein bisschen glücklich. Das eine musste das andere ja nicht ausschließen. Es war ihr so, als wäre sie tatsächlich auf den Mond geflogen, wie in diesem Lied, alles war fremd, neu, staubig, hier galten andere physikalische Gesetze, aber zufällig wohnte auf dem Mond ihre Halbschwester und nahm sie in die Arme. Zufällig wohnte dort auch ihre Mutter. Die Frau im Mond.

»Sie ist oben«, sagte Theresa, »ich bringe dich gleich zu ihr. Warte kurz, ich muss mich noch um meine Kunden kümmern.«

Das Paar stand unschlüssig neben ihnen, keinen Meter von ihnen entfernt in diesem engen Raum. Der Mann sagte: »Wir nehmen den Verschraubten«, und was folgte, war eine fünfminütige Prozedur, bis die Lieferadresse festgehalten, der Liefertermin telefonisch erfragt, eine Anzahlung geleistet worden war. Danach sperrte Theresa den Laden kurzerhand zu, eine zweite Tür neben dem Laden führte ins Haus. Die Stufen waren abgewetzt, der Putz an den Wänden bröckelte. »Na ja«, sagte Theresa, »wir haben uns mit den Renovierungsarbeiten erst einmal auf den Laden konzentriert. Das Geld ist knapp.« Sie sperrte die rechte Tür von zwei sich gegenüberliegenden Türen auf, die Treppe führte weiter nach oben. »Die beiden anderen Wohnungen haben wir vermietet.« Sie flüsterte: »Die hier gegenüber machen uns das Leben zur Hölle.«

»Tess, seid ihr das?«, fragte eine brüchige Stimme, Helene kannte sie von den Telefonaten (ihre Mutter klinge ein bisschen wie Marlene Dietrich, hatte Heidi nach dem ersten Telefonat behauptet). Dann stand sie vor ihr, sie trug dunkle, legere Kleidung, hatte gerötete Wangen und Schweißperlen auf der Stirn, das silbrige Haar zum Pferdeschwanz gebunden. »Ausgerechnet«, sagte Margarethe auf Deutsch, sie kam ein paar Schritte auf sie zu, ging zwei wieder zurück. »Ich habe meine Übungen gemacht, das beruhigt mich.«

»Du hast noch gar nicht mit dem Essen angefangen?«, sagte Theresa, faltete die Hände wie zu einem Gebet, sie ging zur Küchenzeile, öffnete den Kühlschrank, holte etwas heraus, einen Topf, anscheinend hatte Margarethe doch etwas vorgekocht. Helene war versteinert und wusste nicht, was sie tun sollte. Wie läuft man auf dem Mond? Sollte sie ihrer Mutter die Hand geben, sie umarmen, sich setzen, stehen bleiben? Sich setzen, Margarethe bat sie, sich zu setzen. Sie müsse sich nur schnell umziehen, sie sei gleich wieder da. Dieses »gleich« dauerte eine halbe Ewig-

keit, Helene stand wieder auf und sah sich um, Wohn-
und Esszimmer und Küchenzeile in einem Raum, der
Lärm der Straße drang durch das halb geöffnete
Fenster. Die Wände zeigten das Rissige und Raue der
Außenwelt, doch das Interieur war eine Fortsetzung
des Ladens: eine nachvollziehbare Anordnung, nichts
lag einfach so herum oder tanzte aus der Reihe, Klarheit, Konzentration, Glas, Stahl und Licht. Nur das
Bücherregal fiel aus dieser Ordnung heraus, schiefe
Büchertürme, Zeitungen und Magazine stapelten
sich, dazwischen ein paar gerahmte Fotografien.

»Ich werde dir helfen«, sagte sie zu Theresa.

»Nur über meine Leiche.«

Als Margarethe zurück war, schenkte sie allen ein
Glas Wasser ein. »Willkommen in unserem Dorf«,
sagte sie. »Es tut mir leid, ich bin eine schreckliche
Gastgeberin.«

»Wie ein Dorf kommt mir das hier nicht vor. Frankfurt wirkt wie ein Dorf, im Vergleich.«

»Vielleicht sollte ich besser sagen: Williamsburg besteht aus mehreren Dörfern, jede Nachbarschaft ist
ein Dorf, und sie sind meistens sehr für sich, verschlossen, von außen kommt man nicht so einfach
hinein. Auch das ist New York, aber alle denken natürlich erst einmal an Manhattan, an die Wolkenkratzer, an die Freiheitsstatue. Von Brooklyn aus
hast du einen großartigen Blick auf Manhattan, aber
es schaut kaum jemand zurück. Nun, das kann auch
ein Vorteil sein. Hier in der Nachbarschaft kennt jeder jeden, das ist ein weiterer Vorteil. Bist du mit dem
Hotel zufrieden?«

Helene nickte.

»Gut. In dieser Ecke ist es ruhig. Aber du solltest abends nicht allein unterwegs sein. Nicht, wenn es dunkel ist.«

»Der Laden ist fantastisch. Es ist etwas ganz anderes, deine Objekte in einem echten Raum zu sehen, nicht nur auf Fotos.«

»Meine Stücke sind Kinder dieses Viertels, sie gehören hierher. Die Industrieanlagen am Fluss haben mich beeinflusst, die Fabriken. Wie ich das alles am Anfang gehasst habe! Nach der Scheidung bin ich mit Tess hierhergekommen, weil die Mieten billig waren, weil es eine deutsche Community gibt, ich hatte am Anfang überhaupt kein Geld, keine Ahnung, keinen Plan. Von der Familie in Deutschland war keine Hilfe mehr zu erwarten, und Jack, mein Ex-Mann, war nach der Trennung nicht gerade *generös*. Ich fand hier alles so unglaublich hässlich und gemein, so fremd.« Sie lachte auf. »Tja, das ist heute nicht viel anders. Aber nach und nach habe ich angefangen, mir das Viertel zu erlaufen, und als ich wieder angefangen habe, meine Sachen zu entwerfen, wollte ich etwas machen, das hierher passt. Eben nichts Verspieltes, Blumiges. Und dann gibt es diese Bauhaus-Leute hier in New York und … aber das habe ich dir alles auch schon geschrieben.«

»Es ist trotzdem schön, es noch einmal zu hören, zusammen mit deiner Stimme.«

Margarethe stand noch immer vor ihr, in einem schwarzen Kleid, sie war barfuß, die Haare trug sie offen. Sie fing an, Brot aufzuschneiden, im Topf wurde ein vorgekochtes Ratatouille erhitzt; Margarethe hatte sich also gemerkt, dass sie kein Fleisch aß. Oder Theresa hatte sie daran erinnert. Helene durfte noch immer nicht mithelfen, die lange Reise, sie solle sich zurücklehnen und entspannen. Während des Essens erzählte Theresa, dass sie ihr Designstudium im Frühjahr abgeschlossen habe und nun überlege, wohin es sie verschlagen könnte.

»Wenn es nach mir ginge, kannst du einfach hierbleiben und den Laden zusammen mit mir führen«, sagte Margarethe.

»Mom, du weißt, dass das nicht so einfach ist.«

»Weil ich dich einschränke, weil ich einen Schatten auf dich werfe, unter dem du nicht wachsen kannst.«

»Weil du … aber das müssen wir nicht vor Helene besprechen.«

»Ich wünschte«, sagte Helene, »ich wäre nach dem Studium einmal auf Wanderschaft gegangen. Wie ein Handwerker auf die Walz. Aber ich bin immer nur in Offenbach und in Frankfurt geblieben.«

»Ich weiß schon, dass ihr Komplizinnen seid«, sagte Margarethe und machte plötzlich ein mürrisches Gesicht. »Ich weiß, dass ihr schon lange korrespondiert. Nun, warum auch nicht!«

»Genau, warum auch nicht. Warum sollten wir das nicht tun dürfen. Mom, sie ist meine Schwester.«

»Halbschwester«, sagte Margarethe.

Helene hielt sich am Wasserglas fest. Wollte ihre Mutter dieses Treffen überhaupt? Oder war dieser Abend einzig das Ergebnis von Theresas Überredungskunst? Du bist jetzt sechzig, Mom, gib dir einen Ruck. »Ich habe euch etwas mitgebracht«, sagte sie, um das Schweigen zu brechen, sie nahm die in Papier eingeschlagenen Kleider aus der Umhängetasche. »Sie sind sehr schlicht, nicht zu verspielt, beide haben eine kleine Inschrift, Verszeilen von Walt Whitman.«

Theresa schien davon sehr angetan zu sein, sie hielt das Kleid vor sich, betrachtete sich in einem Spiegel. Margarethe packte das Kleid nicht aus. »Ich danke dir«, sagte sie immerhin, »ich werde es später anprobieren.« Sie setzte sich, sie stand wieder auf und schob das Fenster zu. Sie schob es wieder auf. »Helene, ich … ich bin froh, dass du gekommen bist. Erwecke ich einen anderen Anschein?«

»Nun ja …«

»Nein, es ist gut so. Du bist vierzig geworden, ich sechzig, wie lange hätten wir denn noch damit warten sollen.«

»Du hast gewartet«, sagte Theresa und räumte die Teller ab. »Nicht wir.«

»Obwohl du mit Engelszungen auf mich eingeredet hast.«

Theresa hielt inne. »Mit Engelszungen? Es gibt so viele schöne deutsche Wörter.« Sie stellte das Geschirr auf der Anrichte zusammen und sagte, sie werde gleich gehen, sie habe noch eine Verabredung.

»Mit wem denn?«, fragte Margarethe.

»Keine Auskunftspflicht mehr, Mom, tut mir leid.«

»Also ein Mann.«

»Ich hülle mich in Schweigen, heißt das nicht so auf Deutsch?« Sie umarmte Helene noch einmal und sagte, sie freue sich so, sie endlich zu sehen, sie bei sich zu haben.

»Ihr Taktgefühl hat sie jedenfalls nicht von mir«, sagte Margarethe, als Theresa aus der Tür war. »Ich glaube, es gibt keine Verabredung. Sie hat lange schon keinen Freund mehr gehabt.«

»Sie braucht keinen Freund, um wunderbar zu sein«, sagte Helene.

Margarethe sah sie an. Zuerst schien es Helene so, als drücke ihr Blick Verwunderung aus, doch das änderte sich und es zeigte sich milder Spott. »Komplizinnen. Ich weiß, dass ihr längst Komplizinnen seid.« Was soll aus diesem Abend noch werden, dachte sie. Ist es ihr denn egal, dass ich hier bin? Sie fühlte sich müde, die Zeitverschiebung, und dann war da diese brodelnde Stadt. Das vertrug sich nur schlecht mit ihrem Hang, alles anzuschauen, jedes Gesicht, jeden Riss in der Mauer, jede Ritze. Man kann hier bestimmt große Schritte machen, dachte sie, aber bei jedem Schritt habe ich Angst, mir die Beine zu brechen.

Ein Falter kam durch das Fenster geflattert, er flog von Margarethe unbemerkt durch den Raum, landete auf dem Tisch, direkt neben Helenes Hand. Helene sah ihn an, wagte es nicht, ihre Finger zu bewegen. Er kam wie gerufen, er war ein kleines Wunder. Oder zumindest: ein stiller Komplize, nachdem ihre Komplizin gegangen war. Kein schönes Exemplar, aber darum ging es nicht. Diese Stadt hatte also nicht nur Menschen, Maschinen und Steine zu bieten. Der Komplize bewegte sich nicht, die Zeit wirkte irgend-

wie eingefroren. Da tat es einen Schlag. Eine flache
Hand schlug auf die Tischplatte, dorthin, wo eben
noch der Falter seinen Platz gefunden hatte. Es war
eine faltige Hand. Erste dunkle Flecken waren darauf
zu sehen. Es war eine Hand mit fünf Fingern. Mit
weißem Nagellack auf den Fingernägeln. Es war eine
Hand, die vieles geformt hatte, vieles gestaltet. Es
war eine Hand, die sie weggegeben hatte, als sie erst
wenige Tage alt war. Es war eine Hand, die den Falter nicht getötet hatte. Er flog davon, er fand den Weg
nach draußen. Margarethe stand auf und schloss das
Fenster. Das Zimmer fing an, sich im Kreis zu drehen.
Tränen füllten ihre Augen, Helene hielt sich an der
Tischplatte fest aus Sorge, einfach umzukippen. Die
Bilder des Tages überströmten sie, eine Welle aus
Schemen, Farben, Eindrücken, es waren viele gewesen, viel zu viele. Die Flughäfen, die Stunden im Flugzeug, die Begegnung mit Theresa, die Fahrt durch die
Stadt, das Hotelzimmer, der Spaziergang zum Laden.
»Ich werde jetzt gehen«, sagte sie. Sie wollte aufste-
hen, aber sie konnte es nicht. Die Schwerkraft hatte
sich verdoppelt, so schien es ihr.

»Helene, was hast du denn?« Sie hatte das Gesicht
ihrer Mutter vor sich. Sie konnte also auch anders
dreinblicken, sanfter, wärmer. »Hier, nimm einen
Schluck Wasser.« Margarethe ließ sich zu einer Berührung hinreißen. Ihre Mutter ging zu einer Kommode, öffnete die oberste Schublade und kehrte mit
einem Stofftaschentuch zurück. Sie zog einen Stuhl
heran und setzte sich neben sie.

»Ich will über alles sprechen«, sagte Helene, nachdem sie sich etwas beruhigt hatte. »Ich muss. Ich will alles hören. Sonst werde ich nicht mehr wiederkommen.«

Margarethe legte die Hände auf der Tischplatte übereinander. Der Nagellack der anderen Hand war schwarz. »Es fällt mir sehr schwer, darüber zu sprechen ... Helene, ich denke, deswegen bin ich so schroff. Verzeih mir bitte, ich bin so nervös, so unsicher. Dieses Gefühl hatte ich lange nicht mehr. Ich lebe nicht in der Vergangenheit, habe ich mir immer eingeredet. Ich arbeite, ich ziehe meine Tochter groß, ich bin stark. Dabei war ich feige all die Jahre, nichts anderes. Deshalb war ich immer so zurückhaltend, wenn du vorgeschlagen hast, du könntest mich hier besuchen kommen. Ich hatte Angst, du würdest mich und das alles hier schäbig finden. Du würdest vor mich treten, mir ins Gesicht schlagen und wortlos wieder gehen. Und das wäre eine vertretbare, fast vernünftige Reaktion ...« Ihre Mutter sah sich im Raum um, als würde sie ihn nicht kennen, als hätte sie ihn nicht eingerichtet, sie ließ die Schultern sinken. »Stattdessen bist du hier und schenkst mir ein Kleid. Vierzig Jahre, nachdem ich dich aus der Hand gegeben habe. Und ich bringe dich mit meiner Unart zum Weinen.« Ihre Mutter konnte anscheinend nicht lange sitzen. Sie mäanderte wieder durch den Raum, schenkte ihr Wasser nach, die meisten ihrer Bewegungen wirkten ziellos.

»Aber du hast recht. Wenn wir nicht sprechen, wenn wir diese Gelegenheit verpassen, dann war deine Reise umsonst. Dann wirst du wütend auf mich sein, noch wütender.«

»Wütend. Ich weiß nicht, ob es das richtige Wort …«

»In deinem ersten Brief an mich hast du dieses Wort, wie sagt man, gewählt. Wut und Kränkung. Deine Briefe sind so freundlich, so lebendig, aber unter dieser Oberfläche liegt noch so viel, das wir nicht ergründet haben. Es ist meine Schuld, ich habe alles im Keim erstickt. Und heute muss ich mutig sein und bin es nicht.« Sie trommelte mit den Fingern auf die Tischplatte. »Wut, warum nicht? Mein Gott, wie wütend ich noch immer auf meine Eltern sein kann. Vor allem auf meinen Vater. Aber es bringt nichts. Ab einem bestimmten Zeitpunkt kannst du sie nicht mehr für alles verantwortlich machen.«

»Ich habe sogar zwei Mütter, auf die ich wütend sein kann. Die eine hat mich weggegeben, die andere hat mich angelogen.«

Wieder berührte Margarethe kurz ihre Hand, ihre Finger waren kalt. »Warum ich dich weggegeben habe, das willst du von mir wissen, und es ist eigentlich nicht schwer, die äußeren Gründe zu benennen. Warum ich dich nicht *behalten* habe, das ist eine ganz andere Frage. Die Frage nach den inneren Gründen. Ich weiß nicht, ob ich dir diese Frage beantworten kann.«

»Dann fang doch mit den äußeren Gründen an.«

»Der erste Teil der Geschichte ist bereits beschämend. Es war vielleicht menschlich, ich war eine junge Frau, aber siehst du, sofort fange ich an, mich zu rechtfertigen. In adligen Kreisen war es und ist es üblich, dass es einen regen Austausch zwischen den Familien gibt, ein Spinnennetz, das man über Europa

gelegt hat, es wird sich besucht, es wird sich ausgetauscht, es werden Geschäfte gemacht, es wird geheiratet. *Inner circle.* Ab einem gewissen Alter, ich
wurde sechzehn, ich wurde siebzehn, kam die unaus-
gesprochene Frage auf, ob es nicht einen neuen Faden
geben könnte. Könnte ich nicht einen Mann aus einer
anderen Familie heiraten und ... du verstehst. Ich
hatte nicht im Geringsten ein Interesse daran, habe
mich mit anderen Dingen beschäftigt, mit Kunst, ich
habe viel Sport gemacht, habe meine familiären
Pflichten aufgeschoben, sehr zum Unwillen meines
Vaters. Aus der unausgesprochenen Frage wurde als-
bald eine offene Forderung, ja, eine Anordnung. Ich
hatte noch meine kleinen Fluchten. Zweimal in der
Woche bin ich in die Städelschule gegangen, ich war
nicht richtig eingeschrieben, musste keine Aufnah-
meprüfung machen, es war eher eine Gefälligkeit
meiner Familie gegenüber, das war eben so, und das
hat mich dort nicht gerade beliebt gemacht. Es war
mir egal. Ich konnte meiner Leidenschaft folgen, ich
habe die Zeit dort genossen. Und ich habe dann einen
Kommilitonen genossen, im Grunde ein lächerlicher
Kerl, der sich sofort aus dem Staub gemacht hat, als
ich ... Helene, rede ich zu viel?«

Helene trank das Wasser aus. Ihr war nicht mehr
schwindlig, nur ihre Glieder waren schwer, zogen sie
nach unten. »Jetzt tritt mein leiblicher Vater in Erscheinung, jetzt trete ich in Erscheinung, und du
willst wieder aufhören?«

Margarethe lachte, es klang bitter. »Dein leiblicher
Vater, ja. Tut mir leid, dass ich ihn nur mit einem

Halbsatz erwähnt habe. Georg hieß er, er war sehr charmant, das war er. Sehr beredt. Er passte sehr gut zu meinem Lebenshunger zu dieser Zeit. Ich wollte gar nicht viel von ihm wissen, ich wollte mit ihm spielen, weißt du. Ihm ging es nicht anders. Es war uns beiden klar, dass es ein sehr spannendes Spiel werden würde, aber nicht mehr. Du hättest sein Gesicht sehen sollen, als ich ihm von der Schwangerschaft erzählte. Wie es in seinem Kopf gearbeitet hat. Ich habe ihm gesagt, das sei meine Sache, und er war heilfroh. Aber sicherheitshalber machte er sich aus dem Staub, keine Adresse, kein Brief, nichts. Dann brach bald der Krieg aus, und ich habe seine Spur verloren. Habe mich später nicht mehr um ihn gekümmert, ich habe seinen Namen nie mehr in den Mund genommen, wie ich es versprochen hatte. Georg Stein. Leicht zu merken, aber auch schnell zu vergessen.«

»Wie konntest du die Schwangerschaft vor deiner Familie geheim halten?«

»Meine Mutter habe ich eingeweiht. Was hätte ich tun sollen? So tun, als würde ich, die Sportlerin, mir plötzlich einen dicken Bauch anfressen? Ich habe damit gerechnet, dass sie mich rausschmeißt, hochkant. Dass sie mich teert und federt. Aber sie war nicht die Frau der großen Gefühlsausbrüche, eher die kühle Strategin. Sie hatte sofort einen Notfallplan an der Hand. Fast schon beeindruckend, mit welcher Routine sie das alles geregelt hat. Anscheinend war ich nicht die Erste, vielleicht gab es da ein geheimes Protokoll, was zu tun ist in einem solchen Fall. Meinem Vater haben wir das so verkauft, dass ich für ein paar

Monate eine Bildungsreise unternehmen darf, dass ich meinem Interesse nach Kunst nachgehen darf, inkognito, wie einst Goethe, bevor er wieder brav an den Weimarer Hof zurückkehrte. Da hat es bei ihm geklingelt. Und wenn ich zurückkehre, so musste ich es hoch und heilig versprechen, würde ich endlich anfangen mitzuspielen, die Erwartungen erfüllen, dem Hausgesetz entsprechen. Ich war tatsächlich lange in Italien, eine Weile noch in Graubünden. Manchmal waren es ganz freie, stille Tage, ich hatte so etwas nie mehr. Und als der Tag immer näher kam, lotste mich meine Mutter nach Frankfurt, zu den Nonnen. Ich war ungefähr sechs Wochen bei ihnen, zwei Tage nach der Entbindung musste ich gehen und dich zurücklassen. Ich werde jetzt nicht sagen, dass es mir das Herz gebrochen hat oder eine andere Floskel wählen. Es ist schwer zu sagen, was es mit mir gemacht hat, wie viel es in mir kaputt gemacht hat. Das meinte ich mit den äußeren Gründen. Mit ihnen kannst du alles begründen, alles erklären. Und trotzdem bleibt nichts mehr heil in dir. Meine Hülle hat jedenfalls funktioniert, das kann ich sagen. Ich habe die Erwartungen erfüllt, habe mich an die Spielregeln gehalten. Wie ich es Mutter versprochen hatte.«

»Dann kam der Krieg.«

»Ja, der Krieg. Er dürfte für meine Eltern allerdings nicht überraschend gekommen sein. Ich weiß nur, dass Vater die Nazis lange unterstützt hat. Er hat sein Netzwerk geöffnet, oder wie soll man das sagen. Er ist viel gereist, er war viel in England. Hat nie darüber gesprochen. Das hat er so lange gemacht, wie es ihm nützlich war. In den letzten Kriegsjahren hat sich seine Einstellung geändert, vielleicht hat ihn auch meine Mutter zur Raison gebracht. Sie hatte einen großen Einfluss auf alles, sie war wie gesagt sehr pragmatisch, sehr resolut. Sie haben dann andere Absprachen getroffen, das Spinnennetz verschoben. Ein Onkel von mir wurde inhaftiert, er hat das anscheinend nicht diskret genug gemacht. Vater musste die Füße stillhalten, weil ein Schatten auf die Familie gefallen war. Mehr weiß ich nicht, ab diesem Zeitpunkt weißt du wahrscheinlich mehr als ich, je nachdem, was dein Harry in Erfahrung gebracht hat.«

»Nicht sehr viel. Ich habe seine Unterlagen mitgebracht, sie sind noch im Hotel.« Sie waren in ihrer Tasche, aber sie wollte sie nicht hervorholen.

»Das wundert mich nicht. *Noises off,* so lautet das wichtigste Motto. Alles geschieht geräuschlos. Es ist wahrscheinlich unmöglich, hinter das Spinnennetz zu kommen, du bleibst sofort an der Oberfläche kleben.«

»Harry war dann mit anderen Dingen beschäftigt.«

»Er wurde ein Straßenkämpfer.«

»Nein, nicht sofort. Erst einmal wurde er ein Theoretiker. Aber lass uns bitte bei deiner Geschichte bleiben. Wie ging es mit dir weiter?«

»Als Frankfurt bombardiert wurde, wurde auch das Waisenhaus der Nonnen zerstört. Ich dachte, du wärst gestorben. Das habe ich mir so lange eingeredet, bis ich es geglaubt habe. Nach dem Krieg dann hat es endlich geklappt mit meiner Hochzeit. Das Spinnennetz wurde erweitert, die Fäden reichten nun bis in die USA. Jack. Theresas Vater. Aber heute habe ich keine Kraft mehr, von ihm zu erzählen, es tut mir leid.«

Sie saßen sich gegenüber, das Licht im Raum hatte sich verändert, es war heller geworden, gleißend, die Abendsonne schielte hinein, traf auf Margarethes Gesicht. Sie stand auf und schob das Fenster wieder einen Spalt nach oben. Augenblicklich war das Gemurmel und Gezeter der Straße zu hören. »Ein wenig Luft tut gut, auch wenn die Luft hier nicht gut ist.« Ihre Mutter blickte aus dem Fenster, auch wenn es sie blenden musste. Sie sagte etwas, und Helene hatte Mühe, es zu verstehen. »Du musst nichts antworten, Helene. Das erwarte ich gar nicht. Ich erwarte gar nichts. Du bist hier, und damit sind alle Erwartungen erfüllt.«

Helene versuchte, Worte zu finden, sie konnte es nicht. Vielleicht sollte sie ihre Mutter einfach in den Arm nehmen. Sie konnte es nicht. Hinderte sie ihre Wut daran? »Wütend zu sein ist für uns nicht vorgesehen«, würde Heidi sagen. Auf Charlotte war sie wütend gewesen, natürlich. Bei ihr wusste sie immer, warum, einer Aktion folgte eine Reaktion. Aber wütend auf einen Menschen zu sein, von dem sie ihr halbes Leben nichts gewusst hatte? Sie hatte Harrys Stimme im Ohr: »Warum nicht, Helene? Du kannst auf alles wütend sein.«

»Es ist spät geworden«, sagte Margarethe. »Ich werde dich zum Hotel begleiten.« Sie gingen nach draußen, alles war wieder da, der Lärm und das Lachen, der Asphalt und das andere, es war nur in ein sanfteres Licht gehüllt, und schon wirkte es nicht mehr so grob und unverständlich. Nur Stein und Holz, dachte Helene, selbst auf dem Mond. Und auch hier hast du deine Komplizen.

Vor dem Hotel verabschiedeten sie sich, Margarethe gab ihr die Hand, kalte zartgliedrige Finger berührten sie. »Morgen geht es weiter«, sagte ihre Mutter. »Du wirst doch wiederkommen?«

»Ich werde kommen.«

Sie ging in ihr Zimmer, legte sich auf das Bett. Sie konnte sich nicht mehr bewegen, aber sie war zu müde, um zu schlafen. Sie hatte dieses Lied im Ohr, sang es leise vor sich hin: »I hope my legs don't break / walking on the moon.«

9

Alexander & Helene
New York
1999

Lady Nachtmahr

Das weiße Schlafzimmer. Das Gespensterzimmer. Die fast durchsichtigen Vorhänge zittern im Wind. Staub tanzt in der Luft. Er kriecht unter das Bett, das einzig aus Stahlrohren besteht. Das Gespensterbett. Grandma hat es selbst gebaut oder bauen lassen, so genau weiß er das nicht. Das spielt jetzt keine Rolle. Lady Nachtmahr ist hinter ihm her. Das schwarze Kleid, die helle Haut, weiß wie Kalk. Die schwere Kette um den Hals. Wehe, sie würde ihn finden, dann wäre es aus. Die Tür geht auf, er macht sich klein, verkriecht sich in die hintere Ecke, spürt Spinnweben auf der Haut. »Sterblicher!«, ruft Lady Nachtmahr. Sie spricht mit einem harten Akzent. »Du kannst mir nicht entkommen, du nicht!« Er sieht schwarze hohe Lackschuhe, die ans Bett treten. Dann sieht er Knie, Arme, eine bleiche Fratze. »Hab dich«, sagt sie und lacht teuflisch. Er schließt die Augen, hält sich die Ohren zu, bis er eine Hand auf seiner Schulter spürt.

Er war lange nicht in Grandmas Schlafzimmer gewesen. Vielleicht sogar seit jenem Nachmittag nicht mehr, als sie ihn als Lady Nachtmahr verfolgt hatte. Dafür musste sie sich nicht einmal verkleiden. Die Lackschuhe, die Kette, das war's. Die schwarzen Kleider trug sie ohnehin die ganze Zeit. Sie konnte ihm wirklich eine Heidenangst einjagen. Hatte es gekonnt.

Du hast dich getäuscht, dachte er. Hast Lady Nachtmahr immer für unsterblich gehalten.

Jetzt war er wieder in diesem Zimmer. Mit Mom,
mit der Tante aus Deutschland. Ohne Grandma. Die
Vorhänge bauschten sich, Mom hatte das Fenster geöffnet, weil die Luft so stickig war. Alexander ging
ans Fenster und sah nach draußen. Es hatte gerade
aufgehört zu regnen, die Straße dampfte im Sonnenlicht.

Alexander wandte sich vom Fenster ab und versuchte, seiner Tante zuzuhören. Sie sprach mit einem
noch härteren Akzent als Lady Nachtmahr; sie ver-
zweifelte gerade an dem, was sie sagen wollte, es ging
auf Deutsch weiter. »Nur Kleinigkeiten, nur ein paar
Erinnerungen«, sagte sie.

Kaum zu glauben, dass sie die Schwester seiner
Mutter war. Die Halbschwester, oder wie auch immer
man das nannte. Sie sahen sich überhaupt nicht ähnlich. Helene hatte blondes Haar, wobei es anfing silbrig zu werden, Mom hingegen hatte dunkelbraunes
Haar. Außerdem: Die Tante war groß und schlank,
Mom war wesentlich kleiner und – nein, *füllig* durfte
man nicht sagen, dann war sie schrecklich gekränkt.
Worüber sprachen sie bloß, er hatte den Faden verloren. »So spät Mutter zu werden ist ja heute Gott sei
Dank nichts Besonderes mehr«, sagte Mom. Plötzlich
hielten sie inne und sahen ihn an, zwei Röntgenblicke
durchleuchteten ihn. Eine gewisse Ähnlichkeit war
doch nicht abzustreiten, dachte er. »Er war fast jeden
Tag bei uns im Laden«, sagte Mom. »Manchmal denke
ich, er war mehr bei Maggie als bei uns.«

Ohne Grandma war das Haus entsetzlich leer. Er wollte noch einmal ihre Stimme hören, heiser, knurrig. Er wollte noch einmal sehen, wie sie im Laden stand und jeden Kunden derart misstrauisch beäugte, als müsste sie erst überprüfen, ob diese Leute überhaupt würdig waren, von ihr etwas zu kaufen. Er wollte, dass sie ihm noch einmal Wrestling-Figuren schenkte, was Mom an die Decke gehen ließ. Er wollte noch einmal gegen sie im Schach verlieren. Er wollte mit ihr im Park spazieren gehen, wollte noch einmal von ihr auf Deutsch vorgelesen bekommen. Er wollte mit ihr an Ostern diese grüne Soße essen (auch wenn sie ätzend schmeckte); er wollte ein letztes Mal diese traurige Musik hören, die sie immer hörte; er wollte sie das erste Mal fragen, warum sie scheinbar immer dasselbe Kleid trug. Er wollte sie bei ihren Turnübungen beobachten. Mag sein, dass Grandma manchen Leuten irgendwie unnahbar vorkam, vielleicht sogar arrogant. Mom hatte manchmal erwähnt, dass sie Kunden verprellt hatte. Aber was wussten diese Leute schon von Maggie Whitehead! Eigentlich ja: Margarethe von Weißhaupt. Schade, dass sie diesen Namen abgelegt hatte.

»Alex, könntest du uns ein Wasser aus dem Laden holen, bitte?«

Er ging auf die Straße und sah sich kurz um. Die Luft dampfte noch immer, drüben hockte jemand auf einer Feuerleiter und rauchte. Er öffnete die Ladentür, er machte Licht, alles war wie immer und doch war alles anders. Die Stühle, die Sessel, die Lampen, die Kerzenständer, die Kannen, sie waren nicht mehr dieselben, sie waren nun ohne Magie. Kein Dschinn würde erscheinen, wenn man am Chrom rieb. Auf der Theke lag ein ausgeschnittener Zeitungsartikel. *Anerkannte Designerin verstorben.* Wer hatte das hier vergessen? Er holte zwei Flaschen Wasser aus dem Kühlschrank im Hinterzimmer und kehrte in die Wohnung zurück. Tante Helene und Mom begutachteten gerade eines der Regale. Mom sagte: »Auch wenn sie es nicht zugeben wollte, sie hat sich sehr für Deutschland interessiert. Das ganze Regal ist voller deutscher Bücher.«

Helene zog eines heraus und blätterte es durch. Noch eines, und noch eines. Sie kniete sich hin und musterte auch die Schallplatten. Auf einer Plattenhülle das Foto einer schwarzen Frau, sie hatte hochgesteckte Haare, man sah sie von der Seite, ein stolzes Gesicht. Helene hielt sich die Hand an die Stirn, sie versuchte, etwas zu sagen, stockte, versuchte es von vorn. »So viele Bücher, von denen ich ihr erzählt habe. Sie ist in den Briefen kaum darauf eingegangen. Dabei hat sie sich fast alle besorgt, sie sind alle hier.«

»Vielleicht war das ihre Art, dir nahe zu sein«, sagte Mom.

Tante Helene gab ein seltsam trauriges Geräusch von sich. Sie hörte auf, Englisch zu sprechen, sagte alles auf Deutsch. »Ich weiß so wenig von euch. Nichts weiß ich. Meine Hand hatte sie genommen, als wir uns das erste Mal begegneten, das ja. ›An den Händen sieht man es, deine Hände verraten dich‹, hat sie gesagt.«

Mom berührte Tante Helene an der Schulter, woraufhin sie sich aufrichtete. »Ihr musstet euch doch
erst einmal kennenlernen. Wie soll das gehen mit
zwei, drei Briefen im Jahr? Sie konnte so stur sein.
Und es konnte so viel Zeit vergehen, bis sie ihre Einstellung zu etwas änderte.«

Alexander verstand nicht alles, aber er begriff in
diesem Moment, dass Grandma wirklich Helenes
Mutter gewesen war. Er schämte sich, wie blöd kann
man denn sein, dachte er. Gewusst hatte er es längst,
aber es war für ihn bisher wie der Eintrag in eine Urkunde gewesen; eine Akte, die gleich wieder in einem
riesigen Regalsystem verschwand.

Mom legte die Platte auf, es war jene traurige Musik, die Grandma so gerne gehört hatte. »Spring is
here, why doesn't my heart go dancing.«

»Es ist zu spät«, sagte Helene, sie nahm einen
Schluck Wasser und gab Alexander das Glas wieder
zurück.

»Ich glaube nicht, dass es zu spät ist«, sagte Mom.

»Wenn jemand stirbt, ist immer alles zu spät«,
sagte Helene und verließ das Zimmer.

Sie waren draußen, Helene machte ein Foto vom
Firmenschild, *Whitehead Good Things*, dann sollte
Alexander ein Foto von Mom und ihr vor dem Haus
machen. Mom legte den Arm um Tante Helenes
Hüfte, und in dem Licht, das in diesem Moment
schräg hinter dem Haus hervorkam, sahen sie beide
noch immer nicht wie Schwestern aus, fand er – und
dennoch wie Töchter ein und derselben Mutter.

10

Alexander
New York
2019

Sommervogeldrache

Sie frühstückten zusammen. Robert hatte Haferbrei zubereitet, eine Fertigmischung, Geschmacksrichtung Banane und Mohn. Er frühstücke nun gesund, behauptete er. Er hatte außerdem das Ritual eingeführt, dass sie sich täglich einer Herausforderung stellen mussten, einer Prüfung oder einer Mutprobe. Die Aufgabe wurde am Morgen auf der Tafel in der Küche festgehalten. Alexander, der die schönere Handschrift von ihnen beiden hatte, musste das erledigen. Sechsmal die Woche, Sonntag war frei. Am Abend in der Küche musste Rechenschaft abgelegt werden, dann wurde die Aufgabe mit einem Schwamm von der Tafel entfernt.

»Wir sind keine Superhelden«, sagte Robert, »wir retten niemanden, wir tun das nur für uns.«

Alexander hatte *Für den Führerschein anmelden* auf die Tafel geschrieben (das hatte er schnell erledigt, absagen konnte er immer noch). *Aussprache mit Alfred* (sie hatten für die nächste Woche ein Treffen in Victors Bistro vereinbart). *Der Verkäuferin im Drugstore ein Kompliment machen und sie auf einen Kaffee einladen* (Roberts Aufgabe, ein Fiasko). *Alle anschreiben, die sich jemals lobend über mich geäußert haben* (Robert hatte daraufhin einem Kunstmagazin ein Interview geben dürfen).

»Du kannst heute *Alina* auf die Tafel schreiben, das dürfte für dich Herausforderung genug sein«, sagte Robert.

Alexander schrieb ihren Namen auf die Tafel.

»Du willst es wirklich durchziehen?«

»Denke schon.«

»Ein kleiner Schritt für die Menschheit, ein großer Schritt für Alex.«

»Penner.«

»Ich werde dir beistehen.«

»Wir machen es wie besprochen. Du wirst mit Maria den Drachen ausprobieren, und ich habe Zeit, mit Alina zu sprechen.«

»Im Park, mit dieser Aussicht, was für eine romantische Szene.«

»Bekommst du das mit dem Drachen hin? Nicht, dass ihr nach zwei Minuten aufgeben müsst.«

»Machst du Witze? Ich bin der Benjamin Franklin des Drachensteigens. Wenn wir früher in Maine waren, habe ich immer welche steigen lassen, ich wurde in all den Jahren ein verdammter Lenkdrachenweltmeister.«

Es klingelte. Sie waren da. Alexander und Robert zeigten ihnen zunächst, wie weit sie mit dem Umbau des Ladens gekommen waren. Der Korkboden war verlegt, den Tresen hatten sie auf Hochglanz poliert. Zu den Lampen waren sie gestern nicht mehr gekommen, Kabel hingen von der Decke. Das neue Schild, sie hatten es noch nicht aufgehängt. *Gallery Whitehead.*

»Wo ist denn jetzt dieser Drache?«, fragte Maria ungeduldig.

Alexander holte ihn hervor. Er hatte ihn einmal zusammen mit Helene ausprobiert, auf einer Wiese in Heusenstamm, deshalb wusste er, dass er nicht nur ein Kunstobjekt war. Maria mochte die Bemalungen auf den Flügeln, der Drache leuchtete, fluoreszierte, vielleicht konnte man ihn auch nachts steigen lassen. »Sofort losgehen«, sagte Maria, »das ist ein Befehl.« Alina schüttelte verzweifelt den Kopf.

Sie gingen in den Park an der alten Zuckerfabrik. Dort gab es allerdings Wasserfontänen, dort gab es einen Spielplatz, dort gab es Tacos. Als Alexander schon nicht mehr damit rechnete, dass sie den Drachen ausprobieren würden (außerdem sah es nach Regen aus), erinnerte sich Maria an ihr Vorhaben. Sie fanden eine geeignete Stelle auf dem Kunstrasen, der Wind werde locker ausreichen, sagte Robert. Er entfaltete den Drachen, und Maria sagte, er sehe eigentlich gar nicht wie ein Drache aus, eher wie ein Schmetterling. »Ist ein Schmetterlingsdrache, ist doch ganz klar«, sagte Maria.

Alexander erzählte ihr, dass man früher die Schmetterlinge auch Sommervögelein genannt habe. Er hatte das gerade in Helenes Unterlagen gelesen und wollte sie beeindrucken.

»Dann haben wir es hier mit einem Sommervogeldrachen zu tun«, sagte sie und klang sehr gelehrt, zupfte sich eine Haarsträhne aus dem Gesicht. Sie wickelte die Schnur ab und nahm die Spule in die Hand. Robert hielt den Schmetterlingsdrachen hoch und es reichte schon, ihn dem Wind zu überlassen. Die ersten Male fiel er gleich wieder zu Boden, aber dann hatte es

Maria raus und ließ ihn durch die Luft gleiten. Robert applaudierte. »Wenn der jetzt an die Brücke donnert«, rief Maria. Es sah beinahe so aus, die Williamsburg Bridge war nah. Plötzlich ließ Maria die Spule los, aber Robert gab den Retter, er hatte sie wieder aufgehoben und durfte selbst den Sommervogeldrachen noch eine Weile steigen lassen, in sicherer Entfernung zur Brücke, wie er mehrmals beteuerte. Alexander sagte zu Alina: »Komm, wir gehen ein Stück.«

»Was ist denn heute mit Robert los«, fragte Alina. »Er ist so fürsorglich.«

»Er hilft mir.«

»Womit?«

»Er hält mir den Rücken frei.«

»Warum denn?«

»Weil ich dir etwas sagen muss.«

Alina hielt an. »Um Himmels willen! Du wirst mir doch nicht etwa einen Antrag machen?«

»Nein … äh, das jetzt nicht gerade. Aber es ist etwas Ähnliches.«

»Herrje, sag schon.«

»Ich möchte dir vorschlagen, dass ihr bei mir einzieht. Ich meine, bei mir und Robert. Er kann ein bisschen anstrengend sein, das wisst ihr ja, aber ich kenne ihn lange genug, er ist ein herzensguter Mensch. Und das Haus ist groß genug, wir könnten das so einrichten, dass jeder seinen eigenen Bereich hat. Maria könnte dann in Williamsburg zur Schule gehen. Und sie kann jeden Tag mit Rob Computer spielen, versteht sich, und wir haben Zeit für uns.«

Alina lachte, aber das Lachen verschwand schnell

von ihrem Gesicht. Es war nicht leicht zu erkennen, wie es ihr mit diesem Vorschlag ging. Lieber nichts mehr sagen, dachte er. Du musst ihr Zeit lassen.

»Ich werde auf Ihren Vorschlag zurückkommen«, sagte sie. »So etwas will gut überlegt sein.«

»Selbstverständlich, Sie haben alle Zeit der Welt.«

Sie lächelte, nahm seine Hand. »Maria musst du natürlich auch fragen. Wie du weißt, hat sie ihre eigene Meinung.«

»Das weiß ich.«

Alina blickte auf das Handy. »Es ist mir so unangenehm, aber wir müssen jetzt los. Ich muss meinen Eltern bei dieser Familienfeier helfen, ich komme aus dieser Nummer nicht raus.«

»Soll Maria nicht bei mir bleiben?«

»Nein, nicht nötig. Sie wird dort bekocht werden, sie wird mit anderen Kindern spielen, sie wird Geschenke kriegen, mindestens zehn neue Freundschaften schließen, sie wird die Prinzessin sein.«

»Das ist ein Leben …«

»Ihr könnt euch gefälligst weiter als Handwerker betätigen. Wenn ich bei euch einziehen soll, will ich es schön haben. Höchster Standard. Die Küche bitte aus dem Hause LeMay.«

»Wissen Sie, was eine solche Küche kostet?«

»Das Beste ist mir gerade gut genug.«

Alina umarmte ihn. Sie sagte, es tue ihr leid, sie wisse gerade noch nicht, wohin mit ihren Gedanken. Mit ihren Gefühlen. »Ich bin mir sicher, wenn es nach Maria ginge, würden wir morgen schon mit dem Umzugswagen vorfahren.«

»Aber es muss auch nach dir gehen«, sagte er.

Maria und Robert ließen noch immer den Drachen steigen. Es hatten sich sogar ein paar Schaulustige versammelt, Maria sprach mit einem anderen Jungen, der sie um zwei Köpfe überragte. Alina mahnte zum Aufbruch, und als sie sich vor seinem Haus verabschiedeten, entschuldigte sich Maria bei Robert dafür, dass sie die Spule des Drachens losgelassen hatte. »Der Sommervogeldrache hat mir irgendwie leidgetan, weißt du. Weil er doch immer festgebunden ist. Ich dachte, ich müsste ihn freilassen.«

Sich als Handwerker betätigen wollten Robert und Alexander heute nicht mehr. Alexander setzte sich an den Küchentisch, klappte den Laptop auf und nahm das Aufnahmegerät zur Hand. Es fiel ihm zusehends leichter, die Aufnahmen zu übertragen. Er übersetzte Helenes Worte ins Englische, das war aber nicht alles, er hatte längst angefangen, ihre Worte zu ergänzen. Er dichtete etwas hinzu, schrieb Dialoge, er überlegte sich, wie Räume und Zimmer ausgesehen haben könnten. Und, das war vielleicht der größere Eingriff, er wechselte die Perspektive. Aus dem Ich Helenes wurde eine Sie. Aus ihren Erinnerungen wurden dadurch, ja was, Szenen? Es hatte sich anfangs wie eine Grenzverletzung angefühlt. Gleichzeitig erschien es ihm eine wichtige, ja notwendige Suchbewegung zu sein. Nun konnte er es nicht mehr lassen und wollte sehen, wohin es ihn führte.

Helenes Stimme zu hören, sie auf Abruf immer wieder hören zu können, war eine unwirkliche Prozedur. Sie wirkte manchmal fern, als hätte sie schon immer in einer anderen Dimension gelebt und von dort ihre Botschaften zu ihm geschickt. In manchen Augenblicken war sie ganz nah, als würde sie neben ihm sitzen, über ihre Unterlagen gebeugt, und ihm helfen, diese zu entziffern. »Wenn du Harrys Miniaturschrift lesen kannst, dann dürftest du mit meiner keine großen Schwierigkeiten haben.« Ihr Lachen ließ sich nicht übertragen. Wie sie bestimmte Wörter sagte. Manche Sätze spulte er nur zurück, um das deutsche Wort noch einmal aus ihrem Mund zu hören. »Das ist nicht *tragisch*.« – »Da war ich einer *Ohnmacht* nahe.«

Heute hörte er noch einmal die letzte Aufnahme ab. Sie hatten im Garten vor dem blauen Haus gesessen, obwohl es November war. Er spulte vor, bis fast ans Ende der Aufnahme. Helene erzählte von einer Ausstellung, ihrer ersten großen Einzelausstellung. Er schrieb: *1976. Frankfurt am Main.* Er hörte ihre Stimme und fing an zu tippen.

Der Sekt hatte ihr bereits jede Gedankenschärfe genommen, und auch der Saal kam ihr wie eine Weichzeichnerfotografie vor. Sie fühlte sich nicht viel anders als auf dem Abschlussball der Werkkunstschule, wildes Gestikulieren, exaltiertes Lachen. Wer waren diese Leute um sie herum? Ein kleines Grüppchen war übrig geblieben, viele *Interessierte* waren ohnehin nicht gekommen, trotz herzlicher Einladung. Vielleicht lag es an der Kritik, die heute bereits in der Zeitung zu lesen war. Weil sie den schweren Fehler begangen hatte, *den Medien* schon vorab einen Einblick zu gewähren. Weil sie naiv war. Weil sie wilde

Hoffnungen hatte, es könne *ein Erfolg* werden. Von Kaninchenlöchern hatte der Kritiker gesprochen und sich sehr über ihre Moosbilder amüsiert. Die sich, so seine Sorge, leider sehr gut verkaufen werden. Zeitgeistig, das alles. Er schlage stattdessen einen Waldspaziergang vor, da wäre man wenigstens an der frischen Luft. Von der ethischen Frage einmal abgesehen, was es bedeutet, Tiere für ein Kunstwerk zu töten. Die Schmetterlinge, die Käfer, die Spinnen. Wer hat die gefragt?

Himmel, sie brauchte noch einen Sekt. Wo war Heidi? Sie war nicht gekommen. Helene entschuldigte sich. Sie nahm sich ein volles Glas und ging durch die Ausstellung, ihre Ausstellung, allein, in ihrem Tempo, aber sie konnte sich nicht konzentrieren, die Bilder wirkten seltsam fern, und dennoch versuchte sie es. Noch einmal der Parcours, Helene, ein letztes Mal für heute. *Stirb & Werde – Der ewige Kreislauf des Lebendigen* prangte in großen Lettern an der Wand. Wenn du das nicht hast, dieses Stirb & Werde, bist du nur ein trüber Gast ... und so weiter. Und wer will das schon sein, ein trüber Gast, dachte sie.

Sie stand vor dem Bild mit dem gelben Zettel. *Jeder etwas breitere Riss im Alltäglichen dient als Einfallstor* ... Wie lange stand sie schon davor, ohne sich gerührt zu haben? Bist erstarrt wie der Schmetterling, der auf dem Moos hockt. Dieses Bild werde ich nicht verkaufen, dachte sie. Dieses Bild bleibt bei mir.

Sie war nicht mehr allein, jemand hatte sich angeschlichen, eine Frau, jetzt war sie neben ihr. Helene drehte sich zu ihr um. Sie trug Jeans und einen schwarzen Pullover. Auch sie hatte ein Sektglas in der Hand, sie streckte ihre Hand aus, wollte sie mit ihr anstoßen?

»Kopf ab«, sagte Heidi und lachte. Sie trat zu ihr, nahm sie bei der Hand und führte sie an einen anderen Ort.

Vorfreude

Alexander LeMay | Gallery Whitehead
Re: Stoffwechsel
An: heidi@herz-koenigin.de

Liebe Heidi,

was für eine wundervolle Nachricht, dass Ihr zur Vernissage kommen werdet! Es ist so großartig, ich könnte nicht glücklicher sein. Claudia habe ich schon eine Nachricht geschickt, ich werde mich um alles kümmern, das Hotel, den Transfer vom Flughafen, ein Rundum-sorglos-Paket wird es sein. Wenn Helene wüsste, dass Ihr dabei seid, wäre sie ebenfalls glücklich. Vielleicht weiß sie es.

Lisa von Weißhaupt wird auch kommen. Sie fliegt von Hamburg aus nach New York. Es ist schon verrückt. Eigentlich dachte ich immer, dass die Fäden in Deutschland zusammengeführt werden müssten, im blauen Haus. Es wird in Williamsburg / Brooklyn / New York passieren. Mit ein paar Einschränkungen. Ich denke nicht, dass mein Vater kommen wird. Ich weiß es nicht. Er hält sich bedeckt. Vielleicht werde ich noch einen Anlauf unternehmen.

Mit den Umbauten sind wir so weit fertig. Robert

hat jeden Tag eine andere Idee für die Hängung der Bilder. Und wir haben einen tollen Platz für das Kleid, das Du mitbringen wirst. Ohne Robert würde ich das alles nicht schaffen. Er freut sich natürlich, im nächsten Jahr seine eigene Ausstellung zu machen. Ich hoffe, er erwartet nicht zu viel davon. Es ist ein kleiner Raum, die Galerie ist noch völlig unbekannt. Ich gebe mir Mühe, dass dies nicht so bleiben wird.

Wenn ich Helenes Bilder sehe, denke ich mir, sie könnten uns genau in diesen Tagen so viel geben. Helene sagte mir einmal, dass Harry oft bemängelt hatte, ihre Bilder seien unpolitisch, sie mischten sich nicht ein. Ich bin überhaupt nicht dieser Ansicht. Sie sind im besten und wahrsten Sinne natürlich, sie sind elementar, und sind sie damit nicht die Grundlage auch für alles Politische? Damit meine ich natürlich nicht diese Art von Politik, wie sie in meinem Land zu beklagen ist. Ich meine Politik als Urfrage nach dem Gemeinwesen, in welchem Verhältnis wir zur Natur stehen, in welchem Verhältnis wir zueinander stehen. Und werden wir nicht momentan mit aller Gewalt auf diese Urfragen zurückgeworfen?

Entschuldige – Du musst nicht lesen, wie ich mich verzettele.

Wie es mich freut, dass Ihr Alina und Maria kennenlernen werdet! Sie sind vergangene Woche eingezogen, und wir versuchen, einen Rhythmus zu finden. Maria wird bald eingeschult, aber bis dahin ist noch etwas Zeit. Das Mädchen scheint zufrieden zu sein mit der neuen Konstellation. Zwei Leute mehr um sie herum, die nach ihrer Pfeife tanzen. Sie hat sich im gesamten Haus nach ihren eigenen Ordnungsvorstellungen ausgebreitet. Überall Puppen und Stofftiere, ihre Malsachen hat sie an drei verschiedenen Orten deponiert, in der Galerie, in Roberts Atelier, bei mir auf dem Küchentisch. Wir sitzen manchmal in der Küche nebeneinander, sie malt und ich versuche, die Ausstellung vorzubereiten. Helenes Material zu sichten. Die Aufnahmen unserer Gespräche abzutippen. (Ich könnte mich ohrfeigen, dass ich bei meinem ersten Besuch bei Helene vor über zehn Jahren kein Aufnahmegerät dabeihatte.)

Ich bin in einen eigenartigen, freien Schreibmodus geraten. Ich könnte sagen: Helene ist zu einer Romanfigur geworden. Ich erfinde Dialoge, ich richte die Erinnerungsräume mit Möbeln, Teppichen und Pflanzen ein. Damit ein detailliertes Bild von ihr entsteht. Ich weiß nicht, ob ich das darf, ob das der richtige Weg ist, aber der Gedanke, über ihre persönliche Geschichte das Buch der Kreise anzugehen, geht mir nicht mehr aus dem Kopf. Was für sie nie infrage gekommen ist, weil sie ihr Leben nicht als beispielhaft angesehen hat (so hat sie es mir zumindest gesagt). Aber stimmt das überhaupt? Kann das Buch überhaupt ohne Helene, ohne Dich und Claudia, ohne Harry erzählt werden? Ohne meine Großmutter und meine Mom? Ohne Charlotte und Johannes Klasing? Das ist es, was ich mich frage. Wie denkst Du darüber? Liege ich völlig falsch? Wie schön wird es sein, mit Dir und Claudia darüber hier in Williamsburg zu sprechen. Nur noch wenige Wochen, bis es so weit ist.

Ich habe Scans von Helenes Bildern und meine Texte in die Dropbox geladen. Claudia weiß Bescheid. Ich bin dankbar, dass sie mir bei allem hilft. Der Katalog zur Ausstellung wird großartig werden.

Dass ich diese Mail auf Englisch geschrieben habe, tut mir leid. Seit ich weiß, wie perfekt du die Sprache sprichst, bin ich faul geworden. Wenn Du nach New York kommst, wird ohne Ausnahme Deutsch geredet, ich verspreche es. (Bitte zwinge mich dazu.)

Was noch? Ach ja, die Wahrheit ist rund! Das würde Helene jetzt sagen.

Und das Rad dreht sich weiter, es wird nicht stillstehen.

Herzliche Grüße und vor allem: AUF BALD!
Alexander

11

Helene
Frankfurt am Main
1947

Schmetterlingstraum

Die Mittagsruhe war längst vorbei, aber Mutter gab ihr kein Zeichen, dass sie aus dem Zimmer kommen dürfe. Helene hatte in ihr Heft gemalt, einen Schmetterling aus dem Gedächtnis, aber er war ihr auf das Schlimmste misslungen, wie sie fand. Man müsste direkt einen vor Augen haben, dachte sie. Wie bei den Blättern, die sie gesammelt und zum Trocknen heimlich in das Briefmarkenalbum von Papa gesteckt hatte. Die konnte sie mit den Holzstiften so abmalen, dass es schön aussah. Meistens jedenfalls.

Das Album lag neben ihr, es war nicht einmal zur Hälfte mit Marken gefüllt. Es knisterte, wenn man es aufschlug. »Das sind Werte!«, hatte Vater zu ihr gesagt, kurz bevor er sich in Papier verwandelt hatte. Es waren schöne Marken darunter. Eine hatte es ihr ganz besonders angetan, ein blau schimmernder Pfau war darauf zu sehen mit offenem Federkleid. Die funkelnde Marke musste einem sofort ins Auge fallen, wenn man die Seite des Albums aufschlug. Ceylon stand da, das musste wohl das Herkunftsland sein, darunter eine rätselhafte Kringelschrift. Wer hatte Vater einen Brief aus Ceylon geschrieben? Vielleicht aber hatte er den Pfau auch gegen eine andere Marke eingetauscht. In der Schule machten gerade diese Klebebilder einer Metzgerei die Runde, und Briefmarkensammeln war doch im Grunde nichts anderes. Nur dass man es eben mit *echten Werten* zu tun hatte.

Sie betrachtete wieder ihre Zeichnung. Du musst die Sachen vor Augen haben, sonst kannst du sie nicht malen. Mit Onkel Stefan hatte sie schon oft über Schmetterlinge gesprochen, und er hatte ihr das feinmaschige Fangnetz zum Geburtstag geschenkt, dessen richtigen Namen sie sich nicht merken konnte, es klang so ähnlich wie Becher. Ein Fangbecher für Schmetterlinge, warum nicht. Aber sie durfte nicht vor die Tür und es ausprobieren, Mutter hatte es verboten. Es sei ekelhaft, Viecher ins Haus zu holen, egal, ob tot oder lebendig. Wie konnte man Schmetterlinge eklig finden!

Da Mutter noch immer nicht kam, wagte sie es, aus dem Zimmer zu schleichen, durch den Flur ins Wohnzimmer, und da lag sie, auf dem Kanapee, und Helene bekam einen Schreck, aber dann sah sie, dass sich ihr Bauch hob und senkte; sie schlief also, sie schlief mit geöffnetem Mund. Schweißperlen auf der Stirn, gerötete Wangen. Es war ein heißer Tag, das Wohnzimmer ein Glutofen, wie Onkel Stefan immer sagte. Mutter hatte vergessen, Fenster und Rollläden zu schließen, die Hitze war hereingekommen und hatte sich ausgebreitet. Hatte die Mutter müde gemacht. Eigentlich ist das doch schön, dachte Helene, wenn man etwas von draußen hereinlässt und sich nicht immer nur abschottet und abdunkelt. Als es noch diese Schatten und dieses laute Summen gegeben hatte, da war das natürlich etwas anderes gewesen.

Sie überlegte, die Mutter zu wecken, aber es kam

ihr ein anderer Gedanke. Könnte sie die Zeit nicht nutzen, um draußen rasch das Netz auszuprobieren und einen Schmetterling zu fangen? Mit etwas Glück würde das doch nur ein paar Minuten dauern, denn es war eindeutig Schmetterlingszeit, sie hatte auf dem Weg zur Schule schon unzählige gesehen. Schnell hinaus, einen fangen, schnell wieder zurück, und die Mutter würde nie im Leben etwas merken. Kescher, das war das Wort, das der Onkel benutzt hatte. Sie holte ihn unter ihrem Bett hervor, schlich auf leisen Sohlen zur Tür, öffnete sie nur so viel, wie nötig war, um nach draußen zu schlüpfen. So ein Glück! Frau Widderich von gegenüber lag nicht auf der Lauer, sonst wäre es jetzt schon vorbei gewesen. Sie ging die Treppe hinunter, drückte die schwere Tür auf, mit dem Fuß brachte sie den Holzkeil in Position, damit sie nicht ganz zufallen würde. Gut, dass du dran gedacht hast, du darfst dir keinen Fehler erlauben! Sie war draußen, schaute nach links und nach rechts. Zur Straße hin, nein, das wäre ein Unsinn, welcher Schmetterling flatterte schon gerne an einer großen Straße entlang. Also nach links weg, Richtung Kleingärten, Richtung Park, Richtung Hügel mit dem Fliegenpilz-Karussell (diesen unheimlichen Riesenpilz würde sie selbstverständlich meiden). Sie musste nur ein paar Schritte gehen, da entdeckte sie einen dieser rotbraunen Schmetterlinge. Ausgerechnet ein Tagpfauenauge! Solche Augen hatte sie doch gerade erst in ihrem Album gesehen, das konnte kein Zufall sein. Sie drehte den Kescher und brachte ihn damit in eine hoffentlich günstige Position, um das Tier zu fangen. Jagte hinter ihm her, aber

den Schmetterling schien das gar nicht zu beküm-
mern. Ja, er schien sogar manchmal auf sie zu warten,
bis sie näher herankam, um dann wieder in seinem
Zick und seinem Zack zu entkommen. Na warte, dich
kriege ich! Sie rannte und rannte, ohne auf etwas anderes achtzugeben. Ruhe und Konzentration, hatte
Onkel Stefan gesagt. Das sind die Tugenden eines
Schmetterlingsjägers.

Sie erreichten ein mannshohes Gebüsch, das Pfauenauge flog darüber hinweg und Helene blieb nichts
anderes übrig, als durch die Äste hindurchzuschlüp-
fen. Sie durfte sich nicht das Kleid zerreißen, aber
aufzugeben kam auch nicht infrage. Sie presste die
Lippen zusammen und drückte mit den Händen die
Äste zur Seite. Da bemerkte sie, wie das Nachmittagslicht durch die grünen Ritzen und Spalten fiel.
War das nicht schön? Es kam ihr vor, als würde das
Sonnenlicht wie goldenes Wasser durch die Blätter
tropfen. Aber nein, sie durfte jetzt keine Pause machen. Jedenfalls war es ihr in diesem Licht nicht
unheimlich dabei, durch dieses grüne Hindernis zu
kriechen. Sie kam sich allmählich wie in einem Märchen vor, und wenn der Schmetterling jetzt anfangen
würde zu sprechen, hätte sie das nicht gewundert.
Das Tagpfauenauge saß auf einer gelben Blüte, dann
flog es weiter. Hast also wieder auf mich gewartet,
dachte sie. Vielleicht willst du mich ja irgendwo hin-
führen. Vielleicht willst du mir etwas zeigen? Helene
blickte auf. Wo war sie? Sie hatte die Orientierung
verloren. Da war ein Zaun, ein staubiger Weg, aber
warum gab es hier eigentlich keine Menschenseele

weit und breit? Natürlich, dachte sie, es ist die Hitze, es ist zu heiß, um einen Spaziergang zu machen. Um in der Gegend herumzurennen. Oder du bist doch in einem Märchen gelandet.

Sie war ins Schwitzen gekommen, der Mund war trocken und fühlte sich pelzig an. Der Kescher schien sein Gewicht verdreifacht zu haben, schwer lag er in ihrer Hand. Sie wurde müde, aber sie konnte den Schmetterling nicht entkommen lassen. Sie gab sich einen Ruck und ließ sich von dem Tier den Weg weisen, sie hatte nicht mehr vor, es zu fangen. Sie bog um eine Ecke und wusste nun wieder, wo sie war, und das kam einer Enttäuschung gleich: Die große Wiese mit dem Fliegenpilz-Karussell lag vor ihr. Dieses unheimliche morsche Ding, auf dem sich nur noch die Jungs aus der Nachbarschaft trauten herumzuklettern. Das sie mied wie der Teufel das Weihwasser. Der Schmetterling flog ausgerechnet auf den Pilz zu, und Helene zögerte. Schweiß lief ihr ins Auge, das brannte, sie musste blinzeln und ihre Augen für eine Weile schließen. Als sie sie wieder öffnete, war es ihr, als hätte sich der Pilz verwandelt, als hätte ihn jemand aufgerichtet und angestrichen. Die Kappe ein leuchtendes Rot mit weißen Punkten, und auch die Wiese strahlte blütenübersät im Nachmittagslicht. So eine Stille, kein Vogel war mehr zu hören, und noch immer war kein Mensch zu sehen. Helene überlegte eine Weile und sagte sich: Doch, gewiss, du bist in einer anderen Welt angekommen, alles wirkt wie ein Traum.

Das Pfauenauge hatte wieder auf sie gewartet, jetzt

flatterte es endgültig zu dem Fliegenpilz hinüber, und sie folgte ihm, hatte keine Angst. Sie hätte sich ohne Weiteres an einen der Haltegriffe gehängt und sich von dem Pilz drehen lassen, weiter, immer weiter im Kreis, sie würde niemals anhalten, niemals aus diesem Schmetterlingstraum aufwachen. Denn dass sie träumte, das war eindeutig, es gab keine andere Erklärung. Trotzdem war das seltsam, denn der Traum fühlte sich ganz und gar wirklich an, sie spürte die Hitze auf der Haut, sie schmeckte das Salz auf der Zunge – und sie konnte selbst entscheiden, wohin sie lief. Sie hockte sich ins Gras, in ihrem Kopf rauschte es, der Falter hatte sich erneut auf eine Blüte gesetzt. Ja, sie träumte, sie lag eigentlich in der Kammer und schlief. Die Mutter schlief im Wohnzimmer. Da war nur Hitze und Schlaf, und keine Angst mehr. Den Kescher legte sie ab, und sie fing an, mit dem Pfauenauge zu reden. »Komm doch her«, sagte sie, »ich werde dir nicht wehtun. Ich möchte deine Freundin sein.« Doch der Falter machte keine Anstalten, zu ihr zu fliegen. Sie stellte sich vor, wie das Gras höher, immer höher über ihren Kopf wachsen würde, wie es sie einschlösse in eine große grüne Pflanzenwelt, und sie wäre das kleinste Wesen von allen.

Ein heftiger Schmerz ließ sie aufwachen. Jemand zog an ihren Haaren, jemand ergriff kalt und fest ihr Handgelenk. Es war ein Mensch, ein anderer Mensch war in ihren Traum eingedrungen, er stand inmitten des blendenden Sonnenlichts, ein gewaltiger Schatten, vielleicht ein Riese.

»Was ist nur in dich gefahren!«, sagte die Stimme

ihrer Mutter. Und als die Schattengestalt aus dem Licht trat, da erkannte sie, dass es tatsächlich die Mutter war.

»Ich bin ein Glückspilz«, sagte Helene leise, und ihre Mutter schien nicht recht zu verstehen, was sie damit meinte, sie verzog den Mund und griff erneut nach ihrer Hand.

Helene schloss die Augen. Es war ihr noch einmal so, als würde sie hinter dem Schmetterling herrennen, und sie wusste nicht, wohin er sie führen würde. Das Pfauenauge! Sie dachte an ihren merkwürdigen Tanz über die Wege und Wiesen. Zick und zack. Das Sonnenlicht, diese grün schimmernde Welt. Bist wirklich ein Glückspilz gewesen, dachte sie. Das war nicht gelogen.

Inhalt

Tausend Dank

Ohne die Gespräche mit Irene Wedell in Hohen Neuendorf 2009 und 2010 hätte ich dieses Buch weder denken noch schreiben können. Dieses Buch ist für Dich, Irene, wo immer Du nun bist.

Ich danke Chus López Vidal für die Verbindung zu Irene Wedell.

Ich danke meiner Mutter für Einblicke in das Frankfurt der 1960er und für neue Erkenntnisse über die Familiengeschichte. Meinem Vater danke ich für den passenden Soundtrack.

Ich danke Benjamin Brückner für seine klugen Fragen und für seine intensive Arbeit am Text.

Steffi, meinem Lebensmenschen, danke ich für alles.

Ich danke allen, die mir bei diesem Vorhaben geholfen haben, die mich beraten und mir zugeraten haben, darunter sind:

Daniel Wichmann. Antonia Hausmann. Eric Howden. Ludwig Hanisch. Martin Lüdke. Martin Köhl. Mariya Zoryk. Anne Wichmann. Andreas Ullmann. Christine und Heinrich Michael Clausing. Gabriele Güttinger-Terziadis. Christoph Hägele. Monica Fröh-

lich. Helena Adler. Susann Brückner. Marion Wich-
mann. Maria Svidryk. Rolf Wagner. James Riau.
John von Düffel. Barbara Laugwitz. Katrin Fieber.
Jürgen Daiber. Holger Pils. Tina Rausch. Katharina
Adler. Christine Knödler. Marian Lenhard.

Milo.

Und Nico. Du fehlst.